AF667971

„Bücher sind wie Fallschirme. Sie nützen uns nichts, wenn wir sie nicht öffnen."

Gröls Verlag

Redaktionelle Hinweise und Impressum

Das vorliegende Werk wurde zugunsten der Authentizität sehr zurückhaltend bearbeitet. So wurden etwa ursprüngliche Rechtschreibfehler *nicht* systematisch behoben, denn kleine Unvollkommenheiten machen das Buch – wie im Übrigen den Menschen – erst authentisch. Mitunter wurden jedoch zum Beispiel Absätze behutsam neu getrennt, um den Lesefluss zu erleichtern.

Um die Texte zu rekonstruieren, werden antiquarische Bücher von Lesegeräten gescannt und dann durch eine Software lesbar gemacht. Der so entstandene Text wird von Menschen gegengelesen und korrigiert – hierbei treten auch Fehler auf. Wenn Sie ebenfalls antiquarische Texte einreichen möchten, finden Sie weitere Informationen auf www.groels.de

Viel Freude bei der Lektüre wünscht Ihnen das Team des Gröls-Verlags.

Adressen

Verleger: Sophia Gröls, Im Borngrund 26, 61440 Oberursel

Externer Dienstleister für Distribution & Herstellung: BoD, In de Tarpen 42, 22848 Norderstedt

Unsere „Edition | Werke der Weltliteratur" hat den Anspruch, eine der größten und vollständigsten Sammlungen klassischer Literatur in deutscher Sprache zu sein. Nach und nach versammeln wir hier nicht nur die „üblichen Verdächtigen" von Goethe bis Schiller, sondern auch Kleinode der vergangenen Jahrhunderte, die – zu Unrecht – drohen, in Vergessenheit zu geraten. Wir kultivieren und kuratieren damit einen der wertvollsten Bereiche der abendländischen Kultur. Kleine Auswahl:

Francis Bacon • Neues Organon • **Balzac** • Glanz und Elend der Kurtisanen • **Joachim H. Campe** • Robinson der Jüngere • **Dante Alighieri** • Die Göttliche Komödie • **Daniel Defoe** • Robinson Crusoe • **Charles Dickens** • Oliver Twist • **Denis Diderot** • Jacques der Fatalist • **Fjodor Dostojewski** • Schuld und Sühne • **Arthur Conan Doyle** • Der Hund von Baskerville • **Marie von Ebner-Eschenbach** • Das Gemeindekind • **Elisabeth von Österreich** • Das Poetische Tagebuch • **Friedrich Engels** • Die Lage der arbeitenden Klasse • **Ludwig Feuerbach** • Das Wesen des Christentums • **Johann G. Fichte** • Reden an die deutsche Nation • **Fitzgerald** • Zärtlich ist die Nacht • **Flaubert** • Madame Bovary • **Gorch Fock** • Seefahrt ist not! • **Theodor Fontane** • Effi Briest • **Robert Musil** • Über die Dummheit • **Edgar Wallace** • Der Frosch mit der Maske • **Jakob Wassermann** • Der Fall Maurizius • **Oscar Wilde** • Das Bildnis des Dorian Grey • **Émile Zola** • Germinal • **Stefan Zweig** • Schachnovelle • **Hugo von Hofmannsthal** • Der Tor und der Tod • **Anton Tschechow** • Ein Heiratsantrag • **Arthur Schnitzler** • Reigen • **Friedrich Schiller** • Kabale und Liebe • **Nicolo Machiavelli** • Der Fürst • **Gotthold E. Lessing** • Nathan der Weise • **Augustinus** • Die Bekenntnisse des heiligen Augustinus • **Marcus Aurelius** • Selbstbetrachtungen • **Charles Baudelaire** • Die Blumen des Bösen • **Harriett Stowe** • Onkel Toms Hütte • **Walter Benjamin** • Deutsche Menschen • **Hugo Bettauer** • Die Stadt ohne Juden • **Lewis Caroll** • *und viele mehr….*

Guy de Maupassant

Bel Ami

Übersetzung von Fürst N. Obolensky

Inhalt

Teil I

I.

Die Kassiererin gab auf sein 5-Francs-Stück das Geld heraus und Georges Duroy verließ das Lokal. Stattlich gewachsen, richtete er sich auf mit der Haltung eines ehemaligen Unteroffiziers und drehte schneidig-militärisch seinen Schnurrbart zwischen den Fingern. Er warf auf die übriggebliebenen Gäste einen schnellen, flüchtigen Blick; einen jener Blicke des schönen Burschen, die unfehlbar treffen, wie der Raubvogel seine Beute.

Die Frauen blickten ihm neugierig nach: es waren drei kleine Nähmädchen, eine Musiklehrerin unbestimmten Alters, schlecht gekämmt, nachlässig gekleidet mit einem alten, verstaubten Hut und einem Kleid, das niemals sitzen wollte. Dazu zwei bürgerliche Frauen mit ihren Männern, Stammgäste des kleinen Lokals mit „festen Preisen".

Auf der Straße blieb er einen Augenblick stehen und überlegte, was er unternehmen sollte. Es war der 28. Juni — in der Tasche blieben ihm 3 Francs 40 Centimes für den Rest des Monats übrig. Dafür konnte er sich zwei Mittagessen leisten, dann allerdings kein Frühstück, oder umgekehrt. Er überlegte sich, daß ein Frühstück nur 22 Sous, ein Mittagessen dagegen 30 kostete. Begnügte er sich bloß mit dem Frühstück, so würden ihm 1 Francs 20 Centimes verbleiben, das bedeutete zweimal Würstchen mit Brot und zwei Glas Bier auf dem Boulevard. Dies war sein kostspieliges Vergnügen, das er sich abends gönnte.

Daraufhin ging er die Rue Notre-Dame de Lorette hinunter.

So schritt er dahin, wie zur Zeit, als er die Husarenuniform trug, in strammer Haltung mit etwas gespreizten Beinen, wie ein Reiter, der eben vom Pferde gestiegen ist. Ohne auf jemand Rücksicht zu nehmen, ging er seinen Weg durch die Straßenmenge. Er stieß die Passanten und wollte niemandem ausweichen. Seinen alten Zylinderhut rückte er etwas auf das eine Ohr, und laut klangen seine Schritte auf dem Pflaster. Verächtlich und herausfordernd betrachtete er die Menschen, die Häuser, die ganze Stadt: er — der schicke, schneidige Soldat, der zufällig Zivilist war.

Sein fertiggekaufter Anzug kostete nur 60 Francs, trotzdem trug er eine gewisse betont knallige Eleganz zur Schau; etwas ordinär, dafür echt und eindrucksvoll. Groß und schön gewachsen, hatte er dunkelblondes, rötliches, von Natur krauses Haar, das in der Mitte gescheitelt war; mit einem kecken Schnurrbart, der sich auf seiner Oberlippe kräuselte, und hellen, blauen Augen mit kleinen Pupillen, sah er dem Mordskerl aus einem Hintertreppenroman ähnlich.

Es war ein heißer Sommertag. Kein frischer Luftzug regte sich in Paris. Die Stadt glühte wie ein Kessel und erstickte in der schwülen Nacht. Die Straßenkanäle hauchten üblen Duft aus ihren Granitrachen, und aus den Küchen und Kellerräumen drangen ekle Gerüche von Spülwasser und alten Speiseresten auf die Straße.

Unter den Haustoren saßen die „concierges“ (Hauswarte) in Hemdsärmeln rittlings auf ihren Strohsesseln und rauchten die Pfeife. Träge schlichen die Menschen dahin, mit entblößtem Kopf, den Hut in der Hand tragend.

Als Georges Duroy den Boulevard erreichte, blieb er stehen, unschlüssig, was er nun tun sollte. Er hatte Lust, in die Champs Elysée und die Avenue du Bois de Boulogne zu gehen, um unter den Bäumen etwas frische Luft zu schöpfen.

Aber ein anderes Verlangen regte sich in ihm, und zwar nach einem Liebesabenteuer. Wie ihm so ein Abenteuer in den Weg laufen sollte, davon hatte er keine Ahnung, aber seit drei Monaten wartete er darauf jeden Tag und jeden Abend. Dank seiner schönen, stattlichen Erscheinung hatte er wohl hier und da ein bißchen Liebe kosten dürfen; genügen tat ihm das nicht, er hoffte immer auf mehr und auf Besseres.

Mit heißem Blut aber leerer Tasche erregten ihn die Dirnen, die ihm an den Straßenecken zumurmelten: „Komm mit, feiner Junge“, doch er getraute sich nicht, ihnen zu folgen, denn bezahlen konnte er sie nicht, und dann träumte er auch von anderem, von etwas vornehmerer Liebe und minder gemeinen Küssen.

Trotzdem liebte er die Orte, wo es von jenen öffentlichen Mädchen wimmelte; er suchte gern ihre Ballokale, ihre Cafés, ihre Straßen auf. Er liebte, sie anzusprechen, sie zu duzen, ihre aufdringlichen Parfüms einzuatmen und ihre Nähe zu fühlen. Sie waren doch schließlich Frauen; Frauen, die zur Liebe bestimmt waren. Verachten tat er sie nicht, so wie jeder Mann sie verachtete, der im Schoß der Familie aufgewachsen ist.

Er lenkte seine Schritte nach der Madeleinekirche und folgte dem Menschenstrom, der sich, von der Hitze bedrückt, schwerfällig dahinwälzte.

Die Cafés waren überfüllt, dichtgedrängt saßen die Menschen am Bürgersteig, im grellen, blendenden Licht der erleuchteten Fenster. Vor ihnen auf kleinen runden oder viereckigen Tischen standen Gläser mit roten, gelben, grünen und in allen Farben schillernden Flüssigkeiten, und in den Karaffen sah man große, durchsichtige Eisstücke glänzen, die das schöne, klare Wasser kühlten.

Duroys Schritte wurden langsamer, und das Verlangen nach einem erfrischenden Getränk trocknete ihm die Kehle. Ihn packte ein glühender Durst, ein Durst eines heißen Sommerabends; er dachte immerfort an das köstliche Gefühl, wenn ihm etwas Kaltes durch die Kehle rinnt. Wenn er sich aber heute auch nur zwei Glas Bier gestattete, dann war es morgen mit seinem kargen Abendbrot vorbei, und die Stunden des Hungers am Monatsende waren ihm nur zu wohl bekannt.

Er sagte sich: „Bis zehn Uhr muß ich aushalten, und dann trinke ich einen Bock à l Americain. Donnerwetter, habe ich jetzt einen Durst!“ Und er blickte all diese Menschen an, die an den Tischen saßen, tranken und ihren Durst löschen konnten, soviel sie wollten. Und während er äußerlich keck und zuversichtlich an den Cafés vorüberging, taxierte er mit raschem Blick nach dem Aussehen und der Kleidung eines jeden Gastes, wieviel Geld er wohl mit sich trug. Eine Wut ergriff ihn gegen diese ruhig dasitzenden Leute. Wenn man ihre Taschen durchsuchte, so würde man Gold, Silber und Kleingeld finden. Durchschnittlich mußte jeder wohl zwei Zwanzigfrancsstücke bei sich haben, etwa hundert Menschen saßen in jedem Café, und hundertmal zweimal zwanzig macht viertausend Francs. „Schweinehunde!“ murmelte er vor sich hin und ging mit wiegenden Schritten weiter. Hätte er nur einen an irgendeiner dunklen Straßenecke fassen können, würde er ihm weiß Gott ohne Bedenken den Hals umgedreht haben, wie er es mit den Dorfhühnern an den Tagen der großen Manöver tat.

Er dachte an seine zwei Dienstjahre in Afrika und an die Art und Weise, wie man in den kleinen Vorposten im Süden den Arabern das Geld abnahm. Ein grausames, zufriedenes Lächeln glitt über seine Lippen, als er eines Streiches gedachte, der drei Männern vom Stamme der Uled-Alan das Leben kostete und ihm und seinen Kameraden zwanzig Hühner, zwei Schafe und Gold einbrachte und heiteren Gesprächsstoff für sechs Monate.

Die Schuldigen waren nie entdeckt worden, man hatte sie auch freilich nie gesucht, da der Araber sozusagen als natürliche Beute der Soldaten galt.

In Paris war das anders. Hier konnte man nicht mit dem Säbel an der Seite und dem Revolver in der Faust, fern vom wachsamen Auge der bürgerlichen Gerichtsbarkeit, in voller Freiheit herumplündern.

Wahrhaftig, er dachte mit Wehmut an diese zwei Jahre in der Wüste zurück. Wie schade, daß er nicht da unten geblieben war! Er hatte sich Besseres erhofft, als er heimkehrte. Und nun ... Ach ja, jetzt hatte er, was er wollte!

Er schnalzte mit der Zunge, als wollte er konstatieren, wie völlig ausgedörrt sein Mund schon wäre.

Langsam und müde schob sich die Menge an ihm vorüber, und er dachte immer noch: „Dieses Pack! All diese Idioten haben Geld in der Westentasche!“ Er rempelte die Menschen an und pfiff dazu eine lustige Melodie. Männer, die er geschubst hatte, drehten sich schimpfend um, und die Frauen riefen entrüstet: „Ungezogener Lümmel!“ Er ging am Vaudeville vorbei und blieb vor dem Café Americain stehen. Er fragte sich, ob er nicht doch ein Glas Bier trinken sollte, so quälte ihn der Durst. Ehe er sich entschloß, sah er auf die beleuchtete Uhr mitten auf dem Fahrdamm. Es war ein Viertel nach neun. Er kannte sich zu genau: sobald das Glas Bier vor ihm stünde, würde er es mit einem Zug hinunterschlucken. Was sollte er dann bis elf Uhr anfangen?

Er überlegte: „Ich gehe noch bis zur Madeleine und kehre dann langsam zurück."

Als er an die Ecke des Place de l Opera kam, begegnete er einem dicken jungen Manne, dessen Gesicht ihm irgendwie bekannt erschien.

Er folgte ihm und suchte sich zu erinnern, während er halblaut vor sich hinsprach: „Zum Teufel, wo kenne ich diesen Kerl her?"

Er ging und grübelte, ohne daß es ihm einfiel; dann plötzlich erschien ihm derselbe Mensch durch einen eigentümlichen Vorgang des Gedächtnisses weniger dick, jünger, in Husarenuniform. „Halt, Forestier!" rief er laut, beschleunigte seine Schritte und klopfte dem vor ihm Gehenden auf die Schulter. Dieser wandte sich um, blickte ihn an und sagte:

„Was wünschen Sie, mein Herr?"

Duroy lachte: „Erkennst du mich nicht?"

„Nein."

„George Duroy von den 6. Husaren."

Forestier streckte ihm beide Hände entgegen: „Du bist es, Alter! Wie geht es dir?"

„Ausgezeichnet. Und dir?"

„Mir geht es nicht allzu gut. Denke dir, meine Brust ist wie aus Papiermaché. Sechs Monate im Jahr quält mich ein Husten, die Folge einer Bronchitis, die ich mir in Bougival geholt habe kurz nach meiner Rückkehr nach Paris. Es sind jetzt schon vier Jahre her."

„So, du siehst aber ganz gesund aus."

Forestier nahm seinen alten Kameraden am Arm und erzählte ihm von seiner Krankheit, von den Ärzten, die er konsultiert hatte, deren Meinungen und Ratschlägen und der Schwierigkeit, in seiner Stellung ihren Verordnungen zu folgen. Er sollte den Winter im Süden zubringen, aber wie konnte er das? Er war verheiratet, Journalist, und hatte eine gute Stellung. „Ich redigiere den politischen Teil in La Vie Française, ich schreibe die Senatsberichte für den Salut , und im Planete erscheinen hin und wieder literarische Feuilletons von mir. Ich habe meinen Weg gemacht."

Duroy war überrascht und sah ihn erstaunt an. Forestier hatte sich sehr verändert, er war reifer geworden. Sein Gebaren, seine Haltung zeigten den gesetzten, selbstsicheren Mann und sein Bäuchlein wußte von guten Diners zu erzählen. Früher war er mager, klein und schlank, ein ausgelassener Lebemann und streitsüchtiger Radaumacher, stets angeheitert. Die drei Jahre in Paris hatten aus ihm einen ganz anderen, einen beliebten und ernsthaften Menschen gemacht, der schon einige weiße Haare an den Schläfen hatte, obgleich er nicht mehr als siebenundzwanzig Jahre zählte.

Forestier fragte: „Wo gehst, du hin?"

Duroy antwortete: „Nirgends. Ich mache einen Spaziergang, bevor ich nach Hause gehe."

„Weißt du was, willst du mich vielleicht nach der Vie Française begleiten? Ich habe noch ein paar Korrekturen zu erledigen. Dann wollen wir zusammen ein Glas Bier trinken?"

„Sehr gern."

Und Arm in Arm gingen sie weiter mit der leichten Vertraulichkeit, die zwischen Schulkameraden und Waffengefährten herrscht.

„Was machst du in Paris?" fragte Forestier.

Duroy zuckte die Achseln: „Kurz gesagt, ich krepiere vor Hunger. Als meine Dienstzeit vorbei war, wollte ich hierher kommen, um ... um mein Glück zu machen, oder vielmehr, um in Paris leben zu können. Seit sechs Monaten bin ich bei der Verwaltung der Nordbahn angestellt. Ich verdiene fünfzehnhundert Francs im Jahr, keinen Centime mehr."

Forestier murmelte: „Zum Teufel, das ist nicht viel!"

„Das glaube ich. Aber was soll ich sonst anfangen? Ich bin allein, ich kenne niemanden und habe keine Protektion. An gutem Willen fehlt es mir schon nicht, aber die Mittel?"

Sein Freund betrachtete ihn vom Kopf bis zu den Füßen, wie ein praktischer Mensch, der einen Gegenstand abschätzt; dann versetzte er in überzeugtem Ton:

„Sieh mal, mein Junge, hier hängt alles von deinem Auftreten ab. Ein findiger Kopf bringt es hier leichter bis zum Minister als bis zum Bureauchef. Man muß sich aufdrängen und nicht schüchtern bitten. Aber wie, zum Henker, kommt es, daß du nichts Besseres gefunden hast als eine Stelle bei der Nordbahn?"

„Ich habe überall gesucht", erwiderte Duroy, „und nichts gefunden. Augenblicklich habe ich zwar etwas in Aussicht, man bietet mir eine Stelle als Stallmeister in der Reitbahn von Pellerin an. Da bekomme ich mindestens dreitausend Francs."

Forestier blieb plötzlich stehen:

„Tu das nicht. Das ist dumm, wo du doch zehntausend Francs verdienen könntest. Du verschließt dir mit einem Schlage die Zukunft. In deiner Schreibstube bist du wenigstens versteckt, niemand kennt dich, und wenn du dich stark genug fühlst, kannst du eines schönen Tages auch von dort aus Karriere machen. Aber wenn du Stallmeister bist, dann ist alles aus. Du kannst geradesogut Oberkellner in einem Restaurant werden, wo ganz Paris verkehrt. Wenn du erst einmal Leuten der Gesellschaft oder ihren Söhnen Reitunterricht gegeben hast, dann könnten sie sich nicht mehr daran gewöhnen, dich als ihresgleichen zu betrachten."

Er schwieg, dachte einige Sekunden nach und fragte:

„Hast du das Abiturium gemacht?"

„Nein, ich bin zweimal durchgefallen."

„Das tut nichts, wenn du deine Studien nur einigermaßen zu Ende geführt hast. Wenn von Cicero oder Tiberius die Rede ist, dann weißt du ungefähr, wer das ist?"

„Ja, ungefähr."

„Gut, mehr weiß überhaupt niemand, mit Ausnahme von einem Dutzend Dummköpfen, die nicht imstande sind, sich selbst zu helfen. Jedenfalls ist es nicht schwer, als intelligent und gebildet zu gelten. Man darf sich nur nicht bei einer offenbaren Unwissenheit erwischen lassen. Man dreht und wendet sich, man weicht dem Hindernis aus, umgeht es und bewältigt das andere mit Hilfe eines Konversationslexikons. Alle Menschen sind dumm wie die Gänse und unwissend wie Karpfen."

Er sprach in ruhig spöttischem Tone, wie einer, der die Welt kennt und blickte dabei lächelnd auf die vorübergehende Menge. Plötzlich aber begann er zu husten und blieb stehen, bis der Anfall vorüber war. Dann fuhr er in mutlosem Ton fort:

„Ist es nicht entsetzlich, daß ich diese Bronchitis nicht los werde? Und jetzt sind wir mitten im Hochsommer. Oh! Im Winter geh ich nach Menton, um mich auszukurieren. Mag kommen, was will, meine Gesundheit geht mir über alles."

Sie waren jetzt am Boulevard Poissonière und standen vor einer großen Glastür, die von innen mit einer Zeitung beklebt war. Drei Leute waren stehengeblieben, um das Blatt zu lesen.

Über dem Tor stand in großen Buchstaben aus Gasflammen der Name der Zeitung: „La Vie Française" geschrieben. Und die Passanten, die plötzlich in das grelle Licht dieser drei Worte traten, wurden nun auf einmal deutlich sichtbar wie am hellichten Tage, um dann sofort wieder im Dunkel zu verschwinden.

Forestier öffnete die Tür:

„Geh rein", sagte er.

Duroy ging hinein, stieg eine pomphafte, schmutzige Treppe hinauf, die man von der Straße aus ganz überblicken konnte, ging durch das Vorzimmer, in dem zwei Bureaudiener seinen Gefährten grüßten, bis er in einen Warteraum gelangte. Die Räume waren verstaubt und abgenutzt, mit Tapeten aus schmutzigem, unechtem, grünem Samt, die voller Flecken und hier und da durchlöchert waren, als hätten die Mäuse sie angeknabbert.

„Setz dich," sagte Forestier, „ich bin in fünf Minuten wieder da."

Und er verschwand hinter einer der drei Türen, die aus diesem Zimmer führten.

Der seltsame, eigentümliche, unbeschreibliche Geruch eines Redaktionsbureaus erfüllte den Raum. Duroy blieb unbeweglich, etwas eingeschüchtert und überrascht sitzen.

Von Zeit zu Zeit liefen Leute an ihm vorbei; sie kamen aus einer Tür und verschwanden durch die andere, noch ehe er Zeit hatte, sie anzusehen. Bald waren es junge, sehr junge Leute mit geschäftigem Gesichtsausdruck, die in der Hand ein Blatt Papier trugen, das bei ihrem Laufen im Winde flatterte. Manchmal waren es auch Setzer, unter deren von Tinte beschmutzten Leinenkitteln man reinweiße Hemdkragen und eine elegante Tuchhose von modernem Schnitt sah. Vorsichtig trugen sie bedruckte Papierstreifen, frische, noch feuchte Korrekturfahnen. Bisweilen trat ein kleiner Herr mit einer etwas auffallenden Eleganz, mit einer etwas zu engen Taille, mit Beinkleidern, die zu eng anlagen, und mit übermäßig spitzen Schnabelschuhen, ein, irgendein Reporter, der Neuigkeiten aus der Lebewelt brachte. Auch andere kamen, ernste, gewichtige Persönlichkeiten. Sie trugen Zylinderhüte mit ganz flachen Rändern, als ob sie sich durch diese Form von der ganzen übrigen Menschheit unterscheiden wollten.

Forestier erschien wieder, Arm in Arm mit einem hochgewachsenen, mageren Mann in den dreißiger Jahren. Dieser war in einen Frack, mit weißer Krawatte, gekleidet, hatte dunkles Haar, einen Schnurrbart mit scharfgedrehten Spitzen und eine dreiste, selbstbewußte Miene. Forestier sagte zu ihm:

„Adieu, verehrter Meister!“

Der andere drückte ihm die Hand: „Auf Wiedersehen, mein Lieber!“ und stieg dann, einen Spazierstock unter dem Arm, pfeifend die Treppe hinab.

„Wer ist das?“ fragte Duroy.

„Jaques Rival — du weißt doch? — der berühmte Chronist und Duellant. Er hat eben seine Korrektur durchgelesen. Garin, Montel und er gelten augenblicklich als die geistvollsten und wirksamsten Feuilletonisten in ganz Paris. Für zwei Artikel, die er wöchentlich schreibt, verdient er bei uns jährlich dreißigtausend Francs.

Beim Weitergehen begegneten sie einem kleinen dicken Herrn mit langen Haaren und unsauberem Äußeren, der schweratmend die Treppe hinaufkam.

Forestier grüßte sehr tief:

„Norbert de Varenne,“ sagte er, „der Dichter der ‚Erloschenen Sonne , auch ein hochbezahlter Mann. Jede Erzählung, die er herausgibt, kostet dreihundert Francs und die allerlängsten haben noch nicht zweihundert Zeilen ...

Aber komm jetzt ins Café Napolitain, ich sterbe vor Durst!“

Kaum hatten sie sich an den Tisch gesetzt, als Forestier rief: „Zwei Bier!" und dann sein Glas mit einem Zuge herunterstürzte, während Duroy das Bier mit langsamen Schlucken trank und sorgsam auskostete, wie eine wundervolle und seltene Kostbarkeit. Sein Gefährte schwieg, er schien nachzudenken und fragte dann plötzlich:

„Warum willst du es nicht mit dem Journalismus versuchen?"

Der andere blickte ihn überrascht an, dann sagte er:

„Aber... das ist ... ich habe doch noch nie etwas geschrieben."

„Ach was, man versucht es, man fängt an. Ich könnte dich zum Beispiel gebrauchen, um Erkundigungen einzuziehen und um Besuche zu machen. Du bekämst zu Anfang zweihundertfünfzig Francs und die Droschken bezahlt. Soll ich mit dem Chef sprechen?"

„Aber natürlich möchte ich das, sehr gerne."

„Also dann sei so gut und komme morgen zu mir zum Essen. Es werden nur fünf oder sechs Personen sein: der Chef, Herr Walter, seine Frau, Jaques Rival und Norbert de Varenne, die du ja soeben gesehen hast, und schließlich noch eine Freundin meiner Frau. Also abgemacht?"

Duroy zögerte, errötete und wurde verwirrt. Endlich murmelte er:

„Es ist nur ... ich habe keinen passenden Anzug ..."

Forestier war starr.

„Was? Du hast keinen Frack? Teufel noch mal! Das ist doch etwas Unentbehrliches! In Paris kann man ein Bett vielleicht entbehren, einen Frack nie. Dann griff er plötzlich in seine Westentasche, zog eine Handvoll Geld hervor und legte zwei Zwanzigfrancsstücke vor seinen alten Freund hin, wobei er in einem herzlichen und vertrauten Ton sagte:

„Du gibst sie mir wieder, wenn du kannst. Leihe oder kaufe dir die nötigen Kleidungsstücke, indem du eine Anzahlung gibst. Jedenfalls erwarte ich dich morgen um halb acht in. meiner Wohnung, 17 Rue Fontaine, zu Tisch."

Duroy war verwirrt, aber er nahm das Geld und stammelte:

„Du bist wirklich zu liebenswürdig, ich danke dir herzlich ... Verlaß dich darauf, ich werde es nie vergessen."

„Gut, gut!" fiel ihm der andere ins Wort. „Nicht wahr, wir trinken noch ein Bier?" Und er rief: „Kellner, noch zwei Bock!"

Dann, als sie ausgetrunken hatten, fragte der Journalist:

„Willst du noch ein Stündchen bummeln?"

„Aber gewiß!"

Und sie brachen auf und gingen in der Richtung nach Madeleine.

„Was sollen wir tun?“ fragte Forestier. „Man sagt, in Paris hat man stets was zu tun, wenn man bummelt. Das ist nicht wahr. Wenn ich abends bummeln will, weiß ich nie, wohin ich gehen soll. Eine Fahrt ins Bois macht nur Spaß, wenn noch ein Weib dabei ist, und da hat man nicht immer eins bei der Hand. Die Cafés mit Musik mögen meinen Drogisten mit seiner Frau zerstreuen, mich nicht. Was also tun? Nichts! Man müßte hier einen Sommergarten haben, wie den Park Monceau, der nachts geöffnet wäre, wo man ausgezeichnete Musik hörte und unter den Bäumen Erfrischungen nehmen könnte. Das wäre kein eigentliches Vergnügungslokal, aber ein Ort, wo man sich behaglich aufhalten könnte. Man müßte hohe Eintrittspreise nehmen, um hübsche Damen herbeizulocken. Man sollte da auf kiesbestreuten Fußwegen herumspazieren können, die elektrisch beleuchtet wären, und sich setzen können, wenn man Lust hätte, um von fern und nah Musik anzuhören. So etwas gab es früher bei Muzard, aber das war zu sehr Ballokal, zuviel Tanzmusik und zuwenig Platz, zuwenig Schatten und Dunkelheit. Es müßte ein sehr schöner, sehr großer Garten sein. Das wäre herrlich! ... Also, wo willst du hin?“

Duroy war noch immer verlegen und wußte nicht, was er vorschlagen sollte. Endlich entschloß er sich:

„Ich kenne die Folies Bergère noch gar nicht, da möchte ich ganz gern einmal hin.“

„Donnerwetter!“ rief Forestier, „die Folies Bergère? Da werden wir ja kochen wie im Backofen. Aber meinetwegen, es ist dort immer lustig.“

Sie gingen wieder zurück, um die Rue du Faubourg-Montmartre zu erreichen.

Die erleuchtete Fassade des Theaters warf grellen Schein auf die vier Straßen, die sich an dieser Stelle kreuzten. Eine Reihe von Droschken wartete auf den Schluß der Vorstellung.

Forestier ging hinein, Duroy hielt ihn zurück:

„Wir haben ja noch keine Billetts.“

Worauf der andere sehr selbstbewußt erwiderte:

„Wenn ich dabei bin, braucht man nicht zu bezahlen.“

Als er sich den drei Kontrolleuren näherte, grüßten sie ihn, und dem mittelsten reichte er die Hand. Der Journalist fragte: „Haben Sie noch eine gute Loge frei?“

„Aber gewiß, Herr Forestier.“

Er nahm den Zettel, der ihm gereicht wurde, öffnete die gepolsterte, kupferbeschlagene Tür, und sie befanden sich im Theaterraum.

Tabakdunst verschleierte wie ein leichter Nebel den Hintergrund, die Bühne und die entfernten Teile des Theaters. Dieser Nebel, der ununterbrochen in feinen bläulichen

Streifen aus sämtlichen Zigarren und Zigaretten der Besucher emporstieg, ballte sich an der Decke und bildete unter der mächtigen Wölbung einen Wolkenhimmel von Rauch um den Kronleuchter und über der dicht mit Zuschauern besetzten Galerie.

In der geräumigen Vorhalle am Eingang, die zu den Wandelgängen führte, schweiften aufgeputzte Mädchen inmitten einer Menge dunkelgekleideter Männer umher, eine Gruppe von Frauen wartete auf die Ankömmlinge, und hinter den drei Schanktischen thronten drei geschminkte, welke Verkäuferinnen von Getränken und Liebe. In den hohen Scheiben hinter ihnen spiegelten sich ihre Rücken und die Gesichter der Vorübergehenden.

Forestier drängte sich schnell durch alle diese Gruppen und schritt rasch vorwärts, wie ein Mann, auf den man Rücksicht zu nehmen hat. Er trat an die Logenschließerin heran und sagte:

„Loge siebzehn!“

„Bitte, hier, mein Herr!“

Sie wurden in einen kleinen hölzernen Kasten eingeschlossen, der keine Decke hatte, rot tapeziert war und vier Stühle gleicher Farbe enthielt, die so eng aneinander standen, daß man sich kaum zwischen ihnen hindurchschieben konnte. Die beiden Freunde setzten sich. Nach rechts und links schlossen sich in weitem Bogen, dessen Enden auf die Bühne stießen, eine lange Reihe ähnlicher Kästen an, wo gleichfalls Menschen saßen, von denen man nur Kopf und Brust sehen konnte.

Auf der Bühne machten drei junge Männer in eng anliegenden Trikots, ein großer, ein mittlerer und ein ganz kleiner, abwechselnd Trapezkunststücke. Zunächst trat der große mit kurzen, schnellen Schritten an die Rampe vor, lächelte und grüßte mit einer Kußhand. Unter dem Trikot sah man die Muskeln seiner Arme und Beine arbeiten; er drückte seine Brust möglichst kräftig heraus, um seinen etwas zu dicken Bauch zu verbergen. Sein Gesicht glich dem eines Friseurgehilfen, und ein tadelloser Scheitel teilte sein Haar genau in der Mitte des Kopfes. Mit graziösem Sprung faßte er das Trapez und umkreiste es dann, mit den Händen daran hängend, wie ein rollendes Rad. Bisweilen hing er mit ausgestreckten Armen und steifem Körper unbeweglich wagerecht in der leeren Luft, indem er sich allein durch die Kraft seiner Handgelenke festhielt. Dann sprang er ab, grüßte nochmals lächelnd unter dem lauten Beifall des Parketts und trat wieder an die Wand zurück und zeigte bei jedem Schritt dem Publikum das Spiel seiner Muskeln.

Duroy hatte wenig Interesse für die Darbietung. Er wandte seinen Kopf und beobachtete unaufhörlich die hinter ihm vorbeiflutende Menge von Männern und Kokotten.

Forestier sagte: „Sieh dir mal die Leute im Parkett an, nichts als Spießbürger mit ihren Frauen und Kindern, alles brave, dumme Gesichter, die sich das hier ansehen wollen. In den Logen sitzen die Stammgäste der Boulevards, einige Künstler und Halbweltdamen, hinter uns findest du die seltsamste Mischung, die es in Paris geben kann. Was das für Männer sind? Beobachte sie mal: alles mögliche, alle Berufe und Klassen, aber das Gesindel überwiegt. Da sind die Kommis, Bankangestellte, Beamte, Verkäufer, ferner Reporter, Zuhälter, Offiziere in Zivil, Bummler im Frack, die grade im Restaurant gegessen haben und von der Großen Oper zu den Italienern rennen, und schließlich noch eine ganze Menge verdächtiger Individuen, aus denen man nicht recht klug wird. Was die Frauen angeht, so gibt es hier nur eine Art: die Halbwelt vom Americain. Sie verkaufen sich für ein oder zwei Goldstücke, wobei sie von Fremden auch fünf nehmen, und winken ihren ständigen Kunden zu, wenn sie frei sind. Man kennt sie alle seit zehn Jahren, man sieht sie jeden Abend das ganze Jahr hindurch in denselben Lokalen, mit Ausnahme, wenn sie einmal eine heilsame Kur im Frauengefängnis von St. Lazare oder im Lourcine durchmachen."

Duroy hörte nicht mehr zu. Eins von diesen Mädchen lehnte sich über die Loge und sah ihn an. Es war eine üppige Brünette mit weißgeschminktem Gesicht und schwarzen Augen, die mit dem Farbstift unterstrichen waren, und riesigen, angemalten Augenbrauen. Über ihrer allzu starken Brust spannte sich die dunkle Seide ihres Kleides, und ihre geschminkten, blutroten Lippen gaben ihr etwas Tierisches, Sinnliches, Wildes, das aber trotzdem anziehend wirkte.

Sie winkte mit einer Kopfbewegung einer ihrer Freundinnen zu, die gerade vorbeikam, einer ebenfalls korpulenten, rothaarigen Kokotte, und sprach zu ihr so laut, daß man es hören konnte:

„Sieh mal her, das ist ein hübscher Junge. Wenn er mich für zweihundert Francs haben wollte, ich würde nicht nein sagen."

Forestier drehte sich um und schlug Duroy lächelnd auf die Schenkel: „Das gilt dir, du hast Erfolg, mein Lieber, ich gratuliere!"

Der frühere Unteroffizier wurde rot und mechanisch tastete er nach den zwei Goldstücken in seiner Westentasche. Der Vorhang fiel und das Orchester begann einen Walzer zu spielen.

Duroy fragte: „Wollen wir nicht auch einmal durch den Wandelgang gehen?"

„Wie du willst."

Sie verließen ihre Loge und waren sofort von dem Strom der Menge umgeben. Gedrückt, gepreßt, hin und her gestoßen, gingen sie weiter und ein Wald von Hüten wogte vor ihren Augen. Zwischen Ellenbogen, Brüsten und Rücken der Männer drängten sich behend paarweise die Kokotten hindurch, die sich hier so recht in ihrem Element, wie Fische im Wasser, zu fühlen schienen.

Duroy war entzückt. Er ließ sich treiben und wurde von der stickigen Luft, die durch Tabak, Menschenausdünstungen und Dirnenparfüms verpestet war, berauscht. Aber Forestier schwitzte, keuchte und hustete.

„Gehen wir in den Garten“, sagte er.

Sie wandten sich nach links und kamen in eine Art Wintergarten, wo zwei geschmacklose Fontänen ein bißchen kühle Luft schafften. Unter den paar Taxusbäumen und Thujas saßen Männer und Frauen an Zinktischen und tranken.

„Noch ein Bier?“ fragte Forestier.

„Ja, gern.“

Sie setzten sich und beobachteten das Publikum. Von Zeit zu Zeit blieb ein herumspazierendes Mädchen stehen und fragte mit ordinärem Lächeln:

„Laden Sie mich nicht ein?“ — Und wenn Forestier erwiderte : „Ja, zu einem Glas Wasser aus dem Springbrunnen“, so entfernte sie sich mit einem ärgerlichen Schimpfwort.

Aber die dicke Brünette tauchte wieder auf. Sie kam in übermütiger Haltung, Arm in Arm mit der dicken Rothaarigen. Sie bildeten wirklich ein hübsches, gut ausgesuchtes Frauenpaar.

Sobald sie Duroy erblickte, lächelte sie, als hätten sich ihre Augen schon vertraute und verschwiegene Dinge gesagt. Sie nahm einen Stuhl und setzte sich ruhig ihm gegenüber und ließ ihre Freundin auch Platz nehmen. Dann rief sie mit lauter Stimme:

„Kellner, zwei Grenadine!“

Erstaunt sagte Forestier:

„Du genierst dich wirklich nicht!“

„Ich bin in deinen Freund verliebt“, antwortete sie. „Er ist wirklich ein schöner Kerl. Ich glaube, ich könnte seinetwegen Dummheiten begehen.“

Duroy wußte vor Verlegenheit nicht, was er sagen sollte. Er drehte an seinem wohlgepflegten Schnurrbart und lächelte nichtssagend vor sich hin. Der Kellner brachte die Limonaden und die beiden Freundinnen tranken sie in einem Zuge aus. Dann standen sie auf und die Brünette nickte Duroy wohlwollend zu und gab ihm mit ihrem Fächer einen leichten Schlag auf den Arm: „Danke, mein Schatz. Du bist nicht sehr geschwätzig.“

Dann gingen sie fort, sich in den Hüften wiegend.

Forestier begann zu lachen:

„Sag mal, alter Freund, weißt du, daß du wirklich Erfolg bei Weibern hast? So was muß man pflegen, damit kann man sehr weit kommen.“ Er schwieg eine Sekunde, dann setzte er hinzu mit dem träumerischen Ton von Leuten, die laut denken: „Durch sie erreicht man auch am meisten. Und als Duroy immer noch vor sich hin lächelte, ohne etwas zu erwidern, fragte er: „Bleibst du noch hier? Ich will nach Hause, ich habe genug.“

„Ja,“ murmelte der andere, „ich bleibe noch etwas. Es ist ja noch nicht spät.“

Forestier stand auf. „Auf Wiedersehen, also bis morgen. Vergiß nicht, um halb acht abends, 17 Rue Fontaine.“

„Abgemacht, auf morgen, danke!“ — Sie drückten sich die Hände, und der Journalist ging fort.

Sobald er fort war, fühlte Duroy sich frei. Er tastete vergnügt von neuem nach den beiden Goldstücken in seiner Westentasche. Dann erhob er sich und mischte sich unter die Menge, die er suchend durchforschte.

Bald erblickte er die beiden Mädchen, die Brünette und die Rothaarige, die immer noch in stolzer Haltung durch die Menge zogen.

Er ging direkt auf sie zu. Als er ihnen ganz nahe war, verlor er wieder den Mut.

Die Brünette sagte: „Na, hast du deine Sprache wiedergefunden?“

Er stotterte: „Allerdings!“ Ein zweites Wort konnte er aber nicht hervorbringen.

Alle drei blieben stehen und hielten die Bewegung der Spaziergänger auf, die einen Wirbel um sie bildeten.

Die Brünette fragte ihn plötzlich: „Kommst du zu mir?“

Er zitterte vor Begierde und erwiderte schroff:

„Ja, aber ich habe nur ein Goldstück in der Tasche.“

Sie lächelte gleichgültig: „Das tut nichts.“

Sie nahm ihn beim Arm, als Zeichen, daß sie ihn erobert hatte.

Als sie das Lokal verließen, überlegte er, daß er sich mit den andern zwanzig Francs ohne Schwierigkeiten für den nächsten Abend einen Frack leihen könnte.

II.

„Bitte, wo wohnt hier Herr Forestier?“

„Im dritten Stock links.“

Der Concierge gab diese Auskunft mit freundlichem Ton, aus dem Hochachtung vor dem Mieter zu entnehmen war.

George Duroy stieg die Treppe hinauf. Er war ein wenig verlegen, etwas schüchtern und fühlte sich nicht sehr behaglich. Zum ersten Male in seinem Leben trug er einen Frack, und das ganze Zubehör dieser Kleidung störte ihn. Er fühlte, daß vieles an ihm defekt war. Seine Stiefel sahen ziemlich elegant aus, denn er hielt auf gute Fußbekleidung, waren aber keine Lackschuhe. Das Hemd hatte er sich erst vormittags für vier Francs fünfzig im Louvre gekauft, und der schmale, gestickte Brusteinsatz sah schon jetzt zerknittert aus. Übrigens waren die anderen Oberhemden, die er sonst trug, alle mehr oder weniger beschädigt und konnten überhaupt nicht in Frage kommen. Die Hosen waren ihm viel zu breit, sie paßten sich schlecht der Beinform an und schlugen über der Wade häßliche Falten. Man sah es ihnen an, daß sie abgenutzt und für einen anderen zugeschnitten waren. Nur der Frack saß gut, denn er hatte einen gefunden, der richtig zu seiner Figur paßte.

Langsam stieg er die Treppe hinauf. Vor Angst pochte ihm sein Herz. Vor allem quälte ihn die Furcht, lächerlich zu erscheinen. Plötzlich sah er gerade vor sich einen Herrn in großer Toilette, der ihn betrachtete. Sie standen so dicht beieinander, daß Duroy unwillkürlich einen Schritt zurücktrat. Dann blieb er verblüfft stehen: es war sein eigenes Spiegelbild in einem hohen Wandspiegel, der im Flur des ersten Stockes eine lange Perspektive vortäuschte. Er zitterte vor lauter Freude, nie hätte er gedacht, daß er so vornehm und elegant aussehen könnte. Zu Hause, in seinem kleinen Rasierspiegel, dem einzigen, den er besaß, hatte er sich nicht richtig betrachten können und war nach einem flüchtigen Blick über die Mängel seiner improvirsierten Gesellschaftstoilette außer sich geraten. Der Gedanke, lächerlich zu erscheinen, machte ihn verrückt. Als er sich aber plötzlich in dem Spiegel erblickte, hatte er sich nicht einmal erkannt, er hatte sich für einen anderen gehalten, für einen Herrn aus bester Gesellschaft, den er beim ersten Anblick für sehr elegant und schick hielt. Und jetzt, wo er sich sorgfältig betrachtete, fand er, daß die Gesamtwirkung tatsächlich zufriedenstellend war.

Darauf studierte er seine Haltung, wie ein Schauspieler, der seine Rolle lernt. Er lächelte sich zu, reichte sich selber die Hand, machte verschiedene Gebärden, versuchte sich einzelne Gemütsbewegungen vorzuspielen: Erstaunen, Freude, Beifall; er beobachtete die Nuancen des Lächelns und studierte die stumme Sprache der Blicke, um sich bei Damen beliebt zu machen und ihnen anzudeuten, daß er sie liebt und bewundert.

Eine Tür ging im Treppenflur auf. Er fürchtete, überrascht zu werden, und lief hastig hinauf, aus Angst, daß ihn ein Gast seines Freundes so gesehen hätte, wie er sich selbst Faxen vormachte. Er erreichte den zweiten Stock, bemerkte einen anderen Spiegel und mäßigte seine Schritte, um sich im Vorbeigehen wieder genau beobachten zu können. Seine Erscheinung kam ihm jetzt wirklich elegant vor. Sein Auftreten und seine Haltung waren gut. Und ein maßloses Selbstvertrauen und Übermut erfüllten seine Seele. Ja, mit diesem Äußeren und mit dem festen Willen, vorwärts zu kommen, mit seiner rücksichtslosen Energie und seinem unabhängigen Verstand mußte er Glück haben. Die Treppe zum dritten Stock wäre er am liebsten hinaufgesprungen. Vor dem dritten Spiegel blieb er nochmals stehen, drehte gewohnheitsmäßig den Schnurrbart, nahm seinen Zylinderhut ab, um seine Frisur glatt zu streichen und murmelte mit halblauter Stimme: „Ein glänzender Einfall." Dann streckte er die Hand aus und klingelte.

Die Tür ging fast im selben Moment auf und er befand sich vor einem ernsthaften, glattrasierten Diener in schwarzem Frack, der eine so tadellose Haltung zeigte, daß Duroy, ohne zu begreifen weshalb, von neuem dieselbe unerklärliche Unsicherheit und Verlegenheit fühlte; vielleicht durch den unbewußten Vergleich der Schnitte ihrer Anzüge hervorgerufen. Dieser Diener, der Lackschuhe trug, nahm Duroy den Überzieher ab, den dieser auf dem Arm getragen hatte, damit die Flecke nicht allzu sichtbar waren, und fragte ihn:

„Wen darf ich melden?"

Dann hob er den Türvorhang und rief den Namen in den Salon hinein.

Aber Duroy verließ plötzlich alle seine Würde. Er fühlte sich vor Furcht gelähmt und atmete schwer. Er stand jetzt an der Schwelle eines neuen Lebens, von dem er geträumt und auf das er gehofft hatte.

Trotzdem ging er weiter. Eine junge, blonde Dame stand ganz allein in einem großen hellerleuchteten Zimmer, das voller Topfpflanzen war, wie ein Treibhaus.

Ganz außer Fassung gebracht, blieb er plötzlich stehen. Wer war diese Dame, die ihn lächelnd erwartete? Dann fiel ihm ein, daß Forestier verheiratet war, und der Gedanke, daß diese hübsche, elegante Blondine die Frau seines Freundes war, verblüffte ihn vollends.

Er murmelte:

„Madame, ich bin ..."

Sie reichte ihm die Hand.

„Ich weiß es, mein Herr. Charles hat mir erzählt, wie er Sie gestern getroffen hat, und ich bin sehr froh, daß er den guten Einfall hatte, Sie heute zum Diner einzuladen."

Er errötete bis an die Ohren und wußte absolut nicht, was er erwidern sollte. Er fühlte sich beobachtet, von Kopf bis zu den Füßen gemustert, abgeschätzt, gewogen. Er hatte Lust, sich zu entschuldigen, einen Grund zu erfinden, um die Nachlässigkeit seiner Kleidung zu erklären, aber er fand keinen, und wagte es nicht, diesen heiklen Punkt zu berühren. Er setzte sich in einen Armsessel, den sie ihm anbot, und als er unter sich den weichen und elastischen Samt des Polsters fühlte, als dessen Seitenlehnen ihn wie ein

Paar zärtlicher Arme umfingen, da war es ihm, als sei er jetzt endlich in ein neues, reizvolles Leben getreten, als hätte er was Kostbares erobert, als sei er nun endlich etwas geworden; und er betrachtete Frau Forestier, deren Blicke unverwandt auf ihm ruhten. Sie trug ein hellblaues Kaschmirkleid, das ihre biegsame Figur und ihre volle Brust zur Geltung brachte. Durch die weißen Spitzen, mit denen der Kragen und die kurzen Ärmel besetzt waren, schimmerte das Fleisch ihrer Arme und ihres Busens, und die Haare, die auf dem Scheitel zusammengenommen waren und sich im Nacken leicht kräuselten, bildeten eine leichte Flaumwolke über dem Halse.

Ihre Blicke beruhigten Duroy, sie erinnerten ihn, ohne daß er wußte warum, an den Blick des Mädchens, das er gestern in den Folies Bergère getroffen hatte. Madame Forestier hatte blaugraue Augen, von einem seltsamen Ausdruck, eine schmale Nase, starke Lippen, ein etwas fleischiges Kinn und unregelmäßige, verführerische Gesichtszüge voll Anmut, Liebenswürdigkeit und List. Es war eins von diesen Gesichtern, die mit jeder Linie einen besonderen Reiz und Schönheit ausdrücken und die mit jeder Bewegung etwas zu sagen oder zu verbergen scheinen. Nach einer kurzen Pause fragte sie ihn:

„Sind Sie schon lange in Paris?“

Er gewann allmählich seine Selbstbeherrschung wieder:

„Seit einigen Monaten erst, Madame. Ich bin bei der Eisenbahn angestellt, aber Ihr Gatte hatte mir die Hoffnung gemacht, ich könnte mit seiner Hilfe Journalist werden.“

Sie hatte ein noch ausdrucksvolleres und wohlwollenderes Lächeln und murmelte mit leiser Stimme:

„Ich weiß.“

Es klingelte von neuem und der Diener meldete: „Madame de Marelle.“

Es war eine kleine Brünette, die mit flinken Bewegungen eintrat. Ihre Gestalt schien von Kopf bis zu den Füßen in ihrem ganz einfachen dunklen Kleide hervorzutreten. Nur eine rote Rose, die sie sich ins Haar gesteckt hatte, zog gewaltsam das Auge an. Sie unterstrich den Charakter ihres Aussehens, sie betonte ihr eigenartiges Wesen und gab ihr den lebhaften, schnellen Ausdruck, der zu ihr paßte. Ein kleines Mädchen in kurzem Kleide folgte ihr. Madame Forestier eilte ihr entgegen:

„Guten Tag, Clotilde.“

„Guten Tag, Madeleine.“

Sie umarmten sich. Dann hielt das Kind seine Stirn zum Kusse hin, mit der Sicherheit einer Erwachsenen und sagte:

„Guten Tag, Kusine.“

Madame Forestier gab ihr einen Kuß und stellte dann vor:

„Monsieur Georges Duroy, ein guter Freund von Charles, — Madame de Marelle, meine Freundin und Verwandte."

Sie fügte hinzu:

„Sie wissen, wir sind hier ganz einfach unter uns, ohne Feierlichkeit und Zwang. Das ist selbstverständlich, nicht wahr?"

Der junge Mann verbeugte sich.

Doch die Tür ging von neuem auf und ein ganz kleiner, runder, dicker Herr erschien. Er führte am Arm eine große, schöne Frau, größer als er selbst, viel jünger, mit vornehmem Benehmen und ernstem Wesen. Das war Herr Walter, Deputierter, Finanzier, Geld- und Geschäftsmann, ein südfranzösischer Jude, Direktor der Vie Française, und seine Frau, geborene Basile-Ravalau, die Tochter des Bankiers gleichen Namens. Dann kamen gleich nacheinander der elegante Jaques Rival und Norbert de Varenne, dessen Rockkragen unter der steten Berührung der langen Dichtermähne glänzte, die bis an die Schulter reichte und diese mit kleinen weißen Schuppen bedeckte.

Seine schlecht gebundene Krawatte schien er nicht das erstemal zu tragen. Mit der Grazie eines galanten alten Herrn küßte er Frau Forestier auf das Handgelenk und sein langes Haar fiel dabei wie ein Wasserfall auf den nackten Arm der jungen Dame. Nun erschien auch der Hausherr und entschuldigte sich für sein spätes Erscheinen. Er sei jedoch in der Redaktion durch den Fall Morel zurückgehalten worden. Der radikale Abgeordnete Morel hatte soeben den Minister wegen einer Kreditforderung für die Kolonisierung Algiers interpelliert.

Der Diener meldete: „Es ist angerichtet!"

Man ging in das Speisezimmer.

Duroy saß bei Tisch zwischen Madame de Marelle und ihrer Tochter. Er fühlte sich von neuem verlegen, weil er fürchtete, irgendeinen Irrtum in der richtigen Handhabung von Gabel, Löffel oder Gläsern zu begehen. Vier Gläser standen vor ihm, von denen eins etwas matt bläulich war. Was mochte man wohl aus diesem trinken? Während der Suppe herrschte Schweigen, dann fragte Norbert de Varenne:

„Haben Sie den Prozeß Gauthier gelesen?"

Und nun redete man hin und her über diesen Ehebruchsskandal, der durch eine Erpressung besonders verwickelt war. Man sprach nicht darüber, wie man im Familienkreis über Ereignisse spricht, die in den Zeitungen stehen, sondern wie man unter Ärzten über Krankheiten, unter Obsthändlern über Früchte spricht. Man war nicht entrüstet oder erstaunt über die Tatsachen, man forschte nur mit einer beruflichen Sorgfalt und mit vollständiger Gleichgültigkeit gegenüber dem Verbrechen selbst, nach dessen tieferen, verborgenen Ursachen. Man suchte einfach die Motive der Handlung zu erklären, all die psychischen Vorgänge, die dieses Drama veranlaßt hatten; es war sozusagen das wissenschaftliche Resultat einer besonderen Geistesverfassung. Auch die Damen nahmen an dieser Untersuchung regsten Anteil.

Es wurden dann noch andere Ereignisse diskutiert, besprochen, von allen Seiten beleuchtet und nach ihrer Wichtigkeit beurteilt mit dem scharfen, praktischen Sinn der Zeitungsmenschen, der Nachrichtenhändler, des zeilenweisen Verschacherns der menschlichen Komödie, genau, wie man unter Kaufleuten die Gegenstände prüft und dreht und abschätzt, bevor man sie dem Publikum zum Verkauf anbietet. Dann kam das Gespräch auf ein Duell, und Jaques Rival ergriff das Wort. Das war sein Fach: niemand anders durfte diese Frage behandeln.

Duroy traute sich nicht, an der Unterhaltung teilzunehmen. Er betrachtete ein paarmal seine Nachbarin, deren üppiger Busen ihn erregte. An ihrem Ohr hing ein Diamant, der durch einen dünnen Goldfaden gehalten wurde, wie ein Wassertropfen, der über das Fleisch geglitten war. Von Zeit zu Zeit machte sie eine Bemerkung, die stets ein Lächeln auf ihren Lippen hervorrief. Sie hatte einen witzigen, liebenswürdigen, schnell auffallenden Esprit, den Esprit eines alles wissenden Gassenjungen, der die Dinge mit Gleichmut betrachtet und mit leichtem, lustigem Spott über sie hinweggeht.

Duroy versuchte vergeblich, ihr irgendein Kompliment zu sagen, und da er nichts fand, beschäftigte er sich mit ihrer Tochter; er goß ihr Wein ein, hielt ihr die Schüssel, bediente sie und erwies sich als aufmerksamer Nachbar. Das Kind war viel ernster als seine Mutter, dankte mit ruhiger Würde, nickte mit dem Kopf und sagte:

„Sie sind sehr liebenswürdig...“, und dann lauschte sie wieder mit nachdenklichem Gesichtsausdruck der Unterhaltung der Erwachsenen.

Das Essen war vortrefflich und fand allgemeinen Beifall. Herr Walter aß wie ein hungriger Wolf, sprach fast gar nichts und betrachtete unter seinem Kneifer mit schrägen Blicken die Speisen, die ihm serviert wurden. Norbert de Varenne wetteiferte mit ihm und ließ Sauce auf den Hemdeinsatz fallen.

Forestier überwachte das Ganze mit lächelnder Aufmerksamkeit, er wechselte von Zeit zu Zeit mit seiner Frau Blicke des Einverständnisses, als wollte er sagen: „Siehst du, unser schwieriges, gemeinsames Werk klappt ausgezeichnet.“

Die Gesichter wurden rot, die Stimmen laut. Alle Augenblicke flüsterte der Diener den Gästen ins Ohr: „Corton — Château Larose.“

Duroy fand den Corton nach seinem Geschmack und ließ jedesmal sein Glas füllen. Eine angenehme, erwärmende Fröhlichkeit erfüllte ihn, eine heiße Freude, die ihm vom Magen in den Kopf stieg, durch seine Adern rann und ihn ganz durchdrang. Er fühlte sich von vollkommenstem Behagen erfüllt, von einem Behagen des Lebens und Denkens, des Körpers und der Seele.

Und es überkam ihn ein Verlangen, zu sprechen, sich hervorzutun, gehört und geschätzt zu werden, wie diese Männer, deren geringste Bemerkungen lauten Beifall fanden.

Die Unterhaltung ging unaufhörlich, sprang von einer Ansicht zur anderen, hatte nun alle Ereignisse des Tages erschöpft und dabei tausend Fragen gestreift. Dann kehrte sie zu der großen Interpellation des Herrn Morel über die Kolonisation in Algier zurück.

Herr Walter machte zwischen zwei Gängen ein paar scherzhafte Bemerkungen, denn er war geistreich und für Witze veranlagt. Forestier erzählte über seinen Artikel vom nächsten Tage. Jaques Rival verlangte eine militärische Verwaltung mit Überlassung von Ländereien an alle Offiziere, die zwanzig Jahre im Kolonialdienst verbracht hatten.

„Auf diese Weise“, sagte er, „werden sie eine energische Bevölkerung schaffen, die das Land seit längerer Zeit kennt und liebt, seine Sprache beherrscht und über alle Schwierigkeiten in kolonialen Fragen Bescheid weiß, an denen die Neulinge unfehlbar stolpern müssen.“

Norbert de Varenne unterbrach ihn.

„Ja ... sie werden über alles Bescheid wissen, nur nicht über die Landwirtschaft. Sie werden Arabisch verstehen, aber keine Ahnung davon haben, wie man Rüben pflanzt oder Getreide sät. Sie werden stark im Fechten sein und schwach im Düngen. Nein, dieses neue Land muß für jedermann offen sein. Die Tüchtigen werden dann dort ihren Weg machen, die anderen gehen eben zugrunde. Das ist ein soziales Gesetz.“

Es folgte ein kurzes Schweigen. Man lächelte.

George Duroy öffnete den Mund, und erstaunt über den Klang seiner Stimme, als ob er sich selbst noch nie hatte reden hören, sagte er:

„Woran es da unten am meisten fehlt, das ist der gute Boden. Die wirklich fruchtbaren Ländereien kosten da gerade soviel wie in Frankreich und werden als Kapitalanlage von reichen Parisern aufgekauft. Die wirklich armen Kolonisten, die auswandern, um Brot zu gewinnen, sind auf die Wüste angewiesen, wo aus Mangel an Wasser gar nichts gedeiht.“

Alle blickten ihn an; er fühlte, wie er rot wurde.

Herr Walter fragte: „Kennen Sie Algier, mein Herr?“

Er antwortete: „Jawohl, mein Herr, ich war dort achtundzwanzig Monate und habe mich in allen drei Provinzen aufgehalten.“

Nun fragte ihn plötzlich Norbert de Varenne, der den Fall Morel vergaß, über die Einzelheiten in den Sitten der Eingeborenen, die er von einem Offizier erfahren hatte.

Es handelte sich um Mzab, eine seltsame, kleine, arabische Republik inmitten der Sahara, im trockensten Teile jenes heißen Erdteiles.

Duroy war zweimal in Mzab gewesen und erzählte nun von den Sitten dieses eigenartigen Landes, wo Wassertropfen Goldwert haben und jeder Bewohner zu allen öffentlichen Arbeiten verpflichtet ist und im Handel und Gewerbe eine Ehrlichkeit herrscht, wie man sie bei zivilisierten Völkern in Europa kaum kennt.

Er sprach mit einem gewissen Schwung; der Wein und der Wunsch zu gefallen, trieben ihn an. Er erzählte Anekdoten aus dem Soldatenleben, Kriegsgeschichten und allerlei kleine Züge aus dem Leben der Araber. Er fand sogar ein paar farbige Ausdrücke zur Schilderung der weiten, gelben Wüstenebene, die unter der verzehrenden Sonnenglut in ewiger öde liegt. Alle Damen hielten die Augen auf ihn gerichtet.

Frau Walter murmelte mit ihrer langsamen Stimme:

„Sie könnten aus ihren Erinnerungen eine Reihe reizender Artikel machen."

Daraufhin betrachtete auch Herr Walter über seinen Kneifer den jungen Mann, wie er es immer tat, wenn er ein Gesicht wirklich genau sehen wollte. Die Speisen sah er sich unter dem Kneifer hinweg an.

Forestier ergriff die Gelegenheit:

„Verehrter Chef, ich erzählte Ihnen bereits von Herrn George Duroy, und bat Sie, ihn für die politischen Informationen bei uns anzustellen. Seitdem Marambot uns verlassen hat, habe ich niemanden für dringende und vertrauliche Erkundigungen zur Verfügung und für die Zeitung ist dieser Mangel recht bedeutend."

Papa Walter wurde plötzlich ganz ernst und nahm seine Brille ab, um Duroy noch genauer betrachten zu können. Dann sagte er:

„Sicherlich hat Herr Duroy einen originellen Verstand. Wenn er mich morgen nachmittag um drei Uhr besuchen will, werden wir das besprechen."

Nach einer kurzen Pause wandte er sich direkt an den jungen Mann:

„Aber schreiben Sie uns sofort eine kleine Reihe von Erinnerungen über Algier. Erzählen Sie über Ihre Eindrücke und bringen Sie damit die Kolonialfrage in Verbindung, so wie Sie es eben taten. Es ist aktuell, höchst aktuell, und es wird unseren Lesern ohne Zweifel zusagen.

Aber beeilen Sie sich. Ich brauche den ersten Artikel schon morgen oder übermorgen, damit wir das Publikum bearbeiten können, solange man darüber in der Kammer debattiert."

Frau Walter fügte mit jener ernsthaften Liebenswürdigkeit, die sie immer zeigte, noch hinzu:

„Und Sie hätten einen reizenden Titel: Erinnerungen eines afrikanischen Jägers , nicht wahr, Herr Norbert?“

Der alte Dichter, der erst spät zu Ansehen und Ruhm gekommen war, verabscheute Neulinge und mißtraute ihnen. Er antwortete trocken:

„Ja, ausgezeichnet, vorausgesetzt, daß die Artikel auch die entsprechende Stimmung haben werden, was sehr schwer sein wird. Es kommt nämlich auf die richtige Stimmung an, oder musikalisch ausgedrückt, auf den Ton.“

Madame Forestier warf Duroy einen wohlwollenden, lächelnden Blick zu, wie ein erfahrener Kenner, der sagen will: „Du, du wirst schon deinen Weg machen.“

Madame de Marelle hatte sich mehrmals zu ihm hingedreht, und der Diamant in ihrem Ohr zitterte unaufhörlich, als wollte der dünne Wassertropfen sich ablösen und fallen. Nur die Kleine blieb unbeweglich und ernst und hielt den Kopf über ihren Teller gebeugt.

Der Diener ging rings um den Tisch und schenkte Johannisberger in die mattblauen Gläser, und dann wendete sich Forestier zu Herrn Walter und brachte einen Trinkspruch aus: „Auf langes Gedeihen der Vie Française!“

Alle verbeugten sich vor dem Chef, der lächelte, und Duroy, durch seinen Erfolg berauscht, leerte sein Glas in einem Zuge. Er hätte, so war ihm zumute, ein ganzes Faß austrinken können, er hätte einen Ochsen aufessen, einen Löwen erwürgen können. Er fühlte übermenschliche Kraft in sich, unbesiegbare Energie und unbegrenzte Hoffnungen. Jetzt war er inmitten dieser Menschen zu Hause, er hatte sich hier eine Stellung verschafft, seinen Platz erobert. Jetzt blickte er jedem einzelnen zuversichtlich ins Auge, und zum ersten Male wagte er auch seine Nachbarin anzusprechen.

„Sie haben die schönsten Ohrringe, Madame, die ich je gesehen habe.“

Lächelnd wandte sie sich zu ihm hin.

„Es war ein guter Einfall von mir, die Diamanten so einfach am Ende eines Goldfadens aufzuhängen. Nicht wahr, sie sehen aus wie Tautropfen?“

Verwirrt durch seine eigene Kühnheit und voller Angst, ob er auch nicht eine Albernheit sage, murmelte er:

„Ganz reizend ... Aber an Ihren Ohren sehen sie besonders schön aus.“

Sie dankte ihm mit einem Blick, mit einem jener offenen Frauenblicke, die bis ins Herz dringen.

Als er den Kopf herumwandte, begegnete er wieder den Augen der Frau Forestier, die ihn noch immer wohlwollend ansahen, doch glaubte er in ihnen jetzt eine lebhaftere Heiterkeit, eine leise Hinterlist und eine Ermutigung zu lesen.

Die Herren redeten jetzt alle durcheinander, mit lebhaften Gebärden und schallender Stimme. Man besprach den Riesenplan der Untergrundbahn. Der Gegenstand war auch beim Dessert noch nicht erschöpft und jeder hatte einige Dinge zu sagen über die zu langsamen Verbindungen in Paris, über die Unbequemlichkeiten der Straßenbahn und der Omnibusse und über die grobe Unverschämtheit der Droschenkutscher.

Dann verließ man den Speisesaal, um Kaffee zu trinken. Duroy bot aus Scherz dem kleinen Mädchen seinen Arm an, das ihm mit ernster Miene dankte und sich auf die Fußspitzen stellte, um ihre Hand auf den Arm des Nachbars legen zu können.

Als er in den Salon eintrat, hatte er von neuem das Gefühl, in ein Treibhaus zu kommen. Hohe Palmen öffneten ihre anmutigen Fächer in allen vier Ecken, stiegen bis zur Decke empor und verbreiteten sich dann wie Wasserstrahlen. Zu beiden Seiten des Kamins standen zwei runde Gummibäume mit ihren langen, dunkelgrünen, übereinander wachsenden Blättern, und auf dem Flügel prangten zwei ganz originelle, runde Sträucher, mit Blüten bedeckt, die einen dunkelrosa, die anderen schneeweiß. Sie sahen aus, als ob sie künstlich wären und zu schön, um echt zu sein.

Die Luft war angenehm frisch, von einem diskreten, zarten Parfüm erfüllt, das man nicht näher bestimmen konnte.

Duroy fühlte sich jetzt bedeutend sicherer und sah sich das Zimmer aufmerksam an. Es war nicht groß, und außer den Sträuchern war nichts darin, was den Blick besonders auf sich lenkte, keine lebhaften Farben traten hervor; man fühlte sich ruhig und gemütlich darin; es umfing den Körper sanft wie eine zärtliche Liebkosung. Die Wände waren mit einem alten, violetten Stoff bespannt, mit kleinen gelblichen Pünktchen, die kleine Blümchen darstellten und so groß waren wie eine Fliege. Blaugraue Tuchportieren mit leichten Stickereien aus roter Seide bedeckten die Türen und Fenster, und durch das ganze Zimmer standen, wahllos verstreut, Sitzmöbel in allen Formen und Größen, Chaiselongues, große und kleine Fauteuils, Puffs und Taburetts mit Louis-XVI.-Seide oder schönem Utrechter Samt bezogen, mit granatfarbenem Muster auf cremefarbenem Grund.

„Nehmen Sie eine Tasse Kaffee, Herr Duroy?“

Frau Forestier reichte ihm die volle Tasse mit einem freundlichen Lächeln, das ihre Lippen nicht verließ.

„Ja, gnädige Frau, ich danke Ihnen.“

Er nahm ihr die Tasse aus der Hand, und während er sich ängstlich vorbeugte, um mit der silbernen Zange ein Stück Zucker aus der Schale zu nehmen, die das kleine Mädchen hielt, sagte die junge Dame halblaut:

„Sie müssen jetzt Frau Walter den Hof machen.“

Dann entfernte sie sich, bevor er ein Wort hatte antworten können.

Zunächst trank er seinen Kaffee aus, weil er fürchtete, denselben womöglich noch auf den Teppich zu gießen. Dann fühlte er sich etwas freier und suchte nach einer Möglichkeit, sich der Frau seines zukünftigen Direktors zu nähern und eine Unterhaltung anzuknüpfen.

Plötzlich bemerkte er, daß sie eine leere Tasse in der Hand hielt. Sie befand sich ziemlich weit von einem Tisch und wußte nicht recht, wo sie die Tasse hinstellen sollte. Er eilte auf sie zu.

„Gestatten Sie, Madame."

„Ich danke Ihnen, mein Herr."

Er trug die Tasse fort und kam wieder zurück:

„Wenn Sie wüßten, gnädige Frau, welch glückliche Stunden mir die Vie Française da unten in der Wüste bereitet hat. Sie ist wirklich die einzige Zeitung, die man außerhalb Frankreichs lesen kann, denn sie ist geistvoller, literarischer und lange nicht so monoton und banal wie die übrigen. Man findet alles, was man will."

Sie lächelte mit liebenswürdiger Gleichgültigkeit und sagte dann ernst:

„Herr Walter hat sich viel Mühe gegeben, eine solche Zeitung zu schaffen. Sie entspricht dem jetzigen modernen Bedürfnis."

Sie begannen zu plaudern. Er sprach leicht und oberflächlich mit einer reizvollen Stimme. Auch hatte er viel Anmut im Blick und einen unwiderstehlich bestechenden Schnurrbart. Er wirbelte sich kraus und allerliebst auf der Lippe, dunkelblond, mit einem Stich ins Rötliche, während die Haarspitzen etwas heller schimmerten.

Sie unterhielten sich über Paris und seine Umgebung, über die Ufer der Seine, über die Badeorte, Sommerfrischen und alle diese Dinge, über die man ohne jegliche geistige Anstrengung endlos plaudern kann.

Dann trat Norbert de Varenne mit einem Likörglas in der Hand heran, und Duroy zog sich diskret zurück.

Madame de Marelle, die sich eben mit Madame Forestier unterhielt, rief ihn heran: „Also, Sie wollen es mit dem Journalismus versuchen?" fragte sie etwas schroff.

Da sprach er mit unbestimmten Worten über seine Pläne und begann dann mit ihr genau dieselbe Unterhaltung, die er vorher mit Frau Walter geführt hatte. Jetzt, wo er den Gegenstand besser beherrschte, zeigte er sich etwas gewandter und wiederholte, wie aus sich heraus, das, was er gerade gehört hatte. Dabei blickte er seiner Dame fortwährend in die Augen, wie um seinen Worten einen tieferen Sinn zu geben.

Sie erzählte ihm ihrerseits Geschichten mit dem lebhaften Ton einer Frau, die weiß, daß sie geistreich und witzig ist, und die immer lustig wirken kann. Dann wurde sie vertraulich, legte die Hand auf seinen Arm, senkte die Stimme, um Nichtigkeiten zu sagen, die dadurch das Gepräge einer Vertraulichkeit erhielten.

Er war innerlich entzückt, der jungen Frau, die sich ihm so eifrig widmete, auch körperlich nahe zu sein. Am liebsten hätte er um ihretwillen sofort irgendeine große Tat vollführt und ihr gestanden, daß er sie schätze und nur deswegen manchmal verstumme, weil er ganz von ihr eingenommen sei.

Aber plötzlich rief Madame de Marelle ohne jede Veranlassung: „Laurine!“ Das kleine Mädchen kam. „Setz dich hierher, mein Kind, du erkältest dich am Fenster!“

Und Duroy empfand ein tolles Verlangen, das Kind zu küssen, als sollte auch die Mutter von diesem Kusse etwas verspüren. Er fragte in einem galanten, väterlichen Ton:

„Darf ich Sie küssen, kleines Fräulein?“

Das Kind sah ihn erstaunt an. Madame de Marelle sagte lachend: „Antworte: heute möchte ich es schon, denn immer geht das nicht.“

Duroy setzte sich sofort hin, zog Laurine auf sein Knie und streifte die zarten, wolligen Haare des Kindes mit den Lippen.

Die Mutter war erstaunt: „Wie, sie ist nicht davongelaufen? Das ist ja sonderbar. Sonst läßt sie sich nur von Frauen küssen. Sie müssen unwiderstehlich sein, Herr Duroy.“

Er wurde rot, antwortete nichts und schaukelte mit einer leichten Bewegung das kleine Mädchen auf den Knien.

Madame Forestier trat zu ihm und stieß einen Ruf des Erstaunens aus: „Schau, ein Wunder, Laurine ist gezähmt.“

Jaques Rival trat mit der Zigarre im Munde heran und Duroy verabschiedete sich, um durch irgendein ungeschicktes Wort den guten Eindruck, den er gemacht hatte, nicht wieder zu zerstören und das begonnene Eroberungswerk in Frage zu stellen.

Er verbeugte sich, drückte leicht die kleinen Frauenhände, die sich ihm entgegenstreckten, und schüttelte kräftig den Herren die Hand. Es fiel ihm dabei auf, daß Jaques Rivals Hand heiß und trocken war und seinen Druck herzlich erwiderte, während die Hand Norbert de Varennes feucht und kalt war und sich kaum fassen ließ. Vater Walters Hand war kühl und weich, ohne Energie und Ausdruck, die Forestiers fett und warm. Sein Freund flüsterte ihm zu:

„Morgen um drei. Vergiß nicht!“

„O nein, sei unbesorgt!“

Als er sich wieder auf der Treppe befand, war seine Freude so groß, daß er am liebsten hinabgelaufen wäre. Er nahm immer zwei Stufen auf einmal.

Plötzlich erblickte er in dem großen Spiegel des zweiten Stockes einen übereiligen Herrn, der auf ihn zugesprungen kam. Beschämt blieb er stehen, als hätte man ihn auf einer Dummheit ertappt. Dann betrachtete er sich lange Zeit aufs höchste verwundert, daß er wirklich ein so hübscher Kerl war. Freundlich lächelte er sich zu und verabschiedete sich dann von seinem Ebenbild mit einem tiefen, feierlichen Gruß, wie man eine hochgestellte Persönlichkeit grüßt.

III.

Georges Duroy befand sich wieder auf der Straße und überlegte, was er tun sollte. Er hatte Lust zu laufen, zu träumen, immerfort zu gehen, an seine Zukunft zu denken und die milde Nachtluft einzuatmen; doch der Gedanke an die Artikelserie, die Vater Walter bestellt hatte, gab ihm keine Ruhe, und er beschloß, sofort nach Hause zu gehen und sich an die Arbeit zu setzen. Mit eiligen Schritten ging er weiter, erreichte den äußeren Boulevard und gelangte endlich in die Rue Boursault, wo er wohnte. Seine Wohnung befand sich in einem sechsstöckigen Haus, das von etwa zwanzig Arbeiter- und Kleinbürgerfamilien bevölkert war. Er stieg die Treppe hinauf und beleuchtete mit Wachsstreichhölzern die schmutzigen Stufen, auf denen Papierfetzen, Zigarrenstummel und Küchenabfälle herumlagen. Er empfand ein widerwärtiges Gefühl und einen Drang, so rasch als möglich von hier fortzukommen und so zu wohnen, wie es die reichen Leute tun, in sauberen Wohnungen mit schönen Teppichen. Ein schwerer Geruch von Speiseresten, Unrat und unsauberer Menschlichkeit, ein stagnierender Duft von Fett und Mauern, den kein frischer Luftzug vertreiben konnte, erfüllte das Haus von oben bis unten.

Das Zimmer des jungen Mannes lag im fünften Stock und ging wie auf einen tiefen Abgrund, auf den weiten Einschnitt der Westbahn, gerade oberhalb der Tunneleinfahrt, vor dem Bahnhof Batignolles, hinaus. Duroy öffnete das Fenster und lehnte sich auf das verrostete, eiserne Fensterbrett.

Unter ihm glühten in der Tiefe der finsteren Wölbung drei rote, unbewegliche Signallaternen wie große, feurige Raubtieraugen, und weiter, immer weiter, sah er immer noch andere Lichter. Fortwährend gellten lange und kurze Pfiffe durch die Nacht, die einen nahe, die andern kaum hörbar in der Richtung nach Asnieres. Sie klangen wie menschliche, rufende Stimmen. Einer kam näher und näher, sein klagender Ton klang von Sekunde zu Sekunde lauter; plötzlich blitzte ein großes gelbes Licht auf, das lärmend dahinrollte, und Duroy sah die lange Wagenreihe in der Tunnelmündung verschwinden.

Dann sagte er zu sich: „Also an die Arbeit“, und stellte das Licht auf den Tisch. Doch wie er sich hinsetzen wollte, um zu schreiben, bemerkte er erst, daß er nur eine Schachtel Briefpapier hatte.

„Das ist kein Unglück“; er half sich, indem er die Bogen auseinanderfaltete und sie in ihrer ganzen Größe benutzte. Er tauchte die Feder in die Tinte und schrieb mit seiner schönen Handschrift auf den Kopf des ersten Bogens die Worte:

„Erinnerungen eines afrikanischen Jägers.“

Dann suchte er nach dem Anfang des ersten Satzes. Er saß, den Kopf auf die Hände gestützt, die Augen auf das weiße Papier gerichtet, das sich vor ihm ausbreitete. Was sollte er schreiben? Er fand absolut nichts von dem wieder, was er kurz vorher erzählt hatte, keine Anekdote, keine einzige Tatsache, nichts. Plötzlich fiel ihm ein: „Ich muß mit meiner Abreise aus der Heimat beginnen.“ Und er schrieb: „Es war ungefähr am 15. Mai des Jahres 1874, als das erschöpfte Frankreich sich von den Schicksalsschlägen der schrecklichen Kriegsjahre erholte.“

Dann stockte er wieder, er wußte nicht, wie er nun das Folgende schildern sollte, seine Einschiffung, die Reise, seine ersten Eindrücke ... Nachdem er zehn Minuten gegrübelt hatte, beschloß er, diesen einleitenden Teil auf den nächsten Morgen zu verschieben und einstweilen mit der Beschreibung von Algier zu beginnen.

Und er schrieb auf sein Papier:

„Algier ist eine ganz weiße Stadt...“, da blieb er wieder stecken. Er sah in Gedanken die hübsche, helle Stadt vor sich, die sich von der Höhe des Gebirges bis zum Meer hinunterzog, wie eine Kaskade von niedrigen Häusern mit flachen Dächern. Aber er fand keinen Ausdruck für das, was er gesehen und empfunden hatte.

Mit vieler Mühe und Anstrengung schrieb er weiter: „Sie ist zum Teil von Arabern bewohnt...“ Dann warf er seine Feder auf den Tisch und stand auf. Auf seinem schmalen, eisernen Bett, in das sein Körper ein Loch eingedrückt hatte, sah er seine Werktagskleider herumliegen, schäbig, abgerissen, wie Lumpen aus der Morgue. Auf dem Strohstuhl stand sein Seidenzylinder, der einzige Hut, den er besaß, und schien hilfsbedürftig mit der Öffnung nach oben um ein Almosen zu bitten.

Die graue Tapete mit blauen Blumensträußen hatte ebensoviel Schmutz als Blumen, alte, verdächtig aussehende Flecke unbestimmter Herkunft, totgedrückte Insekten und Ölkleckse, fettige Fingerabdrücke und Seifenschaumspuren, die während des Waschens angespritzt waren. Das alles roch nach dem nacktesten Elend, nach dem Elend eines möblierten Zimmers. Und eine Erbitterung ergriff ihn gegen die Armseligkeit seines bisherigen Lebens. Er sagte sich, daß er sofort schon morgen aus ihr hinaus müßte, um endlich diesem kümmerlichen Dasein ein Ende zu machen.

Plötzlich überkam ihn ein neuer Arbeitseifer, er setzte sich wieder an den Tisch und suchte wieder nach Worten, um den eigenartigen und reizvollen Eindruck von Algier zu schildern, dieses Eingangstor in das geheimnisvolle und tiefe Afrika, in das Land umherstreifender Araber und unbekannter Negerstämme, in das unerforschte und verlockende Afrika, dessen unwahrscheinliche Tierwelt uns bisweilen in den öffentlichen Gärten gezeigt wird; ganz merkwürdige Tiere, wie aus dem Märchenlande: Strauße, Riesenhühner, Gazellen, prächtige Ziegen, groteske Giraffen, schwere, ernste Kamele, ungeheuerliche Nilpferde, plumpe Rhinozerosse und Gorillas, diese abscheulichen Ebenbilder der Menschen.

Unbestimmte Gedanken schweiften in seinem Kopf; er hätte sie vielleicht erzählen können, aber er vermochte sie nicht in geschriebene Sätze zu fassen. Seine Ohnmacht erregte ihn fieberhaft, er sprang wieder auf, seine Hände schwitzten und das Blut hämmerte in den Schläfen.

Seine Blicke fielen auf die Rechnung der Waschfrau, die der Concierge ihm heraufgebracht hatte, und von neuem überfiel ihn eine grenzenlose Verzweiflung. Seine Freude war im Augenblick dahin und mit ihr sein Selbstvertrauen und die Hoffnung auf seine Zukunft. Es war aus — alles aus; er würde es zu nichts bringen und würde nichts werden. Er fühlte sich leer, unfähig, unnütz und verdammt. Er trat an das Fenster und blickte hinunter. Ein Zug kam mit tosendem Lärm aus dem Tunnel heraus, um über Felder und Ebenen nach der Meeresküste zu fahren. Und Erinnerung an seine Eltern erfüllte das Herz Duroys.

Dieser Zug würde nur wenige Meilen von ihrem Hause vorbeifahren. Er sah es wieder, dieses kleine Häuschen am Eingange des Dorfes Canteleu, oben auf dem Abhang, der Rouen und das weite Tal der Seine beherrschte. Sein Vater und seine Mutter hatten eine kleine Schenke, ein Wirtshaus, wo die Einwohner des kleinen Vororts Sonntags zu frühstücken pflegten. Es hieß „Zur schönen Aussicht". Sie hatten aus ihrem Sohn einen „Herrn" machen wollen und schickten ihn aufs Gymnasium. Nach Beendigung seiner Studienzeit fiel er beim Examen durch und hatte sich zum Militärdienst gemeldet, in der Absicht, Offizier, Oberst, General zu werden. Doch das Soldatenleben hatte ihn nicht befriedigt, und so war er, ehe er seine fünf Jahre Dienstzeit absolviert hatte, nach Paris gegangen, um dort sein Glück zu machen.

So war er hierhergekommen trotz der Bitten seiner Eltern, die ihn, als sie den Fehlschlag ihrer Hoffnungen einsahen, bei sich behalten wollten. Er seinerseits hoffte auf die Zukunft; der Erfolg mußte kommen, er wußte nur nicht wie, aber er würde Mittel und Wege finden, ihn an sich zu reißen.

Schon im Regiment hatte er immer Glück bei Frauen gehabt und hatte in besseren Kreisen ein paar Abenteuer gehabt. Er hatte die Tochter des Steuereinnehmers verführt, die alles im Stich lassen wollte, um ihm zu folgen, und dann die Frau eines Anwalts, die, als er sie verlassen hatte, sich aus Verzweiflung zu ertränken versuchte.

Seine Kameraden nannten ihn einen Schlaukopf, einen Racker, der klug genug sei, sich aus der Klemme zu ziehen, und er hatte sich fest vorgenommen, dieser Kritik Ehre zu machen.

Sein angeborenes, normannisches Gewissen war durch die tägliche Praxis des Soldatenlebens, durch die Beispiele von Räubereien in Afrika, von unerlaubtem Mißbrauch, von bedenklichen Prellereien abgestumpft und elastisch geworden; außerdem war er überreizt von den in der Armee geltenden Ehrbegriffen, von den quasi heroischen Taten, von denen die Unteroffiziere unter sich zu erzählen wissen und von dem ganzen Ruhmesglanz des Soldatenlebens, so daß sein Gewissen zu einer Art Kiste mit dreifachem Boden wurde, wo alles mögliche zu finden war.

Doch der Drang, Karriere zu machen, beherrschte alles andere.

Ohne dessen bewußt zu sein, war er wieder in Träumereien versunken, wie das allabendlich geschah. Er träumte von einem Liebesabenteuer, das ihm mit einem Schlage die Erfüllung aller seiner Hoffnungen bringen sollte. Er würde die Tochter eines Bankiers oder eines vornehmen großen Herrn heiraten, nachdem er sie auf der Straße getroffen und auf den ersten Blick erobert hätte.

Der schneidende Pfiff einer einzelnen Lokomotive, die ganz allein, wie ein großes Kaninchen aus seinem Bau, aus dem Tunnel hervorkam und mit vollem Dampf über die Schienen nach dem Maschinenschuppen lief, erweckte ihn aus seinen Träumen. Die etwas verwirrten Gedanken an diese frohen Hoffnungen, die sein ganzes Innere erfüllten, hatten ihn erfrischt, und er warf einen Kuß in die Nacht hinaus, einen Liebesgruß an das Bild der ersehnten Frau, einen Kuß des Verlangens nach dem Glück, das er begehrte. Dann schloß er das Fenster und begann sich auszukleiden, wobei er murmelte: „Ach was, morgen früh werde ich besser aufgelegt sein. Heute abend ist mein Kopf zu schwer, vielleicht habe ich auch ein bißchen zuviel getrunken. Unter solchen Bedingungen kann man nicht gut arbeiten.“ Er legte sich zu Bett, blies die Lampe aus und schlief fast unmittelbar danach ein.

Er wachte frühzeitig auf, wie man an Tagen lebhafter Hoffnungen oder großer Sorgen aufwacht, sprang aus dem Bett und öffnete das Fenster, um einen Schluck frischer Luft zu nehmen, wie er zu sagen pflegte.

Die Häuser in der Rue de Rome gerade gegenüber, jenseits des breiten Eisenbahndammes, leuchteten im hellen Schein der Morgensonne, als wären sie mit Licht weiß gemalt. Rechts in der Ferne sah er den Hügel von Argenteuil, die Höhen von Sannois und die Mühlen von Orgemont in leichtem, bläulichem Dunste, wie hinter einem dünnen, durchsichtigen Schleier, der auf den Horizont geworfen war.

Ein paar Minuten blieb Duroy in der Betrachtung der weiten Landschaft versunken und murmelte: „Es wäre doch verdammt schön da draußen an einem solchen Tag wie diesem.“ Dann fiel ihm ein, daß er arbeiten müßte, und zwar sofort, und daß er für zehn Sous den Jungen des Concierge zu seinem Bureau schicken müßte, um sich krank zu melden. Er setzte sich an den Tisch, tauchte die Feder in das Tintenfaß, stützte den Kopf mit der Hand und suchte nach Einfällen. Alles vergebens. Nichts fiel ihm ein.

Trotzdem verlor er nicht den Mut. Er dachte: „Es ist nicht so schlimm, ich bin eben nicht daran gewöhnt. Das ist ein Handwerk, das man wie jedes andere lernen muß. Die ersten paarmal muß ich mir helfen lassen. Ich werde Forestier aufsuchen, und er macht mir meinen Artikel in zehn Minuten zurecht.

Er zog sich an.

Als er auf der Straße war, dachte er, daß; es wohl noch zu früh sei, sich schon seinem Freunde vorzustellen, denn er pflegte lange zu schlafen. Er ging langsam unter den Bäumen der äußeren Boulevards auf und ab.

Es war noch nicht neun Uhr. Er erreichte den Park Monceau, der vom frischen Tau noch ganz feucht war. Er setzte sich auf eine Bank und begann wieder zu träumen. Ein sehr eleganter, junger Mann ging vor ihm auf und ab, offenbar in Erwartung einer Frau.

Endlich kam sie, verschleiert, mit hastigen Schritten, und nach einem kurzen Händedruck nahm er sie beim Arm und verschwand.

Ein stürmischer Trieb nach Liebe schoß durch Duroys Herz, ein heißes Verlangen nach einem vornehmen, parfümierten, zarten Liebesabenteuer. Er stand auf, setzte seinen Weg fort und dachte dabei an Forestier. Hatte der Glück gehabt!

An der Haustür traf er mit Forestier zusammen, der gerade fortgehen wollte: „Du hier? So früh? Was willst du denn?"

Duroy war verlegen, daß er ihn gerade beim Aufbruch störte und stotterte: „Es... es ... es handelt sich um meinen Artikel, ich kann ihn nicht fertigbringen, weißt du, den Artikel, den Herr Walter über Algier haben will. Es ist eigentlich kein Wunder, weil ich doch bisher noch nie geschrieben habe. Hier, wie bei allem, ist Übung nötig. Ich weiß ganz genau, ich werde mich sehr leicht hineinfinden, aber jetzt beim erstenmal weiß ich nicht recht, wie ich es anfassen soll. Ich habe wohl die Ideen, die sind alle da, aber es gelingt mir nicht, sie zum Ausdruck zu bringen."

Er hielt inne und zauderte ein wenig. Forestier lächelte listig und sagte:

„Das kenne ich."

„Ja," fuhr Duroy fort, „so muß es am Anfang jedem gehen. Ich wollte also ... ich wollte dich daher bitten, mir eine kleine. Anleitung zu geben. In zehn Minuten würdest du es mir schon zurechtmachen, mir den nötigen Schwung beibringen. Du würdest mir da eine gute Lektion im Stil geben, denn ohne dich, glaube ich, bringe ich es nicht fertig."

Der andere lächelte noch immer vergnügt. Er klopfte seinem alten Kameraden auf den Arm und sagte:

„Geh zu meiner Frau hinauf, sie wird die Sache ebensogut in Ordnung bringen wie ich. Ich habe ihr diese Arbeiten beigebracht. Ich habe leider heute früh keine Zeit, sonst hätte ich es ja gern getan."

Duroy wurde plötzlich wieder verlegen, er zögerte und getraute sich nicht.

„Aber jetzt zu dieser Zeit kann ich sie unmöglich stören?"

„Doch, sicher kannst du das. Sie ist auf. Du findest sie in meinem Arbeitszimmer, sie hat einige Schriftstücke für mich zu ordnen."

Duroy weigerte sich noch immer, hinaufzugehen.

„Nein ... das geht nicht!"

Forestier packte ihn bei der Schulter, drehte ihn herum und schob ihn die Treppe hinauf: „Also, geh doch, dummes Schaf, wenn ich es dir sage. Du wirst mich nicht etwa zwingen wollen, die drei Treppen wieder hinaufzuklettern, dich vorzustellen und deine Sache auseinanderzusetzen."

Da entschloß sich endlich Duroy. „Danke, ich gehe, ich werde ihr sagen, daß ich auf deine Veranlassung komme, daß du mich gezwungen hast, sie aufzusuchen."

„Gut. Sei unbesorgt, sie frißt dich nicht auf. Aber vergiß nicht nachher um drei Uhr."

„Oh, hab keine Angst."

Forestier ging schnell davon, während Duroy langsam Stufe für Stufe die Treppe hinaufstieg, denn er wußte nicht recht, was er oben sagen sollte, und war nicht sicher, wie er empfangen würde.

Der Diener öffnete; er trug eine blaue Schürze und hielt einen Besen in der Hand.

„Der Herr ist ausgegangen", sagte er, ohne eine Frage abzuwarten.

Duroy ließ sich nicht abweisen.

„Fragen Sie Madame Forestier, ob sie mich empfangen könnte, und sagen Sie ihr, daß ich im Auftrage ihres Gatten käme, den ich eben auf der Straße getroffen habe."

Dann wartete er. Der Diener kam zurück, öffnete rechts eine Tür und meldete: „Madame läßt bitten."

Sie saß auf einem Schreibtischsessel in einem kleinen Zimmer, dessen Wände durch schwarze Bücherregale mit wohlgeordneten Büchern gänzlich verdeckt waren. Nur die Einbände mit ihren bunten Farben, rot, blau, gelb, grün und violett, brachten Frohsinn in diese einförmigen Bücherreihen.

Bekleidet mit einem weißen, spitzenbedeckten Morgenkleid, wandte sie sich ihm lächelnd zu, und als sie ihm die Hand reichte, sah er unter dem weit geöffneten Ärmel ihren nackten Arm.

„So früh?" fragte sie, fügte aber hinzu: „Das soll durchaus kein Vorwurf sein, sondern bloß eine harmlose Frage."

Er stammelte:

„Oh, Madame, ich wollte gar nicht heraufkommen. Doch ich traf unten Ihren Herrn Gemahl, er zwang mich dazu. Ich bin dermaßen verwirrt, daß ich nicht zu sagen wage, was mich eigentlich herführt."

Sie wies auf einen Stuhl:

„Setzen Sie sich hin und sprechen Sie."

Sie hielt zwischen den Fingern eine Gänsefeder, die sie geschickt herumdrehte, und vor ihr lag ein halb beschriebener Bogen Papier. Die Ankunft des jungen Mannes hatte offenbar ihre Arbeit unterbrochen. Es machte ganz den Eindruck, als fühlte sie sich an diesem Schreibtisch genau so zu Hause wie in ihrem Salon, als ob dieses ihr alltäglicher Beruf wäre.

Ein leichtes Parfüm entstieg dem Morgenrock, der frische Duft der eben beendeten Toilette. Und Duroy suchte den jungen, weißen, warmen Frauenkörper durch die Falten des weichen Stoffes zu erraten. Da er noch immer schwieg, fuhr sie fort:

„Also sagen Sie, was gibt es?"

Zögernd murmelte er:

„Also ... aber wirklich ... ich wage es gar nicht zu sagen ... Ich habe gestern bis spät in die Nacht gearbeitet ... und heute früh ... sehr früh morgens ... um den Artikel über Algier zu schreiben, den Herr Walter von mir haben will ... Es will mir nicht gelingen ... ich habe alles zerrissen ... Ich habe keine Übung in dieser Arbeit und da wollte ich Forestier bitten, mir etwas zu helfen ... für dieses eine Mal ..."

Sie unterbrach ihn und lachte glücklich und geschmeichelt aus vollem Herzen:

„Und da hat er Ihnen gesagt, Sie sollten mich aufsuchen? Das war lieb von ihm!" ...

„Ja, gnädige Frau, er sagte, Sie würden mir aus der Verlegenheit noch besser helfen, als er selbst ... Aber trotzdem wagte ich es nicht, ich wollte nicht ... Nicht wahr, Sie verstehen mich ..."

Sie stand auf.

„Das wird reizend sein, so mit Ihnen zusammen zu arbeiten. Ich bin begeistert von Ihrer Idee. Also setzen Sie sich hier auf meinen Platz, denn bei der Redaktion kennt man meine Handschrift. Nun wollen wir Ihnen einen Artikel schreiben, aber einen guten, der auch Erfolg haben wird."

Er setzte sich, nahm eine Feder, breitete ein Blatt Papier vor sich aus und wartete.

Madame Forestier sah seinen Vorbereitungen stehend zu, dann nahm sie vom Kamin eine Zigarette und zündete sie an:

„Ich kann nicht arbeiten, ohne zu rauchen. Also, was wollten Sie erzählen?“

Er blickte erstaunt zu ihr auf.

„Das weiß ich eben nicht, deswegen bin ich auch hergekommen.“

Sie fuhr fort:

„Ja, ich werde Ihnen dabei schon helfen. Die Sauce will ich Ihnen machen, Sie müssen mir aber den Braten geben.“

Er blieb verwirrt, endlich sagte er zögernd:

„Ich wollte meine Reise von Anfang an schildern ...“

Da setzte sie sich ihm gegenüber an die andere Seite des großen Schreibtisches und sagte, ihm in die Augen blickend:

„Nun gut, erzählen Sie mir zuerst, mir ganz allein, verstehen Sie, langsam und ohne etwas zu vergessen. Ich werde dann schon das Passende auswählen.“

Er wußte aber nicht, wo er anfangen sollte, und so begann sie, ihn auszufragen, wie ein Priester sein Beichtkind. Sie legte ihm ganz bestimmte Fragen vor, durch die ihm eine Menge vergessener Eindrücke, flüchtig bekannte Personen und verschiedene Einzelheiten ins Gedächtnis zurückgerufen wurden. Als sie ihn etwa eine Viertelstunde auf solche Weise ausgefragt hatte, unterbrach sie ihn plötzlich:

„Jetzt wollen wir beginnen. Zunächst nehmen wir an, Sie berichten Ihrem Freunde Ihre Erlebnisse. Das erlaubt Ihnen, eine Menge Bosheiten zu sagen, Bemerkungen aller Art einzuflechten, und so natürlich und witzig zu sein, wie wir es irgend können. Also los:

Mein lieber Henri, Du willst wissen, was Algier ist, Du sollst es erfahren. Da ich in der kleinen Hütte aus getrocknetem Lehm, die mir als Wohnung dient, nichts Besseres anzufangen weiß, will ich Dir eine Art Tagebuch über mein Leben schicken und Dir schildern, wie mein Leben sich Tag für Tag, Stunde für Stunde gestaltet ... Es wird manchmal etwas toll darin zugehen, einerlei: Du bist doch nicht verpflichtet, es den Damen aus Deinem Bekanntenkreise vorzuzeigen. “

Sie machte eine Pause, um die ausgegangene Zigarette wieder anzuzünden, und sofort hörte das kritzelnde Geräusch der Gänsefeder auf dem Papier auf.

„Nun weiter!“ sagte sie.

„Algier ist eine ausgedehnte französische Besitzung an der Grenze der großen unbekannten Länder, die man die Wüste, die Sahara, Zentralafrika und so weiter nennt.

Algier ist das Tor, das weiße, bezaubernde Eingangstor dieses seltsamen Kontinents.

Aber zunächst muß man dieses Land erreichen und das ist nicht für jedermann so besonders angenehm. Du weißt, ich bin ein ausgezeichneter Reiter, denn ich muß ja die

Pferde des Obersten zureiten. Aber man kann ein guter Reiter und dabei ein schlechter Seemann sein. Das ist bei mir der Fall.

Entsinnst Du Dich noch des Majors Simbreta, den wir den Doktor Ipéca nannten? Wenn wir uns reif für vierundzwanzig Stunden Lazarett fühlten, so besuchten wir ihn.

Er saß auf seinem Stuhl, die dicken Beine in den roten Hosen weit auseinander gespreizt, die Hände auf die Knie gestützt, die Ellenbogen in der Luft, so daß die Arme wie eine Brücke aussahen. Er rollte seine großen Augen und knabberte dabei an seinem weißen Schnurrbart. Entsinnst Du Dich noch seiner Verordnung?

Dieser Soldat hat einen verdorbenen Magen. Er bekommt das Brechmittel Nummer 3 nach meinem Rezept. Dann zwölf Stunden Ruhe und er ist wieder gesund.

Dieses Brechmittel war allmächtig und unwiderstehlich. Man schluckte es runter, weil man es halt mußte. Hatte man die Kur des Doktor Ipéca überstanden, dann genoß man zwölf Stunden teuer erkaufter Ruhe.

Nun, mein lieber Freund, um nach Afrika zu gelangen, muß man ein anderes, nicht minder unwiderstehliches Mittel nehmen, und zwar nach dem Rezept der Transatlantischen Dampfergesellschaft.“

Sie rieb sich die Hände, höchst zufrieden mit ihrem Einfall.

Dann stand sie auf, ging im Zimmer auf und ab, steckte sich eine neue Zigarette an und diktierte weiter. Sie blies den Rauch vor sich hin, der zuerst aus dem kleinen runden Loch zwischen ihren zusammengepreßten Lippen kerzengerade emporstieg, dann wurden die Rauchringe immer breiter und verflüchtigten sich in der Luft als graue, durchsichtige Nebelstreifen, ähnlich einem Spinngewebe. Bisweilen zerstörte sie die leichten, übriggebliebenen Streifen mit einer schnellen Bewegung der flachen Hand, bisweilen durchschnitt sie dieselben langsam mit dem Zeigefinger und sah dann nachdenklich zu, wie die beiden Hälften allmählich verschwanden.

Duroy verfolgte jede ihrer Bewegungen, jede Stellung ihres Körpers, jede Veränderung in ihrem Gesichtsausdruck, die dies mechanische, gedankenlose Spiel bei ihr hervorrief.

Sie erfand jetzt Reiseerlebnisse, schilderte selbst erfundene Reisegefährten und entwarf eine Liebesgeschichte mit der Frau eines Infanteriehauptmanns, die ihrem Manne nachreiste.

Dann setzte sie sich wieder und fragte Duroy über die Bodenverhältnisse von Algier aus, von denen sie keine Ahnung hatte. Und in zehn Minuten wußte sie genau soviel wie er und machte daraus ein kleines Kapitel über politische und koloniale Geographie, um den Leser einzuführen und auf das Verständnis ernster Fragen vorzubereiten, die im folgenden Artikel behandelt würden.

Dann flocht sie eine Erzählung über einen frei erfundenen Ausflug nach der Provinz Oran ein, bei dem es sich vor allem um Frauen handelte, um Maurenmädchen, Jüdinnen und Spanierinnen.

„Das ist das einzige, was wirklich die Leute interessiert“, meinte sie.

Sie schloß mit einem Aufenthalt in Saida, am Fuße der Hochebene, und einem hübschen kleinen Liebesabenteuer zwischen dem Unteroffizier George Duroy und einer spanischen Arbeiterin, die in einer Spartograsflechterei in Ain-el-Hadjar beschäftigt war. Frau Forestier erzählte von dem nächtlichen Stelldichein in dem steinigen, kahlen Gebirge, wo inmitten von Felsblöcken Schakale, Hyänen und arabische Hunde heulten, schrien und bellten.

Und fröhlich sagte sie nun:

„Fortsetzung folgt!“

Dann stand sie auf.

„Sehen Sie, Lieber Herr Duroy, so schreibt man Artikel. Jetzt unterschreiben Sie bitte.“

Er zögerte.

„Schreiben Sie doch Ihren Namen.“

Da begann er zu lachen und schrieb unten auf den Rand der letzten Seite: „Georges Duroy.“

Sie rauchte und ging auf und ab; er betrachtete sie immerzu. Er fand keine Worte, um ihr zu danken. Er war glücklich, in ihrer Nähe zu sein; erfüllt von Dankbarkeit, genoß er das sinnliche Glück ihrer wachsenden Vertraulichkeit. Ihm war, als ob alles, was sie umgab, ein Teil ihrer selbst war, alles bis zu den bücherbedeckten Wänden. Die Stühle, die Möbel, die von Tabak durchtränkte Luft. Alles besaß etwas Eigenartiges, Reizendes, das von ihr kam.

Plötzlich fragte sie ihn:

„Was halten Sie von meiner Freundin, der Madame de Marelle?“

Er war überrascht.

„Nun ja, ich finde ... ich finde sie entzückend.“

„Nicht wahr?“

„Ja gewiß.“

Er wollte hinzufügen: „Aber doch nicht so entzückend wie Sie.“ Doch er wagte das nicht.

Sie fuhr fort:

„Und wenn Sie wüßten, wie witzig, wie eigenartig, wie gescheit sie ist! Sie ist eine Zigeunerin, eine richtige Zigeunerin. Deshalb liebt ihr Mann sie auch nicht sehr. Er sieht nur ihre Fehler und weiß ihre Vorzüge nicht zu schätzen."

Duroy war erstaunt, zu hören, daß Madame de Marelle verheiratet sei, obgleich das eine ganz natürliche Sache war.

Er fragte:

„So ... sie ist verheiratet! Und was tut ihr Mann?"

Frau Forestier zuckte leicht mit den Achseln und erhob die Augenbrauen mit einer einzigen, vielsagenden Bewegung.

„Oh! Er ist Inspektor der Nordbahn. Er verbringt im Monat acht Tage in Paris, das, was seine Frau die Arbeitswoche oder auch die heilige Woche nennt. Wenn Sie sie besser kennten, würden Sie sehen, wie klug und nett sie ist. Machen Sie ihr doch nächstens mal einen Besuch."

Duroy dachte überhaupt nicht mehr ans Fortgehen. Ihm war zumute, als müßte er immer hierbleiben, als wäre er hier zu Hause.

Da ging die Tür geräuschlos auf und ein großer Herr trat unangemeldet ein. Er stutzte, als er den Mann sah. Madame Forestier schien einen Augenblick verlegen zu sein; dann sagte sie mit natürlicher Stimme, trotzdem eine leichte Röte von ihren Schultern zum Gesicht emporstieg:

„Kommen Sie doch näher, mein Lieber. Ich will Ihnen einen guten Freund von Charles vorstellen; Herr Georges Duroy, auch ein zukünftiger Journalist." Dann setzte sie mit etwas anderem Ton hinzu:

„Unser bester und intimster Freund, Graf de Vaudrec."

Die beiden Männer grüßten sich und betrachteten sich genau. Duroy verabschiedete sich gleich darauf. Sie hielt ihn nicht zurück.

Er stotterte noch einige Dankesworte, drückte die hingestreckte Hand der jungen Frau, verbeugte sich vor dem Grafen, der das kühle und ernste Gesicht eines Mannes aus der besten Gesellschaft bewahrte, und ging in höchster Verwirrung fort, als ob er eben eine Dummheit begangen hätte.

Auch auf der Straße fühlte er sich bedrückt und unbehaglich und hatte die dunkle Empfindung eines verborgenen Kummers. Er schritt vor sich hin und fragte sich nach dem Grund dieser plötzlichen Schwermut. Er fand keinen, aber die ernste Gestalt des schon etwas alten Grafen de Vaudrec mit dem grauen Haar und dem ruhigen, anmaßenden Gesicht eines unabhängigen, sehr reifen Mannes, trat ihm immer wieder vor die Augen.

Es wurde ihm klar, daß der Eintritt dieses Fremden nicht bloß das reizende Zusammensein gestört hatte, an das sein Herz sich schon zu gewöhnen begann, sondern in ihm auch diesen Eindruck von Kälte und Verzweiflung hervorgerufen hatte, wie es oft ein aufgefangenes Wort oder der flüchtige Anblick von Elend oder sonst irgendeine Kleinigkeit in uns auslöst.

Außerdem schien ihm auch, ohne daß er sagen konnte, warum, als ob dieser Mann unzufrieden gewesen sei, ihn dort zu treffen.

Bis drei Uhr hatte er nichts mehr zu tun, und es war noch nicht Mittag. Er hatte noch 6 Francs 50 in der Tasche. Er ging in die Bouillon Duval frühstücken. Dann trieb er sich auf dem Boulevard herum und Punkt drei Uhr stieg er die große prunkhafte Treppe zur Vie Française hinauf. Die Laufburschen saßen mit gekreuzten Armen auf einer Bank und warteten, während hinter einem kleinen Katheder ein Beamter die soeben angekommene Post sortierte. Die ganze Aufmachung war vortrefflich und mußte jedem Besucher imponieren. Alles hatte Haltung und Würde, wie es sich für den Warteraum einer großen Zeitung gebührt.

Duroy fragte:

„Ist Herr Walter zu sprechen?“

Der Diener antwortete:

„Der Herr Direktor hat eben eine wichtige Konferenz. Wenn der Herr einen Augenblick Platz nehmen will.“

Und er wies auf ein Wartezimmer, das schon voller Menschen war.

Man sah dort ernste, würdige Männer mit Ordensband, und auch etwas vernachlässigte Gestalten mit unsichtbarer Wäsche, deren bis zum Halse zugeknöpfte Röcke eine wahre Landkarte von Flecken zeigten.

Zwischen den Wartenden befanden sich drei Frauen; eine von ihnen war hübsch, elegant und lächelte freundlich; es schien eine Kokotte zu sein. Ihre Nachbarin blickte düster, ihr Gesicht war voller Runzeln; auch sie war besser gekleidet, doch sie hatte etwas Verbrauchtes, künstlich Erhaltenes, wie man es manchmal bei alternden Schauspielern sieht, eine Art falscher, abgestandener Jugend, die an ranzig gewordenes Parfüm d Amour erinnert.

Die dritte Frau trug Trauer und saß in der Ecke, mit der Haltung einer untröstlichen Witwe. Duroy hielt sie für eine Bittstellerin.

Indessen wurde niemand vorgelassen, obgleich über zwanzig Minuten verstrichen waren.

Da hatte Duroy eine gute Idee; er ging nochmals zum Diener hinaus und sagte:

„Herr Walter hat mich um drei Uhr herbestellt. Sehen Sie bitte nach, ob mein Freund Forestier hier ist?“

Man führte ihn jetzt durch einen langen Flur in einen großen Saal, in dem vier Herren um einen großen grünen Tisch saßen und schrieben.

Forestier stand vor dem Kamin, rauchte eine Zigarette und spielte Bilboquet (Fangball). Er war ein vortrefflicher Spieler und fing die Kugel aus gelbem Buchsbaum mit der kleinen Holzspitze fast jedesmal richtig auf. Er zählte: „22 ... 23 ... 24 ... 25.“

„26!“ rief Duroy.

Da blickte sein Freund auf, ohne seine regelmäßige Armbewegung einzustellen.

„Ah, da bist du ja“, rief er. „Gestern habe ich siebenundfünfzigmal hintereinander getroffen. Nur Saint-Potin kann es noch besser als ich. Hast du den Chef gesprochen? Nichts ist komischer, als diesen alten Norbert Fangball spielen zu sehen. Er reißt den Mund auf, als wollte er die Kugel runterschlucken.“

Einer der Redakteure drehte den Kopf nach ihm um.

„Weißt du, Forestier, ich kenne ein ausgezeichnetes Bilboquet aus Antillenholz, das zu verkaufen ist. Es soll der Königin von Spanien gehört haben. Man verlangt dafür sechzig Francs, das ist nicht teuer.“

„Wo ist es zu haben?“ fragte Forestier.

Da er seinen 37. Wurf verfehlt hatte, öffnete er den Schrank, in dem Duroy gegen zwanzig wunderbare Bilboquets sah, die alle geordnet und numeriert waren, wie Kostbarkeiten aus einer Kunstsammlung. Forestier stellte das Instrument auf seinen richtigen Platz und wiederholte die Frage:

„Wo steckt dieses Kleinod?“

Der Journalist antwortete:

„Bei einem Billetthändler beim Vaudeville-Theater. Wenn du willst, bringe ich dir das morgen mit.“

„Ja gut. Wenn es wirklich schön ist, nehm ich es. Man kann nie zuviel Bilboquets besitzen.“

Dann wandte er sich zu Duroy.

„Komm jetzt, ich führe dich zum Chef, sonst kannst du hier warten bis zum späten Abend.“

Sie gingen wieder durch den Wartesaal, wo dieselben Personen genau in derselben Reihenfolge saßen. Als Forestier erschien, erhoben sich die junge Dame und die alte Schauspielerin und gingen schnell auf ihn zu. Er führte eine nach der andern in die

Fensternische, und trotzdem sie sich ganz leise unterhielten, hörte Duroy, daß er beide duzte.

Dann stießen sie zwei Polstertüren auf und kamen zum Direktor.

Die wichtige Konferenz, die schon eine Stunde dauerte, bestand in einer Partie Écarté mit einigen Herren, die Duroy gestern wegen ihrer flachen Zylinderhüte aufgefallen waren.

Herr Walter spielte mit angespannter Aufmerksamkeit und vorsichtigen, abgemessenen Bewegungen, während sein Gegner die leichten, bunten Blätter mit Gewandtheit, Geschicklichkeit und Anmut eines geübten Spielers nahm, ausspielte und durch seine Finger gleiten ließ. Norbert de Varenne saß im großen Lehnstuhl des Direktors und schrieb einen Artikel, Jaques Rival lag mit geschlossenen Augen lang ausgestreckt auf einem Sofa und rauchte eine Zigarre.

Es roch hier in dem abgeschlossenen Zimmer nach dem Leder der Möbel, nach altem Tabak und nach Druckerschwärze. Man spürte den eigenartigen Duft der Redaktionszimmer, der jedem Journalisten bekannt ist.

Auf dem schwarzen, kupferbeschlagenen Tisch lag ein gewaltiger Papierhaufen, Briefe, Karten, Zeitungen, Rechnungen der Lieferanten, Drucksachen aller Art. Forestier schüttelte den Wettenden, die hinter den Spielern standen, die Hand und sah dann schweigend der Partie zu. Sobald Vater Walter gewonnen hatte, stellte er vor:

„Hier ist mein Freund Duroy."

Der Chef warf über die Gläser seiner Brille einen raschen Blick auf den jungen Mann und fragte:

„Sie bringen mir meinen Artikel? Er kommt heute gerade recht zur Diskussion Morel."

Duroy zog die zusammengefalteten Blätter aus der Tasche.

„Hier, Herr Walter."

Der Chef schien entzückt und sagte lächelnd: „Sehr schön, sehr schön. Sie halten Wort. Sie müssen mir das wohl durchsehen, Forestier."

„Das ist nicht notwendig, Herr Walter," erwiderte schleunigst Forestier, „ich habe den Bericht mit ihm zusammen geschrieben, um ihm eine Anleitung zu geben. Der Artikel ist tadellos."

Der Direktor erhielt eben die Karten von einem großen, mageren Herrn, einem Abgeordneten des linken Zentrums. Er fügte gleichgültig hinzu:

„Dann ist also alles in Ordnung."

Noch ehe er die neue Partie beginnen konnte, beugte sich Forestier zu ihm hinab und sagte:

„Sie wissen, Sie haben mir zugesagt, Duroy an Stelle von Marambot zu engagieren. Soll ich unter denselben Bedingungen mit ihm abschließen?“

„Ja natürlich.“

Der Journalist nahm seinen Freund beim Arm und zog ihn fort, während Herr Walter weiterspielte.

Norbert de Varenne hatte nicht den Kopf erhoben; er schien Duroy nicht gesehen oder nicht wiedererkannt zu haben. Jaques Rival dagegen hatte ihm demonstrativ die Hand kräftig geschüttelt, um zu zeigen, daß. er ein guter Kamerad sei, auf den man sich, verlassen könne.

Sie gingen wieder durch das Wartezimmer. Alle blickten auf, und Forestier sagte zu der jungen Frau so laut, daß auch die anderen Wartenden es hören könnten:

„Der Direktor wird Sie sogleich empfangen. Er hat jetzt gerade eine Konferenz mit zwei Mitgliedern der Budgetkommission.“

Dann ging er rasch weiter mit wichtiger und eiliger Miene, als wollte er eine Depesche von äußerster Wichtigkeit redigieren.

Als sie wieder in dem großen Redaktionssaal anlangten, griff Forestier sofort wieder zu seinem Bilboquet, vertiefte sich in das Spiel und sagte zu Duroy, indem er zwischen den Worten die Treffer zählte:

„Also: du kommst jeden Tag um drei Uhr hierher und ich werde dir sagen, welche Gänge und Besuche du am Tage, am Abend und am nächsten Morgen machen mußt. — Eins. — Zunächst werde ich dir ein Empfehlungsschreiben für den ersten Bureauchef in der Polizeipräfektur geben. — Zwei. — Der wird dich zu einem seiner Beamten weisen. Mit ihm setzt du dich in Verbindung über alle wichtigen — drei — Polizeinachrichten, offiziell und halboffiziell. Verstanden? Wegen aller Einzelheiten wendest du dich an. Saint-Potin, der Bescheid weiß. — Vier. — Du wirst ihn gleich oder morgen kennenlernen. Vor allen Dingen kommt es darauf an, die Leute, die du besuchst, zum Reden zu bringen — fünf — und überall Zutritt zu finden trotz verschlossener Türen. — Sechs. — Dafür bekommst du ein monatliches Gehalt von zweihundert Francs, außerdem zwei Sous pro Zeile für alle Neuigkeiten, die du selbst entdeckt hast. — Sieben. — Ebenso zwei Sous pro Zeile für alle Artikel, die du über vermischte Nachrichten zu schreiben hast. — Acht.“

Dann kümmerte er sich nur noch um sein Spiel und fuhr langsam fort zu zählen. Neun — zehn — elf — zwölf — dreizehn. Den vierzehnten Wurf verfehlte er, und er begann zu fluchen: „Die verfluchte Dreizehn bringt mir immer Pech. Verdammt noch einmal, am 13. sterbe ich sicher.“

Einer der Redakteure, der mit seiner Arbeit fertig war, nahm jetzt ebenfalls ein Bilboquet aus dem Schrank. Es war ein winziger Mensch mit einem Kindergesicht, obgleich er schon 35 Jahre zählte. Mehrere andere Journalisten kamen auch herein und gingen einer nach dem andern zum Schrank, um das Spielzeug zu holen, das ihnen gehörte. Bald waren es sechs, die mit den Rücken gegen die Wand nebeneinander standen und mit der gleichen regelmäßigen Bewegung die je nach der Holzart roten, gelben und schwarzen Kugeln in die Luft warfen. Es begann ein Wettkampf, und die beiden anderen Redakteure, die noch arbeiteten, standen auch auf, um als Schiedsrichter die Treffer zu zählen. Forestier gewann mit 11 Points. Der kleine Mann mit dem Kindergesicht hatte verloren. Er klingelte und rief dem eintretenden Boten zu: „Neun Bier!". Dann begannen sie wieder zu spielen, in Erwartung des erfrischenden Getränks.

Duroy trank ein Glas Bier mit seinen neuen Kollegen und dann fragte er seinen Freund:

„Was soll ich jetzt tun?"

„Heute habe ich nichts mehr für dich," erwiderte der andere, „du kannst gehen, wenn du willst."

„Und ... unser ... unser Artikel, wird er noch heute abend gedruckt?"

„Ja, aber du brauchst dich darum nicht zu kümmern, ich werde die Korrektur lesen. Mache morgen den zweiten Artikel fertig und sei, wie heute, um drei Uhr hier."

Duroy schüttelte allen die Hände, ohne die Namen der dazu gehörenden Personen zu kennen und stieg dann wieder mit frohem. Mute und leichtem Herzen die schöne Treppe hinab.

IV.

Georges Duroy hatte schlecht geschlafen. Die Sehnsucht, seinen Artikel gedruckt zu sehen, gab ihm keine Ruhe. Schon bei Tagesanbruch stand er auf und ging in den Straßen herum, lange bevor die Zeitungsträger von einem Kiosk zum andern die großen Papierbündel herumtrugen. Dann ging er zum Bahnhof, denn er wußte, daß die Vie Française dort eher eintreffen würde als in seinem Viertel. Aber es war immer noch zu früh und wieder mußte er in den Straßen auf und ab wandern.

Er sah die Zeitungshändlerin ankommen und ihr Glashäuschen aufschließen, und dann bemerkte er auch einen Mann mit einem dicken Zeitungsbündel auf dem Kopf. Er stürzte darauflos; es war der „Figaro", der „Gil Blas", der „Gaulois", das „Evénements" und noch ein paar andere Morgenblätter, aber die Vie Française war nicht dabei.

Da ergriff ihn eine Furcht: „Wenn man die Erinnerungen eines afrikanischen Jägers auf den nächsten Tag verschoben hätte oder womöglich hätten sie im letzten Augenblick Vater Walter mißfallen?"

Als er nach dem Kiosk zurückkehrte, sah er, daß man jetzt das Blatt verkaufte, ohne daß er es hatte bringen sehen. Er stürzte darauf, warf drei Sous hin, entfaltete die Zeitung und las das Inhaltsverzeichnis auf der ersten Seite rasch durch. — Nichts. — Sein Herz begann heftig zu klopfen. Er schlug die zweite Seite auf und las in heftiger Erregung unter einer Spalte dick gedruckt: „Georges Duroy." Also doch. Welche Freude!

Ganz verwirrt, den Zylinder aufs Ohr gedrückt, die Zeitung in der Hand, ging er los. Er fühlte ein Verlangen, die Passanten anzuhalten und ihnen zu erklären: „Kaufen Sie sich das, kaufen Sie sich das. Da steht ein Artikel von mir!" — Am liebsten hätte er wie die Straßenhändler abends auf den Boulevards aus voller Kehle geschrien: „Lest die Vie Française, lest den Artikel von Georges Duroy, Erinnerungen eines afrikanischen Jägers".

Und plötzlich empfand er das Bedürfnis, selbst den Artikel zu lesen, und zwar öffentlich in irgendeinem Café, wo alle es sehen konnten. Er wollte ein besuchtes Lokal finden; er mußte aber lange suchen, bis er endlich an eine Weinschenke kam, wo sich schon einige Gäste befanden. Er bestellte sich einen Rum in einem Tone, als ob er einen Absinth bestellt hätte, ohne an die Tageszeit zu denken. Dann rief er: „Kellner, geben Sie mir die Vie Française."

Ein Mann mit weißer Schürze eilte herein. „Wir haben sie nicht, mein Herr, wir bekommen nur Le Rappel , Le Siecle , La Lanterne und Le Petit Parisien ."

Duroy erwiderte wütend und entrüstet: „Das ist eine nette Bude; kaufen Sie mir das Blatt sofort."

Der Kellner lief hinaus und brachte die Zeitung. Duroy begann seinen Artikel zu lesen, ein paarmal sagte er dabei ganz laut: „Vortrefflich, ausgezeichnet", um die Aufmerksamkeit seiner Nachbarn auf sich zu lenken und ihnen den Wunsch einzuflößen, auch zu wissen, was im Blatte stand. Dann ließ er es auf dem Tisch liegen und ging fort. Der Wirt merkte es:

„Mein Herr, mein Herr, Sie haben Ihre Zeitung vergessen."

Duroy antwortete: „Ich lasse sie Ihnen, ich habe sie schon gelesen. Übrigens steht heute etwas sehr Interessantes drin."

Er nannte seinen Artikel nicht, aber er sah, als er fortging, wie einer der Gäste die Zeitung vom Tisch nahm.

Er dachte nach: „Was soll ich jetzt anfangen?" Und er entschloß sich, auf sein Bureau zu gehen, sich sein Gehalt zu holen, und seinen Abschied zu nehmen. Er zitterte im voraus vor Freude bei dem Gedanken an das Gesicht, das sein Chef und seine Kollegen machen würden. Vor allem freute ihn die Aussicht, seinen Vorgesetzten wütend zu machen.

Er ging langsam, um nicht vor halb zehn an Ort und Stelle zu sein, denn die Kasse wurde erst um zehn geöffnet.

Sein Bureau war ein dunkles, großes Zimmer, in dem man im Winter fast den ganzen Tag Gas brennen mußte. Die Fenster gingen auf einen engen Hof, gegenüber lagen andere Bureaus. In dem seinen arbeiteten acht Angestellte und der Vorgesetzte, der in der Ecke hinter einem Wandschirm saß.

Duroy ging zuerst, seine 118 Francs und 25 Centimes abzuholen, die in einem gelben Briefumschlag in der Schublade des Kassierers bereitlagen. Dann trat er übermütig und triumphierend in den Arbeitsraum, wo er so manchen Tag verbracht hatte. Kaum war er eingetreten, da rief ihn sein Vorgesetzter, Herr Potel:

„Ach, Sie sind es, Herr Duroy? Der Chef hatte mehrfach nach Ihnen gefragt. Sie wissen doch, daß es nicht gestattet ist, zwei Tage nacheinander krankheitshalber ohne ärztliches Attest fortzubleiben."

Duroy stand mitten im Zimmer und bereitete seine Überraschung vor. Er antwortete mit lauter Stimme:

„Ich pfeife darauf, wahrhaftig!"

Unter den Beamten schlug das wie eine Bombe ein, und das verblüffte Gesicht des Herrn Potel tauchte über dem Wandschirm auf, der ihn wie ein Kasten umgab. Er litt an Rheumatismus und hatte sich aus Furcht vor Zugluft dahinter verbaut. Er hatte nur zwei Löcher durch das Papier gebohrt, um sein Personal zu überwachen.

Es war so still, daß man die Fliegen summen hörte. Endlich fragte der Vorsteher zögernd:

„Was sagten Sie?"

„Ich sagte, ich pfeife darauf. Ich komme heute nur, um meine Entlassung zu nehmen. Ich habe eine Stellung als Redakteur der Vie Française angenommen mit 500 Francs monatlichem Gehalt und besonderem Zeilenhonorar. Heute früh wurde schon mein erster Artikel veröffentlicht.

Er hatte sich zwar vorgenommen, das Vergnügen in die Länge zu ziehen, konnte jedoch nicht dem Drange widerstehen, ihnen alles auf einmal an den Kopf zu werfen. Übrigens war die Wirkung großartig; niemand wagte einen Ton von sich zu geben.

Darauf erklärte Duroy:

„Ich werde Herrn Perthuis benachrichtigen und mich dann verabschieden."

Damit ging er zum Bureauchef. Als dieser ihn erblickte, rief er aus:

„Ah, da sind Sie, Sie wissen doch, ich wünsche nicht ..."

Duroy unterbrach ihn:

„Sie können sich Ihr Geschrei ersparen ..."

Herr Perthuis, ein dicker Mann, dessen Gesicht rot wie ein Hahnenkamm wurde, erstickte fast vor Überraschung. Duroy fuhr fort:

„Ich habe genug von Ihrer Bude, heute morgen habe ich mich als Journalist eingeführt und bereits eine glänzende Stellung gefunden. Ich empfehle mich!"

Er ging hinaus. Er war gerächt.

Er ging dann wirklich hin, um seinen bisherigen Kollegen die Hand zu schütteln. Sie wagten übrigens kaum mit ihm zu sprechen, aus Angst, sich zu kompromittieren, denn sie hatten durch die offene Tür seine ganze Unterhaltung mit dem Chef gehört.

Nun stand er wieder auf der Straße mit seinem Gehalt in der Tasche. Er leistete sich ein üppiges Frühstück in einem guten Restaurant zu mäßigen Preisen, das er kannte. Dann kaufte er sich wieder die Vie Française und ließ sie auf dem Tisch liegen, an dem er gegessen hatte. Er ging in mehrere Läden und kaufte sich Kleinigkeiten, nur um sie sich schicken zu lassen und seinen Namen anzugeben — „Georges Duroy". Dann fügte er hinzu: „Ich bin Redakteur der Vie Française. Dann nannte er Straße und Hausnummer und vergaß nie, zu bemerken:

„Geben Sie die Sachen beim Concierge ab."

Da er noch genügend Zeit hatte, ging er in eine lithographische Anstalt, wo Besuchskarten in ein paar Minuten angefertigt wurden, während man darauf wartete. Er ließ sich sofort 100 Stück herstellen, die seinen Namen und seine neue Würde trugen.

Dann begab er sich in die Redaktion.

Forestier empfing ihn wie einen Untergebenen etwas von oben herab.

„Ah! da bist du, das ist sehr gut. Ich habe gerade ein paar Sachen für dich. Warte zehn Minuten. Ich muß noch meine Arbeit beenden."

Er schrieb einen begonnenen Brief zu Ende. Am andern Ende des Tisches saß ein kleiner, sehr dicker Mann mit ganz flachem, aufgedunsenem Gesicht. Sein Kopf war völlig kahl und glänzte. Er war sehr kurzsichtig und schrieb, die Nase dicht ans Papier gedrückt.

Forestier fragte ihn:

„Sag mal, Saint-Potin, um welche Zeit willst du unsere Leute interviewen?"

„Um vier Uhr."

„Dann kannst du hier den jungen Duroy mitnehmen und ihn in die Geheimnisse des Berufes einweihen."

„Sehr gern."

Nun wandte sich Forestier zu seinem Freund und fuhr fort:

„Hast du die Fortsetzung über Algier mitgebracht? Der Anfang hat heute einen großen Erfolg gehabt.“

Duroy stotterte verlegen: „Nein ... ich dachte, es hätte Zeit bis heute nachmittag ... ich hatte die Hände voll zu tun ... ich bin noch nicht dazu gekommen ...“

Der andere zuckte mißvergnügt die Achseln.

„Wenn du nicht zuverlässiger bist als jetzt, wirst du dir deine Zukunft verderben. Vater Walter rechnete auf dein Manuskript. Ich sage ihm, du bringst es morgen. Du bist sehr im Irrtum, wenn du glaubst, du wirst hier bezahlt, um nichts zu tun.“

Nach einer Pause setzte er hinzu. „Zum Teufel, man muß das Eisen schmieden, solange es heiß ist.“

Saint-Potin stand auf.

„Ich bin fertig!“ sagte er.

Dann lehnte sich Forestier in seinen Stuhl zurück, nahm eine feierliche Haltung an, um seine Weisungen zu geben und begann, sich an Duroy wendend:

„Also: wir haben in Paris seit zwei Tagen den chinesischen General Li-Theng-Fao, der im Hotel Continental abgestiegen ist, und den Rajah Taposahib Ramaderao Pali, der im Hotel Bristol wohnt. Ihr werdet die beiden um eine Unterredung ersuchen.“

Dann wandte er sich zu Saint-Potin:

„Vergiß nicht die hauptsächlichsten Punkte, die ich dir angegeben habe. Frage den General und den Rajah nach ihrer Meinung über die politische Haltung Englands im fernen Osten, nach ihrer Auffassung über das Regierungssystem und die Kolonisation, und nach ihren Hoffnungen auf ein Eingreifen Europas, insbesondere Frankreichs, in ihre Angelegenheiten.“

Er schwieg, dann setzte er, ins Leere sprechend, hinzu:

„Für unsere Leser wird es natürlich ungeheuer interessant sein, zu erfahren, wie man in China und Indien über diese Fragen denkt, die augenblicklich bei uns die öffentliche Meinung so lebhaft beschäftigen.“

Und zu Duroy gewendet:

„Achte genau auf alles, was Saint-Potin tut; er ist ein ausgezeichneter Reporter, und von ihm kannst du lernen, wie man in fünf Minuten aus einem Menschen alles herausholt, was man wissen will.“

Dann begann er wieder höchst würdig zu schreiben, mit der offenbaren Absicht, die Distanz zu wahren und seinem ehemaligen Kameraden und jetzigen Kollegen den richtigen Platz anzuweisen.

Kaum waren sie über die Schwelle, so sagte Saint-Potin lachend zu Duroy:

„Das ist ein Wichtigtuer. Er spielt uns Theater vor, als ob wir seine Leser wären."

Sie gingen den Boulevard hinab und der Reporter fragte:

„Trinken Sie etwas?"

„Ja, gern, es ist sehr heiß heute."

Sie gingen in ein Café und ließen sich etwas Erfrischendes bringen; und Herr Saint-Potin begann zu reden und wußte über die Zeitung und über jedermann eine Fülle erstaunlicher Einzelheiten zu erzählen.

„Der Chef? Der richtige Jude! Die Juden kann man nie ummodeln. Das ist eine Rasse!" Und er führte die merkwürdigsten Beispiele von seinem Geiz an, diesen eigentümlichen Geiz der Kinder Israels, der sich um zehn Centimes streitet, mit der Köchin schachert, in schamlosester Weise Abzüge bei Zahlungen durchsetzt und auf Pfänder leiht und wuchert.

„Dabei ist er ein pfiffiger Kopf, der an nichts glaubt und alle Welt übers Ohr haut. Seine Zeitung ist offiziös, katholisch, liberal, republikanisch und orleanistisch zugleich, ein Kramladen für alles; er hat sie nur gegründet, um seine Börsenspekulationen und sonstigen Unternehmungen zu stützen. Darin ist er großartig; er verdient Millionen durch Gesellschaften, die nicht vier Sous Kapital haben."

So ging es weiter, wobei er Duroy immer „Mein lieber Freund" nannte.

„Und dabei hat dieser Geizhals Ausdrücke wie Balzac. Denken Sie, neulich war ich in seinem Arbeitszimmer, mit dem alten Narren de Norbert und diesem Don Quichotte Rival; da kommt Montelin, unser Verwalter, mit seiner Aktenmappe aus Saffianleder, die ganz Paris übrigens kennt. Walter hob die Nase und fragte: Was gibt es Neues? Montelin erwiderte ganz harmlos: Ich habe gerade die siebzehntausend Francs bezahlt, die wir dem Papierlieferanten schuldeten. Da sprang der Chef wütend in die Höhe:

Was sagten Sie?

Ich habe eben Herrn Privas bezahlt.

Sie sind wohl verrückt?

Wieso?

Wieso ... wieso ... wieso! Er nahm seine Brille ab und putzte die Gläser. Dann verzog er das Gesicht zu einem sonderbaren Lächeln, das jedesmal seine dicken Backen umspielt, wenn er ein boshaftes oder kräftiges Wort sagen will, und dann sagte er mit spöttischem, überzeugtem Ton: ‚Wieso? Wir hätten darauf noch einen Rabatt von viertausend bis fünftausend Francs erzielen können!

Montelin entgegnete erstaunt: Aber Herr Direktor, sämtliche Rechnungen waren in Ordnung. Sie waren von mir nachgeprüft und von Ihnen für richtig befunden.

Der Chef war wieder ernst geworden; er erklärte:

Nicht alle sind so naiv wie Sie. Merken Sie sich, Herr Montelin, man muß hohe Schulden stets anwachsen lassen, um sie nachher herunterhandeln zu können.

Saint-Potin setzte mit dem erhabenen Gesicht eines Kenners hinzu:

„Na, ist das nicht der reine Balzac?"

Duroy hatte nie Balzac gelesen, aber er antwortete mit Überzeugung: „Weiß der Teufel, ja."

Dann erzählte der Reporter über Madame Walter. Er nannte sie eine dumme Pute, Norbert de Varenne einen alten Narren und Rival eine Neuauflage von Fervacques.

Endlich war er bei Forestier angelangt:

„Was diesen Mann angeht, er hatte nur das Glück, seine Frau geheiratet zu haben. Das ist alles!"

Duroy fragte:

„Was ist eigentlich seine Frau?"

Saint-Potin rieb sich die Hände: „Oh, ein ganz gerissenes und raffiniertes Weib! Sie ist die Mätresse eines alten Lebemannes namens Vaudrec, Graf de Vaudrec, der ihr eine Mitgift gegeben und sie verheiratet hat."

Duroy überfiel plötzlich ein Gefühl der inneren Kälte, eine Art Nervenkrampf; er hatte das Verlangen, diesen Schwätzer zu beschimpfen und zu ohrfeigen. Aber er unterbrach ihn einfach mit der Frage:

„Ist Saint-Potin Ihr richtiger Name?"

„Nein," erwiderte der andere ruhig, „ich heiße Thomas. Für die Zeitung führe ich den Beinamen Saint-Potin."

Duroy beglich die Zeche und sagte:

„Mir scheint, es ist spät geworden und wir haben noch die beiden hohen Herrschaften zu besuchen?"

Saint-Potin begann zu lachen:

„Sie sind noch sehr naiv. Glauben Sie denn wirklich, ich ginge zu diesem Chinesen und Inder fragen, was sie über England denken? Ich weiß es viel besser als sie, was sie für die Leser der Vie Française denken müssen. Ich habe schon gegen fünfhundert von diesen Chinesen, Persern, Indern, Chilenen, Japanern und dergleichen interviewt. Nach meiner

Meinung antworten sie immer dasselbe. Ich brauche nur meinen Artikel vom letztenmal nachzusehen und ihn Wort für Wort abzuschreiben, es ändern sich nur ihr Aussehen, ihr Name, ihre Titel, ihr Alter, ihr Gefolge. Oh, dabei darf kein Irrtum unterlaufen, sonst würden mich der Figaro oder der Gaulois einfach festnageln. Doch wird mich der Portier des Hotels Bristol und Continental über alles das in fünf Minuten aufs genaueste aufgeklärt haben. Wir rauchen noch eine Zigarre und gehen dann zu Fuß hin. Und nachher berechnen wir der Zeitung hundert Sous Droschkenspesen. So machen s, mein Lieber, die praktischen Leute."

Duroy fragte: „Es muß sehr viel einbringen, unter solchen Bedingungen Reporter zu sein."

Der Journalist antwortete geheimnisvoll: „Jawohl, aber nichts bringt soviel ein wie die Lokalnachrichten wegen der verschleierten Reklame!"

Sie standen auf und gingen den Boulevard herunter, der Madeleine zu. Plötzlich sagte Saint-Potin zu seinem Begleiter :

„Wissen Sie, wenn Sie noch etwas vorhaben, brauche ich Sie nicht mehr."

Duroy drückte ihm die Hand und ging. Der Gedanke an den Artikel, den er abends noch schreiben sollte, gab ihm keine Ruhe, und er begann darüber nachzudenken. Er suchte nach neuen Ideen, Einfällen, nach Anekdoten und Schilderungen und gelangte schließlich zur Avenue des Champs Elysées, wo er nur vereinzelte Spaziergänger erblickte, denn Paris war zu dieser heißen Jahreszeit fast unbelebt.

Er aß in einer Weinstube in der Nähe der Arc de Triomphe de l Etoile, ging über die äußeren Boulevards langsam nach Hause und setzte sich an den Schreibtisch, um zu arbeiten. Doch sobald er den großen weißen Bogen Papier vor Augen hatte, entfloh ihm all der Stoff, den er in Gedanken gesammelt hatte, und es war so, als ob sein Gehirn sich verflüchtigt hätte. Er versuchte, Einzelheiten aus seinen Erinnerungen hervorzuholen und sie festzuhalten. Aber auch sie entschlüpften ihm, sobald er ihrer habhaft werden wollte; er wußte nicht, wie er sich ausdrücken und womit er beginnen sollte.

Nach einer Stunde vergeblicher Anstrengung waren fünf Seiten vollgeschmiert. Es waren aber nur Einleitungssätze und auch diese ohne jeden inneren Zusammenhang. Er sagte sich: „Ich bin in dem Beruf noch nicht genug bewandert, ich muß eine neue Lektion nehmen." Und sofort machte ihn die Aussicht auf einen neuen Arbeitsmorgen bei Madame Forestier und die Hoffnung auf ein langes intimes und herzliches Beisammensein vor Sehnsucht erzittern. Er ging rasch zu Bett, denn er fürchtete fast, es könnte ihm plötzlich doch gelingen, wenn er sich nochmals an die Arbeit setzte. Am nächsten Morgen stand er ziemlich spät auf und genoß im voraus die Freude dieses Besuches, den er absichtlich hinausschob.

Es war zehn Uhr vorbei, als er bei seinem Freunde klingelte.

Der Diener antwortete: „Der Herr ist bei der Arbeit.“

Duroy hatte gar nicht gedacht, daß der Mann überhaupt zu Hause sein könnte. Trotzdem ließ er sich nicht abweisen. „Sagen Sie ihm, ich wäre es und käme in einer dringlichen Angelegenheit.“

Nachdem er fünf Minuten gewartet hatte, wurde er in das Arbeitszimmer geführt, in dem er einen so schönen Morgen verbracht hatte. Auf dem Platz, wo er gesessen hatte, saß jetzt Forestier im Schlafrock und Pantoffeln, auf dem Kopf ein leichtes englisches Barett, und schrieb, während seine Frau in demselben weißen Morgenkleide am Kamin lehnte und eine Zigarette rauchte. Sie diktierte.

Duroy blieb an der Schwelle stehen und murmelte:

„Ich bitte sehr um Verzeihung, wenn ich störe ...“

Sein Freund drehte sich mit wütendem Gesicht um und brummte:

„Was willst du denn noch? Beeile dich, wir haben zu tun.“

Duroy wußte nicht, was er sagen sollte. Er stotterte:

„Nein, es ist: nichts, Verzeihung.“

Forestier wurde wütend:

„Zum Donnerwetter, laß uns keine Zeit verlieren! Du bist nicht etwa hier eingedrungen, bloß um uns guten Tag zu sagen?“

Duroy wurde ganz verwirrt; endlich entschloß er sich:

„Nein ... es ist nur... ich bringe den Artikel nicht fertig ... du warst ... Sie waren ... Sie waren so ... so ... so liebenswürdig das letztemal ... daß ich hoffte ... ich wagte zu kommen ...“

Forestier fiel ihm ins Wort:

„Du schämst dich wohl gar nicht. Also du bildest dir ein, ich würde deine Arbeit machen und du brauchtest nur am Ende des Monats an die Kasse zu gehen? Nein, das ist ein bißchen zuviel verlangt!“

Die junge Frau rauchte ruhig weiter, ohne ein Wort zu sagen und lächelte nur immer ein geheimnisvolles Lächeln, das wie eine liebenswürdige Maske ihre Gedanken zu verbergen schien.

Duroy errötete und stotterte:

„Entschuldigen Sie ... ich hatte geglaubt ... ich dachte ...“

Dann fuhr er plötzlich mit sicherer Stimme fort:

„Ich bitte tausendmal um Verzeihung, gnädige Frau, und danke Ihnen nochmals aufs herzlichste für den reizenden Aufsatz, den Sie mir gestern geschrieben haben."

Dann sagte er zu Forestier: „Ich werde um drei Uhr bei der Redaktion sein", und ging fort.

Rasch kehrte er nach Hause zurück und brummte:

„Nun gut, ich mache es jetzt selbst und ganz allein, sie sollen sehen ..."

Kaum war er in seinem Zimmer, setzte er sich, von Zorn erregt, an die Arbeit. Er setzte die Geschichte fort, die Madame Forestier begonnen hatte, häufte Einzelheiten im Stil eines Zeitungsromanes, erstaunliche Geschehnisse und schwülstige Beschreibungen aufeinander. Er schrieb in ungeschicktem Schülerstil mit Unteroffiziersausdrücken. In einer Stunde war der Aufsatz beendet, der einem Wirrwarr von Torheiten glich, und trug ihn selbstsicher auf die Vie Française. Der erste Mensch, der ihm hier begegnete, war Saint-Potin, der ihm mit der Herzlichkeit eines Mitschuldigen die Hand schüttelte.

„Haben Sie meine Unterredung mit dem Chinesen und dem Inder gelesen?" fragte der Reporter. „Ist sie nicht spaßig? Ganz Paris hat sich über die Sache amüsiert. Und dabei habe ich nicht einmal ihre Nasenspitze gesehen."

Duroy hatte noch nichts gelesen; er nahm sofort die Zeitung und durchflog den langen Artikel mit dem Titel „Indien und China", während ihm der Reporter die interessantesten Stellen zeigte.

Forestier kam eilig, schnaufend, mit geschäftigem Gesichtsausdruck herein:

„Ah, gut, ich brauche euch beide."

Und er gab ihnen eine Reihe politischer Erkundigungen auf, die er bis zum Abend haben müßte.

Duroy überreichte ihm seinen Artikel.

„Hier hast du die Fortsetzung über Algier."

„Sehr schön. Gib her, ich werde sie dem Chef geben."

Das war alles.

Saint-Potin zog seinen neuen Kollegen mit hinaus, und als sie im Flur waren, fragte er ihn:

„Waren Sie schon an der Kasse?"

„Nein, warum?"

„Warum? Um sich Ihr Gehalt auszahlen zu lassen. Sehen Sie, man muß stets einen Monat im voraus nehmen. Man weiß nie, was kommen kann."

„Aber natürlich ... um so besser.“

„Ich will Sie dem Kassierer vorstellen. Er wird keine Schwierigkeiten machen. Man zahlt hier gut.“

Duroy erhielt seine zweihundert Francs sowie achtundzwanzig Francs für seinen gestrigen Artikel, so daß er zusammen mit dem Rest seines Gehaltes von der Nordbahn dreihundertundvierzig Francs bar in der Tasche hatte. Noch nie hatte er soviel auf einmal in den Händen gehabt, und er glaubte, er wäre reich für ewige Zeiten.

Dann führte ihn Saint-Potin in die Redaktionen von vier oder fünf Konkurrenzblättern und plauderte dort und schwatzte, in der Hoffnung, daß die Nachrichten, die er einholen sollte, schon von anderen ermittelt waren, und daß es ihm gelingen würde, sie ihnen mit Hilfe seines wortreichen und listigen Geplauders abzulocken.

Als der Abend kam, beschloß Duroy, der nichts weiter zu tun hatte, wieder einmal nach den Folies Bergère zu gehen. Er hoffte, mit Dreistigkeit durchzudrängen und ging zum Kontrolleur:

„Ich heiße Georges Duroy und bin Redakteur der Vie Francaise. Ich war neulich mit Herrn Forestier hier, der versprochen hat, mir einen freien Eintritt zu verschaffen. Ich weiß nicht, ob er es getan hat?“

Man sah im Verzeichnis nach. Sein Name stand nicht darin. Doch sagte der Kontrolleur, ein sehr freundlicher Mann:

„Treten Sie ruhig ein und wenden Sie sich mit Ihrer Bitte an den Herrn Direktor, der Ihren Wunsch gewiß gern erfüllen wird.“

Er trat ein und begegnete fast sofort Rahel, dem Mädchen, das er neulich nach Hause begleitet hatte. Sie kam sofort auf ihn zu:

„Guten Tag, mein lieber Junge, wie geht es dir?“

„Ausgezeichnet; und dir?“

„Nicht schlecht. Denke dir, ich habe seit jenem Abend schon zweimal von dir geträumt.“

Duroy lächelte geschmeichelt.

„Ah! Ah! Und was soll das beweisen?“

„Das beweist, daß du mir gefallen hast, dummes Schaf, und daß wir von neuem anfangen wollen, wenn es dir paßt.“

„Heute, wenn es dir recht ist?“

„Oh, ich will sehr gern.“

„Gut, aber höre ...“

Er zögerte, etwas verwirrt durch sein Vorhaben.

„Diesmal nämlich habe ich gar kein Geld. Ich komme aus dem Klub, wo ich alles vermöbelt habe."

Sie blickte ihm tief in die Augen und fühlte instinktiv seine Lüge mit der Erfahrung einer Dirne, die an die Gaunereien und das Feilschen der Männer gewöhnt ist.

„Schwindler! Du weißt doch ... das ist nicht nett von dir."

Er lächelte verlegen:

„Wenn du zehn Francs willst, das ist alles, was ich habe."

Sie murmelte mit der Gleichgültigkeit einer Kurtisane, die sich eine Laune erlaubt:

„Was du geben willst, mein Liebling, ich will ja nur dich."

Sie richtete ihre verführerischen Augen auf den Schnurrbart des jungen Mannes, nahm seinen Arm und stützte. sich verliebt darauf.

„Komm, wir trinken zuerst Grenadine. Dann bummeln wir etwas. Ich möchte mit dir in die Oper gehen, um dich zu zeigen. Und dann wollen wir bald nach Hause gehen, nicht wahr?"

Er blieb lange bei diesem Mädchen. Es war schon Tag, als er fortging. Sofort dachte er daran, sich die Vie Française zu kaufen. Mit zitternden Händen schlug er die Zeitung auf; seine Fortsetzung stand nicht darin. Vergebens blieb er auf dem Bürgersteig stehen und überflog ängstlich die bedruckten Spalten, in der Hoffnung, das Gesuchte doch noch zu finden. Er fühlte sich vollständig niedergedrückt, und infolge seiner Mattigkeit nach der Liebesnacht traf ihn diese Enttäuschung um so härter.

Er ging nach Hause, legte sich angekleidet auf sein Bett und schlief sofort ein. — Ein paar Stunden später war er auf dem Redaktionsbureau und ging zu Herrn Walter:

„Ich bin sehr erstaunt, Herr Walter, daß mein zweiter Artikel über Algier nicht erschienen ist."

Der Direktor hob seinen Kopf und sagte trocken:

„Ich gab ihn Ihrem Freund Forestier zum Durchlesen. Er fand ihn unzureichend. Er muß umgearbeitet werden."

Duroy ging wütend hinaus, ohne ein Wort zu erwidern. Er stürmte ins Arbeitszimmer seines Freundes:

„Warum hast du heute früh meinen Artikel nicht gebracht?"

Der Journalist rauchte eine Zigarre; er saß hintenübergelehnt in seinem Lehnstuhl und hatte die Füße auf den Tisch gelegt, so daß die Stiefelabsätze einen halbgeschriebenen

Artikel beschmutzten. Er erwiderte ruhig mit gleichgültiger und gelangweilter Stimme, die von fernher, wie aus einem tiefen Loch zu kommen schien:

„Der Chef hat ihn schlecht gefunden und mich beauftragt, ihn dir zurückzugeben, damit du ihn noch einmal schreibst. Da ist er.“

Und er wies mit dem Finger auf die Blätter, die zusammengefaltet unter dem Briefbeschwerer lagen.

Duroy war verwirrt und wußte nicht, was er erwidern sollte. Als er seinen Aufsatz in die Tasche steckte, fuhr Forestier fort:

„Heute begibst du dich zunächst zur Polizeipräfektur.“

Und wieder gab er ihm eine ganze Menge Geschäftsgänge und Recherchen auf, die er erledigen sollte.

Duroy ging, ohne daß ihm das beißende und verletzende Wort einfiel, nach dem er suchte.

Am nächsten Tage brachte er seinen Aufsatz wieder. Er bekam ihn abermals zurück. Als er ihn zum dritten Male geschrieben und zurückerhalten hatte, begriff er, daß er zu schnell vorwärts wollte und daß nur Forestiers Hand ihm helfen konnte. Er sprach nicht mehr von seinen Erinnerungen eines afrikanischen Jägers , und nahm sich vor, schlau und gewandt zu sein, da es nicht anders ging. Und in Erwartung besserer Tage widmete er sich in vollem Eifer seinem Berufe als Reporter.

Er lernte bald die Kulissen der Theater und der Politik, die Wandelgänge und Warteräume der Staatsmänner und des Parlaments, die wichtigtuenden Mienen der Ministerialbeamten und die mürrischen Gesichter der schläfrigen Gerichtsdiener kennen.

Er hatte dauernd zu tun mit Ministern, Portiers, Generalen, Geheimpolizisten, Fürsten, Zuhältern, Dirnen, Botschaftern, Bischöfen, Kupplern, Männern der besten Gesellschaft, Falschspielern, Droschkenkutschern, Kellnern und vielen anderen Leuten; er war der berechnende und gleichgültige Freund aller geworden, achtete alle gleich hoch und gleich niedrig, maß sie mit demselben Maße, beurteilte sie mit demselben Blick, denn er mußte sie an jedem Tage und zu jeder Stunde in derselben Stimmung begrüßen und mit ihnen über alles, was seinen Beruf anging, sprechen. Er selbst kam sich dabei wie ein Mensch vor, der unmittelbar hintereinander von allen möglichen Weinen kosten muß und schließlich den feinsten Chateau-Margaux von Argenteuil nicht mehr unterscheiden kann.

Er wurde in kurzer Zeit ein achtbarer Reporter, zuverlässig in seinen Nachrichten, listig, schnell und genau, eine wertvolle Kraft für die Zeitung, wie der alte Walter behauptete, der sich in Redakteuren auskannte.

Da er aber außer seinem festen Gehalt von zweihundert Francs nur zehn Centimes für die Zeile bekam und da das Leben in den Boulevards, in den Cafés und Restaurants teuer war, so hatte er nie einen Sous in der Tasche und war verzweifelt über seine Armut.

Es steckt irgendein Kniff dahinter, dachte er, wenn er manche seiner Kollegen mit geldgefüllten Taschen sah, ohne je zu begreifen, welche geheimen Mittel sie wohl anwandten, um sich diesen Wohlstand zu verschaffen. Er witterte voller Neid irgendwelche heimlichen und verdächtigen Abmachungen, ein gegenseitiges Schmuggelsystem. Auch er mußte hinter das Geheimnis kommen, auch er wollte Mitglied dieser verschwiegenen Genossenschaft werden und sich den Kollegen, die ohne ihn die Beute teilten, aufdrängen. Und wenn er abends an seinem Fenster die Eisenbahnzüge vorüberfahren sah, dann träumte er oft von den Mitteln, die ihn diesem Ziele näherbringen konnten.

V.

So waren zwei Monate vergangen. Der September rückte heran, aber das schnelle Glück, das Duroy erhofft hatte, schien nur sehr langsam heranzukommen. Am meisten quälte ihn die gesellschaftliche Bedeutungslosigkeit seiner Stellung, und er sah keinen Weg, auf dem er zu den Höhen hinaufklettern konnte, wo man Ansehen, Macht und Geld findet.

Der unbedeutende Beruf eines Reporters umfing ihn wie eine Fessel; er war darin wie vermauert und konnte nicht hinaus. Zwar achtete man seine Tüchtigkeit, aber man schätzte ihn nach seiner Stellung. Selbst Forestier, dem er tausend Dienste leistete, lud ihn zum Diner nicht mehr ein und behandelte ihn wie einen Untergebenen, obwohl er ihn noch freundschaftlich duzte.

Freilich gelang es Duroy von Zeit zu Zeit, auch einen kleinen Artikel in seinem Blatte anzubringen, und da er durch seine Lokalnachrichten einen flotten Zeitungsstil und Schreibart gelernt hatte, was ihm bei der Abfassung seines zweiten Artikels über Algier absolut fehlte, so lief er keine Gefahr mehr, daß seine Artikel abgewiesen würden. Aber von da bis zu einem aus eigenen Gedankengängen und eigener Phantasie geschaffenen Feuilleton oder einem ernsten politischen Aufsatz bestand ein ebenso großer Unterschied wie zwischen einem Kutscher und einem selbstkutschierenden Herrn, der in den Avenues du Bois de Boulogne spazieren fährt. Was ihn besonders demütigte, war, daß ihm die Türen der Gesellschaft verschlossen blieben und daß er keinen Verkehr hatte, wo er als Gleichberechtigter auftreten konnte, und vor allen Dingen, daß er keine näheren, intimen Beziehungen zu Damen hatte, obgleich ihn mehrere bekannte Schauspielerinnen mit auffallender Liebenswürdigkeit empfangen hatten.

Er wußte übrigens aus Erfahrung, daß alle Frauen, ob sie nun den guten oder schlechten Gesellschaftskreisen angehörten, eine merkwürdige Zuneigung und eine spontane Sympathie für ihn verspürten. Die Tatsache jedoch, daß er gerade diese Wesen, von denen doch seine Zukunft abhängen konnte, nicht kannte, machte ihn ungeduldig und nervös wie ein Rennpferd, dem man nicht freie Bahn gibt.

Oft genug hatte er daran gedacht, Frau Forestier zu besuchen, doch die Erinnerung an die letzte Begegnung demütigte ihn und hielt ihn davon zurück, und außerdem erwartete er, daß ihn der Mann einladen würde. Dann fiel ihm wieder Madame de Marelle ein; sie hatte ihn ja gebeten, er möchte sie doch mal besuchen. So ging er eines Nachmittags, an dem er nichts anderes zu tun hatte, zu ihr hin.

„Ich bin bis drei Uhr immer zu Hause", hatte sie gesagt.

Um halb drei klingelte er an der Tür.

Sie wohnte Rue de Verneuil, im vierten Stock. Auf das Klingelzeichen öffnete ein Dienstmädchen mit zerzaustem Haar die Tür; sie setzte ihre kleine Haube zurecht und antwortete:

„Ja, die gnädige Frau ist zu Hause, aber ich weiß nicht, ob sie auf ist."

Sie öffnete die Salontür, die nicht verschlossen war. Duroy trat ein. Das Zimmer war ziemlich groß, aber nicht reich möbliert und sah etwas verwahrlost aus. Die alten abgenutzten Sessel standen an der Wand entlang, so wie sie das Dienstmädchen hatte stehen lassen, nirgends spürte man die sorgsame Hand der eleganten Hausfrau, die sich ihr Heim gemütlich zu gestalten liebt. Vier armselige Bilder, die einen Kahn auf dem Flusse, ein Schiff auf dem Meere, eine Mühle in einer Ebene, einen Holzhauer im Walde darstellten, hingen in der Mitte der vier Wände an Stricken verschiedener Länge, und alle vier hingen schief. Man erriet, daß sie wahrscheinlich schon lange so schief hingen unter den nachlässigen Augen der gleichgültigen Besitzerin.

Duroy setzte sich und wartete. Er wartete lange. Endlich öffnete sich die Tür und Madame de Marelle trat eilig herein. Sie trug ein japanisches Morgenkleid aus rosa Seide, das mit goldenen Landschaften, blauen Blumen und weißen Vögeln bestickt war.

„Denken Sie, ich war noch im Bett", rief sie aus. „Das ist aber nett, daß Sie sich auch mal bei mir sehen lassen. Ich dachte bestimmt, Sie hätten mich vergessen."

Mit strahlendem Gesicht streckte sie ihm beide Hände entgegen, und Duroy, dem die verwahrloste Einrichtung des Zimmers seine volle Sicherheit wiedergab, ergriff sie und küßte die eine Hand, wie er es einmal von Norbert de Varenne gesehen hatte.

Sie bat ihn, Platz zu nehmen. Dann musterte sie ihn vom Kopf bis zu den Füßen und sagte: „Sie haben sich sehr zu Ihrem Vorteil verändert. Paris hat Ihnen gut getan. Erzählen Sie mir, was gibt es Neues?"

Damit begannen sie zu plaudern, als ob sie alte Bekannte wären. Und sie fühlten, wie zwischen ihnen eine unmittelbare Vertraulichkeit entstand, ein Überströmen von

Zuneigung, Herzlichkeit und gegenseitigem Verständnis, das in wenigen Minuten zwei Wesen von gleicher Art und Charakter zu Freunden macht. Plötzlich stockte die junge Frau und rief ganz erstaunt:

„Es ist merkwürdig, wie wir übereinstimmen. Mir ist s, als kenne ich Sie seit zehn Jahren. Wir werden sicherlich gute Freunde werden. Wollen Sie?“

„Aber natürlich“, erwiderte er mit vielsagendem Lächeln.

Er fand sie höchst verführerisch in ihrem weichen, leuchtenden Gewand, vielleicht weniger zärtlich und fein als Frau Forestier in ihrem weißen Morgenkleid, weniger zierlich und graziös, dafür aber entzückender und aufreizender.

Bei Madame Forestier mit ihrem unveränderlichen, zärtlichen Lächeln, das gleichzeitig anzog und abstieß, das zu sagen schien „Du gefällst mir“ und auch „Nimm dich in acht“, und dessen wirklichen Sinn er nie erraten konnte, empfand er in erster Linie das Bedürfnis, sich ihr zu Füßen zu legen oder die zierlichen Spitzen zu küssen, die ihre zarte Haut bedeckten, und langsam den warmen, parfümierten Duft einzuatmen, der von ihrer Brust strömte. Bei Madame de Marelle empfand er ein etwas brutaleres und bestimmteres Verlangen, eine Begierde, die seine Finger zucken ließ, wenn er die runden Formen ihres Körpers unter der leichten Seide sah.

Sie sprach immer weiter, und fast aus jedem Satz sprühte dieser leichte, geistreiche Witz, den sie so routiniert beherrschte, wie ein Meister sein Handwerk beherrscht und mit einem rechten Griff eine schwierige Arbeit mit erstaunlicher Gewandtheit ausführt. Er hörte zu und dachte: „Das müßte man sich merken. Man könnte die hübschesten Feuilletons schreiben, wenn man sie über die Pariser Tagesereignisse plaudern hört.“

Jetzt klopfte es ganz leise an der Tür. Madame de Marelle rief:

„Du kannst hereinkommen, Kleine!“

Das kleine Mädchen erschien, ging direkt auf Duroy zu und reichte ihm die Hand.

Die Mutter murmelte erstaunt:

„Das ist ja eine Eroberung. Ich erkenne sie nicht wieder.“

Der junge Mann küßte das Kind, setzte es neben sich und erkundigte sich ernst und liebenswürdig nach allem, was es in der letzten Zeit getan hatte. Sie antwortete mit ihrer dünnen Flötenstimme und mit der ernsten Miene einer erwachsenen Dame.

Die Uhr schlug drei. Der Journalist erhob sich.

„Kommen Sie recht oft,“ bat Madame de Marelle, „wir plaudern dann wie heute. Sie werden mir stets willkommen sein. Aber warum sieht man Sie nie mehr bei Forestiers?“

„Ein Zufall,“ erwiderte er, „ich hatte so viel zu tun. Ich hoffe aber, daß wir uns demnächst dort einmal wieder treffen werden ...“

Und er ging, innerlich voller Hoffnung, ohne recht zu wissen, warum.

Forestier sagte er nichts über diesen Besuch, aber die Erinnerung daran wich während des ganzen folgenden Tages nicht von ihm; es war mehr als bloß Erinnerung, ein Gefühl der unwirklichen, andauernden Gegenwart dieser Frau. Ihm war es, als hätte er einen Teil von ihr fortgetragen, als wäre das Bild ihres Körpers in seinen Augen und der Reiz ihres Wesens in seinem Herzen geblieben. Und er blieb im Banne dieser Vorstellung, wie es manchmal geschieht, wenn man schöne Stunden mit einem Menschen verbracht hat. Man meint dann, man wäre von etwas Fremdartigem, Holdem, Köstlichem vollständig eingenommen, das um so verwirrender und reizender erscheint, je weniger wir es deuten können.

Nach ein paar Tagen wiederholte er seinen Besuch.

Die Zofe führte ihn in den Salon und gleich darauf erschien Laurine. Sie hielt ihm nicht ihre Hand, sondern ihre Stirn hin und sagte:

„Mama läßt Sie bitten, etwas zu warten. Es wird eine Viertelstunde dauern, denn sie ist noch nicht angezogen. Ich leiste Ihnen solange Gesellschaft."

Duroy, dem das würdige Benehmen der Kleinen Spaß machte, sagte:

„Vortrefflich, mein kleines Fräulein, ich bin entzückt, mit Ihnen eine Viertelstunde zu verbringen. Aber ich muß Sie darauf aufmerksam machen, daß ich gar nicht so ernst bin; ich spiele den ganzen Tag und schlage Ihnen daher vor, wir spielen ein bißchen Haschen."

Die Kleine schien zuerst erstaunt, dann lächelte sie wie eine Dame über diesen Einfall, der sie ein bißchen ärgerte und ein bißchen überraschte und murmelte:

„Das Zimmer ist nicht zum Spielen eingerichtet."

„Das ist mir ganz egal", erwiderte er. „Ich spiele überall. Also los! Haschen Sie mich!"

Und er begann um den Tisch herumzulaufen; sie folgte ihm und lächelte, als täte sie das nur aus Höflichkeit. Hin und wieder streckte sie die Hand aus, um ihn zu haschen, ohne sich jedoch zum Laufen hinreißen zu lassen. Er blieb stehen, duckte sich, und wenn sie mit ihrem kleinen, zögernden Schritt ankam, sprang er in die Höhe, wie ein Teufel aus dem Kasten, und lief dann bis ans andere Ende des Zimmers. Sie fand Gefallen daran und fing an zu lachen; sie lief nun eifrig hinter ihm her und kreischte halb fröhlich, halb ängstlich auf, wenn sie ihn gefaßt zu haben glaubte. Er schob die Stühle hin und her, um ihr Hindernisse in den Weg zu legen. Bald ließ er sie eine Minute lang um einen und denselben Stuhl herumlaufen, bald sprang er von einem zum andern. Laurine lief jetzt richtig und gab sich ganz dem Vergnügen dieses Spieles hin. Mit rosigem Gesichtchen und echt kindlicher Begeisterung stürzte sie bei jeder Flucht, bei jeder List und jedem Scheinmanöver ihres Spielgefährten mit Schwung hinter ihm her.

Jetzt glaubte sie ihn endlich fassen zu können, da ergriff er sie mit beiden Armen, hob sie bis zur Decke empor und rief:

„Gefangen, gefangen!"

Die Kleine strampelte entzückt mit den Beinchen, um sich zu befreien, und lachte dabei aus vollem Herzen.

Als Madame de Marelle eintrat, war sie verblüfft:

„Aber Laurine! ... du spielst? Sie sind ja ein Zauberer, mein Herr!"

Er setzte die Kleine wieder zu Boden und küßte der Mutter die Hand. Sie setzten sich, die Kleine saß dazwischen. Sie wollten plaudern, aber Laurine, die sonst immer schwieg, war wie berauscht und schwatzte unaufhörlich, so daß die Mutter sie auf ihr Zimmer schicken mußte. Sie gehorchte, ohne zu antworten, aber mit Tränen in den Augen.

Sobald sie allein waren, sagte Madame de Marelle mit gedämpfter Stimme:

„Sie wissen noch nicht, ich habe eine große Sache vor und ich habe an Sie gedacht. Sie wissen, ich speise jede Woche einmal bei Forestiers und ich revanchiere mich von Zeit zu Zeit, indem ich sie in ein Restaurant einlade. Ich sehe nicht gern Gesellschaft bei mir, ich bin dafür nicht geschaffen, außerdem kann ich keinen Haushalt führen und von der Küche verstehe ich absolut gar nichts. Ich lebe gern ins Blaue hinein. Deshalb lade ich sie hin und wieder in ein Restaurant ein, aber wenn wir nur zu dritt sind, ist die Sache nie recht lustig. Und meine Bekannten passen gar nicht zu ihnen. Ich sage Ihnen das, um Ihnen meine etwas außergewöhnliche Einladung zu erklären. Sie fassen es also nicht falsch auf, wenn ich Sie bitte, am Sonnabend um acht im Café Riche zu speisen. Sie kennen doch das Restaurant?"

Er nahm die Einladung erfreut an und sie fuhr fort:

„Wir werden nur zu viert sein, eine richtige Partie carré. Solche kleine Feste sind sehr amüsant für uns Frauen, die wir selten in die Restaurants kommen."

Sie trug ein dunkelblaues Kleid, das ihre Taille, ihre Hüften, ihre Brust und ihre Arme in aufreizender und verführerischer Weise hervortreten ließ, und Duroy fühlte ein verwirrtes Erstaunen, ja fast eine Verlegenheit, deren Grund er sich nicht erklären konnte, über das Mißverhältnis zwischen dieser sorgfältig gepflegten Eleganz ihrer Toilette und der sichtlichen Verwahrlosung ihrer Wohnung, in der sie lebte.

Alles, was ihren Körper umgab, was sie unmittelbar berührte, war fein, zart und peinlich sauber, aber um ihre weitere Umgebung schien sie sich gar nicht zu kümmern.

Er verließ sie und bewahrte noch stärker als das erstemal das Gefühl ihrer fortdauernden Gegenwart in einer Art Fieberwahn seiner Sinne. Er wartete mit wachsender Ungeduld auf den verabredeten Tag.

Er lieh sich zum zweiten Male einen Frackanzug, da seine Mittel ihm noch immer nicht erlaubten, einen solchen zu kaufen. Er erschien als erster einige Minuten vor der Zeit.

Man ließ ihn zum zweiten Stockwerk hinaufsteigen und führte ihn in einen kleinen, rot tapezierten Salon, dessen einziges Fenster nach dem Boulevard hinausging.

Auf einem viereckigen Tisch mit blendend weißem Tischtuch waren vier Kuverts gedeckt, und die Gläser, das Tafelsilber und der Schüsselwärmer blitzten lebhaft im Schein von zwölf Kerzen, die von zwei hohen Leuchtern getragen wurden.

Vor dem Fenster sah man einen sehr großen, hellgrünen Fleck, der von den Baumblättern herrührte, auf die aus den einzelnen Separés helles Licht fiel.

Duroy setzte sich auf ein niedriges Sofa, das ebenso rot war wie die Tapete. Die abgenutzten Federn gaben stark nach, so daß er das Gefühl hatte, als stürze er in ein Loch hinein. In dem ganzen, großen Gebäude vernahm er ein verworrenes Getöse, das Geräusch der großen Restaurants mit ihrem Geschirr und Tellergeklapper, dem Klingen von Silberzeug, den schnellen Schritten der Kellner auf den Gängen, deren Schall durch die Läufer gedämpft wird, dem Knarren der Türen, die sich einen Augenblick öffneten und den Stimmenlärm aller Insassen der engen Salons herausdringen ließen.

Nach einer Weile kam Forestier und drückte ihm die Hand mit einer herzlichen Vertraulichkeit, wie er sie ihm niemals auf der Vie Française gezeigt hatte.

„Die beiden Damen kommen zusammen," sagte er, „solche Diners sind immer sehr nett."

Dann besah er sich den Tisch, ließ eine Gasflamme, die wie ein Nachtlicht brannte, ganz ausdrehen, schloß einen Fensterflügel wegen des Luftzuges, suchte sich den geschütztesten Platz aus und sagte:

„Ich muß mich sehr in acht nehmen. Seit einem Monat ging es mir besser, aber vor einigen Tagen habe ich einen Rückfall bekommen. Ich muß mich am Dienstag erkältet haben, als ich aus dem Theater kam."

Die Tür ging auf und die beiden Frauen erschienen, gefolgt von dem Oberkellner. Sie waren verschleiert und eingehüllt, mit jenem reizenden geheimnisvollen Wesen, wie es Frauen an Orten, die nicht ganz angebracht sind, so gern anzunehmen pflegen.

Als Duroy Madame Forestier begrüßte, machte sie ihm heftige Vorwürfe, warum er sie nicht besucht hätte. Dann sah sie ihre Freundin lächelnd an und fügte hinzu:

„Natürlich, Sie ziehen Madame de Marelle mir vor; für sie haben Sie also Zeit übrig."

Man setzte sich, und als der Oberkellner Forestier die Weinkarte reichte, rief Madame de Marelle:

„Geben Sie den Herren, was sie wollen; uns bringen Sie Champagner in Eis, aber süßen Champagner, bitte, die beste Sorte, die Sie haben; sonst nichts!“

Als der Mann gegangen war, erklärte sie mit aufgeregtem Lachen:

„Heute will ich mir einen Schwips antrinken. Wir wollen ein Gelage veranstalten, ein richtiges Gelage.“

Forestier, der anscheinend nicht zugehört hatte, fragte:

„Würde es Ihnen recht sein, wenn ich das Fenster schlösse. Seit ein paar Tagen habe ich wieder Schmerzen in der Brust.“

„Aber bitte, selbstverständlich!“

Er stand auf, machte auch den zweiten Fensterflügel zu und setzte sich dann beruhigt und vergnügt wieder auf seinen Platz. Seine Frau sagte nichts; ihre Gedanken schienen ganz woanders zu sein. Ihre Augen waren gesenkt, ihre Blicke fielen auf die Gläser. Sie lächelte; ihr Gesichtsausdruck schien viel zu versprechen, ohne jemals etwas zu halten.

Es wurden Ostender Austern serviert. Sie waren klein und fett, sie sahen in ihren Schalen wie Ohren aus und schmolzen zwischen Zunge und Gaumen wie salzige Bonbons. Nach der Suppe gab es Lachsforelle, rosig wie das Fleisch eines jungen Mädchens, und nun begann die Unterhaltung in Fluß zu kommen. Man sprach zuerst über einen Stadtklatsch, der damals überall besprochen wurde; es war die Geschichte einer Dame der Gesellschaft, die vom Freund ihres Mannes dabei überrascht wurde, wie sie mit einem ausländischen Fürsten im Separé soupierte.

Forestier lachte sehr über das Abenteuer, die beiden Damen aber erklärten den indiskreten Schwätzer für einen Lümmel und Feigling. Duroy schloß sich ihrer Meinung an und erklärte laut und deutlich, in derartigen Fällen wäre für den Ehrenmann strengste Diskretion geboten, gleichgültig, ob er Beteiligter, Vertrauter oder bloß zufälliger Mitwisser sei. Er fügte hinzu, wie voll von wundervollen Dingen das Leben wäre, wenn wir immer auf eine gegenseitige, unbedingte Verschwiegenheit rechnen könnten. Was die Frauen nur zu oft, ja fast immer zurückschreckt, ist die Enthüllung des Geheimnisses. Er lächelte und fuhr fort:

„Nicht wahr? — Wie viele würden sich, dem heftigen Verlangen und der vorübergehenden Laune gehorchend, zur Liebe hinreißen lassen, wenn sie nicht fürchteten, ein. leichtes, kurzes Glück mit ewiger Schande und schmerzlichen Tränen bezahlen zu müssen. Er sprach mit ansteckender Überzeugungskraft, als plädierte er für sich selbst, als wollte er sagen: „Bei mir hat man derartige Gefahren nicht zu fürchten! Bitte, probieren Sie es nur einmal!“

Die beiden Frauen sahen ihn an und ihre Blicke schienen ihm zuzustimmen. Sie fanden, er spräche gut und zutreffend, und verrieten durch ihr wohlwollendes, zustimmendes Schweigen, daß ihre unbeugsame Moral der Pariserinnen nicht lange aushallen würde, wenn absolute Verschwiegenheit im voraus garantiert wäre.

Forestier, der fast auf dem Sofa lag, ein Bein an sich gezogen und die Serviette in die Weste gesteckt, um den Frack nicht zu beflecken, erklärte plötzlich mit dem überzeugten Lachen eines Skeptikers:

„Weiß Gott! Das würden sie ausnützen. Wenn man nur der Verschwiegenheit sicher wäre. Donnerwetter! Und die Ehemänner! Die armen Ehemänner!“

Das Gespräch kam nun auf die Liebe im allgemeinen. Duroy hielt sie zwar nicht für ewig, aber für dauerhaft. Sie mußte zu einer zärtlichen Freundschaft und gegenseitigem Vertrauen führen. Die Vereinigung der Sinne sei nur ein Siegel zur Gemeinschaft der Herzen. Vor peinigenden Eifersuchtsszenen dagegen und vor all den Qualen, die das Ende einer solchen Liebe zu begleiten pflegen, hatte er einen heftigen Abscheu.

Dann schwieg er. Madame de Marelle seufzte:

„Ja, die Liebe ist das einzig Angenehme und Schöne im Leben und wir verderben sie nur allzuoft durch unmögliche Forderungen.“

Frau Forestier spielte mit dem Messer und sagte:

„Ja ... ja ... es ist so schön, geliebt zu werden!“

Träumerisch schweiften ihre Blicke umher, und sie begann über Dinge nachzudenken, von denen sie nicht zu sprechen wagte.

Da das erste Zwischengericht auf sich warten ließ, so schlürften sie von Zeit zu Zeit einen Schluck Champagner und knabberten ein Stück Kruste von kleinen runden Brötchen und ihre Gedanken weilten bei der Liebe, schwollen langsam an und wirkten berauschend auf ihre Seelen, wie der helle Champagner, der Tropfen für Tropfen durch ihre Kehlen rann, ihr Blut erhitzte und den Geist verwirrte.

Man servierte zarte, leichte Hammelkoteletts, die auf einer dichten Unterlage von Spargelspitzen lagen.

„Oh, das ist was Feines!“ rief Forestier aus.

Und sie aßen langsam und genossen das schöne Fleisch und das weiche cremeartige Gemüse.

Duroy fuhr fort:

„Wenn ich eine Frau liebe, dann verschwindet für mich alles übrige auf der Welt.“

Er sagte das aus voller Überzeugung und berauschte sich an diesem Vorgefühl von Liebesfreude, wie er sich eben jetzt an dem Genuß und Wohlgeschmack der Tafel begeisterte.

Madame Forestier murmelte mit einem unverständlichen und unnahbaren Gesichtsausdruck:

„Es gibt kein größeres Glück als den ersten Händedruck, wenn die eine Hand fragt: Liebst du mich? , und die andere darauf mit einem leisen Druck erwidert: Ja, ich liebe dich! "

Madame de Marelle hatte eben wieder ein neues Glas Champagner ausgetrunken und setzte es wieder hin mit den Worten:

„Ich bin weniger platonisch!"

Alle lachten und stimmten ihr mit erregten Blicken zu.

Forestier lehnte sich auf dem Sofa zurück, stützte sich mit ausgebreiteten Armen auf die Kissen und sagte ganz ernsthaft:

„Diese Freimütigkeit ehrt Sie und beweist, daß Sie eine offenherzige, praktische Frau sind. Aber dürfte ich vielleicht erfahren, welcher Ansicht Ihr Herr Gemahl ist?"

Sie zuckte bedächtig die Achseln, mit tiefer Verachtung, dann sagte sie mit klarer Stimme:

„Mein Mann hat über diesen Punkt überhaupt keine Meinung ... er enthält sich ..."

Dann glitt die Unterhaltung langsam von den allgemeinen Theorien über Liebe auf jene schlüpfrigen Gebiete hinab, wo man an feinen Anspielungen aus dem Reich des Eros Gefallen findet.

Es kam zu witzigen, geschickten Zweideutigkeiten, zu einem Schleierlüften mit Worten. Es überstürzten sich verwegene Scherze und pikante Andeutungen, die uns alles blitzartig klar und scharf vor Augen führen, was wir niemals auszusprechen wagen würden und uns plötzlich in leidenschaftlicher Erregung alles enthüllen, was sonst schamhaft und verschwiegen bei uns im Innern verschlossen bleibt, und was der vornehmen Gesellschaft eine Art geheimnisvoller Wollust gewährt, eine Art unkeuscher Berührung der Gedanken durch die gleichzeitig aufregende, sinnliche Beschwörung aller geheimen, schamlosen Triebe.

Man brachte den Braten: Rebhühner, mit Wachteln garniert, junge Erbsen und dann eine Terrine Gänseleberpastete, zu der es Salat gab, der wie grüner Schaum eine große Salatschüssel in Form eines Lavoirs füllte.

Sie kosteten von allem, ohne darauf zu achten, was sie eigentlich aßen, so sehr waren sie mit ihren Gedanken und der Unterhaltung beschäftigt, als ob sie in ein Bad von Liebe tauchten.

Die beiden Damen begannen bald auch Anekdoten zu erzählen. Madame de Marelle tat es mit einer natürlichen Kühnheit, die fast herausfordernd wirkte, während Madame

Forestier mit einer gewissen Verschämtheit im Ton, in der Stimme, im Lächeln und in ihrem ganzen Wesen eine reizende, allerliebste Zurückhaltung bewahrte, was alle Keckheiten, die ihrem Munde entquollen, scheinbar milderte, in Wahrheit aber unterstrich.

Forestier hatte sich ganz und gar zwischen die Sofakissen vergraben; er lachte, trank und aß ununterbrochen und warf hin und wieder eine so unzweideutige Bemerkung dazwischen, daß die Frauen der brüsken Form halber etwas ungehalten waren und einige Sekunden lang ein verlegenes Gesicht zeigten. Hatte er eine zu derbe Zote vorgebracht, dann setzte er hinzu:

„Ihr benehmt euch fein, meine Kinder, wenn es so weiter geht, werdet ihr noch allerhand Dummheiten anstellen."

Nach dem Dessert wurde Kaffee serviert, und die Liköre weckten in den erregten Gemütern eine noch schwerere und heißere Unruhe.

Madame de Marelle war angeheitert, wie sie es sich bei Beginn der Mahlzeit vorgenommen hatte, und das erkannte sie ohne weiteres an mit der lustigen, schwatzhaften Anmut einer Frau, die einen tatsächlich kleinen Rausch übertreibt, um ihre Gäste zu amüsieren.

Madame Forestier schwieg vermutlich aus Vorsicht, und auch Duroy, der fühlte, daß er in seinem angeregten Zustande leicht einen Mißgriff begehen konnte, bewahrte eine geschickte Zurückhaltung.

Jetzt wurden Zigaretten herumgereicht und Forestier begann plötzlich zu husten. Es war ein schrecklicher Anfall, der ihm die Brust beinahe zu zerreißen schien. Mit krebsrotem Gesicht, die Stirne mit Schweiß bedeckt, erstickte er fast in seiner vorgehaltenen Serviette. Als der Anfall einigermaßen vorbei war, murmelte er wütend:

„Es ist zu dumm, ich kann solche Feste nicht mitmachen."

Seine ganze, gute Laune verschwand vor der Angst, die ihm der Gedanke an seine Krankheit einflößte:

„Gehen wir nach Hause", sagte er.

Madame de Marelle klingelte nach dem Kellner und verlangte die Rechnung. Sie erhielt sie sogleich und versuchte, sie zu lesen, aber die Ziffern tanzten ihr vor den Augen und sie reichte Duroy das Papier:

„Bitte, bezahlen Sie für mich, ich kann nicht mehr lesen, ich bin zu berauscht."

Und gleichzeitig warf sie ihm die Börse zu. — Die Rechnung betrug hundertunddreißig Francs. Duroy prüfte sie, gab zwei Banknoten, ließ sich herausgeben und fragte halblaut: „Wieviel soll ich dem Kellner geben?"

„Was Sie wollen, ich weiß nicht.“

Er legte fünf Francs auf den Teller, gab der jungen Frau ihre Börse zurück und sagte:

„Darf ich Sie nach Hause begleiten?“

„Aber unbedingt. Ich bin überhaupt nicht mehr imstande, meine Wohnung zu finden.“

Sie drückten Herrn und Frau Forestier die Hand, und gleich darauf saß Duroy allein mit Madame de Marelle in einer rollenden Droschke.

Sie waren jetzt dicht aneinander gedrängt in diesem schwarzen Kasten eingeschlossen, der dann und wann auf einen Augenblick durch das Licht der Straßenlaterne beleuchtet wurde. Er fühlte durch seinen Ärmel die Wärme ihrer Schulter, und er wußte ihr nichts zu sagen, absolut nichts, so sehr beherrschte ihn der heiße Wunsch, sie in seine Arme zu schließen. „Was würde sie denn tun, wenn ich es wagte?“ Und die Erinnerung an alle anzüglichen Bemerkungen während des Essens erregten ihn, während ihn die Angst vor einem Skandal zurückhielt. Sie sagte kein Wort und saßt regungslos in ihrer Ecke. Er hätte gedacht, sie schliefe, hätte er nicht jedesmal, wenn ein Lichtschein in das Kupee fiel, ihre Augen blitzen sehen. Was dachte sie wohl? Er fühlte zwar, daß er nicht sprechen dürfe, daß ein Wort, ein einziges Wort, das das Schweigen unterbräche, all seine Aussichten vernichten könnte, doch ihm fehlte der Mut, frech und brutal zuzugreifen.

Plötzlich fühlte er, wie ihr Fuß sich rührte. Es war eine harte, nervöse, ungeduldige Bewegung, vielleicht eine Aufforderung. Bei dieser fast unmerklichen Bewegung überlief ihn ein Schaudern von Kopf bis zu Fuß. Mit einem Ruck wandte er sich um und warf sich über sie. Er suchte ihren Mund mit seinen Lippen und mit den Händen ihr nacktes Fleisch.

Sie stieß einen Schrei aus, einen leichten Schrei; sie wollte sich aufrichten, ihn zurückstoßen, dann aber gab sie nach, als fehlte ihr die Kraft, sich zu wehren. Aber die Droschke hielt schon nach kurzer Zeit vor dem Hause, wo sie wohnte, und Duroy fand vor Überraschung kein leidenschaftliches Wort, um ihr seine dankbare Liebe zu gestehen.

Indessen erhob sie sich nicht und rührte sich nicht; sie schien wie betäubt von dem, was geschehen war. Da fürchtete er, der Kutscher könnte Verdacht schöpfen und stieg zuerst aus, um der jungen Dame die Hand zu reichen. Stolpernd, und ohne ein Wort zu sagen, stieg sie endlich aus der Droschke. Er läutete, und als die Tür aufging, fragte er zitternd: „Wann darf ich Sie wiedersehen?“

Sie flüsterte so leise, daß er es kaum hörte: „Kommen Sie morgen zu mir frühstücken.“ Und sie verschwand im Schatten des Hausflurs, nachdem sie die schwere, laut dröhnende Tür zugeworfen hatte.

Er gab dem Kutscher fünf Francs und ging dann rasch und siegesgewiß, voll übermütiger Freude, seinen Weg zurück. Endlich hatte er eine Frau gefunden, eine Frau aus der Gesellschaft, aus der besten Pariser Gesellschaft. Wie leicht war es gewesen und wie unverhofft. Er hatte sich eingebildet, daß, um eines von diesen ersehnten Geschöpfen zu verführen und zu erobern, endlose Mühe, langes Warten und eine geschickte Belagerung durch Aufmerksamkeiten, Liebesworte, Seufzer und Geschenke nötig seien. Und siehe da, die erste, die ihm begegnete, ergab sich ihm mit einem Schlag, beim ersten Angriff, so schnell, daß er noch ganz verblüfft war.

„Sie war berauscht," dachte er, „morgen wird die Tonart anders sein. Ich fürchte, es gibt Tränen." Diese Aussicht beunruhigte ihn, dann aber sagte er sich: „Um so schlimmer; jetzt habe ich sie und lasse sie nicht wieder los."

Und in einer wirren Vision, in der sich alle seine Zukunftshoffnungen auf Ruhm und Ehre, auf Reichtum und Liebe widerspiegelten, erblickte er plötzlich, ähnlich einem Schwarm von Figurantinnen bei den Theaterapotheosen, eine lange Reihe eleganter, reicher, vornehmer Frauen, die auf den goldenen Wolken seiner Träume eine nach der anderen lächelnd an ihm vorüberzogen.

Und auch sein Schlaf war reich von solchen Träumen.

Am nächsten Tage war er etwas aufgeregt, als er die Treppe zur Wohnung der Madame de Marelle hinaufstieg. Wie würde sie ihn empfangen? Würde sie überhaupt gestatten, ihn hereinzulassen? Womöglich war sie für ihn überhaupt nicht zu Hause? Wenn sie schwatzte... Nein, sie konnte gar nichts weitererzählen, ohne die ganze Wahrheit durchblicken zu lassen. Er war also völlig Herr der Situation.

Das kleine Dienstmädchen öffnete die Tür und hatte einen Gesichtsausdruck wie immer. Ihr war nichts anzusehen, denn fast hatte er erwartet, daß das Dienstmädchen auch ein verstörtes Aussehen zur Schau tragen würde.

„Geht es der gnädigen Frau gut?" fragte er.

„Jawohl, mein Herr," antwortete sie, „wie immer."

Sie ließ ihn in den Salon hinein. Er ging direkt auf den Kamin zu, um den Zustand seiner Frisur und seines Anzugs zu prüfen. Er zog sich die Krawatte vor dem Spiegel zurecht und sah in diesem die junge Frau, die an der Schwelle ihres Zimmers stand und ihn anschaute.

Er tat so, als bemerke er sie nicht, und so beobachteten sie sich erst einander prüfend eine Zeitlang durch den Spiegel, ehe sie sich gegenübertraten. Nun drehte er sich um. Sie rührte sich nicht und schien zu warten.

Er eilte auf sie zu und stammelte:

„Wie ich Sie liebe! Wie ich Sie liebe!"

Sie öffnete die Arme und sie küßten sich lange.

Er dachte: „Das war leichter, als ich geglaubt hatte, die Sache klappt ausgezeichnet!"

Und als ihre Lippen sich getrennt hatten, lächelte er, ohne ein Wort zu sagen, und versuchte, in seine Blicke den Ausdruck einer unendlichen Liebe hineinzulegen. Sie lächelte gleichfalls mit jenem Lächeln, das die Frauen haben, wenn sie ihr Verlangen, ihre Zustimmung, ihren Willen zur Hingabe ausdrücken wollen. Sie sagte leise:

„Wir sind allein. Ich habe Laurine zu einer Freundin zum Frühstück geschickt."

Er küßte ihre Handgelenke und seufzte:

„Danke. Ich liebe Sie über alles!"

Sie nahm ihn am Arm, als ob er ihr Gatte wäre, und sie gingen zum Sofa, wo sie sich nebeneinander hinsetzten.

Er versuchte eine leichte und angenehme Unterhaltung anzufangen. Da er jedoch keine Ausdrücke fand, stammelte er:

„Also ... Sie sind mir nicht böse?"

Sie legte ihm ihre Hand auf den Mund:

„Sei doch still."

Und so saßen sie schweigend, die Blicke ineinander versenkt, mit verschlungenen Händen, liebebedürftig und glühend vor Verlangen.

„Wie heiß habe ich Sie begehrt!" sagte er.

„Sei doch still!" wiederholte sie.

Man hörte das Mädchen im Eßzimmer hinter der Wand mit dem Geschirr klappern.

Er stand auf. „Ich kann nicht so dicht neben Ihnen bleiben, sonst verliere ich den Kopf."

Die Tür ging auf.

„Es ist angerichtet, gnädige Frau!"

Duroy bot der jungen Dame mit Würde den Arm. Sie saßen sich bei Tisch gegenüber; sie sahen sich an und lächelten einander immerfort zu, ganz miteinander beschäftigt und ganz umfangen von dem süßen Zauber aufblühender Leidenschaft. Sie aßen, ohne zu merken, was. Er fühlte einen Fuß, einen kleinen Fuß, der unter dem Tisch sich regte. Er nahm ihn zwischen die seinen, hielt ihn fest und drückte ihn, so stark er konnte. Das Mädchen kam und ging, brachte die Speisen und trug sie wieder ab, ohne daß sie irgend etwas zu merken schien.

Als die Mahlzeit beendet war, kehrten sie in den Salon zurück und setzten sich wieder auf das Sofa, Seite an Seite. Er wollte zärtlich sein und sie umarmen; sie wies ihn sanft zurück.

„Nehmen Sie sich in acht, man könnte hereinkommen."

Er fragte: „Wann könnte ich Sie ganz allein sehen, um Ihnen zu sagen, wie sehr ich Sie liebe?"

Sie neigte sich zu ihm hin und sagte ihm ganz leise ins Ohr:

„Ich komme in den nächsten Tagen einmal zu Ihnen."

Er fühlte, wie er rot wurde.

„Zu mir? ... Es ist ... ja so ... ich meine nur... es ist sehr bescheiden."

Sie lächelte. „Das tut nichts, ich will Sie besuchen und nicht Ihre Wohnung."

Nun drängte er sie, zu sagen, wann sie kommen würde. Sie bestimmte einen der letzten Tage der nächsten Woche; er flehte sie an, früher zu kommen, mit stammelnden Worten und leuchtenden Augen, während er ihre Hände streichelte, drückte und preßte. Sein Gesicht glühte fieberhaft, verzerrt von Verlangen, das einer Mahlzeit zu zweien zu folgen pflegt. Es machte ihr Spaß, sein glühendes Bitten zu sehen und zu hören und sie ging einen Tag nach dem andern zurück. Aber er wiederholte immerfort:

„Morgen ... Sagen Sie ... morgen."

Endlich willigte sie ein. „Gut, also morgen, um fünf."

Freudig und erleichtert seufzte er auf und nun plauderten sie wieder ganz ruhig; sie waren so vertraut miteinander, als hätten sie sich bereits seit zwanzig Jahren gekannt.

Ein Klingelzeichen ertönte; mit einem Ruck fuhren sie auseinander.

„Es wird wohl Laurine sein", flüsterte sie.

Das Kind erschien, blieb einen Augenblick erstaunt stehen und lief dann händeklatschend auf Duroy zu. Als sie ihn sah, war sie außer sich vor Freude und rief:

„Ah, mein Bel-Ami."

Madame de Marelle begann zu lachen:

„Halt, Bel-Ami. Laurine hat Sie so getauft. Das ist ein netter Kosename für Sie und ich werde Sie auch Bel-Ami nennen."

Er nahm das Mädchen auf die Knie und mußte nun mit ihr alle die Spiele spielen, die er sie gelehrt hatte.

Zwanzig Minuten vor drei brach er auf, um auf die Redaktion zu gehen. Auf der Treppe flüsterte er nochmals durch die halboffene Tür:

„Morgen, um fünf."

Die junge Frau antwortete lächelnd „Ja" und verschwand.

Sobald er seine Tagesarbeit erledigt hatte, überlegte er sich, wie er sein Zimmer ausschmücken sollte, um seine Geliebte zu empfangen, und wie er am besten die Ärmlichkeit des Raumes verbergen sollte. Er kam auf den Gedanken, allerlei kleine japanische Gegenstände mit Stecknadeln an den Wänden zu befestigen und kaufte sich für fünf Francs eine ganze Sammlung von kleinen Fächern und Wandschirmen, mit denen er die beschmutzten Stellen der Tapete verdeckte. Auf die Fensterscheiben klebte er durchscheinende Bilder von Flüssen mit Kähnen, von Vogelschwärmen auf glühendem Himmel, von buntgekleideten Damen oder von einer Reihe kleiner, schwarzer Gestalten, die auf einer schneebedeckten Ebene wanderten.

Auf diese Weise sah sein Zimmer, das gerade groß genug war, um darin zu schlafen und zu sitzen, sehr bald wie das Innere einer bemalten Papierlaterne aus. Er hielt die Wirkung für hinreichend und verbrachte den Abend damit, aus kolorierten Blättern, die er noch besaß, einige Vögel auszuschneiden und an die Decke zu kleben. Dann legte er sich schlafen, eingewiegt durch das Pfeifen der Eisenbahnzüge.

Am nächsten Tage kehrte er frühzeitig heim und brachte Gebäck und eine Flasche Madeira mit, die er beim Kolonialwarenhändler gekauft hatte. Dann mußte er nochmals hinunter, um zwei Teller und zwei Gläser zu besorgen, worauf er alles auf den Waschtisch stellte, dessen schmutzige Platte er durch eine Serviette verdeckte. Das Waschbecken und den Wasserkrug hatte er darunter versteckt.

Und nun wartete er.

Um viertel nach fünf erschien sie; die bunten Bilderchen gefielen ihr sehr, und sie rief:

„Es ist nett bei Ihnen, nur auf der Treppe trifft man zuviel Leute."

Er nahm sie in seine Arme und küßte leidenschaftlich ihre Haare durch den Schleier hindurch zwischen Stirn und Hut.

Anderthalb Stunden später begleitete er sie zu einer Droschkenhaltestelle in der Rue de Rome. Als sie im Wagen saß, sagte er leise:

„Dienstag um dieselbe Zeit."

Sie wiederholte:

„Um dieselbe Zeit Dienstag."

Da es schon dunkelte, zog sie seinen Kopf noch einmal an sich und küßte ihn auf den Mund.

Der Kutscher hieb auf sein Pferd ein; sie rief:

„Leb wohl, Bel-Ami!"

Der Schimmel begann langsam zu traben und die Droschke rollte davon.

Drei Wochen lang besuchte Frau de Marelle jeden zweiten oder dritten Tag ihren Freund, manchmal des Morgens, manchmal des Abends.

Eines Nachmittags, als er sie erwartete, hörte er lauten Lärm auf der Treppe und eilte nach der Tür. Ein Kind heulte. Eine wütende Männerstimme schrie:

„Willst du Halunke wohl das Maul halten."

Eine schrille, keifende Weiberstimme antwortete:

„Die dreckige Hure, die immer zum Journalisten hinaufläuft, hat meinen Nicolas umgestoßen. So ein Gesindel läuft hier frei herum und gibt nicht mal auf die Kinder auf der Treppe acht."

Duroy war entsetzt und zog sich zurück, denn schon hörte er das Rauschen von Röcken und hastige Schritte die letzte Treppe hinaufeilen.

Es klopfte gleich darauf an seiner Tür, die er wieder geschlossen hatte, und er öffnete. Madame de Marelle stürzte atemlos, verstört ins Zimmer und stammelte: „Hast du gehört?"

Er tat, als ob er von nichts wüßte:

„Nein, was denn?"

„Wie sie mich beleidigt haben?"

„Wer?"

„Die abscheulichen Menschen, die da unten wohnen."

„Aber nein, was gibt es denn? Sage es mir doch!"

Sie fing an zu schluchzen und konnte kein Wort hervorbringen. Er mußte ihr den Hut abnehmen, ihr Korsett öffnen, sie aufs Bett legen und ihre Schläfen mit einem feuchten Tuch kühlen; sie erstickte fast. Dann, als ihre Erregung sich etwas gelegt hatte, brach ihre ganze Wut und Entrüstung los. Er sollte sofort hinuntergehen, sich mit den Leuten schlagen, sie umbringen.

„Das sind doch Arbeiter, rohe Menschen", wiederholte er immer wieder. „Bedenke doch, man müßte sie der Polizei anzeigen, du könntest erkannt und festgenommen werden, du wärest verloren. Man gibt sich mit solchen Leuten nicht ab."

Sie kam nun auf einen anderen Gedanken.

„Was sollen wir tun, ich kann nicht wieder herkommen!"

„Ganz einfach," erwiderte er, „ich ziehe aus."

Sie murmelte:

„Ja, aber das dauert zu lange."

Dann fiel ihr plötzlich etwas anderes ein und sie sagte schnell und wieder ganz heiter:

„Nein, höre mal, ich weiß etwas. Überlaß es mir, kümmere dich um nichts. Ich schicke dir morgen ein blaues Briefchen." — (Blaues Briefchen nannte sie die geschlossenen Telegramme, wie sie innerhalb Paris befördert wurden.) — Jetzt lächelte sie, entzückt über ihren Einfall, den sie nicht offenbaren wollte und trieb tausend verliebte Tollheiten.

Trotzdem war sie sehr aufgeregt, als sie die Treppe wieder hinunterging; sie stützte sich mit aller Kraft auf den Arm ihres Geliebten; ihre Beine trugen sie kaum.

Die Treppe war leer, sie trafen niemanden.

Da er spät aufstand, lag er noch im Bett, als ihm am nächsten Morgen um elf Uhr der Postbote das versprochene „blaue Briefchen" brachte.

Duroy öffnete es und las:

„Rendezvous noch heute um fünf Uhr in der Rue de Constantinople 127. Laß Dich in die von Frau Duroy gemietete Wohnung führen. Einen Kuß von Clo."

Punkt fünf Uhr trat er in die Pförtnerloge eines großen Chambre-garnie-Hauses ein und fragte:

„Hat hier Madame Duroy eine Wohnung gemietet?"

„Ja, mein Herr."

„Wollen Sie mich bitte dorthin führen?"

Der Mann war offenbar an heikle Umstände gewöhnt, wo man sich klug und vorsichtig verhalten mußte. Er sah ihn prüfend an, dann suchte er in der langen Reihe von Schlüsseln und fragte:

„Sie sind doch Herr Duroy?"

„Jawohl, das bin ich."

Und er öffnete eine kleine Zweizimmerwohnung im Erdgeschoß, gegenüber der Pförtnerloge.

Der Salon war mit hellen und ziemlich neuen Tapeten beklebt und enthielt ein Mahagonisofa, das mit grünem Plüsch, mit gelben Arabesken überzogen war. Auf dem Boden lag ein kleiner Teppich, der so dünn war, daß man das Holz darunter fühlte. Das Schlafzimmer war so winzig, daß das Bett es zu dreiviertel ausfüllte. Es war ein breites Bett, wie man es in möblierten Zimmern findet, und reichte von einer Wand bis zur andern. Schwere blaue Vorhänge, ebenfalls aus Plüsch, hingen daran herunter. Darüber lag eine rotseidene Daunendecke mit verdächtigen Flecken.

Duroy war unruhig und unzufrieden; er dachte: „Das wird mich ein Heidengeld kosten, dieses Quartier. Ich werde wieder irgendwo pumpen müssen. Es ist zu dumm, was sie da alles angestellt hat."

Die Tür ging auf und Clotilde stürzte eilig herein, mit offenen Armen und rauschenden Röcken. Sie war entzückt.

„Ist es nicht nett? Sage doch, ist es nicht nett? Und man braucht keine Treppen zu steigen, es liegt im Erdgeschoß, gleich an der Straße. Wir können durchs Fenster herein- und hinaussteigen, ohne daß der Pförtner was merkt. Wie werden wir uns hier lieben?"

Er umarmte sie kühl und wagte nicht die Frage zu stellen, die ihm auf der Zunge schwebte. Sie legte ein dickes Paket auf das Tischchen mitten im Zimmer. Sie öffnete es und nahm daraus ein Paket Seife, eine Flasche Eau de Lubin, einen Schwamm, eine Schachtel mit Haarnadeln, einen Schuhknöpfer und eine kleine Brennschere, um die Haarlöckchen auf ihrer Stirn, die sich leicht zerzausten, wieder in Ordnung zu bringen. Sie begann sich einzurichten, für jedes suchte sie ein Plätzchen und amüsierte sich dabei köstlich. Während sie die Schubladen öffnete, erzählte sie:

„Ich muß noch etwas Wäsche mitbringen, um sie, wenn nötig, wechseln zu können. Das wird sehr bequem sein. Wenn ich unterwegs zufällig in einen Regen gerate, kann ich mich hier umziehen und trocknen. Ein jeder von uns wird seinen eigenen Schlüssel haben und ein dritter hängt noch beim Pförtner, für den Fall, daß einer von uns seinen Schlüssel vergißt. Ich habe die Wohnung auf drei Monate gemietet, natürlich auf deinen Namen, da ich ja meinen nicht nennen durfte."

Jetzt fragte er:

„Dann sage mir bitte, wann ich die Miete bezahlen soll?"

„Aber sie ist schon bezahlt, mein Liebling", erwiderte sie einfach.

„Dann schulde ich sie also dir?" fragte er.

„Aber nicht doch, Schatz, das geht dich doch gar nichts an. Ich will mir diesen tollen Spaß leisten."

Er tat, als ob er böse wäre.

„Aber bitte, nein! Das erlaube ich nicht!"

Sie kam bittend zu ihm und legte ihm die Hände auf die Schultern:

„Georges, ich bitte dich darum, es macht mir soviel Freude, daß unser Nest mir, nur mir allein gehört! Das kann dich doch nicht verletzen? Warum denn? Es soll mein Geschenk für unsere Liebe sein. Sag , daß es dir recht ist, mein kleiner Géo, sag ja?!"

Sie bat ihn mit ihren Augen, mit ihren Lippen, mit ihrem ganzen Wesen.

Er ließ sie bitten und weigerte sich mit entrüsteter Miene. Dann gab er nach, weil er die Sache im Grunde gerechtfertigt fand.

Als sie gegangen war, rieb er sich die Hände und murmelte, ohne im Innern seines Herzens nachzuforschen, woher ihm gerade heute dieses Urteil kam: „Sie ist doch wirklich ein liebes Geschöpf!“

Ein paar Tage später erhielt er wieder ein. blaues Briefchen folgenden Inhalts:

„Mein Mann kommt heute nach sechswöchentlicher Inspektionsreise wieder zurück. Wir haben acht Tage Pause! Welches Pech, Liebling! Deine Clo.“

Duroy war starr. Er hatte gar nicht daran gedacht, daß sie verheiratet war. Er hätte gern mal den Mann gesehen, nur einmal, um ihn kennen zu lernen. Trotzdem wartete er geduldig auf die Abreise des Gatten. Er ging inzwischen zweimal nach den Folies Bergère und endete beide Male bei Rahel.

Dann erhielt er eines Morgens wieder ein Telegramm aus vier Worten:

„Heute fünf Uhr, Clo.“

Sie kamen alle beide vor der festgesetzten Zeit. In heißem Liebesausbruch fiel sie ihm um den Hals und küßte ihn zärtlich und leidenschaftlich aufs Gesicht. „Wenn du willst,“ sagte sie, „gehen wir nachher irgendwo essen. Ich habe mich freigemacht.“

Es war gerade Anfang des Monats, und obgleich Duroy sein Gehalt lange voraus bezog und von Tag zu Tag vom Gelde lebte, das er überall zusammenborgte, so befand er sich zufällig gerade bei Kasse, und es war ihm daher ganz recht, daß er mal Gelegenheit fand, etwas für sie auszugeben.

Er antwortete: „Gewiß, Liebste, wohin du willst.“

Sie gingen also um sieben Uhr fort und lenkten ihre Schritte nach den äußeren Boulevards. Sie schmiegte sich dicht an ihn und sagte ihm ins Ohr:

„Du weißt gar nicht, wie glücklich ich bin, wenn ich so an deinem Arm gehe und deinen Körper neben mir fühle!“

Er fragte: „Willst du zu Lathuille gehen?“

„O nein,“ erwiderte sie, „das ist viel zu vornehm. Ich möchte etwas Komisches, Ordinäres, ein Restaurant, in dem Kommis und Arbeiterinnen verkehren. Ich schwärme für solche Kneipen! Wenn wir nur aufs Land hinaus könnten!“

Er kannte in der ganzen Gegend kein derartiges Lokal und so irrten sie den Boulevard entlang, bis sie schließlich in eine Weinstube gingen, wo in einem besonderen Zimmer auch Essen verabreicht wurde. Sie hatte durch die Fensterscheiben zwei Mädchen ohne Hut mit zwei Soldaten zusammen sitzen sehen.

Im Hintergrund des schmalen, langen Raumes aßen drei Droschkenkutscher ihr Abendbrot, und noch ein anderes Menschenwesen, dessen Beruf nicht zu definieren war, saß weit zurückgelehnt auf dem Stuhl, mit ausgestreckten Beinen, die Hände im Hosengurt, und rauchte eine Pfeife. Seine Jacke war ein Sammelpunkt von Klecksen, und aus den Taschen, die wie dicke Bäuche geschwollen waren, steckte ein Flaschenhals, ein Stück Brot, ein in Zeitungspapier eingewickeltes Paket und ein Stück Bindfaden hervor. Sein Haar war dicht, kraus und grau vor Schmutz; seine Mütze lag unter dem Stuhl auf der Erde.

Clotildes Eintreten erregte durch ihre elegante Kleidung Aufsehen. Die beiden Pärchen hörten auf zu flüstern, die Kutscher stritten sich nicht mehr und das allein sitzende Individuum nahm seine Pfeife aus dem Munde, spuckte kräftig aus und drehte sich um, um sie besser sehen zu können.

„Hier ist es reizend", flüsterte Madame de Marelle. „Wir sind hier gut aufgehoben. Das nächste Mal ziehe ich mich wie ein Nähmädchen an."

Sie setzte sich ungeniert und ohne jeden Widerwillen an den Tisch, dessen Holzplatte, über die der Kellner nur selten mal mit der Serviette fuhr, von Speisefett und verschüttetem Wein glänzte. Duroy war etwas verlegen und suchte vergeblich nach einem Haken, um seinen Zylinderhut aufzuhängen. Schließlich legte er ihn auf einen Stuhl.

Sie aßen ein Ragout, dann Hammelkeule mit Salat.

„So etwas habe ich zu gern", wiederholte Clotilde immer wieder. „Ich habe manchmal pöbelhaften Geschmack. Ich amüsiere mich hier besser als im Café Anglais."

Dann setzte sie hinzu:

„Wenn du mir noch eine Freude machen willst, dann führe mich in eine Tanzkneipe; ich kenne eine sehr amüsante hier in der Nähe. Sie heißt die Weiße Königin ."

Duroy fragte erstaunt:

„Mit wem warst du denn da?"

Er sah sie an und bemerkte, daß sie errötete und verwirrt war, als hätte diese plötzliche Frage eine heikle Erinnerung wachgerufen. Nach einem ganz kurzen Zögern, an dem kaum etwas zu merken war, antwortete sie:

„Es war ein Freund."

Und nach einer abermaligen kurzen Pause fügte sie hinzu:

„... der schon gestorben ist."

Und sie senkte die Augen mit ganz natürlicher Schwermut.

Zum ersten Male dachte Duroy an alles, was er von dem Vorleben dieser Frau nicht kannte und er begann zu grübeln. Sicherlich hatte sie schon Liebhaber gehabt. Aber welcher Art waren sie? Aus welchen Kreisen? Eine unbestimmte Eifersucht, eine starke Feindschaft gegen diese Frau erwachte in seinem Herzen, ein Haß, gegen alles, was er nicht wußte, gegen alles, was sie in ihrem Wesen und in ihrem Herzen trug, was ihm aber nicht gehörte. Er sah sie an, und die Geheimnisse, die dieser schöne, stumme Frauenkopf verbarg, reizten ihn. Vielleicht dachte sie jetzt gerade mit Bedauern an den anderen oder an die anderen? Wie gern hätte er in diese Gedanken hineingeblickt, sie durchwühlt, um alles zu wissen und alles zu erfahren!

Sie fragte nochmals:

„Wollen wir nach der Weiße Königin gehen? Das wäre die Krone dieses Abends."

Er dachte: „Ach was, was geht mich ihre Vergangenheit an? Es ist einfach dumm, mich darüber aufzuregen!"

Er antwortete lächelnd:

„Aber gewiß, mein Liebling."

Auf der Straße sagte sie ganz leise in jenem geheimnisvollen Ton, in dem man Geheimnisse zu sagen pflegt:

„Bisher wagte ich nicht, dich darum zu bitten. Aber du ahnst nicht, wie gern ich solche Junggesellenausflüge nach solchen Lokalen mitmache, wo Damen eigentlich nicht hingehen dürfen. Während des Karnevals werde ich mich als Student verkleiden. Dieses Kostüm steht mir fabelhaft."

Als sie das Ballokal betraten, schmiegte sie sich erschrocken und doch vergnügt an ihn. Sie betrachtete entzückt die Kokotten und die Zuhälter, und als wollte sie sich über eine etwaige Gefahr beruhigen, sah sie sich hin und wieder nach dem ernsten, unbeweglichen Polizisten um und sagte: „Der Mann sieht zuverlässig aus." Nach einer Viertelstunde hatte sie genug und er führte sie nach Hause.

Nun begann eine Reihe von Ausflügen in alle möglichen verdächtigen Lokale, wo sich das einfache Volk amüsiert, und Duroy überzeugte sich mehr und mehr, wie begeistert seine Geliebte für solche Bummelfahrten nach Studentenart war.

Das folgende Mal kam sie zu dem gewöhnlichen Stelldichein in einem Leinenkleid mit einer Haube auf dem Kopf, wie sie die Dienstmädchen tragen. Trotz der gesuchten Schlichtheit ihrer Toilette hatte sie aber ihre Ringe, Armbänder und Brillantohrringe anbehalten. Als er sie bat, diese abzutun, erwiderte sie: „Ach was, man wird sie für Rheinkiesel halten!" Sie fand ihre Verkleidung großartig, und obwohl sie sich tatsächlich nicht besser versteckte als der Strauß, der seinen Kopf in den Sand steckt, besuchte sie ruhig die Kneipen von übelstem Ruf,

Sie wollte, daß Duroy sich auch als Arbeiter anzöge.

Er ging aber darauf nicht ein, behielt seinen eleganten Straßenanzug an und wollte nicht einmal seinen Zylinder gegen einen weichen Filzhut eintauschen.

Sie hatte sich über seinen Eigensinn mit der Begründung hinweggetröstet: „Man wird mich für ein Kammermädchen halten, das ein Verhältnis mit einem jungen Lebemann hat", und diese Komödie fand sie herrlich.

Sie kamen in die gewöhnlichsten Kneipen, saßen in den verräucherten Spelunken auf wackligen Stühlen und vor schmutzigen, alten Tischen. Scharfer Tabaksqualm und widriger Küchengeruch von gebackenem Fisch erfüllte die Luft. Männer in Arbeiterblusen brüllten und tranken Schnäpse, und der Kellner betrachtete erstaunt das seltsame Paar, dem er zwei Kirschenschnäpse hinstellte.

Sie zitterte vor Angst und Entzücken, schlürfte den roten Saft mit kleinen Schlucken und sah dabei mit weit geöffneten, funkelnden Augen um sich. Bei jedem Schnaps, den sie hinunterschluckte, hatte sie das Gefühl, als begehe sie ein Verbrechen, und jeder Tropfen der brennenden, gepfefferten Flüssigkeit, der über ihre Zunge rann, gewährte ihr ein scharfes und aufregendes Vergnügen, den sündhaften Genuß einer verbotenen Frucht. Dann sagte sie halblaut: „Komm, wir wollen gehen." Und sie brachen auf. Mit niedergeschlagenen Augen und zierlichen Schritten ging sie rasch wie eine Schauspielerin mitten durch die Trinker, die mit aufgestemmten Armen dasaßen und ihr mißtrauisch und unzufrieden nachsahen. Wenn sie die Schwelle überschritten hatte, atmete sie gewöhnlich tief auf, als wäre sie glücklich irgendeiner furchtbaren Gefahr entronnen.

Bisweilen richtete sie an Duroy zitternd die Frage: „Was tätest du, wenn man mich in so einem Lokal belästigte?"

„Natürlich würde ich dich beschützen!" erwiderte er energisch.

Sie preßte glücklich seinen Arm an sich, vielleicht in dem unklaren Wunsch, beleidigt und dann beschützt zu werden, Männer sich ihretwegen schlagen zu sehen, und sei es, daß ihr Geliebter sich mit solchen Männern wie die da, prügeln würde.

Aber diese Ausflüge, die sich zwei-dreimal die Woche wiederholten, begannen Duroy schließlich etwas lästig zu werden, zumal er seit einiger Zeit die größte Mühe hatte, die zehn Francs, die er für Droschke und Getränke brauchte, aufzutreiben.

Er lebte jetzt in größter Armut, er hatte jetzt noch weniger Geld als damals, wo er bei der Nordbahn angestellt war, denn in den ersten Monaten seiner Journalistenzeit hatte er, ohne zu rechnen, aus dem Vollen gelebt, als er noch glaubte, bald große Summen verdienen zu können, und nun waren, eine nach der anderen, alle Hilfsquellen erschöpft und alle Mittel, sich von neuem Geld zu verschaffen, versagten.

Das sehr einfache Verfahren, sich Geld an der Kasse zu leihen, hatte er zu oft angewandt; er hatte sein Gehalt schon für vier Monate im voraus bezogen und noch einen Vorschuß von sechshundert Francs auf sein Zeilenhonorar. Außerdem schuldete er Forestier hundert Francs und Jaques Rival, der sehr freigebig war, dreihundert; besonders quälten ihn noch eine Menge kleiner Schulden, die er nicht eingestehen konnte, in Höhe von fünf bis zwanzig Francs.

Er fragte Saint-Potin um Rat, wie er sich nochmals hundert Francs verschaffen könnte, aber er wußte auch keinen Ausweg mehr, obwohl er ein erfinderischer Kopf war; und Duroy war erbittert über seine Lage, die jetzt viel empfindlicher war, weil er mehr Bedürfnisse hatte als früher. In ihm kochte ein dumpfer Groll gegen die ganze Welt, und eine beständige Gereiztheit brach bei jeder Gelegenheit und bei den geringsten Anlässen hervor.

Manchmal fragte er sich, wie er es fertig gebracht hatte, im Durchschnitt tausend Francs monatlich zu verbrauchen, ohne sich irgendwelche Exzesse oder kostspielige Launen zu leisten. Wenn er aber nachrechnete, wurde es ihm klar, daß ein Frühstück von acht Francs und ein Diner von zwölf Francs zusammen einen Louisdor ausmachten. Dazu kamen noch etwa zehn Francs Taschengeld, das man ausgibt, man weiß nicht wo und wofür, so hatte er eine Gesamtsumme von dreißig Francs. Dreißig Francs pro Tag waren im Monat neunhundert Francs, wobei noch alle die Ausgaben für Kleidung, Schuhwerk, Wäsche usw. gar nicht einmal mitgerechnet waren.

Eines Tages, am 14. Dezember, hatte er keinen Sou mehr in der Tasche und sah auch keine Möglichkeit, sich Geld zu verschaffen. Er tat, was er schon öfter getan hatte, er sparte sich das Frühstück und arbeitete den Nachmittag in der Redaktion. Er war wütend und hatte für nichts mehr Sinn.

Um vier Uhr bekam er einen blauen Brief von seiner Geliebten, die fragte: „Wollen wir zusammen speisen und nachher eine kleine Bummelfahrt machen?"

Er antwortete sofort: „Diner unmöglich." Dann aber überlegte er, daß es töricht sei, sich der angenehmen Stunde zu berauben, die seine Geliebte ihm bieten könnte, und fügte hinzu: „Aber ich erwarte dich um neun Uhr in unserer Wohnung,"

Um die Kosten des Telegramms zu sparen, Ließ er den Brief durch einen Redaktionsboten besorgen und grübelte dann darüber nach, auf welche Weise er sich das Geld für eine Mahlzeit verschaffen könnte.

Um sieben Uhr war ihm noch nichts eingefallen und dabei verspürte er einen furchtbaren Hunger. Da griff er zu einem verzweifelten Mittel. Er ließ alle seine Kollegen einen nach dem andern fortgehen und dann klingelte er energisch. Der Diener des Chefs, der zur Bewachung der Räume zurückgeblieben war, kam herein.

Duroy stand und wühlte nervös in seinen Taschen und sagte mit heftiger Stimme:

„Hören Sie, Foucart, ich habe mein Portemonnaie zu Hause liegen lassen und ich muß zum Diner ins Luxembourg. Leihen Sie mir, bitte, fünfzig Sous, damit ich meine Droschke bezahlen kann.“

Der Mann holte drei Francs aus der Westentasche und fragte:

„Herr Duroy wollen nicht mehr?“

„Nein, nein, das genügt. Besten Dank.“

Duroy ergriff das Silberstück und eilte die Treppe hinab.

Er aß in einer Garküche, wo er in den schlimmsten Tagen seiner Armut oft einkehrte.

Um neun Uhr saß er im Salon am Kamin und erwartete seine Geliebte.

Sie erschien sehr guter Laune, sehr lustig, angeregt von der kalten Luft auf der Straße.

„Wenn es dir recht ist,“ sagte sie, „machen wir einen Spaziergang und sind dann um elf Uhr wieder zurück. Das Wetter ist herrlich!“

Er antwortete in einem mürrischen Ton:

„Warum sollen wir ausgehen? Hier ist es auch sehr angenehm.“

Sie erwiderte, ohne ihren. Hut abzunehmen: „Wenn du wüßtest, welch wundervoller Mondschein draußen ist! Es ist eine wahre Wonne, heute spazieren zu gehen.“

„Schon möglich, aber mir liegt nichts daran.“

Er sagte das in wütendem Ton. Sie fühlte sich verletzt und fragte:

„Was ist mit dir? Was sind das für Manieren? Ich wünsche auszugehen und sehe nicht ein, wieso das dich ärgern kann?“

Ganz aufgebracht, stand er auf:

„Ich ärgere mich gar nicht, es ist mir bloß langweilig. Das ist alles!“

Sie gehörte zu den Leuten, die jeder Widerstand reizt und jede Unhöflichkeit aus der Fassung bringt. So erwiderte sie mit kalter, zorniger Verachtung:

„Ich bin es nicht gewohnt, daß man mit mir so spricht. Es ist daher am besten, ich gehe allein. Adieu.“

Er begriff, daß die Sache ernst wurde und stürzte hinter ihr her, ergriff ihre Hände und küßte sie. Er stammelte:

„Verzeih mir, Liebste, verzeih mir. Ich bin heute abend ganz nervös und überreizt. Ich hatte Ärger und Unannehmlichkeiten im Beruf, weißt du?“

Sie erwiderte etwas milder, aber immer noch nicht beruhigt: „Das geht mich nichts an. Ich will nicht diejenige sein, die unter deinen Launen zu leiden hat.“

Er schloß sie in die Arme und zog sie zum Sofa.

„So höre doch, Liebling, ich wollte dich doch nicht kränken; ich überlegte nicht, was ich sagte!"

Er hatte sie gezwungen, sich hinzusetzen und kniete vor ihr nieder:

„Verzeih mir, bitte, sage, daß du mir verzeihst!"

Sie murmelte mit ziemlich kühler Stimme:

„Meinetwegen. Aber komm mir nicht wieder mit so etwas."

Dann stand sie auf und sagte:

„So, nun wollen wir ausgehen."

Er kniete noch immer vor ihr und hielt ihre Hüften mit seinen Armen umschlungen. Er stotterte: „Ich bitte dich, bleiben wir hier ... bitte. Ich flehe dich an, tu es mir zuliebe ... Ich möchte dich heute abend so gern für mich ganz allein haben, hier am Kamin. Sag ja, ich bitte dich, sag ja!"

Sie antwortete klar und schroff:

„Nein, ich will ausgehen, ich werde mich deiner Laune nicht fügen."

Er bestand darauf:

„Ich flehe dich an, ich habe einen Grund, einen sehr ernsten Grund."

Sie erklärte von neuem: „Nein, wenn du nicht mitkommst, gehe ich allein fort. Adieu."

Mit einem Ruck hatte sie sich losgemacht und ging zur Tür. Er eilte ihr nach und umklammerte sie mit den Armen.

„Höre, Clo, meine Clo, höre doch, höre mich an und gib einmal nach."

Sie schüttelte verneinend den Kopf, ohne zu antworten; sie wich seinen Küssen aus und versuchte sich zu befreien.

Er stotterte: „Clo, meine liebe, kleine Clo, ich habe einen Grund."

Sie blieb stehen und blickte ihm ins Gesicht:

„Du schwindelst ... Welchen Grund?"

Er wurde rot und wußte nicht, was er sagen sollte. Entrüstet fuhr sie fort: „Da siehst du, es ist Schwindel ... Du widerwärtiger Kerl."

Mit einer wütenden Gebärde und Tränen in den Augen riß sie sich von ihm weg.

Er faßte sie noch einmal an den Schultern. Er war fassungslos und bereit, alles zu gestehen, nur um einen Bruch zu vermeiden. Mit verzweifelter Stimme erklärte er: „Der Grund ist ... ich besitze keinen einzigen Sou."

Sie blieb plötzlich stehen und sah ihm fest in die Augen, als wollte sie die Wahrheit herauslesen: „Du sagtest?"

Er war bis in die Haarwurzeln rot geworden.

„Ich sage, ich habe keinen Sou. Verstehst du mich? Keine zwanzig Sous, keine zehn, nicht einmal soviel, um für dich im Café einen Likör zu bezahlen. Du zwingst mich zu diesem beschämenden Geständnis. Ich konnte doch nicht mit dir ausgehen, und wenn unsere Getränke vor uns ständen, dir einfach erklären: ich könne sie nicht bezahlen."

Sie sah ihm immer noch ins Gesicht:

„Also wirklich ... das ist alles wahr?"

Im Nu drehte er alle seine Taschen um, Hosentaschen, Rock- und Westentasche und rief: „Nun ... bist du jetzt zufrieden?"

Plötzlich öffnete sie leidenschaftlich ihre beiden Arme, sprang ihm um den Hals und stammelte:

„Oh, du mein armer Liebling... armer Liebling. Wenn ich das nur gewußt hätte! Aber wie ist denn das gekommen?"

Sie zog ihn zum Sofa und setzte sich auf seine Knie; sie legte ihre Arme um seinen Hals und küßte ihn immerfort; sie küßte ihn auf seinen Schnurrbart, auf seinen Mund, auf seine Augen, und zwang ihn, zu erzählen, wie er in die üble Lage geraten war. Er erfand eine rührende Geschichte. Er habe seinem Vater, der in Not geraten war, helfen müssen, und nicht nur alle seine Ersparnisse hingegeben, sondern auch drückende Schulden auf sich geladen.

„Ich werde mindestens sechs Monate hungern müssen," fügte er hinzu, „denn alle meine Hilfsquellen sind erschöpft. Es hilft eben nichts; es gibt halt schwere Stunden im Leben. Im übrigen lohnt es sich nicht, sich wegen lumpigen Geldes Sorgen zu machen."

Sie flüsterte ihm ins Ohr:

„Ich will dir welches leihen, willst du?"

Er antwortete würdevoll:

„Das ist sehr lieb von dir, mein Herz, aber ich bitte dich, sprechen wir nicht mehr davon, das verletzt mich."

Sie schwieg, dann drückte sie ihn fest an sich und flüsterte:

„Du kannst dir gar nicht vorstellen, wie ich dich liebe!"

So einen zarten und liebevollen Abend hatten sie noch nie verbracht.

Als sie fortgehen wollte, sagte sie lächelnd:

„Wenn man in deiner Lage ist, muß es ganz hübsch sein, plötzlich in der Tasche ein Geldstück zu finden, das ins Futter gerutscht ist.“

Er erwiderte mit Überzeugung: „Ach ja, das wäre sehr angenehm.“

Sie wollte zu Fuß nach Hause gehen unter dem Vorwand, der Mondschein wäre so herrlich und sie begeisterte sich bei diesem Anblick.

Es war eine kalte, schöne Winternacht. Menschen und Pferde schritten rasch und munter in der hellen, frostigen Luft. Die Hacken schallten auf den Bürgersteigen.

Beim Abschied fragte sie ihn:

„Sehen wir uns übermorgen wieder?“

„Gewiß.“

„Um dieselbe Zeit?“

„Gut, um dieselbe Zeit.“

„Auf Wiedersehen, mein Liebling.“

Und sie küßten sich zärtlich.

Er kehrte eiligst nach Hause und zerbrach sich unterwegs den Kopf, was er nun beginnen sollte, um sich aus der Klemme zu ziehen. Doch als er seine Zimmertür öffnete und in seiner Westentasche nach einem Streichholz suchte, fühlte er zu seinem Staunen darin ein Goldstück. Er zündete das Licht an und besah sich näher die Münze. Es war ein Zwanzigfrancsstück. Zuerst dachte er, er sei verrückt geworden. Er drehte es hin und her und überlegte, durch welches Wunder dieses Geld in seine Tasche gelangt war. Es konnte doch nicht vom Himmel herabgefallen sein!

Plötzlich fiel es ihm ein und eine heftige Entrüstung ergriff ihn. Seine Geliebte hatte ja in der Tat von Geld gesprochen, das ins Futter gerutscht sei und das man in Stunden der Not wiederfände. Von ihr also stammte das Almosen. Welche Schande!

„Na, übermorgen soll sie sehen!“ schwor er sich. „Sie wird eine hübsche Viertelstunde erleben.“

Er legte sich zu Bett, das Herz voll Scham und Zorn.

Er wachte spät auf. Er hatte Hunger und versuchte, noch einmal einzuschlafen, um erst gegen zwei Uhr aufzustehen. Dann sagte er sich: „Damit komme ich nicht weiter, ich muß doch schließlich sehen, wie ich Geld kriege.“ Dann ging er aus, in der Hoffnung-, daß auf der Straße ihm irgendein guter Einfalt kommen würde.

Es kam aber keiner. Doch jedesmal, wenn er an einem Restaurant vorbei mußte, überfiel ihn ein solcher Hunger, daß ihm der Speichel im Munde zusammenlief. Als ihm mittags immer noch nichts eingefallen war, entschloß er sich kurz: „Ach was, ich werde mit den zwanzig Francs von Clotilde frühstücken. Ich schaffe es irgendwie, daß ich es ihr morgen wiedergeben kann."

Er aß also in der Brauerei für zwei Francs fünfzig. Beim Betreten der Redaktion gab er dem Boten die drei Francs wieder zurück:

„Hier, Foucart, haben Sie das Geld wieder, das Sie mir gestern für meine Droschke geliehen haben."

Er arbeitete bis sieben Uhr und ging dann Mittag essen, und nahm abermals drei Francs von demselben Gelde. Mit den beiden Glas Bier, die er abends trank, betrug seine Tagesausgabe neun Francs dreißig Centimes.

Da er binnen vierundzwanzig Stunden sich weder Geld noch Kredit verschaffen konnte, so nahm er am folgenden Tage nochmals von dem Gelde, das er am selben Abend zurückerstatten wollte, sechs Francs fünfzig Centimes; und so erschien er zum Rendezvous mit vier Francs zwanzig in der Tasche.

Seine Laune war die eines tollen Hundes, und er nahm sich vor, die Lage sofort klar zu stellen; er würde seiner Geliebten sagen: „Du weißt, ich habe die zwanzig Francs gefunden, die du mir vorgestern in die Tasche gesteckt hast. Ich kann sie dir heute noch nicht zurückgeben, weil meine Lage sich inzwischen noch nicht geändert hat, und außerdem hatte ich keine Zeit, mich um leidige Geldangelegenheiten zu kümmern. Aber das erstemal, wo wir uns wiedersehen, gebe ich es dir zurück."

Sie kam zärtlich, zuvorkommend und schüchtern. Wie würde er sie empfangen? Und um einer peinlichen Erörterung wenigstens während der ersten Augenblicke aus dem Wege zu gehen, küßte sie ihn so lange als möglich. Er sagte sich seinerseits: „Ich werde nachher noch Zeit haben, um die Sache zu besprechen; ich werde eine Gelegenheit finden."

Er fand aber keine Gelegenheit und sagte nichts, weil es ihm peinlich war, das heikle Thema anzufangen. Von Ausgehen war überhaupt keine Rede, und sie war in jeder Hinsicht reizend.

Sie trennten sich gegen Mitternacht, nachdem sie das nächste Rendezvous erst auf Mittwoch der nächsten Woche festgesetzt hatten, weil Madame de Marelle mehrere Abende hintereinander zu Diners eingeladen war.

Als Duroy am nächsten Morgen sein Frühstück bezahlte und vier Geldstücke zusammensuchte, die er noch bei sich haben mußte, fand er deren fünf, und eines davon war ein Goldstück.

Im ersten Augenblick glaubte er, man habe ihm gestern beim Wechseln ein Zwanzigfrancsstück aus Versehen zuviel gegeben. Dann aber begriff er und sein Herz begann zu pochen, so sehr demütigten ihn diese andauernden Almosen. Wie leid tat es ihm jetzt, daß er nichts gesagt hatte! Wenn er energisch, gesprochen hätte, so wäre das nicht geschehen.

Vier Tage lang machte er alle möglichen vergeblichen Versuche, sich hundert Francs zu verschaffen, und inzwischen verzehrte er das zweite Goldstück von Clotilde. Als er wieder mit ihr zusammentraf, sagte er ihr zwar sehr ärgerlich: „Weißt du, fange nicht wieder mit deinen Scherzen von neulich Abend an, sonst würde ich wirklich böse." Trotzdem gelang es ihr abermals, ein Zwanzigfrancsstück in seine Hosentasche gleiten zu lassen.

Als er es entdeckte, fluchte er „Donnerwetter" — aber er steckte das Geldstück sofort in die Westentasche — um es gleich bei der Hand zu haben, denn er besaß keinen Sou mehr.

Sein Gewissen beschwichtigte er, indem er sich sagte: „Ich werde ihr alles auf einmal zurückgeben; es ist doch schließlich nur geliehenes Geld wie jedes andere."

Endlich erklärte sich der Kassierer der Redaktion auf seine dringenden Bitten bereit, ihm täglich fünf Francs auszuzahlen; das war gerade genug, um sich einigermaßen satt zu essen, aber die Schuld von sechzig Francs zu begleichen, war nach wie vor unmöglich. Da jedoch Clotilde wieder von ihrer leidenschaftlichen Vorliebe für nächtliche Ausfahrten in alle verdächtigen Lokale von Paris ergriffen wurde, so kam er schließlich dazu, sich nicht mehr besonders aufzuregen, wenn er nach einer solchen abenteuerlichen Irrfahrt regelmäßig ein Goldstück in seiner Tasche, einmal sogar in seinem Stiefel, ein anderes Mal im Uhrständer fand. Hatte sie nun einmal Gelüste, die er im Augenblick nicht befriedigen konnte, so war es doch ganz natürlich, daß sie dieselben bezahlte, anstatt sie sich ganz zu versagen.

Übrigens zählte er alles zusammen, was er auf diese Weise von ihr bekommen hatte, um es eines Tages zurückzugeben.

Eines Abends sagte sie zu ihm:

„Denke dir, ich war noch nie in den Folies-Bergère. Willst du mich dorthin führen?"

Er zauderte, denn er fürchtete, Rahel zu treffen. Dann aber dachte er: „Ach was, ich bin doch schließlich nicht verheiratet. Wenn sie mich sieht, wird sie die Situation begreifen und mich nicht anreden. Außerdem werden wir eine Loge nehmen."

Entscheidend aber war der zweite Grund: Es paßte ihm nämlich sehr gut, daß er bei dieser Gelegenheit Madame de Marelle eine Theaterloge anbieten konnte, ohne was dafür zu bezahlen. Es war dies eine Art Gegenleistung. Er ließ Clotilde zunächst im Wagen, um die Eintrittskarten zu besorgen; sie sollte nicht sehen, daß er sie gratis bekam. Dann gingen sie hinein und die Kontrolleure begrüßten sie höflich.

Eine dichte Menschenmenge füllte die Wandelgänge. Nur mit großer Mühe konnten sie sich den Weg durch den Schwärm von Männern und Kokotten bahnen. Endlich erreichten sie ihre Loge und nahmen Platz, eingeschlossen zwischen den unbeweglich sitzenden Zuschauern des Parterre und der wogenden Menge des Wandelganges.

Aber Madame de Marelle sah gar nicht auf die Bühne; sie beobachtete lediglich die Dirnen, die hinter ihrem Rücken auf und ab gingen. Fortwährend drehte sie sich nach ihnen herum, ja, sie hatte Lust, sie anzurühren, ihren Körper, ihr Gesicht, ihre Haare zu betasten, um sich zu überzeugen, woraus diese Wesen eigentlich gemacht sind. Plötzlich sagte sie:

„Eine dicke Brünette guckt uns immerfort an. Eben glaubte ich schon, sie wollte uns anreden. Ist sie dir nicht auch aufgefallen?“

Er antwortete : „Nein, du mußt dich irren.“

Trotzdem hatte er sie längst erkannt. Es war Rahel, die mit zornigen Blicken und wütenden Worten auf den Lippen um sie herumschweifte.

Duroy war kurz zuvor in der Menge ganz dicht an ihr vorbeigegangen und sie hatte ihm ganz leise „Guten Abend“ zugeflüstert, mit einem Blick, der deutlich sagte: „Aha, ich verstehe.“ Doch er hatte auf diese Freundlichkeit nicht geantwortet, aus Furcht, von seiner Geliebten gesehen zu werden, und war kalt und hochmütig vorübergegangen. Das Mädchen, das von einer unbewußten Eifersucht gequält wurde, kehrte um, drückte sich mehrmals an ihm vorüber und sagte etwas lauter:

„Guten Abend, Georges.“

Auch diesmal hatte er nicht geantwortet. Aber da sie sich in den Kopf gesetzt hatte, erkannt und gegrüßt zu werden, so kehrte sie immer wieder zur Loge zurück und wartete auf einen günstigen Augenblick. Sobald sie sah, daß Madame de Marelle zu ihr hinüberblickte, tippte sie Duroy auf die Schulter und sagte:

„Guten Abend, wie geht es dir?“

Duroy reagierte nicht.

Sie fuhr fort: „Nun, bist du seit Donnerstag taub geworden?“

Er antwortete immer noch nicht und setzte eine verächtliche Miene auf; er wollte sich mit diesem Frauenzimmer nicht bloßstellen, auch nicht durch ein Wort.

Laut und wütend begann sie zu lachen:

„Du bist also stumm! Madame hat dir wohl die Zunge abgebissen!“

Er machte eine wütende Gebärde und rief mit entrüsteter Stimme:

„Wie können Sie sich unterstehen, mich hier zu belästigen? Scheren Sie sich fort oder ich lasse Sie festnehmen!“

Nun legte sie aber los, ihre Augen sprühten Zorn, ihre Brust hob sich stürmisch; sie schrie:

„Ha! So steht die Sache, du frecher Lümmel. Wenn man mit einer Frau schläft, dann grüßt man sie wenigstens. Das ist kein Grund, wenn du mit einer anderen zusammen bist, daß du mich nicht kennen willst. Nur einen Wink brauchtest du mir zu geben, und ich hätte dich in Ruhe gelassen. Du wolltest den großen Herrn spielen! Na, warte mal! Ich werde dir helfen! Nicht nur, daß du mich nicht grüßen wolltest, sondern ..."

Sie hätte noch lange weitergeschrien, doch Madame de Marelle riß die Logentür auf und stürzte mitten durch die Menge wie toll dem Ausgange zu.

Duroy eilte ihr nach und bemühte sich, sie einzuholen.

Darauf brüllte Rahel, als sie die beiden fliehen sah, triumphierend: „Haltet sie! Haltet sie fest! Sie hat mir den Liebsten gestohlen."

Gelächter erscholl im Publikum. Zwei Herren packten die Flüchtige zum Spaß an den Schultern und wollten sie küssen und zurückführen. Doch Duroy holte sie ein, stieß die beiden Männer heftig zurück und zog sie auf die Straße.

Sie stürzte in eine leere Droschke, die gerade vor dem Theater stand. Er sprang ihr nach, und als der Kutscher fragte: „Wohin, Bürger?" rief er: „Wohin Sie wollen !" Der Wagen setzte sich langsam in. Bewegung und rumpelte auf dem Pflaster. Clotilde bekam einen Nervenanfall, sie verbarg ihr Gesicht in den Händen und erstickte fast vor Schluchzen, während Duroy verzweifelt dasaß und nicht wußte, was er tun, noch was er sagen sollte.

Endlich, als er sie weinen hörte, stammelte er:

„Höre mich an, Clo, meine liebe Clo, laß mich es dir erklären! ... Es war nicht meine Schuld ... Ich habe dieses Weib früher gekannt ... in der ersten Zeit ..."

Sie nahm plötzlich die Hände vom Gesicht, und mit der Wut einer verliebten, und betrogenen Frau, einer stürmischen Wut, die ihr die Sprache wiedergab, stieß sie in schnellen, abgehackten, keuchenden Worten hervor:

„Du Elender! ... Elender! ... Du erbärmlicher Lump! Ist es denn möglich? ... O welche Schande! ... Mein Gott! ... Welche Schande!"

Und je deutlicher ihre Gedanken wurden, je klarer ihr die Lage wurde, um so heftiger wurde ihr Zorn.

„Du hast sie mit meinem Gelde bezahlt, nicht wahr? ... Und ich gab dir Geld ... für diese Hure ... Oh, du Elender!"

Ein paar Augenblicke schien sie noch einen anderen, kräftigeren Ausdruck zu suchen, aber sie fand keinen; dann machte sie eine Bewegung, als ob sie ihn anspucken wollte und schleuderte ihm ins Gesicht:

„Oh! ... Schwein ... Schwein ... Schwein ... Mit meinem Geld hat er sie bezahlt ... Schwein! ... Schwein!"

Sie fand kein anderes Wort mehr und wiederholte immerfort:

„Schwein! ... Schwein!"

Plötzlich lehnte sie sich zum Fenster hinaus und zupfte den Kutscher am Ärmel: „Halt!" — riß die Tür auf und. sprang auf die Straße.

Duroy wollte ihr folgen, aber sie schrie: „Ich verbiete dir, auszusteigen!"

Sie rief das so laut, daß die. Passanten sich sofort um. die Droschke sammelten, und Duroy wagte aus Angst vor einem Skandal sich nicht zu rühren.

Dann zog sie die Börse aus der Tasche, suchte beim Schein der Laterne zwei Francs fünfzig heraus, gab sie dem Kutscher und sagte mit bebender Stimme:

„Hier ... das ist für ein Stunde Fahrt .. Ich bezahle! ... Und nun fahren Sie diesen schmierigen Lumpen nach Rue Boursault am Boulevard Batignolles."

In der Gruppe, die sich um die Droschke gebildet hatte, entstand allgemeine Heiterkeit. Ein Herr rief: „Bravo, Kleine!" Und ein Straßenjunge, der zwischen den Rädern der Droschke stand, steckte seinen Kopf in die offene Tür hinein und schrie mit kreischender Stimme: „Gute Nacht, Bubi!" Dann setzte sich der Wagen wieder in Bewegung und lautes Gelächter klang hinter ihm her.

VI.

Es war am nächsten Morgen ein trauriges Erwachen für Georges Duroy. Er zog sich langsam an, setzte sich ans Fenster und begann über das Vorgefallene nachzudenken. Er fühlte sich am ganzen Körper wie zerschlagen, als ob er gestern eine Menge Stockhiebe erhalten hätte. Endlich trieb ihn die Notwendigkeit, irgendwo Geld aufzutreiben, fort und er begab sich zu Forestier.

Sein Freund empfing ihn in seinem Arbeitszimmer, die Füße am Kaminfeuer: „Na, warum so früh?"

„Eine sehr wichtige Angelegenheit. Ich habe eine Ehrenschuld."

„Beim Spiel?"

Er überlegte und gestand: „Ja, beim Spiel."

„Wieviel?"

„Fünfhundert Francs."

Er brauchte nur zweihundertundvierzig.

Forestier fragte mißtrauisch:

„Wem schuldest du sie?"

Duroy wußte nicht gleich, was er antworten sollte: „Einem ... einem Herrn ... einem Herrn de Carleville."

„So ... wo wohnt er denn?"

„Er wohnt in der ... in der ..."

Forestier lachte: „In der Straße, wo sich Hunde und Katzen gute Nacht sagen, nicht wahr? Den Herrn kenne ich, mein Lieber. Wenn du zwanzig Francs willst, soviel stehen dir noch zur Verfügung, mehr aber nicht."

Duroy nahm die zwanzig Francs.

Dann ging er von Tür zu Tür zu allen seinen Bekannten, und um fünf Uhr hatte er glücklich achtzig Francs zusammengebracht. Ihm fehlten noch zweihundert Francs; da entschloß er sich kurz, das Geld für sich zu behalten und murmelte: „Um dieses Frauenzimmer werde ich mir keine grauen Haare wachsen lassen. Ich werde es bezahlen, wenn ich kann."

Vierzehn Tage lang lebte er sparsam, regelmäßig und zurückgezogen. Er hatte den Kopf voll energischer Entschlüsse, dann aber ergriff ihn ein großes Verlangen nach Liebe. Es war ihm, als wären Jahre vergangen, seit er eine Frau besessen hatte, und wie ein Matrose, der toll wird, wenn er wieder an Land geht, erregte ihn jeder Weiberrock, dem er begegnete.

Da ging er eines Abends nach Folies-Bergère, in der Hoffnung, Rahel dort zu treffen. In der Tat sah er sie gleich beim Eintritt, denn sie verließ dieses Lokal nie. Lächelnd ging er auf sie zu und wollte ihr die Hand reichen; aber sie maß ihn von Kopf bis zu den Füßen:

„Was wünschen Sie von mir?"

Er versuchte zu lachen: „Ach, mach doch keine Faxen!"

Da drehte sie ihm heftig den Rücken und sagte:

„Ich verkehre nicht mit Lumpen!"

Sie hatte die gröbste Beleidigung ausgesucht. Er fühlte, wie das Blut ihm zu Kopf stieg und ging allein nach Hause.

Forestier, der krank und elend war und immerfort hustete, machte ihm auf der Redaktion das Leben so schwer wie möglich. Es schien, als zerbräche er sich den Kopf, um ihm die peinlichsten und unangenehmsten Aufträge zu geben. Eines Tages sagte er in einem Augenblick nervöser Erregung nach einem schweren Hustenanfall zu Duroy, als er ihm eine verlangte Auskunft nicht verschaffen konnte: „Wahrhaftig, du bist noch dümmer, als ich geglaubt hatte."

Der andere hätte ihn fast geohrfeigt, doch er nahm sich zusammen, ging fort und brummte: „Warte nur, dich kriege ich noch." Dabei flog ihm blitzschnell ein Gedanke durch den Kopf und er fügte hinzu: „Ich setze dir Hörner auf, Alter." Dann ging er und rieb sich die Hände vor Vergnügen über diesen Plan.

Er wollte schon am nächsten Tage mit der Ausführung beginnen und machte zunächst Frau Forestier einen Besuch.

Er fand sie lesend auf dem Sofa liegen. Sie reichte ihm die Hand, ohne sich zu rühren. Sie wandte ihm nur den Kopf zu und sagte:

„Guten Tag, Bel-Ami!"

Es war ihm, als ob er eine Ohrfeige bekam.

„Warum nennen Sie mich so?"

Sie antwortete lächelnd: „Ich habe vergangene Woche Madame de Marelle getroffen, und ich habe erfahren, wie man Sie bei ihr getauft hat."

Das liebenswürdige Gesicht der jungen Dame beruhigte ihn etwas. Weshalb hätte er auch Angst haben sollen.

Sie fuhr fort:

„Sie verwöhnen sie! Mich besucht man aber nur, wenn es einem gerade einfällt, am sechsunddreißigsten eines Monats, nicht wahr?"

Er nahm neben ihr Platz und betrachtete sie mit völlig neuem Interesse, wie ein Sammler ein seltenes Kunstwerk. Sie war bezaubernd, ihre Haare waren blond, von zartem, warmem Goldton, und sie schien wie zur Liebe geschaffen zu sein. Er dachte: „Sie ist sicherlich schöner als die andere." Er zweifelte nicht an seinem Erfolg, er brauchte nur die Hand auszustrecken — so schien es ihm — und sie zu nehmen, wie man eine Frucht pflückt.

Er sagte entschlossen:

„Es war besser, daß ich Sie nicht besucht habe."

„Wieso? Warum?" fragte sie, ohne ihn zu verstehen.

„Warum? Ahnen Sie es denn nicht?"

„Nein, ganz und gar nicht."

„Weil ich verliebt in Sie bin ... Oh, nur ein bißchen, ein klein wenig ... und weil ich es nicht ganz werden will.“

Sie schien weder erstaunt, noch verletzt, noch geschmeichelt; sie lächelte weiter mit demselben gleichgültigen Lächeln und antwortete ruhig:

„Ach, Sie hätten trotzdem ruhig kommen können; in mich war noch nie jemand lange verliebt.“

Er war erstaunt, mehr sogar über den Ton als über den Inhalt; er fragte:

„Warum?“

„Weil das zwecklos ist, und ich es gleich zu verstehen gebe. Hätten Sie Ihre Befürchtung früher verraten, so hätte ich Sie beruhigt und Sie im Gegenteil gebeten, mich recht oft zu besuchen.

Er rief pathetisch aus:

„Vorausgesetzt, daß man absolut Herr ist über seine Gefühle!“

Sie wandte sich zu ihm um:

„Mein lieber Freund. Für mich ist ein verliebter Mann aus der Reihe der Lebenden ausgeschaltet. Er wird zum Idioten, und nicht nur das, sondern auch gemeingefährlich. Mit denen, die in mich verliebt sind — oder die es sich einbilden und behaupten —, breche ich jeden näheren Verkehr ab, denn erstens langweilen sie mich und zweitens sind sie mir auch verdächtig, wie ein toller Hund, der in jedem Augenblick einen Anfall kriegen kann. Ich setze sie daher so lange in geistige Quarantäne, bis ihre Krankheit vorüber ist. Merken Sie sich das. Ich weiß genau, daß für Sie die Liebe nur eine Art Hunger ist, während sie für mich im Gegenteil eine Art von ... von ... von Seelengemeinschaft sein müßte, wie sie es aber leider im Bewußtsein der Männer gar nicht gibt. *Sie* halten sich an die Worte und *ich* an den Inhalt. Aber ... bitte, sehen Sie mir mal ins Gesicht.“

Sie lächelte nicht mehr, ihr Gesichtsausdruck war ruhig und kühl. Sie fuhr fort und legte Nachdruck auf jedes Wort:

„Ich werde nie, nie Ihre Geliebte sein! Verstehen Sie mich? Es ist daher völlig zwecklos, und es wäre für Sie sogar schlimm, wenn Sie weiter diesen Wunsch hegen ... Und nun, wo ... die Operation vollzogen ist ... wollen wir Freundschaft schließen — wollen Sie? — Richtige wahre Freundschaft ohne Hintergedanken?“

Nun begriff er, daß angesichts dieser unwiderruflichen Entscheidung jeder Versuch fruchtlos wäre. Er zog sofort die Konsequenzen daraus; er hielt ihr beide Hände hin, aufrichtig entzückt, eine so bedeutsame Verbündete für seine Tätigkeit und sein Leben zu finden.

„Ich bin der Ihrige, gnädige Frau, in welcher Form es auch sei!“ An dem Ton seiner Stimme hörte sie, daß er es aufrichtig meinte, und sie gab ihm ihre Hand.

Er küßte sie, richtete sich wieder auf und sagte schlicht:

„Weiß Gott, wenn ich eine Frau wie Sie gefunden hätte, wie glücklich wäre ich gewesen, sie zu heiraten.“

Dieses Mal war sie gerührt und geschmeichelt. Seine Worte liebkosten sie, wie alle Komplimente, die ins Herz der Frau treffen, und sie warf ihm rasch einen jener dankbaren Blicke zu, die die Männer zu ihren Sklaven machen.

Da er nicht recht wußte, wie er die Unterhaltung fortsetzen sollte, legte sie ihre Hand auf seinen Arm und sagte mit sanfter Stimme:

„Ich will gleich mein Amt als Freundin antreten. Sie sind recht ungewandt, mein Lieber.“

Sie zauderte und fragte dann:

„Darf ich ganz offen sprechen?“

„Ja.“

„Ganz und gar?“

„Ja.“

„Nun also! Besuchen Sie doch Frau Walter; sie hält von Ihnen viel; Sie müssen sich Mühe geben, ihr zu gefallen. Da können Sie Ihre Komplimente anbringen, obgleich sie eine anständige Frau ist; verstehen Sie mich wohl, sie ist durchaus anständig! Bilden Sie sich nichts ein ... setzen Sie keine Hoffnungen auf irgendwelche Streiche. Führen Sie sich bei ihr gut ein und Sie können dort viel erreichen. Ich weiß, Sie nehmen bei der Zeitung vorläufig eine untergeordnete Stellung ein. Aber fürchten Sie nichts; man empfängt dort alle Redakteure mit dem gleichen Wohlwollen. Gehen Sie hin, glauben Sie mir!“

Er sagte lächelnd:

„Ich danke Ihnen, Sie sind ein Engel ... ein Schutzengel!“

Dann ging die Unterhaltung auf andere Dinge über. Er blieb lange bei ihr, denn er wollte ihr beweisen, daß er gern bei ihr weilte; als er sich verabschiedete, fragte er sie nochmals:

„Also abgemacht, wir sind Freunde?“

„Abgemacht!“

Und da er die Wirkung seines letzten Kompliments bemerkt hatte, so unterstrich er es noch mit den Worten: „Sollten Sie einmal Witwe werden, bitte ich, mich vorzumerken.“

Dann aber ging er schnell hinaus, damit sie nicht erst die Zeit fand, böse zu werden.

Die Sache mit dem Besuch bei Frau Walter war Duroy etwas peinlich, denn er war ja nicht aufgefordert, sich bei ihr vorzustellen, und er wollte keine Taktlosigkeit begehen. Allerdings zeigte ihm der Chef viel Wohlwollen, und wußte seine Arbeit hoch zu schätzen und zog ihn mit Vorliebe zu schwierigen Aufträgen heran; warum sollte er nicht die Gelegenheit wahrnehmen, sich auch in sein Haus einzuführen?

Eines Tages stand er früh auf, ging in die Markthalle und kaufte für zwölf Francs zwanzig Stück prachtvoller Birnen. Er verpackte sie sorgfältig in einem Körbchen, um den Anschein zu erwecken, als kämen sie von weit her, übergab sie dem Portier im Hause seines Chefs und legte noch seine Karte bei, auf der geschrieben stand:

„Georges Duroy bittet Madame Walter ergebenst, ihr einige Früchte senden zu dürfen, die er heute früh aus der Normandie erhalten hat."

Am nächsten Tage fand er in seinem Briefkasten in der Redaktion ein Kuvert mit der Karte der Frau Walter, die Herrn Georges Duroy herzlichst dankte und ihm mitteilte, daß sie jeden Sonnabend zu Hause sei.

Am nächsten Sonnabend machte er seinen Besuch. Herr Walter bewohnte auf dem Boulevard Malesherbes ein Doppelhaus, das ihm selbst gehörte und dessen Hälfte er als praktischer und sparsamer Geschäftsmann vermietete. Ein Pförtner mit dicken Beinen in weißen Strümpfen, in einer prächtigen Schweizer Livree mit goldenen Knöpfen und scharlachroten Aufschlägen, der zwischen den beiden Toreinfahrten hauste, öffnete das Tor sowohl für den Hauswirt als auch für den Mieter und verlieh durch seine Haltung den beiden Eingängen das stolze Aussehen eines reichen und vornehmen Privathauses.

Die Gesellschaftsräume lagen im ersten Stock. Zuerst kam man in ein Vorzimmer mit Gobelins und Portieren. Zwei Diener saßen schläfrig auf Sesseln. Einer von ihnen nahm Duroy den Überzieher ab, der andere ergriff seinen Spazierstock, öffnete eine Tür, ging dem Gaste ein paar Schritte voraus, trat dann zur Seite und ließ ihn vorbei, indem er seinen Namen in ein leeres Zimmer hineinrief. Der junge Mann fühlte sich zuerst sehr unsicher und sah sich nach allen Seiten um, bis er zuletzt in einem Spiegel mehrere sitzende Menschen erblickte, die ziemlich weit zu sein schienen. Er ging zuerst nach der verkehrten Richtung, da der Spiegel seine Augen getäuscht hatte, dann durchschritt er zwei leere Salons und kam in ein kleines Boudoir mit blauseidenen Tapeten, die mit goldenen Knöpfen verziert waren. Hier saßen vier Damen um einen runden Tisch und plauderten bei einer Tasse Tee.

Trotz der Sicherheit, die Duroy sich durch seinen Aufenthalt in Paris und vor allen Dingen durch seinen Reporterberuf, der ihn immer wieder mit hervorragenden Menschen in Berührung brachte, erworben hatte, fühlte er sich durch die ganze Inszenierung seines Empfangs und die großen leeren Salons, die er durchwandern mußte, etwas verschüchtert. Er stammelte:

„Madame, ich habe mir gestattet …", und suchte dabei mit den Augen die Frau des Hauses.

Sie reichte ihm die Hand, die er mit einer Verbeugung ergriff, und sagte zu ihm:

„Es ist sehr liebenswürdig von Ihnen, Herr Duroy, mich zu besuchen." Und sie wies ihn auf einen Sessel, auf den er, statt sich hinzusetzen, hinabfiel, da er ihm viel höher zu sein schien, als er tatsächlich war.

Die Damen, die einen Augenblick geschwiegen, hatten ihre Unterhaltung wieder aufgenommen. Man sprach über die plötzlich eingetretene Kälte, die aber noch nicht stark genug war, um Schlittschuh laufen zu können, und die auch nicht imstande war, die herrschende Typhusepidemie zu verscheuchen. Jede Dame äußerte ihre Meinung über das Auftreten des heftigen Frostes in Paris, dann plauderte man darüber, welche Jahreszeit eigentlich die angenehmste war und kramte alle jene banalen Begründungen aus, die in den Köpfen sich ablagern, wie Staub auf den Möbeln.

Die Tür ging leise auf und Duroy wandte sich um. Er erblickte durch zwei große Wandscheiben eine sehr korpulente Dame, die näherkam. Gleichzeitig erhob sich im Boudoir eine der Besucherinnen, verabschiedete sich und ging hinaus. Der junge Mann folgte ihr mit den Blicken durch die anderen Zimmer und sah, wie auf ihrem schwarzen Rücken die Jettperlen blitzten.

Als die Unruhe, die dieser Personenwechsel hervorgerufen, sich gelegt hatte, kam man plötzlich ohne Übergang auf Marokko und den Krieg im Orient zu sprechen, ebenso auf die schwierige Lage Englands im fernsten Afrika. Die Damen redeten, als ob sie eine Gesellschaftskomödie, die sie schon oft wiederholt hatten, auswendig hersagten.

Jetzt erschien ein neuer Gast. Es war eine kleine Blondine mit Löckchen, die den Aufbruch einer großen, hageren, nicht mehr ganz jungen Person veranlaßte.

Man sprach nun von den Aussichten des Herrn Linet für seine Wahl in die Akademie. Die neu erschienene Dame war überzeugt, er würde von Herrn Cabanon-Lebas geschlagen werden, dem Verfasser der schönen und formvollen Bearbeitung des „Don Quichotte" in Versen für die französische Bühne.

„Wissen Sie, daß sein Stück im nächsten Winter im Odeon aufgeführt wird?"

„Ach wirklich. Ich gehe bestimmt hin und sehe mir diesen literarischen Versuch an."

Frau Walter antwortete sehr graziös, verbindlich und mit ruhiger Unparteilichkeit, sie war nie um eine Redewendung verlegen, ihre Meinung stand immer im voraus fest.

Doch sie merkte, daß es dunkel wurde und ließ die Lampe hereinbringen, während sie gleichzeitig auf die Unterhaltung hörte, die ununterbrochen wie ein Wasserbach plätscherte. Dabei fiel ihr ein, daß sie vergessen hatte, beim Graveur die Einladungskarten für das nächste Diner zu bestellen.

Sie war etwas zu stark, aber noch schön, und befand sich in jenem gefährlichen Alter, wo der Niedergang nahe ist. Sie erhielt ihre Schönheit durch alle möglichen Bemühungen und Maßregeln, durch Hygiene und kosmetische Mittel. Alles, was sie tat, war besonnen, überlegt und vernünftig; sie gehörte zu den Frauen, deren Geist geradlinig ist wie ein französischer Garten. Da gibt es nirgends Überraschungen, aber alles ist niedlich und reizend. Sie hatte einen feinen diskreten und sicheren Verstand, der ihr die Phantasie vollkommen ersetzte, dabei war sie gütig, ruhig, wohlwollend, weitherzig für jedermann und für alles. Sie bemerkte, daß Duroy noch nichts gesagt hatte, daß niemand mit ihm redete, und daß er sich deshalb etwas unbehaglich zu fühlen schien. Die Damen sprachen noch immer von ihrem Lieblingsthema, der Akademie, da fragte sie:

„Herr Duroy, Sie müßten doch über die Frage besser orientiert sein als jeder andere. Wem würden Sie den Vorzug geben?"

Er antwortete, ohne zu zaudern:

„In dieser Frage, Madame, würde ich nie den strittigen Punkt über die literarischen Verdienste des einen oder des anderen Kandidaten ins Auge fassen, wohl aber ihr Alter und ihren Gesundheitszustand. Ich würde nicht nach ihren Aussichten, sondern nach ihren Krankheiten fragen. Ich würde mich nicht erkundigen, ob sie Lope de Vega in französische Verse übertragen, sondern nach dem Zustand ihrer Lebern, Herzen, Nieren und Rückenmarke. Für mich sind eine gute Herzerweiterung oder eine Nierenentzündung und vor allem ein hübscher Anfang einer Rückenmarkschwindsucht hundertmal mehr wert als eine vierzig Bände dicke literarisch-wissenschaftliche Arbeit über den Begriff der Vaterlandsliebe in der Literatur der wilden Völkerschaften."

Ein erstauntes Schweigen folgte dieser Erklärung.

Frau Walter fragte lächelnd: „Warum denn eigentlich?"

Er antwortete: „Weil ich bei allen Dingen nur danach frage, welche Freude sie den Damen machen können. Nun aber interessiert man sich in Wirklichkeit für die Akademie doch nur dann, wenn ein Akademiker stirbt. Je mehr davon sterben, desto glücklicher müssen sie sein. Aber damit sie bald sterben, müßte man immer Alte und Kranke ernennen."

Da die Damen noch etwas betroffen waren, fuhr er fort: „Übrigens geht es mir ebenso wie Ihnen. Ich lese die Pariser Nachrichten über den Tod eines Akademikers. Ich stelle sofort die Frage: Wer wird an seine Stelle treten? Und ich stelle meine Liste auf. Das ist ein Spiel, ein hübsches, kleines Spiel, das man in allen Pariser Salons beim Hinscheiden eines Unsterblichen spielt: das Spiel des Todes und der vierzig Greise."

Man war immer noch einigermaßen erstaunt, begann aber jetzt zu lachen, so treffend war seine Bemerkung.

Nun schloß er, während er gleichzeitig aufstand: „Sie, meine Damen, ernennen die Akademiker, und Sie ernennen sie, um sie sterben zu sehen. Wählen Sie also alte, die ältesten, und nach dem Rest fragen Sie nicht.“

Mit graziöser Haltung ging er dann hinaus.

Als er fort war, fragte eine der Damen:

„Wer ist es eigentlich? Ein sehr witziger Mensch!“

„Einer unserer Redakteure“, erwiderte Frau Walter. „Er hat vorläufig noch keine hervorragende Stellung an der Zeitung, aber ich bin überzeugt, daß er bald hochkommen wird.“

Duroy ging fröhlich, mit großen, tanzenden Schritten den Boulevard Malesherbes hinunter und murmelte zufrieden:

„Ein guter Abgang.“

Am Abend söhnte er sich mit Rahel wieder aus.

Die folgende Woche brachte ihm zwei Ereignisse: er wurde zum Leiter des Nachrichtenteils ernannt und erhielt eine Einladung von Frau Walter zum Diner. Er begriff sofort, daß ein innerer Zusammenhang zwischen diesen beiden Ereignissen bestand.

Die Vie Française war vor allen Dingen ein Börsenblatt, denn ihr Begründer war ein Finanzmann, der die Presse und sein Deputiertenmandat nur als Mittel zum Zweck betrachtete. Die Gutmütigkeit und wohlwollende Neutralität allem gegenüber war für ihn eine Waffe, und er spekulierte stets unter der lächelnden Maske des braven Mannes. Aber für alle seine Geschäfte benutzte er nur Menschen, die er vorher nach jeder Richtung hin beobachtet und erprobt hatte, und die er für schlau, geschickt und gerieben hielt. Duroy schien ihm an der Spitze des lokalen Nachrichtendienstes eine sehr brauchbare Persönlichkeit zu sein.

Bisher hatte der Redaktionssekretär Boisrenard diesen Posten verwaltet. Er war ein alter Journalist, korrekt, pünktlich und gewissenhaft wie ein Beamter. Seit dreißig Jahren war er Redaktionssekretär von elf verschiedenen Zeitungen, ohne seine Handlungs- und Anschauungsweise irgendwie zu ändern. Er wechselte die Redaktionen wie die Restaurants, und er merkte kaum, daß die Küche immer eine andere war. Politische und religiöse Anschauungen blieben ihm fremd. Er war der Zeitung, in der er gerade angestellt war, ergeben, arbeitete fleißig und wurde wegen seiner Erfahrung geschätzt. Trotzdem hielt er sehr auf seine Berufsehre, und er hätte sich nie zu etwas hergegeben, was er von seinem journalistischen Berufsstandpunkt für unehrenhaft, inkorrekt und unsauber gehalten hätte. Herr Walter achtete ihn deshalb zwar sehr hoch, aber gerade an der Spitze des lokalen Teils, der seiner Ansicht nach das Mark der Zeitung bildete, hätte er zuweilen doch gern eine andere Persönlichkeit gesehen. Denn hier wurden die

Neuigkeiten lanciert, die Gerüchte in Umlauf gesetzt, durch die man auf das Publikum und auf die Kurse einwirkte. Zwischen zwei Berichten über Gesellschaftsabende muß man die wichtigen Nachrichten unauffällig einschieben und sie mehr andeuten als aussprechen. Zwischen den Zeilen muß man erraten lassen, was man eigentlich will, da muß man eine Neuigkeit so zu dementieren wissen, daß man sie erst recht glaubt, und etwas so bestätigen, daß jeder zu zweifeln beginnt. In den Lokalnachrichten muß jeder Tag für Tag wenigstens eine Zeile finden, die ihn interessiert, damit jedermann sie liest. Man muß dabei an alle und an alles denken, an alle Gesellschaftskreise und an alle Berufe, an Paris und an die Provinz, an die Armee und an die Maler, an die Geistlichkeit und an die Universität, an die Beamten und die Halbweltdamen.

Der Mann, der an der Spitze des Nachrichtenteils steht und das Heer der Reporter dirigiert, muß stets auf dem Posten sein, mißtrauisch, vorausschauend, verschlagen, vorsichtig und gewandt sein, er muß den richtigen Instinkt haben, mit einer unfehlbaren Witterung begabt sein, um die falsche Nachricht auf den ersten Blick zu erkennen, um zu beurteilen, was gesagt und was verschwiegen werden muß, um sofort zu begreifen, was auf das Publikum wirken wird, und es dann so vorzubringen, daß die Wirkung vervielfältigt wird. Boisrenard besaß zwar eine lange Praxis, aber es fehlte ihm an Übersicht und Talent. Vor allen Dingen ließ er die angeborene Spitzfindigkeit vermissen, um tagaus, tagein die neuen Gedanken des Chefs zu wittern.

Duroy wußte die Sache glänzend zu meistern, er war eine hervorragende Errungenschaft der Redaktion dieses Blattes, das nach dem Ausdrucke Norbert de Varennes „auf den Strömungen des Staates und auf den Unterströmungen der Politik schwamm".

Die geistigen Leiter und die eigentlichen Redakteure der Vie Francaise waren ein halbes Dutzend Deputierte, die an allen Spekulationen des Direktors interessiert waren. Man nannte sie in der Kammer die „Walter-Clique", und beneidete sie, weil sie mit ihm und durch ihn offenbar viel Geld verdienten. Forestier war als politischer Redakteur nur der Strohmann dieser Geschäftsleute, der Vollstrecker der von ihnen eingeflößten Ideen. Sie soufflierten ihm seine großen Artikel, die er immer zu Hause schrieb, „um Ruhe zu haben", wie er sagte.

Um dem Blatt jedoch einen literarischen und gesellschaftlichen, pariserischen Anstrich zu geben, hatte man ihm zwei berühmte Schriftsteller verschiedener Art und verschiedenen Charakters zur Seite gestellt: Jaques Rival, der aktuelle Plaudereien schrieb, und Norbert de Varenne, den Dichter der neuen Schule und phantasievollen Erzählungskünstler. Dann hatte man aus der großen Schar der „Journalisten für alles" um billiges Geld noch ein paar Kritiker für Kunst, Malerei, Musik und Bühne engagiert und außerdem einen Redakteur für Gerichtsverhandlungen und einen für Rennsport. Zwei Damen der Gesellschaft schickten unter dem Pseudonym „Rosa Domino" und „Samtpfötchen" ihre Berichte aus der vornehmen Welt in die Redaktion; sie behandelten

Fragen der Mode und der Etikette und brachten allerlei Indiskretionen über bekannte Damen.

Und so schwamm die Vie Française „auf den Strömungen und Unterströmungen" der Politik und der Börse, gelenkt und geleitet von allen diesen verschiedenen Händen und Köpfen.

Duroy befand sich gerade auf dem Höhepunkt seiner Freude über seine Ernennung, als er eine Einladungskarte erhielt, auf der stand: „Herr und Frau Walter bitten Herrn Georges Duroy, ihnen die Ehre zu erweisen, am Donnerstag, den 20. Januar, bei ihnen zu speisen."

Diese neue Gunst, die mit der anderen so hübsch zusammentraf, erfüllte ihn mit solcher Freude, daß er die Einladung küßte, als wäre sie ein Liebesbrief gewesen. Dann begab er sich zum Kassierer, um die wichtige Gehaltsfrage zu besprechen.

Der Nachrichtenredakteur erhielt im allgemeinen monatlich eine bestimmte Summe, von der er seine Reporter und ihre mehr oder weniger wichtigen Nachrichten zu honorieren hatte.

Für Duroy waren zunächst zwölfhundert Francs monatlich ausgesetzt, und er nahm sich vor, davon einen guten Teil für sich zu behalten.

Auf seine dringenden Vorstellungen hatte der Kassierer ihm endlich vierhundert Francs Vorschuß gegeben. Zuerst hegte Duroy tatsächlich die Absicht, an Madame de Marelle die zweihundertundvierzig Francs, die er ihr schuldete, zurückzugeben. Er überlegte sich aber, daß ihm dann nur hundertundsechzig Francs verblieben, eine Summe, die gänzlich unzureichend war, um seine neue Stellung in gebührender Weise zu bestreiten, und er verschob die Rückgabe auf spätere Zeiten. Zwei Tage lang beschäftigte er sich mit der Einrichtung, denn er übernahm einen besonderen Tisch nebst Brieffächern in dem allgemeinen Redaktionssaal. Er saß an dem einen Ende des Saales, während Boisrenard mit seinem trotz vorgeschrittener Jahre rabenschwarzen Haar, den Kopf über ein Blatt Papier gebeugt, an dem anderen Ende arbeitete.

Der lange Tisch in der Mitte des Saales war für die fliegenden Reporter reserviert. Gewöhnlich diente er als Sitzbank; man saß entweder am Rande mit herunterhängenden Beinen, oder in der Mitte: nach türkischer Art; so saßen die Reporter oftmals auf diesem Tische zu fünft oder zu sechst und spielten hartnäckig Fangball. Duroy hatte an diesem Spiel gleichfalls Geschmack gefunden und begann, dank der Anleitung von Saint-Potin, ziemlich gut zu spielen.

Forestier, der immer leidender wurde, hatte ihm sein zuletzt gekauftes Bilboquet aus Antillenholz anvertraut, das ihm selbst ein bißchen zu schwer war, und Duroy schwang mit kräftiger Hand die große schwarze Kugel am Ende der Schnur, wobei er leise zählte: „Eins — zwei — drei — vier — fünf — sechs —"

Er hatte zum ersten Male zwanzig Treffer hintereinander an dem Tage, wo er bei Madame Walter speisen sollte. „Heute ist ein guter Tag," dachte er, „ich habe Erfolg"; denn die Gewandtheit im Fangballspiel verlieh in der Redaktion der Vie Francaise eine Art Vorrang.

Er verließ zeitig die Redaktion, um sich in Ruhe umkleiden zu können. Während er die Rue de Londres entlangschritt, sah er vor sich plötzlich eine kleine Dame, die ihrer ganzen Haltung nach Madame de Marelle sein mußte. Er fühlte, wie es ihm heiß zu Kopf stieg und sein Herz begann laut zu klopfen. Er ging über den Fahrdamm, um sie im Profil sehen zu können. Sie blieb stehen, um gleichfalls hinüberzugehen. Er hatte sich getäuscht; er atmete auf.

Schon oft hatte er sich die Frage vorgelegt, wie er sich benehmen sollte, wenn er ihr begegnete? Sollte er sie grüßen oder sollte er so tun, als sehe er sie nicht?

„Ich werde sie nicht sehen", dachte er.

Es war kalt; in den Rinnsteinen war das Wasser gefroren. Die Trottoire lagen grau und trocken im Laternenlicht.

Als der junge Mann nach Hause kam, sagte er sich: „Ich muß eine neue Wohnung haben. Mit der geht es nicht mehr." Er fühlte sich nervös und lustig. Er wäre imstande gewesen, über die Dächer zu klettern, und er wiederholte immer laut vor sich hin, indem er von seinem Bett zum Fenster ging: „Das Glück kommt! Das Glück kommt! Ich muß an Papa schreiben."

Von Zeit zu Zeit hatte er nach Hause geschrieben, und diese Briefe brachten immer Freude in das kleine normannische Wirtshaus, das dicht an der Straße lag, hoch oben auf dem Hügel, von dem man Rouen und das weite Tal der Seine übersehen konnte.

Von Zeit zu Zeit erhielt er auch ein blaues Briefchen, dessen Adresse mit zitternder Hand geschrieben war, und er las immer die gleichen Zeilen am Anfange des väterlichen Briefes:

„Mein lieber Sohn! Aus diesem Briefe sollst Du erfahren, daß es Deiner Mutter und mir gut geht. Es gibt nicht viel Neues bei uns. Trotzdem möchte ich Dir mitteilen ... usw."

Und im Innern seines Herzens bewahrte er Interesse für die Ereignisse, welche in seinem Dorf vorkamen, für die Nachbarschaft, für den Stand der Äcker und Ernten! Und er wiederholte, während er seine weiße Krawatte knotete:

„Ich muß morgen an Papa schreiben. Wie hätte sich der Alte gefreut, wenn er mich heute abend sähe!"

Und plötzlich stand vor seinen Augen die kleine, verräucherte Küche seines Elternhauses hinter der leeren Gaststube; die Kessel, die ihren gelben Schimmer an den

Wänden entlang warfen, die Katze vor dem Herd, die dampfende Suppenterrine mitten auf dem alten, hölzernen Tisch, und ein Licht, das zwischen zwei Tellern brannte.

Er sah auch den Mann und die Frau, seinen Vater und seine Mutter; die beiden alten Bauern mit langsamen Bewegungen, wie sie ihre Suppe löffelten. Er kannte die kleinsten Runzeln ihrer alten Gesichter, jede Bewegung von ihren Körpern. Er wußte sogar, was sie sich sagten, jeden Abend, wenn sie einander gegenüber saßen. „Ich muß sie doch mal wieder besuchen!" dachte er.

Als er mit seiner Toilette fertig war, blies er das Licht aus und ging hinunter. Auf dem Boulevard versuchten ein paar Dirnen ihn anzureden. Und als hätten sie ihn beleidigt und verkannt, rief er ihnen mit verächtlicher Stimme zu:

„Laßt mich doch endlich in Ruhe!" Für wen hielten sie ihn? Konnten sie denn die Männer nicht unterscheiden? In seinem Frack, den er angezogen hatte, um bei sehr reichen, sehr bekannten und sehr einflußvollen Leuten zu speisen, fühlte er sich als eine neue Persönlichkeit, als wäre er ein Mann der wirklich großen Gesellschaft geworden.

Mit ruhiger Sicherheit betrat er das Vorzimmer, das von hohen Bronzekandelabern erleuchtet war, und gab mit natürlicher Handbewegung Stock und Überzieher den beiden Dienern, die ihm entgegenkamen.

Alle Räume waren hell erleuchtet. Frau Walter empfing ihre Gäste in dem zweiten und größten Zimmer. Sie begrüßte ihn mit einem bezaubernden Lächeln, und er schüttelte den beiden Herren, die vor ihm gekommen waren, die Hand. Es waren die Abgeordneten Firmin und Laroche-Mathieu, die heimlichen Mitredakteure der Vie Française. Herr Laroche-Mathieu galt bei der Zeitung als besondere Autorität, da sein Einfluß, in der Kammer sehr bedeutend war. Man war auch allgemein überzeugt, daß er eines Tages Minister würde.

Dann kam das Ehepaar Forestier. Sie trug ein rosa Kleid, das ihr glänzend stand. Duroy sah mit Erstaunen, wie intim sie mit den beiden Abgeordneten war. Sie plauderte über fünf Minuten in der Ecke am Kamin ganz leise mit Laroche-Mathieu. Charles sah sehr verändert und mitgenommen aus. Er war seit einem Monat beträchtlich abgemagert und hustete unaufhörlich, wobei er immerfort sagte: „Ich müßte mich endlich entschließen, den Rest des Winters im Süden zu verbringen."

Norbert de Varenne und Jaques Rival kamen zusammen. Dann öffnete sich eine Tür im Hintergrunde des Saales und Herr Walter erschien mit zwei jungen Mädchen von sechzehn und achtzehn Jahren, die eine hübsch, die andere häßlich.

Duroy wußte zwar, daß sein Chef Familienvater war; trotzdem war er sehr erstaunt. An die Töchter seines Vorgesetzten hatte er nur wie an weit entlegene Länder gedacht, die man niemals zu Gesicht bekommt. Außerdem hatte er sie sich als kleine Mädchen vorgestellt und sah sie nun fast erwachsen vor sich. Bei diesem Anblick wurde er innerlich etwas verlegen, eine Verlegenheit, die man beim Umlernen empfindet.

Sie wurden ihm vorgestellt, reichten ihm die Hand und setzten sich dann an einen kleinen Tisch, der wohl besonders für sie bestimmt war; dort begannen sie in einem Haufen von Seidenknäueln zu wühlen, die in einem Flechtkörbchen lagen.

Man erwartete noch jemand, und die Gäste standen schweigend in kleinen Gruppen herum, in jener ungemütlichen Stimmung, die vor dem Essen zu herrschen pflegt, wenn sich dazu Leute aus allen möglichen geistigen Sphären zusammenfinden, nachdem sie am Tage den verschiedensten Beschäftigungen nachgegangen sind.

Duroy hatte, weil er sonst nicht wußte, was er tun sollte, seine Augen auf die Wand gerichtet. Da rief ihm Herr Walter aus ziemlicher Entfernung zu, offenbar in der Absicht, seine Kunstsammlung zur Geltung zu bringen:

„Sie wollen meine Gemälde sehen?“

Das „meine“ wurde nachdrücklich betont.

„Ich werde sie Ihnen gleich zeigen.“ Und er nahm eine Lampe, damit sein Gast die Einzelheiten besser konnte.

„Hier sind die Landschaften“, sagte er.

In der Mitte der Wandfläche hing ein großes Bild von Guillemet, eine normannische Küste im Sturm. Darunter eine Waldlandschaft von Harpignies, dann eine algerische Ebene von Guillaumet mit einem Kamel am Horizont, einem riesigen, hochbeinigen Kamel, das einem phantastischen Denkmal glich.

Herr Walter ging zur nächsten Wand und trug feierlich wie ein Zeremonienmeister vor:

„Die große Kunst.“

Es waren vier Gemälde: „Ein Besuch im Krankenhause“ von Gervex, „Eine Schnitterin“ von Bastien Lepage, „Eine Witwe“ von Bouguereau und „Eine Hinrichtung“ von Jean Paul Laurens. Dieses letzte Bild stellte einen Priester aus Vendée dar, der von einem Trupp Soldaten an der Mauer seiner eigenen Kirche durch Erschießen hingerichtet wurde.

Ein Lächeln glitt über das ernste Gesicht des Hausherrn, als sie zur nächsten Wand kamen.

„Hier hängen die Humoristen.“

Man sah zunächst ein kleines Bild von Jean Béraud, das hieß: „Oben und unten.“ Es stellte eine hübsche Pariserin dar, welche die Treppe eines Omnibusses in voller Fahrt hinaufstieg. Ihr Kopf befand sich in Höhe des Verdecks, und die Herren, die oben saßen, betrachteten mit zufriedener Miene das niedliche Gesicht, das zu ihnen emporkletterte, während die unten auf der Plattform stehenden, die Beine der jungen Frau mit einem Ausdruck von Verdruß und Begierde anschauten.

Herr Walter hielt die Lampe so hoch er konnte und wiederholte mit zweideutigem Lächeln:

„Wie meinen Sie? Ist es nicht drollig? Ist es nicht drollig?"

Dann erklärte er weiter:

„Das hier ist Die Rettung von Lambert."

Mitten auf einem abgedeckten Tisch saß ein junger Kater und beobachtete gespannt und erstaunt eine Fliege, die in ein Glas Wasser geraten war. Eine Pfote schwebte in der Luft; das Tier schien bereit zu sein, mit einer raschen Bewegung das unglückliche Insekt aus dem Wasser zu haschen. Aber es konnte sich nicht entschließen! Was würde es tun?

Dann zeigte der Hausherr ein Detaille: „Der Unterricht". Das Bild stellte einen Soldaten in der Kaserne dar, der einen Pudel im Trommeln unterrichtete. „Das ist so geistreich!" sagte er.

Duroy war begeistert und lachte zustimmend:

„Wie entzückend! Wie entzückend! Wie entzü ..."

Plötzlich hielt er inne; er hörte hinter sich die Stimme von Madame de Marelle, die soeben gekommen war. Der Chef fuhr fort, seine Gemäldesammlung zu beleuchten und zu erklären. Er zeigte noch ein paar Bilder und sagte dann:

„Ich habe noch welche in den anderen Räumen, aber es sind Bilder von Künstlern, die noch nicht berühmt sind. Dieses Zimmer hier ist mein Kunstsalon. Ich kaufe momentan sehr viele Bilder von ganz jungen Malern. Ich hänge sie in mein Privatzimmer und warte ruhig, bis die Schöpfer berühmt werden."

Dann setzte er ganz leise hinzu:

„Es ist augenblicklich die richtige Zeit, um Bilder zu kaufen. Die Kunst geht betteln. Die Maler haben keinen Sou ... sie müssen verkaufen."

Doch Duroy sah nichts mehr und hörte zu, ohne ein Wort zu verstehen. Madame de Marelle war da und stand hinter ihm. Was sollte er tun? Wenn er sie grüßte, würde sie ihm womöglich den Rücken drehen oder ihm irgendeine Beleidigung ins Gesicht werfen. Und wenn er sich nicht näherte, was würde man dann denken?

„Ich will jedenfalls Zeit gewinnen", dachte er. Er war so aufgeregt, daß er einen Augenblick daran dachte, irgendeinen Vorwand zu finden, um weggehen zu können.

Die Gemäldebesichtigung war zu Ende. Der Chef stellte die Lampe hin und begrüßte die Neuangekommene, während Duroy sich von neuem in die Bilder vertiefte, als könne er sich vor Bewunderung von ihnen nicht losreißen. In seinem Kopf herrschte ein vollkommenes Durcheinander. Was sollte er nun tun? Er hörte hinter sich sprechen, er unterschied die Stimmen und vernahm die Unterhaltung; plötzlich rief Frau Forestier:

„Sagen Sie, bitte, Herr Duroy."

Er eilte zu ihr hin, und sie empfahl ihm eine Freundin, die ein Fest geben wollte, und er sollte es in der Vie Française erwähnen.

„Aber selbstverständlich, gnädige Frau," stotterte er, „mit größtem Vergnügen."

Madame de Marelle stand jetzt ganz in seiner Nähe. Er wagte nicht mehr, sich umzudrehen und wieder fortzugehen. Nun glaubte er den Verstand zu verlieren; sie sagte ganz laut:

„Guten Tag, Bel-Ami! Sie kennen mich wohl gar nicht mehr?"

Hastig drehte er sich herum; sie stand vor ihm, lächelnd, mit frohem, liebestrahlendem Gesichtsausdruck. Sie reichte ihm die Hand. Er nahm sie zitternd, wobei er immer noch an cinc Hinterlist, an eine verborgene Bosheit glaubte. Sie fuhr fröhlich fort:

„Was ist denn aus Ihnen geworden? Was tun Sie? Warum lassen Sie sich nicht mehr sehen?"

Er hatte seine Fassung noch nicht wiedergewonnen und stammelte:

„Ach, ich habe soviel zu tun gehabt, gnädige Frau! Herr Walter hat mir einen neuen Posten anvertraut, der mir große Arbeit macht."

Sie sah ihm ins Gesicht. In ihrem Blick konnte er nichts anderes entdecken als Wohlwollen und Zuneigung.

„Ich weiß es," erwiderte sie, „das ist aber kein Grund, Ihre Freunde zu vergessen."

Sie wurden getrennt durch den Eintritt einer dicken, dekolletierten Dame mit roten Armen und roten Wangen, die sehr auffallend gekleidet war. Sie ging langsam und trat so schwer auf, daß man bei jeder Bewegung der gewaltigen Oberschenkel ihr riesiges Gewicht zu spüren glaubte.

Da sie anscheinend mit größter Rücksicht und Zuvorkommenheit behandelt wurde, wandte sich Duroy an Frau Forestier:

„Wer ist denn diese Dame?"

„Die Vicomtesse de Percemur, die unter dem Namen Samtpfötchen " schreibt."

Er war starr und hätte am liebsten laut aufgelacht:

„Samtpfötchen! Das sollen Samtpfötchen sein! Und ich habe mir darunter eine junge, schöne Frau wie Sie gedacht. Na, das ist glänzend, ausgezeichnet!"

Ein Diener erschien in der Tür und meldete:

„Es ist angerichtet."

Das Diner war zwanglos und lustig, eines jener Diners, bei denen man von allem redet und nichts sagt.

Duroy saß zwischen der häßlichen Tochter des Hausherrn, Fräulein Rose, und Madame de Marelle. Diese Nachbarschaft war ihm doch etwas peinlich, wenn sie auch vortrefflich bei Laune zu sein schien und ununterbrochen plauderte. Er war zuerst befangen und verwirrt, wie ein Musiker, der den Ton verloren hat. Allmählich fand er aber auch seine Sicherheit wieder. Sie sahen sich gegenseitig immer häufiger an, und ihre Blicke befragten einander und verstrickten sich so innig und verliebt wie früher. Plötzlich schien es ihm, als ob unter dem Tische etwas seinen Fuß streifte. Langsam schob er sein Bein vor, bis es an das seiner Nachbarin stieß, ohne daß sie vor dieser Berührung zurückwich. Sie sprachen dabei nicht miteinander, sondern jeder beschäftigte sich sehr eifrig mit seinem anderen Nachbarn.

Duroys Herz pochte. Er schob etwas weiter sein Knie vor. Er fühlte einen leichten Gegendruck, und er begriff, daß ihre Liebe wieder begonnen hatte.

Wie würden sie miteinander sprechen? Das war gleichgültig; aber ihre Lippen zitterten jedesmal, wenn ihre Blicke sich begegneten. Doch der junge Mann wollte auch gegen die Tochter seines Chefs liebenswürdig sein und redete sie von Zeit zu Zeit an. Sie antwortete ganz wie ihre Mutter und wußte immer sofort, was sie erwidern sollte. Zur Rechten des Herrn Walter saß mit der Haltung einer Prinzessin die Vicomtesse de Percemur; und Duroy, der sich über diesen Anblick amüsierte, fragte ganz leise Madame de Marelle:

„Kennen Sie vielleicht auch die andere, die unter dem Namen „Roter Domino" schreibt?"

„Gewiß. Die Baronin de Livar!"

„Auch so eine Massengestalt?"

„Nein. Aber genau so komisch. Sie ist ein langes Gerippe von sechzig Jahren, mit falschen Löckchen und langen Zähnen wie eine Engländerin und mit Anschauungen aus der Großväterzeit, Toilette desgleichen."

„Wo hat man nur diese literarischen Berühmtheiten aufgegabelt?"

„Die Emporkömmlinge des Bürgertums schwärmen immer noch für Abfälle aus adligem Geschlecht."

„Sonst liegt kein Grund vor?"

„Keiner."

Am Tisch hatte jetzt eine politische Debatte zwischen dem Chef, den beiden Deputierten, Norbert de Varenne und Jaques Rival begonnen; sie dauerte bis zum Dessert.

Als man wieder im Salon war, näherte sich Duroy von neuem Madame de Marelle. Er sah ihr tief in die Augen und fragte:

„Darf ich Sie heute nach Hause begleiten?"

„Nein."

„Warum nicht?"

„Weil Herr Laroche-Mathieu, der mein Nachbar ist, mich jedesmal bis zur Haustür begleitet, wenn ich hier abends bin."

„Wann darf ich Sie dann sehen?"

„Kommen Sie morgen zum Frühstück."

Ohne ein weiteres Wort trennten sie sich.

Duroy blieb nicht lange. Er fand die Gesellschaft zu eintönig. Auf der Treppe holte er Norbert de Varenne ein, der sich ebenfalls empfohlen hatte. Der alte Dichter faßte ihn unterm Arm. Da sie auf so verschiedenen Gebieten tätig waren, brauchte er seine Rivalität nicht zu fürchten und brachte dem jungen Manne ein gewisses väterliches Wohlwollen entgegen.

„Wollen Sie mich ein Stückchen nach Hause begleiten?" fragte er.

„Mit größtem Vergnügen, verehrtester Meister!"

Sie gingen langsam weiter und schritten den Boulevard Malherbes hinunter.

Paris lag in dieser kalten Winternacht fast menschenleer da,. Es war eine Nacht, in der die Sterne viel weiter entfernt schienen als sonst und der eisige Windhauch aus der Unendlichkeit des Weltalls weit jenseits der Sterne zu kommen scheint,

Anfangs sprachen die Männer kein Wort; dann äußerte Duroy, um doch etwas zu sagen:

.,Herr Laroche-Mathieu scheint recht klug und unterrichtet zu sein."

„Finden Sie?" murmelte der alte Dichter.

Überrascht und zögernd erwiderte Duroy:

„Allerdings, er gilt ja für einen der fähigsten Köpfe in der Kammer."

„Möglich. Unter den Blinden ist der Einäugige König. Diese ganze Gesellschaft, sehen Sie, ist sehr mittelmäßig. Ihr Geist steckt zwischen zwei Wänden — Geld und Politik. — Es sind alberne dumme Jungen, mein Lieber, mit denen man unmöglich über etwas reden kann, was uns am Herzen liegt. Ihr Geist hat einen Bodensatz von Schlamm oder besser gesagt von Mist, wie die Seine bei Asnieres. Es ist weiß Gott schwer, einen Menschen mit weitem Geist zu finden, bei dem uns wie am Meer das Empfinden von etwas Großem und Gewaltigem überkommt. Ich kannte ein paar solcher Menschen, jetzt aber sind sie tot."

Norbert de Varenne sprach mit klarer aber gedämpfter Stimme, die laut durch die Nacht tönen müßte, wenn er nicht so innerlich und zurückhaltend gesprochen hätte. Er schien überreizt und traurig zu sein; er war erfüllt von jener Schwermut, die die Seelen befällt und sie zittern läßt wie der Frost die Erde. Er fuhr fort:

„Was hat das übrigens zu sagen, ob einer ein bißchen mehr oder ein bißchen weniger Genie hat, zuletzt kommt ja doch das Ende."

Er schwieg. Duroy, der sich innerlich froh und heiter fühlte, sagte lächelnd:

„Sie sehen heute zu schwarz, verehrtester Meister."

„Das tu ich stets, mein Junge," erwiderte der Dichter, „und in ein paar Jahren werden Sie es auch tun. Das Leben ist ein Berg; solange man hinaufsteigt, sieht man den Gipfel und fühlt sich glücklich. Ist man aber oben, dann erblickt man mit einemmal den Abgrund und das Ende, nämlich den Tod. Bergauf geht es langsam, doch bergab schnell. In Ihrem Alter ist man fröhlich. Man erhofft so vieles, was übrigens nie eintritt. In meinen Jahren erwartet man nichts mehr... als den Tod."

Duroy begann zu lachen:

„Verdammt! Mir wird es gruselig, wenn ich Sie höre."

„Nein," fuhr Norbert de Varenne fort, „Sie verstehen mich heute nicht. Aber später mal werden Sie sich dessen erinnern, was ich Ihnen jetzt sage. Es kommt ein Tag — und er kommt viel zu früh —, wo man nicht mehr lachen kann, weil hinter allem, was man sieht, der Tod steht!

Oh! Sie verstehen nicht mal dieses Wort: der Tod! In Ihrem Alter bedeutet das nichts — in meinem ist es schrecklich. Ja, auf einmal da versteht man es, man weiß nicht woher und man weiß nicht warum, und plötzlich bekommt das Leben ein anderes Gesicht. Ich fühle es schon seit fünfzehn Jahren, wie er an mir zehrt, als ob ich ein Nagetier im Busen trüge. Ich merke, wie er mich nach und nach, Monat für Monat, Stunde für Stunde, zerstört, wie ein altes Haus, das dem Einsturz nahe ist. Er hat mich so völlig entstellt, daß ich mich nicht mehr wiedererkenne. In mir ist nichts mehr von mir selbst, von dem frischen, starken, strahlenden Manne, der ich mit dreißig Jahren war, übriggeblieben. Ich sah, wie er meine schwarzen Haare weiß färbte, allmählich, mit einer hinterlistigen und heimtückischen Langsamkeit. Er nahm mir meine straffe Haut, meine Muskeln, meine Zähne, meinen ganzen Körper und ließ mir nur eine verzweifelte Seele, die ihm auch wohl bald zum Opfer fallen wird.

Er hat mich zermalmt, der Schuft, Sekunde für Sekunde, langsam und allmählich hat er sein furchtbares Zerstörungswerk an meinem Wesen vollbracht, und jetzt fühle ich den Tod in allem, was ich tue. Jeder Schritt bringt mich ihm näher, jede Bewegung, jeder Atemzug beschleunigt seine entsetzliche Arbeit. Atmen, Schlafen, Essen, Trinken, Arbeiten, Denken, alles, was wir tun, ist im Grunde Sterben. Das ganze Leben ist Sterben !

Oh! Sie werden es auch erfahren; Sie brauchen nur eine Viertelstunde darüber nachzudenken, es wird Ihnen auch klar sein.

Was erhoffen Sie von der Liebe? Noch ein paar Küsse ... und Sie sind impotent.

Und weiter was? Geld? Wozu? Um Weiber zu bezahlen? Ein hübsches Glück! Um viel essen zu können, dick zu werden und Nächte hindurch vor Schmerzen und Qualen der Gicht zu schreien? ...

Und was noch? Ruhm? Wozu, wenn man ihn nicht mehr in der Gestalt der Liebe genießen kann? Und dann? Immer der Tod zum Schluß! Ich sehe ihn jetzt oft so nahe vor mir, daß ich die Arme ausstrecken möchte, um ihn von mir zu stoßen. Er bedeckt die Erde und erfüllt den Raum. Ich entdecke ihn überall. Die kleinen Tierchen, die auf den Wegen zertreten werden, die fallenden Blätter, das weiße Haar im Bart eines Freundes, alles zerreißt mir das Herz und ruft mir zu: Da ist er !

Er verdirbt mir alles, was ich tue und was ich sehe, was ich esse und was ich trinke, alles, was ich liebe: den hellen Mondschein, den Sonnenaufgang, das Rauschen des Meeres, das Plätschern des Baches, und die milde Luft der Sommerabende."

Er ging langsam vor sich hin, etwas außer Atem; er träumte laut und vergaß fast, daß ihm jemand zuhörte.

„Und nie," fuhr er fort, „nie kehrt ein Menschenwesen wieder. Niemals ... Man bewahrt die Form, in der man eine Bronzestatue gießt, jeder Stempel liefert immer wieder den gleichen Abdruck, aber mein Körper, mein Geist, meine Seele, meine Wünsche werden nie wiederkehren. Und doch werden Millionen und Milliarden Menschen geboren, die auf ein paar Quadratzentimeter eine Nase, Augen, eine Stirn, Backen und einen Mund haben wie ich und auch eine Seele wie ich, aber ich selbst kehre niemals wieder, ja nicht einmal irgendein erkennbarer Teil von mir taucht wieder auf unter diesen unzählbaren Wesen, die unbegrenzt verschieden sind, trotzdem sie sich alle fast gleichen.

An wen sich halten? An wen unsere Schmerzensrufe richten? An wen soll man glauben? Alle Religionen sind stumpfsinnig mit ihrer dummen Kindermoral und egoistischen Verheißungen, die so grenzenlos töricht sind. Der Tod allein ist uns gewiß."

Er blieb stehen, faßte Duroy mit beiden Händen an den Rändern seines Paletotkragens und fuhr mit langsamer Stimme fort:

„Denken Sie darüber nach, junger Mann, denken Sie darüber tage-, monate- und jahrelang nach und Sie werden eine ganz andere Anschauung vom Leben und Dasein gewinnen. Versuchen Sie also alles abzuschütteln, was Sie umgibt; machen Sie die übermenschlichsten Anstrengungen, um bei lebendigem Leibe sich aus Ihrer Haut, Ihren Interessen, Ihren Gedanken, aus der gesamten Menschheit loszulösen und über all das hinauszublicken, und Sie werden begreifen, wie gleichgültig und belanglos der Streit zwischen Naturalisten und Romantikern, sowie die ganzen Etatsdebatten sind."

Er beschleunigte seinen Schritt:

„Aber dann werden Sie auch die furchtbare Trübsal der Hoffnungslosen empfinden. Verlassen und verloren werden Sie im Ungewissen sich abquälen. Sie werden, nach allen Seiten um Hilfe rufen und niemand wird Ihnen, antworten. Sie werden die Arme emporstrecken, Sie werden flehen, daß man Ihnen hilft, Sie liebt, tröstet, rettet, und es wird niemand kommen.

Und warum müssen wir so leiden? Gewiß, wir sind mehr zum körperlichen als zum geistigen Leben geboren; aber durch unser Denken ist ein Mißverhältnis entstanden zwischen unserer wachsenden Erkenntnis und den unveränderlichen Lebensbedingungen.

Sehen Sie sich die beschränkten Menschen an. Wenn sie nicht zufällig schwere Schicksalsschläge treffen, sind sie zufrieden und leiden nicht unter dem allgemeinen Unglück. Auch die Tiere haben kein Empfinden dafür."

Nochmals blieb er stehen und sann eine kurze Weile nach. Dann sagte er mit minder resignierter Stimme:

„Ich bin ein verlorenes Geschöpf; ich habe weder Vater noch Mutter, noch Bruder, noch Schwester, noch Weib, noch einen Gott."

Nach einer Pause fügte er hinzu:

„Ich habe nur den Reim."

Und er hob den Kopf zum Firmament, an dem das bleiche Vollmondantlitz leuchtete und deklamierte:

„Vergeblich such ich dieses Rätsels Schlüssel
am bleichen Mond, am weiten Sternenhimmel."

Sie kamen zur Pont de la Concorde, schweigend schritten sie über die Brücke und gingen am Palais Bourbon entlang. Norbert de Varenne begann von neuem:

„Heiraten Sie, lieber Freund, denn Sie wissen nicht, was es in meinem Alter heißt, allein zu sein. Heute erfüllt mich die Einsamkeit mit einer entsetzlichen Angst, die Einsamkeit in der Wohnung, wenn ich abends am Feuer sitze. Dann scheint es mir immer, als wäre ich allein auf der Welt, umgeben von dunklen Gefahren und allerlei unbekannten, schrecklichen Dingen; und die Wand, die mich von meinem unbekannten Nachbar trennt, entfernt mich von ihm so weit wie die Sterne, die ich durch das Fenster sehe. Mich überfällt dann eine Art Fieberwahn, der Fieberwahn der Furcht und des Schmerzes, und das Schweigen der Wände entsetzt mich. Es ist so tief und so traurig, das Schweigen in dem Zimmer, in welchem man ganz allein lebt. Es umfängt nicht bloß den Körper, sondern auch die Seele, und wenn ein Stück Möbel kracht, erbebt einem das Herz, denn man erwartet kein Geräusch in dieser trüben Behausung."

Nach einer Pause setzte er hinzu:

„Wenn man alt ist, muß es doch schön sein, Kinder zu haben!"

Sie waren in der Mitte der Rue Bourgogne angelangt. Vor einem hohen Hause blieb der Dichter stehen, klingelte, schüttelte Duroy die Hand und sagte:

„Vergessen Sie das unnütze Geschwätz des Alten, junger Freund, und leben Sie, wie es Ihrem Alter gebührt! Adieu!"

Und er verschwand in dem finsteren Flur.

Duroy ging mit beklommenem Herzen weiter. Ihm war, als hätte man ihm eine Grube voll menschlicher Knochen und Schädel gezeigt, und in diese Grube mußte auch er eines Tages unweigerlich stürzen.

Er murmelte:

„Donnerwetter! Sehr lustig muß es da oben bei ihm nicht sein! Ich würde es lieber vorziehen, beim Vorbeimarsch seiner Gedanken nicht anwesend zu sein. Weiß Gott! Nein!"

Er war stehengeblieben, um eine stark parfümierte Dame vorbei zu lassen, die aus dem Wagen stieg und in ihr Haus ging; mit vollen Zügen atmete er den Duft der Verbenen und Iris ein, der sich in der Luft verflüchtigte. Plötzlich klopfte sein Herz wieder laut vor freudiger Hoffnung, und die Erinnerung an Madame de Marelle, die er morgen wiedersehen sollte, erfüllte ihn von Kopf bis zu Fuß. Alles lächelte ihm zu und das Leben nahm ihn zärtlich in seine Arme. Wie schön war es, seine Hoffnungen verwirklicht zu sehen!

Wie in einem Rausch schlief er ein und erhob sich ziemlich früh, um noch einen Spaziergang in der Avenue du Bois de Boulogne zu machen, ehe er zum Rendezvous ging.

Der Wind hatte sich über Nacht gedreht, es war milder geworden, so daß man sich fast im April glauben konnte. Alle ständigen Besucher des Bois waren unterwegs; sie waren dem Lockrufe des heiteren, warmen Himmels gefolgt.

Duroy ging langsam und atmete behaglich die milde Luft in sich ein. Hinter der Arc de Triomphe de L étoile bog er in die große Avenue ein, auf der entgegengesetzten Seite des Reitweges. Da trabten und galoppierten an ihm Damen und Herren vorbei, die Reichen dieser Erde, die er aber heute kaum noch beneidete. Er kannte sie fast alle beim Namen, wußte die Höhe ihres Vermögens und kannte die Geheimgeschichten ihres Lebens, denn sein Beruf hatte ihn zu einer Art Almanach aller Pariser Berühmtheiten und Skandale gemacht.

Die Damen ritten vorbei, zierlich und schlank in ihren dunklen Tuchkleidern und hatten etwas Hochmütiges und Unnahbares im Ausdruck, wie es Reiterinnen oft haben.

Duroy erlaubte sich den Spaß und sagte halblaut die Namen, Titel und Eigenschaften der Liebhaber her, die sie gehabt hatten oder die man ihnen nachsagte, so wie man Litaneien in einer Kirche murmelt, bisweilen aber, anstatt zu sagen: „Baron de Tanquelet, Prinz de la Tour Enguerrand," murmelte er: „Geschmack Lesbos; Louise Michot vom Vaudeville, Rose Marquetin von der Opéra."

Dieses Spiel machte ihm viel Vergnügen; es tröstete ihn, erheiterte ihn und reizte ihn auf, unter dem Anschein ernster und würdiger Tugend die tief unausrottbare Gemeinheit der Menschheit zu entdecken.

Dann sagte er ganz laut: „Heuchlerbande!" Und seine Blicke suchten diejenigen Reiter heraus, über die die schlimmsten Geschichten im Umlauf waren.

Er sah viele, die man als Falschspieler in Verdacht hatte, für die die Klubs jedenfalls eine große und einzige Geldquelle, und sicherlich auch eine verdächtige Geldquelle waren.

Andere ganz berühmte Persönlichkeiten lebten ausschließlich von dem Vermögen ihrer Frauen, andere, wie man behauptete, von dem Gelde ihrer Geliebten. Viele hatten ihre Schulden bezahlt (eine höchst ehrenhafte Handlung), ohne daß man je eine Ahnung hätte, woher sie das nötige Geld aufgetrieben hatten (ein recht verdächtiges Geheimnis). Er sah Finanzmänner, deren gewaltige Vermögen von einem Diebstahl herrührten, Leute, die überall empfangen wurden, selbst in den vornehmsten Häusern. Er sah Herren, die so geachtet waren, daß die kleinen Leute ehrfurchtsvoll den Hut abzogen, wenn sie vorbei kamen, trotzdem ihre schamlosen Betrügereien in öffentlichen Unternehmungen für keinen, der hinter die Kulissen der großen Welt einen Einblick hatte, ein Geheimnis waren. Hochmütig und stolz ritten sie daher und blickten keck und unverschämt in die Welt hinein. Duroy lachte immer noch und wiederholte: „Das ist ein richtiges Gaunerpack! Schwindler!"

Da kam in schnellem Trabe ein reizender, offener, niedriger Wagen vorbei, vor den zwei Schimmelponys mit flatterndem Schweif und Mähne gespannt waren. Eine zierliche, junge Blondine kutschierte; es war eine bekannte Kurtisane; hinter ihr saßen zwei Grooms. Duroy blieb stehen; er hatte Lust, ihr einen zustimmenden Liebesgruß zuzuwinken, ihr Beifall zu klatschen, dieser Freibeuterin der Liebe, die auf dieser Spazierfahrt und zu dieser Stunde mitten unter all diesen aristokratischen Heuchlern ihren frechen Luxus, den sie auf ihrem Lager verdiente, zur Schau zu stellen wagte. Er fühlte wohl unklar, daß es etwas Gemeinsames zwischen ihnen gäbe, daß ein natürliches Band sie verknüpfe, daß sie von derselben Natur und Denkart wären und daß sein Erfolg ebenso auffallend sich gestalten würde.

Er kehrte langsam zurück; sein Herz war von innerlicher Befriedigung erwärmt, und er kam etwas vor der festgesetzten Zeit an die Tür seiner früheren Geliebten.

Sie empfing ihn mit hingehaltenen Lippen, als ob es niemals ein Zerwürfnis zwischen ihnen gegeben habe, und sie vergaß sogar auf einige Augenblicke die kluge Vorsicht, die sie sonst in ihrer Wohnung allen seinen Zärtlichkeiten entgegenzusetzen pflegte. Dann sagte sie ihm, indem sie die gedrehten Enden seines Schnurrbarts küßte:

„Du weißt noch gar nicht, mein Liebling, welchen Verdruß ich wieder habe. Ich freute mich schon auf einen wundervollen Honigmonat mit dir, und nun kommt plötzlich mein Mann für sechs Wochen zurück. Er hat Urlaub genommen. Ich kann aber nicht sechs Wochen leben, ohne dich zu sehen, besonders nach unserem kleinen Zwist, und ich habe deshalb die Dinge so arrangiert: Ich lade dich Montag zum Essen ein. Ich habe ihm schon von dir erzählt und werde dich ihm vorstellen."

Duroy war etwas überrascht und zauderte; er hatte noch nie mit einem Mann verkehrt, dessen Frau seine Geliebte war. Er fürchtete, irgend etwas, eine gewisse Verlegenheit, ein Blick könnte ihn verraten. Er stammelte:

„Nein, ich möchte lieber deinen Mann nicht kennenlernen."

Sie war sehr erstaunt und tat ihre naiven Augen weit auf, doch sie bestand darauf.

„Warum denn nicht? Wie kann man bloß so komisch sein? Das kommt doch alle Tage vor! Ich hatte dich wirklich nicht für so einfältig gehalten."

Ihre Worte verletzten ihn.

„Nun gut, meinetwegen," sagte er, „ich komme Montag zum Essen."

Sie setzte hinzu:

„Damit es natürlicher aussieht, werde ich noch Forestier einladen. Eigentlich macht es mir wenig Spaß, Gäste bei mir zu haben."

Die Tage bis zum Montag dachte Duroy nicht mehr an die bevorstehende Bekanntschaft; aber als er die Treppe zu Madame de Marelle hinaufging, fühlte er sich seltsam beunruhigt, nicht weil es ihm widerstrebte, die Hand dieses Mannes zu drücken, oder seine Gastfreundschaft anzunehmen, sondern er fürchtete etwas, worüber er nicht klar war.

Er wurde in den Salon geführt und er mußte, wie immer, warten. Dann öffnete sich die Tür und er erblickte einen großen Mann mit weißem Vollbart, ernst und sehr korrekt, der auf ihn zukam, und mit peinlicher Höflichkeit sagte:

„Meine Frau hat öfters von Ihnen gesprochen, und ich bin entzückt, Sie kennenzulernen."

Duroy schritt ihm entgegen, versuchte seinem Gesicht einen Ausdruck von Herzlichkeit zu geben und drückte etwas übertrieben energisch die Hand seines Gastgebers. Dann setzten sie sich, aber er wußte nicht, wie er die Unterhaltung beginnen sollte.

Herr de Marelle legte ein Stück Holz ins Feuer und fragte:

„Sind Sie schon lange im Journalismus tätig?"

„Nein, erst ein paar Monate", antwortete Duroy.

„Dann sind Sie aber schnell vorwärts gekommen."

„Ja, ziemlich schnell." Und er sprach weiter, was ihm gerade durch den Kopf fuhr, mit allen nichtssagenden Redensarten, die man so oft unter wenig bekannten Leuten anwendet. Er beruhigte sich allmählich und begann, die ganze Situation sehr komisch zu finden. Er betrachtete die ernsthafte und ehrwürdige Gestalt von Herrn de Marelle, und auf seinen Lippen zuckte ein Lächeln, wenn er sich sagte: „Du, ich setze dir Hörner auf, mein Alter, ich setze dir Hörner auf!" Ihn erfüllte eine schadenfrohe, innere Genugtuung, die Befriedigung eines erfolgreichen Diebes, auf den man keinen Verdacht hat, eine spitzbübische, köstliche Freude. Plötzlich hatte er das Verlangen, ein Freund dieses Mannes zu werden, sein Vertrauen zu gewinnen und die Geheimnisse seines Lebens kennenzulernen. In diesem Augenblick trat Madame de Marelle ein, betrachtete beide mit lächelndem, undurchdringlichem Blick und ging dann auf Duroy zu, der ihr in Gegenwart des Mannes nicht die Hand zu küssen wagte, wie er es sonst tat.

Sie war ruhig und lustig wie eine Frau, die an alles gewöhnt war und die in ihrer angeborenen Verdorbenheit diese Begegnung ganz natürlich und einfach fand. Dann kam Laurine und hielt kühler als sonst Duroy ihre Stirn hin; die Gegenwart ihres Vaters machte sie schüchtern.

„Nun," sagte die Mutter, „heute nennst du Herrn Duroy nicht mehr Bel-Ami?"

Das Kind errötete, als hätte man eine große Indiskretion begangen, etwas verraten, was man nicht sagen darf, ein Geheimnis ihres Herzens ausgeplaudert.

Als das Ehepaar Forestier kam, war man über das Aussehen von Charles entsetzt. In der letzten Woche war er furchtbar blaß und mager geworden und hustete unaufhörlich. Er erzählte, daß sie auf Anordnung des Arztes nächsten Donnerstag nach Cannes führen.

Sie gingen frühzeitig nach Hause und kopfschüttelnd sagte Duroy:

„Es geht ihm sehr schlecht. Ich glaube kaum, daß er noch lange leben wird."

„Oh, er ist verloren", erwiderte Madame de Marelle mit Überzeugung. „Hat er ein Glück gehabt, so eine Frau zu finden!"

„Hilft sie ihm viel?" fragte Duroy.

„Und wie! Sie macht alles. Sie ist über alles im Bilde, sie kennt jeden Menschen, und tut dabei so, als sehe sie niemanden. Sie setzt durch, was sie will, wie sie will und wann sie will. Oh, sie ist klug, geschickt und intrigant wie keine! Für einen Mann, der vorwärts kommen will, ist sie ein Schatz."

„Sie würde bestimmt bald wieder heiraten", sagte Georges.

„Ja," antwortete Madame de Marelle, „ich wäre gar nicht erstaunt, wenn sie jetzt schon jemanden in Sicht hätte ... einen Abgeordneten ... vorausgesetzt ... daß er nicht nein sagt ... denn ... denn es gibt schwere Hindernisse ... moralischer Art. Übrigens, was weiß ich?"

Herr de Marelle brummte etwas ungeduldig:

„Du weißt, ich liebe nicht, wenn du solche Andeutungen machst. Mischen wir uns nie ein in die Angelegenheiten des anderen, es genügt, wenn man selbst ein ruhiges Gewissen bewahrt. Das sollte für jeden ein Gesetz sein."

Duroy verabschiedete sich etwas verwirrt, und unklare Kombinationen schwirrten durch seinen Kopf.

Als er am nächsten Tag Forestiers besuchte, traf er sie beim Packen. Charles lag auf einem Diwan, atmete schwer und wiederholte immer:

„Ich hätte vor einem Monat reisen sollen."

Dann gab er Duroy eine Reihe Aufträge für die Zeitung, obwohl alles schon mit Herrn Walter geregelt und besprochen war. Als Georges ging, drückte er ihm lebhaft die Hand und sagte:

„Also, auf baldiges Wiedersehen, alter Freund!"

Madame Forestier begleitete ihn bis zur Tür und er sagte ihr mit plötzlicher Herzlichkeit:

„Vergessen Sie nicht unsere Vereinbarung. Wir sind Freunde und Verbündete, nicht wahr? Also, wenn Sie mich brauchen, zögern Sie nicht, ein Telegramm oder ein Brief — und ich gehorche."

„Danke, ich werde es nicht vergessen", flüsterte sie.

Und ihre Augen sagten ihm: „Danke", mit einem tiefen, innigen Blick.

Als Duroy die Treppe hinunterging, begegnete er dem Grafen Vaudrec, den er schon einmal bei ihr gesehen hatte, und der langsam die Treppe heraufkam. Der Graf schien traurig zu sein, vielleicht wegen der Abreise.

Der Journalist wollte sich als Weltmann zeigen und grüßte ihn außerordentlich zuvorkommend.

Der Graf erwiderte seinen Gruß höflich, aber etwas von oben herab.

Am Donnerstag abend reiste das Ehepaar Forestier ab.

VII.

Forestiers Abwesenheit machte die Stellung Duroys in der Redaktion der Vie Française noch einflußreicher. Außer den Lokalberichten unterzeichnete er auch mehrere Leitartikel, denn der Chef verlangte, daß ein jeder die Verantwortung für seine Aufsätze selbst trüge. Er hatte hin und wieder kleine Zeitungsfehden, die er stets geistreich und geschickt durchfocht, und seine fortwährenden Beziehungen zu Staatsmännern bereiteten ihn allmählich darauf vor, ein gewandter und scharfblickender Redakteur zu werden.

Er sah nur einen dunklen Punkt an seinem Horizont. Er kam von einem kleinen, oppositionellen Blatt, das sich „Die Feder" nannte. Die Zeitung, die ihn oder vielmehr in ihm den Nachrichtenredakteur der Vie Française beständig angriff, nannte ihn den Überraschungschef des Herrn Walter und veröffentlichte täglich Niederträchtigkeiten, boshafte Bemerkungen und Verleumdungen aller Art gegen ihn.

Eines Tages sagte Jaques Rival zu Duroy:

„Sie lassen sich viel gefallen."

„Was wollen Sie," stammelte der andere, „es sind keine direkten Angriffe."

Als er eines Nachmittags den Redaktionssaal betrat, hielt ihm Boisrenard die letzte Nummer der „Feder" hin.

„Lesen Sie! Es steht schon wieder eine unangenehme Bemerkung gegen Sie darin."

„Worüber denn?"

„Nichts von Bedeutung, über die Verhaftung einer Frau Aubert durch einen Agenten der Sittenpolizei."

Georges Duroy nahm die Zeitung und las einen Artikel mit der Überschrift: „Duroy amüsiert sich."

„Der prominente Reporter der Vie Française teilt heute der Welt mit, daß die Frau Aubert, deren Verhaftung durch einen Beamten der verhaßten Sittenpolizei wir gestern meldeten, nur in unserer Einbildung existiere. Nun wohnt aber die betreffende Person am Montmartre 18 Rue d Ecureuil. Wir verstehen übrigens vollkommen, welche Vorteile die Agenten der Walterbank daran haben können, die Interessen des Polizeipräfekten, der ihre Geschäfte begünstigt, in Schutz zu nehmen. Was aber den betreffenden Reporter angeht, so soll er uns lieber mitteilen, woher er alle seine wunderbaren Sensationsnachrichten bezieht: Todesnachrichten, die am nächsten Tage dementiert werden, Berichte über Schlachten, die nicht stattgefunden haben, oder ein Telegramm über die bedeutsame Ansprache irgendeines Monarchen, der überhaupt gar nicht gesprochen hat, kurz, alle die Mitteilungen, die so fruchtbringend für das Waltersche Geschäft sind. Oder auch ein paar kleine Indiskretionen über eine Soirée bei einer vielgenannten Dame oder schließlich die Lobreden auf gewisse neue Produkte, welche für einige unserer Kollegen eine so ergiebige Einnahmequelle bilden."

Der junge Mann war bestürzt und sprachlos; er verstand nur, daß etwas für ihn sehr Unangenehmes in dem Artikel stand.

Boisrenard fuhr fort:

„Wer hat Ihnen diese Nachricht gebracht?"

Duroy dachte nach, konnte sich aber nicht gleich entsinnen. Dann fiel es ihm plötzlich ein:

„Ja ... es war Saint-Potin."

Darauf las er den Absatz der „Feder" nochmals und wurde plötzlich feuerrot und empört über den Vorwurf der Bestechlichkeit.

„Was," rief er aus, „man behauptet, ich würde bezahlt für ..."

Boisrenard unterbrach ihn:

„Ja, Gott, es ist sehr unangenehm für Sie, denn Sie wissen, der Chef ist in solchen Sachen sehr peinlich. So etwas könnte sich sonst wiederholen ..."

Saint-Potin trat gerade herein; Duroy eilte ihm entgegen:

„Haben Sie den Artikel in der Feder gelesen?"

„Jawohl, und ich komme eben von der Frau Aubert. Sie existiert tatsächlich, ist aber nie verhaftet worden. Dies Gerücht ist gänzlich unbegründet."

Duroy ging nunmehr zum Chef, der ihn etwas kühl und mißtrauisch empfing. Herr Walter hörte sich den Fall an und sagte:

„Gehen Sie selbst zu der Frau hin und dementieren Sie es in einer Weise, daß man nicht wieder so etwas über Sie schreibt; ich meine die Folgen; sie können sehr peinlich sein für die Zeitung, für mich und auch für Sie. Mehr noch als das Weib Cäsars muß der Journalist über jeden Verdacht erhaben sein."

Duroy stieg mit Saint-Potin in eine Droschke und rief dem Kutscher zu:

„18 Rue de l Ecureuil am Montmartre."

Es war ein riesiges Mietshaus, in dem sie sechs Stockwerke hinaufklettern mußten. Eine alte Frau in einer wollenen Jacke öffnete ihnen die Tür:

„Was wollen Sie denn wieder von mir?" fragte sie, als sie Saint-Potin erblickte.

Er erwiderte:

„Der Herr hier ist Polizeiinspektor und möchte gern Näheres über Ihre Angelegenheit erfahren."

Sie ließ sie hereintreten und erzählte:

„Es waren seitdem noch zwei Herren von einer Zeitung hier, ich weiß aber nicht von welcher."

Dann wandte sie sich zu Duroy:

„Also der Herr wünscht es zu wissen?"

„Ist es wahr, daß Sie von einem Agenten, der Sittenpolizei festgenommen wurden?" fragte Duroy.

Sie warf die Hände hoch:

„Nie im Leben, mein lieber Herr, nie im Leben! So lag die Sache: Ich habe einen Schlächter, er ist ein ganz guter Schlächter, aber er wiegt die Ware nicht richtig ab. Ich habe es mehrere Male bemerkt, doch nichts gesagt, aber neulich lasse ich mir zwei Pfund Koteletts geben, weil nämlich meine Tochter und Schwiegersohn zum Essen kommen wollten, und da seh ich, wie er mir eine Menge Knochenabfälle zuwiegt. Es waren zwar Kotelettknochen, aber nicht von meinen Koteletten. Ich hätte ja ein Ragout daraus machen können, das ist wahr. Aber wenn ich Koteletts verlange, so will ich nicht die Knochenabfälle der anderen haben. Ich will sie also nicht nehmen, und da schimpft er auf mich: , Alte Ratte , sagt er; und ich antworte ihm: Alter Gauner. Kurz, ein Wort gab das andere und wir haben uns so beschimpft, daß bald etwa hundert Personen vor dem Laden standen, die lachten und lachten immerfort. Endlich kam ein Polizeibeamter und führte uns beide zum Revier, damit wir uns vor dem Kommissar verantworten sollten. Wir gingen hin und wurden bald entlassen, ohne uns jedoch miteinander auszusöhnen. Jetzt kaufe ich mein Fleisch wo anders und gehe auch nicht mal an der Tür vorbei, damit es nicht wieder Krach gibt."

Sie schwieg und Duroy fragte:

„Ist das alles?"

„Das ist die ganze Wahrheit, mein guter Herr."

Die Alte bot ihm ein Glas Johannisbeerwein an, das er jedoch dankend ablehnte, und verlangte, daß das Falschwiegen des Schlächters in dem Bericht erwähnt wurde. Sie kehrten auf die Redaktion zurück, und Duroy schrieb folgende Erwiderung:

„Ein anonymer Schmierer aus der Feder scheint mit mir Streit zu suchen wegen einer alten Frau, die nach seiner Behauptung von einem Agenten der Sittenpolizei verhaftet worden ist. Ich bestreite das. Ich war persönlich bei dieser Frau Aubert, die mindestens sechzig Jahre alt ist. Sie hat mir selbst genau über ihren Streit mit dem Schlächter, der ihr die Koteletts angeblich falsch gewogen hätte, erzählt, worauf beide vor den Polizeikommissar geführt wurden.

Das ist die ganze Wahrheit.

Was die übrigen Verdächtigungen des Redakteurs der Feder angeht, so übergehe ich sie mit tiefster Verachtung. Man antwortet grundsätzlich nicht auf solche Dinge, wenn sie anonym sind.
Georges Duroy.“

Herr Walter und Jaques Rival, die soeben erschienen, fanden beide die Notiz vollkommen ausreichend, und es wurde beschlossen, daß sie am selben Tage an den Schluß der Lokalnachrichten gesetzt würde.

Duroy ging frühzeitig nach Hause, er war erregt und unruhig. Was würde der andere antworten? Wer konnte es sein? Wozu dieser schamlose Angriff? Bei der rücksichtslosen Art der Journalisten konnten aus dieser dummen Geschichte böse, sehr böse Folgen entstehen. Er schlief schlecht. Als er am nächsten Morgen die Notiz in der Zeitung las, fand er sie gedruckt viel herausfordernder und aggressiver als im Manuskript. Er hätte, so schien es ihm, gewisse Ausdrücke mäßigen können.

Den ganzen Tag über war er wie im Fieber und schlief auch die folgende Nacht schlecht.

Er stand beim Morgengrauen auf, um sich die Nummer der Feder zu kaufen, die die Antwort auf seine Entgegnung bringen sollte.

Es war wieder kälter geworden; es fror. Das Wasser in den Rinnsteinen war gefroren, es schien aber, als fließe es und bildete um die Bürgersteige Eisbände.

Die Zeitungen waren bei den Händlern noch nicht zu haben, und Duroy entsann sich jenes Tages, als zum ersten Male seine „Erinnerungen eines afrikanischen Jägers“ erschienen waren. Hände, Füße und namentlich die Fingerspitzen schmerzten ihn vor Kälte und er begann im Kreise um den Kiosk herumzulaufen, in dem die Verkäuferin über ihren kleinen Ofen gebückt saß, so daß nichts weiter zu sehen war als die Nasenspitze und ein paar rote Backen unter einer wollenen Kapuze.

Endlich schob der Zeitungsträger den dicken Ballen durch die Öffnung und Duroy erhielt sofort seine Feder.

Mit raschen Blicken suchte er zunächst seinen Namen, fand aber anfangs nichts. Schon wollte er erleichtert aufatmen, da sah er eine Notiz zwischen zwei fetten Strichen:

„Herr Duroy von der Vie Française will uns berichtigen und lügt dabei selbst. Er gibt wenigstens zu, daß eine Frau Aubert tatsächlich existiert und daß ein Beamter sie zum Polizeirevier gebracht hat. Er braucht hinter dem Wort Beamter noch die zwei Worte der Sittenpolizei hinzuzufügen und die Sache ist richtig. Aber leider ist es mit der Ehrlichkeit einiger Journalisten gerade so weit her wie mit ihrem Talent. Hiermit zeichne ich:
Louis Langremont."

Georges Herz klopfte heftig, und er ging nach Hause, um sich umzuziehen, ohne recht zu verstehen, was er eigentlich tat. Also, man hatte ihn beschimpft, und zwar derart, daß es kein Zurück mehr gab. Und warum? Wegen nichts. Wegen einer alten Frau, die sich mit ihrem Schlächter gezankt hatte. Er zog sich rasch an und begab sich sofort zu Herrn Walter, obgleich es kaum acht Uhr war. Herr Walter war schon auf und las die Feder.

„Nun ja", sagte er mit einem ernsten Gesicht, als er Duroy erblickte. „Sie können nicht mehr zurück."

Der junge Mann erwiderte nichts, und der Chef fuhr fort:

„Suchen Sie sofort Rival auf, er wird Ihre Interessen vertreten."

Duroy murmelte ein paar unverständliche Worte und ging direkt zu Jaques Rival, der noch schlief.

Als es klingelte, sprang er aus dem Bett und las schnell die Notiz.

„Verdammt," rief er, „da müssen wir ran.. Wen werden Sie als zweiten Sekundanten wählen?"

„Ich weiß das wirklich nicht!"

„Boisrenard? — Was meinen Sie?"

„Gut, Boisrenard."

„Sind Sie ein guter Fechter?"

„Gar nicht!"

„Verflucht! Und wie steht es mit dem Pistolenschießen?"

„Schießen kann ich etwas."

„Gut. Sie werden sich üben, während ich mich mit allem weiteren befasse. Warten Sie eine Minute."

Er ging in sein Ankleidezimmer und kam bald gewaschen, rasiert und in eleganter Toilette zurück. „Kommen Sie mit!" sagte er.

Er wohnte im Erdgeschoß eines kleinen Hauses und führte Duroy in den Keller hinab, einen riesigen Keller, der in einen Fecht- und Schießplatz umgewandelt war. Sämtliche Öffnungen nach der Straße hatte er verstopfen lassen. Er zündete eine Reihe Gasflammen an, die bis zum Ende des zweiten Kellers reichten. Im Hintergrunde stand eine eiserne, blau und rot angemalte Figurenscheibe eines Mannes. Dann legte er zwei Pistolen nach dem neuesten Hinterladersystem auf den Tisch und begann mit kurzer, scharfer Stimme zu kommandieren wie auf dem Kampfplatz:

„Fertig?

Feuer — eins — zwei — drei!“

Duroy gehorchte willenlos; er hob den Arm, zielte, schoß, und da er die Puppe mehrmals in den Bauch traf, denn er hatte in seiner Kindheit oft mit einer alten Sattelpistole seines Vaters auf die Spatzen im Hof geschossen, so erklärte Jaques Rival befriedigt:

„Gut — sehr gut — sehr gut — es wird gehen. Schießen Sie so bis Mittag. Hier liegen Patronen. Haben Sie keine Angst, sie zu verbrauchen. Ich hole Sie zum Frühstück ab und teile Ihnen alles Nähere mit.“

Und er verschwand.

Duroy blieb allein; er schoß noch ein paarmal, dann setzte er sich hin und begann nachzudenken. Wie töricht war doch die ganze Geschichte. Was bewies ein Duell? War ein Schuft kein Schuft mehr, wenn er sich geschlagen hatte? Was hatte ein beleidigter Ehrenmann davon, sein Leben gegen einen Gauner aufs Spiel zu setzen? Seine Gedanken schweiften im Dunkeln herum, und er dachte daran, was Norbert de Varenne ihm von der Geistesarmut der Menschen, von der Beschränktheit ihres Gesichtskreises und von ihrer törichten Kindermoral gesagt hatte.

Und er sagte ganz laut: „Wahrhaftig, er hatte recht.“

Dann verspürte er Durst; er hörte hinter sich Wasser tropfen, erblickte einen Duschapparat und ging hin, um aus der hohlen Hand zu trinken. Dann verfiel er wieder in Gedanken. Es war so trübe hier im Keller, so düster und traurig wie in einem Grab, und das ferne, dumpfe Rollen der Wagen hörte sich an wie das Nahen eines Sturmes. Wie spät mochte es sein? Die Stunden verstrichen hier unten, wie sie in einem Gefängnis verstreichen mußten, ohne daß irgendein anderes Zeichen ihren Wechsel ankündet, außer dem Erscheinen des Kerkermeisters, der das Essen bringt. Und so wartete er sehr lange.

Plötzlich hörte er Stimmen und Schritte und Jaques Rival erschien in Begleitung von Boisrenard. Sobald er Duroy erblickte, rief er:

„Alles in Ordnung.“

Duroy glaubte zunächst, die Angelegenheit sei durch einen Entschuldigungsbrief beigelegt; er atmete erleichtert auf und stammelte:

„Ah ... ich danke Ihnen."

Rival fuhr fort:

„Der Langremont scheint einen dicken Kopf zu haben, er hat alle unsere Bedingungen angenommen. Fünfundzwanzig Schritt, einmaliger Kugelwechsel mit Aufheben der Pistole. Man hat dann viel mehr Sicherheit im Arm als beim Senken der Waffe. Geben Sie acht, Boisrenard, was ich Ihnen gesagt habe."

Er ergriff eine Pistole und schoß, während er dem anderen auseinandersetzte, um wieviel sicherer man zielen konnte, wenn man die Pistole hob. Dann sagte er:

„Jetzt wollen wir frühstücken gehen, es ist zwölf Uhr schon vorüber."

Und sie gingen in ein benachbartes Restaurant. Duroy war ganz still geworden. Er zwang sich zu essen, damit es nicht aussehen sollte, als ob er Angst hätte; dann ging er mit Boisrenard im Laufe des Tages in die Redaktion und tat zerstreut und mechanisch seine Arbeit; alle fanden ihn sehr mutig. Spät am Nachmittag kam Jaques Rival zu ihm, und sie verabredeten, daß Duroy von seinen Sekundanten am nächsten Morgen um sieben Uhr abgeholt werden sollte, um nach Bois du Vésinet zu fahren, wo das Duell stattfinden sollte.

Das war alles so unerwartet gekommen, so ganz ohne seine Teilnahme, ohne daß er ein Wort gesprochen hatte, ohne daß er seine Meinung äußerte, ohne daß er etwas annehmen oder verweigern konnte, und mit solch einer Geschwindigkeit, daß er verlegen und verwirrt blieb, ohne recht zu wissen, was vorging.

Er speiste mit Boisrenard und ging dann gegen neun Uhr abends nach Hause. Sobald Duroy allein war, ging er einige Zeit mit großen, lebhaften Schritten in seinem Zimmer auf und ab. Er war zu aufgeregt, um an etwas zu denken. Ein einziger Gedanke füllte ihn aus:

— Morgen ein Duell — ohne daß diese Vorstellung in ihm etwas anderes erweckte, als eine gewisse, starke Erregung. Er war Soldat, er hatte auf die Araber geschossen, allerdings ohne große persönliche Gefahr, so wie man auf der Jagd auf ein Wildschwein schießt.

Schließlich hatte er gehandelt, wie er handeln mußte. Er hatte sich so gezeigt, wie er sollte. Man würde von. ihm sprechen, ihn loben — ihn beglückwünschen. Dann sprach er laut vor sich hin, wie man in großer, seelischer Erregung spricht:

„Was für ein Vieh ist dieser Mensch!"

Er setzte sich und begann nachzudenken. Er betrachtete die Visitenkarte seines Gegners, die ihm Rival gegeben hatte, damit er seine Adresse behielt. Zum zwanzigstenmal las er: Louis Langremont, 176, Rue Montmartre. Weiter nichts.

Er betrachtete diese Buchstaben, die ihm geheimnisvoll vorkamen, die ihn beunruhigten. „Louis Langremont." Wer war dieser Mann? Wie alt? Welcher Gestalt? Welches Gesicht? War es nicht empörend, daß ein Fremder, ein Unbekannter ohne jeden Grund sein Leben zerstören konnte, nur durch die Laune einer alten Frau, die sich mit ihrem Schlächter gezankt hatte. Und er wiederholte nochmals: „Was für ein Vieh!"

Und mit einem starren Blick guckte er die Karte an. Ein Zorn gegen dieses Stück Papier erfüllte ihn, ein Zorn, in den sich ein seltsames, banges Gefühl einmischte. Diese Geschichte war zu dumm. Er ergriff eine herumliegende Nagelschere und stieß damit mitten in den gedruckten Namen, als ob er ihn damit erdolchen wolle. Also, er sollte sich schlagen, und zwar mit Pistolen. Warum hatte er nicht den Degen gewählt? Er wäre dann auf alle Fälle mit einer leichten Verwundung davongekommen, während man bei einer Pistole nie im voraus wissen konnte.

„Ich muß fest bleiben", sagte er.

Der Klang seiner Stimme erschreckte ihn, und er blickte sich um. Er trank ein Glas Wasser und ging zu Bett. Er löschte das Licht und schloß die Augen.

Er konnte nicht einschlafen, es war ihm heiß unter seiner Decke, obwohl es im Zimmer sehr kalt war.

Er hatte Durst.

„Sollte ich mich etwa fürchten?" dachte er, indem er aufstand, um Wasser zu trinken.

Warum klopfte sein Herz so wild bei jedem bekannten Geräusch in seinem Zimmer? Wenn seine Kuckucksuhr schlug, fuhr er beim leisen Knarren der Feder jedesmal zusammen; er fühlte sich beengt und mußte ein paar Augenblicke den Mund öffnen, um Luft zu bekommen.

„Sollte ich Angst haben?" begann er zu philosophieren.

Nein, sicher hatte er keine Angst, denn er war entschlossen, bis zum Ende zu gehen, da er den festen Willen hatte, zu kämpfen ohne zu zittern. Aber er fühlte sich so tief erregt, daß er sich fragte: „Kann man trotz seines Willens Angst haben?" Und dieser Zweifel, diese schreckliche Befürchtung ergriff ihn. Wenn diese Macht stärker als sein Wille war, ihn gewaltig und unwiderstehlich lähmte, was würde dann geschehen? Ja, was konnte dann passieren?

Sicher würde er auf den Kampfplatz gehen, weil er das wollte. Aber wenn er zittern würde? Wenn er besinnungslos würde?

Und er dachte über seine Stellung, über seinen Ruf, über seine Zukunft nach.

Und ein merkwürdiges Verlangen, aufzustehen und in den Spiegel zu schauen, überkam ihn. Er zündete das Licht an. Als er sich in dem Spiegel beobachtete, kam er sich ganz fremd vor, und es war ihm, als hätte er sich nie gesehen. Seine Augen kamen ihm riesig vor und er war blaß, blaß, sicher sehr blaß.

Blitzschnell ging ihm ein Gedanke durch den Kopf: „Morgen um diese Zeit bin ich vielleicht schon eine Leiche!“ Und sein Herz begann rasend zu klopfen.

Er ging zu seinem Bett und sah sich, auf dem Rücken liegend, unter derselben Decke, die er eben verlassen hatte. Er hatte das hohle Gesicht eines Toten und seine Hände lagen weiß und unbeweglich da.

Eine Furcht vor seinem Bett ergriff ihn und, um es nicht mehr zu sehen, öffnete er das Fenster und guckte hinaus. Die kalte Nachtluft ließ seinen ganzen Körper zittern und schwer atmend wich er vom Fenster zurück.

Es fiel ihm ein, Feuer zu machen. Er schürte es langsam an, ohne sich umzudrehen. Seine Hände zitterten nervös, wenn er einen Gegenstand anfaßte. Sein Kopf brannte, seine Gedanken waren schmerzhaft und verworren. Er fühlte sich berauscht, als ob er Wein getrunken hätte, und immerfort fragte er sich: „Was soll ich tun? Was soll aus mir werden?“

Er begann wieder auf und ab zu gehen, ununterbrochen, mechanisch.

„Ich muß energisch sein, sehr energisch.“

Dann sagte er sich: „Ich muß an meine Eltern schreiben, für den Fall, daß mir etwas passiert.“

Er setzte sich wieder hin, nahm einen Bogen Papier und schrieb. „Lieber Papa, liebe Mama ...“

Aber diese einfache Anrede fand er zu vertraulich, bei einem so tragischen Vorfall. Er zerriß das erste Blatt und begann von neuem:

„Mein lieber Vater, meine liebe Mutter. Mit Tagesanbruch habe ich ein Duell, und da es geschehen kann, daß ...“

Hastig stand er auf und traute sich nicht weiter zu schreiben.

Dieser Gedanke zerschmetterte ihn: „Ich werde ein Duell haben.“ Es war unvermeidlich. Was ging nun in ihm vor? Er wollte sich schlagen; diese Absicht war fest; und trotzdem schien es ihm, als hätte er nicht einmal so viel Willenskraft, um zum Kampfplatz zu gehen. Von Zeit zu Zeit klapperten seine Zähne mit leisem, hartem Geräusch und er fragte sich: „Ob mein Gegner schon ein Duell gehabt hat? Ist er ein guter Schütze? Ist er als solcher bekannt und geschätzt?“ Er hatte nie seinen Namen gehört. Aber wenn dieser Mann kein guter Pistolenschütze wäre, würde er kaum ohne weiteres, so ohne jedes Zaudern diese gefährliche Waffe annehmen.

Dann malte sich Duroy ihr Zusammentreffen aus, die Haltung seines Gegners und seine eigene. Er zermarterte sich das Gehirn mit den geringsten Einzelheiten des Kampfes, und plötzlich sah er vor seinem Gesicht das kleine schwarze Loch des Pistolenlaufes, aus dem die Kugel kommen würde.

Und plötzlich ergriff ihn eine furchtbare Angst, er bekam einen Anfall wilder Verzweiflung. Sein ganzer Körper zitterte und bebte. Er preßte die Zähne zusammen, um nicht zu schreien. Er hatte ein Bedürfnis, sich auf der Erde zu wälzen, etwas zu beißen, zu vernichten.

Er bemerkte plötzlich ein Glas auf seinem Kamin, und es fiel ihm ein, daß er in seinem Schranke eine fast volle Flasche Schnaps stehen hatte, denn noch von seiner Soldatenzeit her hatte er die Gewohnheit, jeden Morgen ein Gläschen zu trinken.

Er ergriff die Flasche, setzte sie an den Mund und trank gierig, in langen Zügen. Er stellte sie erst hin, als ihm der Atem ausblieb. Sie war zum Drittel leer. Eine glühende Hitze verbrannte ihm plötzlich den Magen, ergoß sich durch seine Glieder, und durch die Betäubung bekam er neuen Mut.

„Das ist das richtige Mittel", sagte er sich. Und da ihm sehr warm wurde, öffnete er das Fenster.

Der Tag graute still und kalt. Die Sterne schienen zu sterben und in dem tiefen Eisenbahneinschnitt verblichen die grünen, roten und weißen Signallichter. Die ersten Lokomotiven verließen den Schuppen und fuhren pfeifend davon, um die ersten Züge zu holen. Die anderen pfiffen grell in der Ferne, wiederholten ihren Morgenruf, wie die Hähne auf dem Lande.

„Ich werde vielleicht das alles nicht mehr sehen", dachte Duroy. Nun fühlte er, daß er von neuem weich wurde. Da nahm er sich mit Gewalt zusammen. „Ich darf an nichts denken bis zum Moment der Begegnung. Das ist das einzige Mittel, um den Mut nicht zu verlieren."

Er begann sich anzukleiden. Beim Rasieren guckte er in den Spiegel, und es überkam ihn nochmals eine Schwäche, als er daran dachte, daß er vielleicht zum letzten Male sein Gesicht sähe.

Da trank er einen Schluck aus der Flasche und zog sich schnell an.

Es fiel ihm sehr schwer, über die nächste Stunde hinwegzukommen. Er ging auf und ab durch das Zimmer und zwang sich mit Gewalt zur äußeren Ruhe und Kaltblütigkeit. Als er an seiner Tür klopfen hörte, wäre er fast auf den Rücken gefallen, so heftig fuhr er vor Schreck zusammen. Das waren seine Zeugen. Also, es war Zeit.

Sie waren in Pelze gehüllt. Rival drückte seinem Klienten die Hand und erklärte:

„Es ist eine sibirische Kälte. Geht es gut?" fragte er.

„Ja, sehr gut."

„Sind Sie ruhig?"

„Ja, sehr ruhig."

„Also, es wird schon gehen. Haben Sie etwas getrunken und gegessen?"

„Ja, ich brauche nichts mehr."

Für das Ereignis hatte sich Boisrenard ein gelb-grünes ausländisches Ordensbändchen angelegt, das Duroy noch nie bei ihm gesehen hatte. Sie gingen hinunter.

In dem Landauer saß ein Herr und wartete auf sie. Rival stellte vor:

„Doktor Le Brument."

„Ich danke", murmelte Duroy und drückte ihm die Hand.

Dann wollte er sich auf die Vorderbank setzen, aber er fühlte etwas Hartes. Das war der Pistolenkasten, wie er zu seinem Entsetzen bemerkte.

„Nein, nein, der Duellant und der Arzt auf den Rücksitz!" wiederholte Rival nochmals.

Duroy verstand ihn endlich und sank neben dem Doktor aufs Polster. Als die beiden Sekundanten eingestiegen waren, fuhr der Kutscher los. Er wußte schon, wohin er fahren sollte.

Aber die Pistolenkiste belästigte alle, am meisten Duroy, der sie lieber nicht gesehen hätte. Man versuchte, sie hinter die Rücken zu stellen, sie störte aber furchtbar; dann stellte man sie zwischen Rival und Boisrenard — sie fiel immer runter. Schließlich legte man sie auf den Boden.

Die Fahrt verlief sehr eintönig, obgleich der Arzt Anekdoten erzählte. Rival antwortete allein darauf, Duroy hätte gern Geistesgegenwart gezeigt, er fürchtete aber, aus der Rolle zu fallen und seine Aufregung zu verraten; ihn quälte die Angst, er könnte zu zittern beginnen.

Der Wägen hatte bald freies Feld erreicht. Es war gegen neun Uhr früh an einem jener rauhen Wintermorgen, wo die ganze Natur glänzend, hart und spröde ist wie ein Kristall. Die Bäume im Rauhreif sahen aus, als ob sie Eis geschwitzt hätten; der Boden dröhnte unter den Schritten. Die trockene Luft trug weit die leisesten Geräusche, und der blaue Himmel funkelte wie ein Spiegel. Die Sonne warf auf die erfrorene Erde ihre hellen Strahlen, die nicht zu wärmen vermochten.

Rival sagte zu Duroy:

„Ich habe die Pistolen bei Gastine Renette gekauft. Er hat sie selbst geladen; der Kasten ist versiegelt. Übrigens wird das Los entscheiden, ob diese oder die unseres Gegners benutzt werden."

Duroy antwortete mechanisch:

„Ich danke Ihnen."

Dann gab Rival Instruktionen bis ins kleinste, denn sein Schutzbefohlener sollte in keinem Falle irgendeinen Fehler begehen. Alles, was er sagte, wiederholte er dabei mehrere Male.

„Wenn gefragt wird: Sind Sie fertig, meine Herren? so müssen Sie mit lauter Stimme antworten: Ja!

Beim Kommando Feuer! heben Sie rasch den Arm und schießen, ehe bis drei gezählt wird."

Duroy wiederholte es in Gedanken:

„Bei dem Kommando Feuer hebe ich den Arm. — Bei dem Kommando Feuer hebe ich den Arm. — Bei dem Kommando Feuer hebe ich den Arm." —

Er lernte es auswendig, wie Schulkinder ihre Aufgaben lernen, indem sie dieselben bis zur Bewußtlosigkeit vor sich hinsprechen, um sie recht fest dem Gedächtnis einzuprägen.

Der Wagen kam in einen Wald, bog nach rechts in eine Allee ein und dann wieder nach rechts. Plötzlich öffnete Rival die Wagentür und rief dem Kutscher zu:

„Dort den kleinen Weg hinein."

Nun fuhr der Wagen auf einem Weg mit zwei tiefen Gleisen, der rechts und links von einem dichten Unterholz umgeben war, dessen altes, vorjähriges Laub von Eis bedeckt war und zitterte.

Duroy murmelte immer noch: „Bei dem Kommando Feuer hebe ich den Arm." Und er dachte, daß irgendein Unfall mit dem Wagen vielleicht noch alles gutmachen könnte. Wie gern hätte er ihn umgeworfen! Welches Glück, wenn er sich ein Bein bräche!

Doch Duroy bemerkte bald am Ende einer Lichtung einen anderen Wagen, der dort hielt, und vier Herren, die auf und ab gingen, um sich die Füße zu wärmen.

Er mußte seinen Mund auf tun, so schwer wurde ihm das Atmen.

Die Sekundanten stiegen zuerst aus, dann der Arzt und zuletzt der Duellant. Rival nahm den Pistolenkasten und schritt mit Boisrenard den beiden Fremden entgegen, die auf sie zukamen. Duroy sah, wie sie sich etwas feierlich begrüßten, dann in der Lichtung auf und ab gingen und bald auf den Boden, bald zu den Bäumen hinauf blickten, als suchten sie etwas, was fallen oder fortfliegen könnte. Dann zählten sie die Schritte ab und stießen mit großer Mühe ein paar Stöcke in die gefrorene Erde. Dann traten sie zu einer Gruppe zusammen und losten „Kopf oder Schrift" wie spielende Kinder.

Der Doktor Le Brument fragte Duroy:

„Fühlen Sie sich wohl? Haben Sie irgendeinen Wunsch?“

„Nein, ich brauche nichts. Danke sehr.“

Es war ihm, als sei er verrückt geworden, als schliefe, als träumte er, und etwas Übernatürliches sei über ihn gekommen und umgäbe ihn.

Hatte er Furcht? Vielleicht! Er wußte es nicht.

Alles war so seltsam und eigenartig um ihn herum geworden.

Jaques Rival kam zurück und sagte zu ihm leise mit befriedigter Stimme:

„Alles ist fertig. Wir haben Glück mit unseren Pistolen.“

Duroy war das völlig gleichgültig.

Man zog ihm den Mantel aus. Er ließ es geschehen. Man befühlte ihm die Gehrocktaschen, um sich zu vergewissern, daß er kein Papier oder eine schützende Brieftasche darin trüge.

Er wiederholte für sich wie ein Gebet: „Bei dem Kommando Feuer hebe ich den Arm.“

Nun führte man ihn zu einem der Stöcke, die in den Boden gebohrt waren und gab ihm eine Pistole in die Hand. Da sah er dicht vor sich einen Menschen stehen, einen kleinen, kahlköpfigen, dickbäuchigen Mann mit einer Brille. Das war sein Gegner. Er sah ihn ganz deutlich; doch er dachte nur an das eine: „Bei dem Kommando Feuer hebe ich den Arm und schieße.“ Eine Stimme ertönte in der tiefen Stille, eine Stimme, die ganz aus der Ferne zu kommen schien:

„Sind Sie fertig, meine Herren?“

Georges rief:

„Ja.“

Darauf kommandierte dieselbe Stimme:

„Feuer!“

Er hörte nichts mehr, er sah nichts mehr, er überlegte nichts mehr. Er fühlte nur, wie er den Arm erhob und mit aller Kraft auf den Hahn drückte.

Er hörte nichts, aber er sah sofort an der Mündung seines Pistolenlaufes eine leichte Rauchwolke. Und da der Mann ihm gegenüber noch in derselben Haltung stehenblieb, so erblickte er über dem Kopf des Gegners eine zweite kleine Rauchwolke.

Sie hatten alle beide geschossen. Es war aus.

Seine Sekundanten befühlten und betasteten ihn, knöpften ihm den Rock auf und fragten ängstlich:

„Sind Sie nicht verwundet?“

Er antwortete auf gut Glück:

„Nein, ich glaube nicht!“

Übrigens war Langremont ebenso unverletzt wie sein Gegner, und Jaques Rival murmelte in sehr mißvergnügtem Ton:

„Mit diesen verfluchten Pistolen ist es immer dieselbe Geschichte: man knallt vorbei oder schießt sich tot. Ein ekelhaftes Zeug.“

Duroy rührte sich nicht. Er war erstarrt vor freudiger Überraschung: Alles war vorüber. Man mußte ihm die Waffe abnehmen, die er noch fest und krampfhaft in der Hand hielt. Jetzt war ihm zumute, als hätte er mit der ganzen Welt gekämpft. Es war vorüber! Welches Glück! Er fühlte sich plötzlich so tapfer, daß er am liebsten noch jemanden gefordert hätte.

Die Sekundanten hatten noch eine Besprechung. Sie verabredeten eine Zusammenkunft, um das Protokoll aufzunehmen. Dann stieg man wieder in den Wagen, und der Kutscher, der auf dem Bock lachte, knallte mit der Peitsche und fuhr davon.

Sie frühstückten alle vier auf dem Boulevard und plauderten über das große Ereignis des Tages. Duroy schilderte seine Eindrücke:

„Es hat mir gar nichts gemacht, ganz und gar nichts. Sie müssen das auch übrigens bemerkt haben.“

Rival antwortete:

„Ja, Sie haben sich wacker gehalten.“

Als das Protokoll aufgenommen war, legte man es Duroy vor, damit er es in den Lokalnachrichten veröffentlichte. Er war sehr erstaunt, zu lesen, daß er zwei Kugeln mit Herrn Louis Langremont gewechselt hätte, und etwas beunruhigt fragte er Rival:

„Wir haben doch nur einmal geschossen?“

„Natürlich einmal,“ lächelte der andere, „jeder eine Kugel, macht zwei Kugeln.“

Und Duroy, der die Erklärung einleuchtend fand, erhob weiter keinen Widerspruch. Vater Walter umarmte ihn:

„Bravo! Bravo! Sie haben die Fahne der Vie Française verteidigt. Bravo!“

Abends besuchte Duroy alle angesehensten Zeitungen und die wichtigsten Boulevardcafes. Zweimal traf er dabei mit seinem Gegner zusammen, der sich gleichfalls überall zeigte. Sie grüßten sich nicht. Wäre einer von ihnen verwundet gewesen, so hätten sie sich die Hände gedrückt. Übrigens schwor jeder von ihnen mit vollster Überzeugung, er hätte die Kugel des anderen pfeifen gehört.

Am nächsten Morgen erhielt Duroy gegen elf Uhr ein blaues Briefchen:

„O Gott, welche Angst hab ich ausstehen müssen. Komme sofort zur Rue Constantinople, mein Liebster, damit ich Dich umarme. Wie tapfer Du bist — ich liebe Dich. — Clo."

Er ging alsbald hin. Sie fiel ihm um den Hals und bedeckte ihn mit Küssen.

„Ach, Liebling, wenn du wüßtest, wie aufgeregt ich war, als ich heute morgen in den Zeitungen las! Oh, erzähle mir, sage mir alles, ich will es wissen."

Er mußte alle Einzelheiten erzählen. Sie sagt":

„Was für eine schlimme Nacht mußt du vor dem Duell verbracht haben?"

„Keineswegs; ich habe gut geschlafen."

„Ich hätte kein. Auge zugetan. Und wie ist es auf dem Kampfplatz verlaufen?"

Er gab einen dramatischen Bericht:

„Wir standen uns gegenüber, nur zwanzig Schritt voneinander entfernt, kaum viermal so weit wie dieses Zimmer. Jaques fragte, ob wir fertig wären, dann kommandierte er: Feuer! Ich erhob sofort den Arm, zielte gut, aber ich machte den Fehler, auf seinen Kopf zu zielen. Meine Waffe ging etwas schwer, und ich bin an leicht schießende Pistolen gewöhnt, so daß der Schuß durch den Widerstand des Hahnes zu hoch ging. Sehr weit kann er aber nicht fehlgegangen sein. Übrigens schießt der Halunke auch nicht schlecht. Seine Kugel fuhr mir dicht an der Schläfe vorüber. Ich habe den Windhauch verspürt."

Sie saß auf seinen Knien und hielt ihn mit ihren Armen umschlungen, als wollte sie an der Gefahr teilnehmen; sie flüsterte:

„Mein armer Liebling! Mein armer Liebling!"

Als er mit seiner Erzählung fertig war, sagte sie:

„Oh, du weißt nicht; ich kann nicht mehr ohne dich leben. Ich muß dich sehen, aber solange mein Mann in Paris ist, geht das gar nicht so leicht. Morgens hätte ich oft eine Stunde frei, ehe du aufgestanden bist, und ich könnte dich umarmen kommen, aber ich will nicht wieder in dieses scheußliche Haus. Was machen wir nur?"

Er hatte plötzlich einen Einfall und fragte:

„Was zahlst du hier Miete?"

„Hundert Francs."

„Gut; ich übernehme die Wohnung auf meine Rechnung und ziehe hierher um. Meine alte paßt nicht mehr für meine neue Stellung."

Sie dachte ein paar Augenblicke nach, dann sagte sie:

„Nein, das will ich nicht!"

„Warum denn nicht?“ fragte er erstaunt.

„Darum.“

„Das ist kein Grund. Die Wohnung paßt mir glänzend. Ich bin hier und ich bleibe hier.“

Er begann zu lachen:

„Übrigens ist sie ja auf meinen Namen gemietet.“

Doch sie weigerte sich nach wie vor:

„Nein, nein, ich will nicht!“

„Warum nicht? Sag s doch!“

Da flüsterte sie ihm leise ins Ohr:

„Weil du Weiber hierher brächtest, und das will ich nicht!“

Er war entrüstet:

„So was täte ich nie im Leben, ich verspreche es dir.“

„Du tust es ja doch.“

„Ich schwöre es dir.“

„Wirklich?“

„Wahrhaftig. Mein Ehrenwort. Das ist unser Heim hier, es gehört nur uns.“

Sie umarmte ihn leidenschaftlich:

„Dann ist es mir recht, mein Liebling. Aber du mußt wissen, wenn du mich betrügst, nur einmal betrügst, dann ist es zwischen uns aus, endgültig aus, und für immer!“

Er schwor nochmals und verwahrte sich gegen ihren Verdacht, und sie verabredeten, er sollte noch am selben Tage umziehen, damit sie ihn besuchen konnte, wenn sie an der Tür vorbeikäme.

Darauf sagte sie zu ihm:

„Jedenfalls komme Sonntag zu uns zum Essen. Mein Mann findet dich reizend.“

Er fühlte sich geschmeichelt:

„Ah, wirklich?“

„Ja, du hast sein Herz gewonnen. Und dann noch eins: du hast mir doch erzählt, du wärest auf dem Lande auf einem Schloß aufgewachsen, nicht wahr?“

„Ja. Aber was ...?“

„Dann mußt du auch etwas von Landwirtschaft verstehen?“

„Ja."

„Nun gut, dann unterhalte dich mit ihm über Gartenbau und Ernte, er liebt das sehr."

„Gut, ich werde es mir merken."

Dann verließ sie ihn, nachdem sie ihn endlos geküßt hatte. Das Duell hatte ihre Liebe nur noch mehr entflammt.

Duroy aber dachte auf dem Wege zur Redaktion: „Was ist sie doch für ein wunderliches Ding. Wie ein Vogel! Man weiß nie, was sie will und was sie möchte. Und diese merkwürdige Ehe! Welcher Tollkopf hat diesen Alten mit diesem leichtsinnigen Wesen zusammengekoppelt? Wie ist dieser Herr Inspektor auf den Gedanken gekommen, dieses Studentenmädel zu heiraten? Ein Rätsel. War es vielleicht Liebe? Wer weiß?!"

Dann kam er zu dem Schluß: „Jedenfalls ist sie eine reizende Geliebte. Und ich werde mich hüten, mit ihr zu brechen."

VIII.

Durch sein Duell war Duroy in die Reihe der Leitartikelschreiber der Vie Française aufgerückt. Doch bereitete es ihm unendliche Mühe, eigene Ideen zu finden; so wählte er sich als Spezialität, gegen den Niedergang der Sitten, gegen die Entartung des Charakters, gegen das Nachlassen des Patriotismus und die Anämie des französischen Ehrgefühls zu donnern. (Das Wort Anämie war seine eigene Erfindung, auf die er sehr stolz war.)

Und wenn Madame de Marelle mit ihrem spöttischen, skeptischen und scharfen Witz, den man Pariser Esprit nennt, sich über seine Tiraden lustig machte und sie mit einem kurzen, vernichtenden Wort abtat, so antwortete er lächelnd:

„Damit bekomme ich einen guten Ruf für spätere Zeiten."

Er wohnte jetzt in der Rue Constantinople, wohin er seine ganze Einrichtung, die aus einem Koffer, einer Bürste, dem Rasierzeug und der Seife bestand, transportiert hatte. Zwei- oder dreimal in der Woche besuchte ihn dort die junge Frau schon früh am Morgen, bevor er aufgestanden war, zog sich in einer Minute aus und glitt in sein Bett, zitternd vor der draußen herrschenden Kälte.

Duroy dagegen aß jeden Donnerstag abend bei ihr und machte dem Mann den Hof, indem er mit ihm über Landwirtschaft sprach. Und da er selbst auch wirklich das Leben auf dem Lande liebte, so vertieften sie sich häufig so sehr in ihre Unterhaltung, daß sie gar nicht mehr auf ihre gemeinsame Frau achteten, die auf dem Sofa schlummerte.

Auch Laurine schlief ein, bald auf dem Schoß ihres Vaters, bald auf dem Schoß des Bel-Ami.

Und wenn der Journalist gegangen war, dann bemerkte Herr de Marelle mit dem doktrinären Ernst, mit dem er jede Kleinigkeit behandelte:

„Dieser junge Mann ist wirklich sehr sympathisch. Er ist sehr gebildet."

Der Februar ging zu Ende. Auf den Straßen duftete es bereits wieder nach Veilchen, wenn man morgens an den Karren der Blumenhändlerinnen vorbeikam.

Duroy lebte wie im wolkenlosen Himmel.

Aber eines Abends, als er nach Hause kam, fand er einen Brief mit dem Poststempel „Cannes" vor. Er öffnete ihn und las:

Cannes, Villa Jolie.
„Mein lieber Freund! Sie sagten mir, nicht wahr, ich könnte mich unter allen Umständen auf Sie verlassen. Nun also: Ich muß heute einen sehr harten Dienst von Ihnen erbitten: nämlich mir beizustehen und mich in den letzten Stunden vor Charles Tode nicht allein zu lassen. Er liegt im Sterben, obgleich er noch aufsteht, aber seine Tage sind gezählt und der Arzt hat mich darauf vorbereitet, daß er kaum diese Woche überleben wird.

Ich habe nicht mehr die Kraft und den Mut, Tag und Nacht diesen Todeskampf mit anzusehen, und ich denke mit Entsetzen an die letzten Augenblicke, die immer näher rücken. Sie sind der einzige, den ich um einen solchen Dienst bitten kann, denn mein Mann hat keine Verwandten mehr. Er war Ihr Freund, er hat Ihnen den Weg zur Zeitung geöffnet. — Kommen Sie, ich bitte Sie darum. Seien Sie überzeugt, daß ich stets Ihre dankbare Freundin bleiben werde.
Madeleine Forestier."

Ein eigenartiges Gefühl drang wie ein Lufthauch in Georges Herz. Es war ihm, als würde er frei, als täte sich die Welt weit vor ihm auf, und er murmelte: „Gewiß, ich gehe hin. Der arme Charles! Jeder von uns kommt mal an die Reihe."

Der Chef, dem er von dem Brief der jungen Frau Mitteilung machte, gab brummig seine Einwilligung. Er wiederholte :

„Aber bitte kommen Sie bald zurück, Sie sind hier unentbehrlich."

Georges Duroy gab dem Ehepaar Marelle durch ein Telegramm von seiner plötzlichen Abreise Kenntnis und fuhr am nächsten Abend um sieben Uhr mit dem Schnellzug nach Cannes. Tags darauf um vier Uhr traf er dort ein.

Ein Dienstmann führte ihn zur Villa Jolie. Sie lag auf halber Höhe in den von weißen Villen belebten Fichtenwäldern, die sich von Le Cannet bis zum Golf Juan hinziehen. Das Haus war klein und niedrig, im italienischen Stil erbaut. Es lag dicht an der Straße, die im Zickzack zwischen den Bäumen hinaufführte, und bei jeder Biegung öffnete sich die wundervollste Aussicht.

Der Diener öffnete die Tür und rief:

„Oh, mein Herr, Madame wartet voller Ungeduld auf Sie.“

Duroy fragte :

„Wie geht es Herrn Forestier?“

„Oh! Nicht gut, mein Herr, er wird nicht mehr lange leben.“

Der Salon, in den der junge Mann geführt wurde, hatte einen hellrosa persischen Stoffbezug mit blauen Verzierungen. Durch das breite, hohe Fenster sah man auf die Stadt und das Meer hinaus.

Duroy murmelte: „Donnerwetter! Ein herrliches Landhaus ist das hier. Wo, zum Teufel, nehmen sie das viele Geld her?“

Er hörte das Rauschen des Kleides und drehte sich um. Frau Forestier streckte ihm beide Hände entgegen:

„Wie lieb von Ihnen, daß Sie gekommen sind, wie lieb!“

Und plötzlich umarmte sie ihn. Dann blickten sie sich an. Sie war etwas blasser und magerer geworden, aber noch immer frisch, und ihr etwas schmaleres und noch zarteres Gesicht stand ihr sehr gut. Sie sagte leise:

„Es ist entsetzlich! Er fühlt, daß er verloren ist, und nun tyrannisiert er mich furchtbar. Ich habe ihm gesagt, daß Sie kommen würden. Wo ist Ihr Gepäck?“

„Ich habe es auf der Bahn gelassen, denn ich wußte nicht, welches Hotel Sie mir raten würden, um in Ihrer Nähe zu sein.“

Sie zauderte einen Moment, dann sagte sie:

„Sie wohnen hier in der Villa, Ihr Zimmer steht übrigens für Sie bereit. Er kann jeden Augenblick sterben, und wenn die Katastrophe nachts erfolgt, wäre ich ganz allein. Ich lasse Ihr Gepäck hierher bringen.“

Er sagte mit einer Verbeugung:

„Wie Sie befehlen!“

„Nun wollen wir hinaufgehen“, sagte sie.

Er folgte ihr, sie öffnete eine Tür im ersten Stock und Duroy sah im hellen, roten Schein der untergehenden. Sonne auf einem Lehnstuhl am Fenster eine Art Leichnam sitzen, der in Tücher eingewickelt war und ihn anstarrte. Er konnte ihn nicht erkennen, er erriet nur, daß es sein Freund sein müßte.

Das Zimmer roch nach Fieber und nach Arzneimitteln, Äther und Teer, dem ganzen, undefinierbaren, dumpfen Geruch einer Stube, wo ein Lungenkranker atmet.

Forestier erhob langsam und mühselig die Hand:

„Da bist du ja," sagte er, „du kommst, um mich sterben zu sehen! Ich danke dir!"

Duroy zwang sich zu einem Lächeln.

„Dich sterben zu sehen, das wäre auch kein erfreulicher Anblick, diese Gelegenheit hätte ich nicht benutzt, um Cannes zu besuchen. Ich wollte dich nur begrüßen und mich ein bißchen erholen."

Der andere murmelte:

„Setz dich."

Und er ließ den Kopf sinken, als wäre er von verzweifelten Gedanken niedergedrückt.

Sein Atem ging schnell und gepreßt, und manchmal stieß er einen Seufzer aus, als ob er fühlbar machen wollte, wie krank er wäre.

Seine Frau sah, daß er nicht mehr sprechen würde; sie lehnte sich an das Fenster, wies mit einer Kopfbewegung nach dem Horizont und sagte:

„Schauen Sie, ist das nicht herrlich?"

Der von Villen verdeckte Bergabhang senkte sich vor ihnen bis zur Stadt hinunter, die im Halbkreis die Bucht umgab, rechts vom Hafen mit der Altstadt, über der ein alter Wartturm thronte, bis links zur Landspitze de la Croisette gegenüber den Inseln von Lerins; diese Inseln waren wie zwei grüne Flecke, die auf dem tiefblauen Wasser schwammen, und von oben gesehen, schienen sie flach zu sein wie zwei riesige Blätter.

Und ganz in der Ferne, jenseits der Bucht und des alten Turmes, zeichnete sich auf dem flammend roten Himmel eine lange Reihe bläulicher Berge ab, bald mit runden Gipfeln, bald mit Spitzen, Zähnen und Zacken, die in einen hohen, pyramidenförmigen Berg ausliefen, der mit seinem Fuß mitten in das Meer tauchte.

„Das ist der Esterel", sagte Frau Forestier.

Hinter den dunklen Gipfeln flammte goldenrot der Himmel. Der Glanz war so feurig, daß das Auge es kaum ertragen konnte.

Duroy empfand unwillkürlich die Pracht dieses Sonnenunterganges. Da er keinen bildlichen Ausdruck für seine Bewunderung fand, murmelte er:

„O ja, es ist fabelhaft!"

Forestier hob jetzt ein wenig den Kopf und sagte zu seiner Frau:

„Ich will etwas frische Luft!"

Sie antwortete:

„Nimm dich in acht; es ist spät, die Sonne geht unter. Du wirst dich erkälten, du weißt doch, wie schädlich das bei deinem jetzigen Gesundheitszustande ist."

Er machte mit der Hand eine zitternde, schwache Bewegung, die ein Faustschlag auf die Lehne des Sessels sein sollte. Er brummte und sein Gesicht verzerrte sich vor Zorn; es war das Gesicht eines Sterbenden; dabei traten die dünnen Lippen, die eingefallenen Backen und die hervorstehenden Knochen noch mehr hervor.

„Ich sage dir doch, ich ersticke. Was macht dir das aus, ob ich einen Tag früher oder später sterbe, mit mir ist es doch aus."

Sie öffnete ganz, weit das Fenster.

Der Windzug, der plötzlich hineindrang, umfing sie alle drei wie eine Liebkosung; es war ein milder, weicher, warmer Lufthauch, ein berauschender Hauch des Frühlings, erfüllt von dem Duft der Bäume und Blüten, die dort an der Küste gedeihen. Besonders stark und intensiv machte sich der Harzgeruch und der Duft des Eukalyptus geltend.

Forestier sog die Luft mit kurzen, fieberhaften Atemzügen ein. Er krallte seine Nägel in die Lehne des Armstuhles und sagte mit zischender, wütender Stimme:

„Mach das Fenster zu. Das tut mir weh. Lieber will ich in einem Keller krepieren."

Langsam schloß die Frau das Fenster. Dann lehnte sie die Stirn an die Scheibe und blickte in die Ferne.

Duroy fühlte sich unbehaglich. Er hätte dem Kranken ein paar tröstende Worte gesagt, um ihn zu beruhigen, aber ihm fiel nichts Passendes ein und er sagte nur:

„Es geht dir also nicht besser, seitdem du hier bist?"

Der andere zuckte verzweifelt und ungeduldig die Achseln:

„Du siehst ja doch!"

Und der Kopf sank ihm wieder auf die Brust.

Duroy fuhr fort:

„Es ist hier übrigens im Vergleich zu Paris einfach wunderbar. Da ist man noch mitten im Winter. Es schneit, hagelt, regnet, und es ist so dunkel, daß man um drei Uhr schon die Lampen anzünden muß."

„Gibt es was Neues auf der Zeitung?" fragte Forestier.

„Nichts. Man hat als Ersatz für dich den kleinen Lacrin genommen, der vom Voltaire kommt. Aber er kann nicht viel. Es ist höchste Zeit, daß. du wiederkommst."

Der Kranke stammelte:

„Ich? Ich werde bald sechs Fuß unter der Erde Artikel schreiben."

Immerzu kam ihm diese fixe Idee wie ein Glockenschlag wieder, sie tauchte in jedem Gedanken, in jedem Satze von neuem auf.

Es folgte nun ein langes, tiefes und schmerzliches Schweigen. Die feuerrote Glut des Sonnenunterganges erlosch nach und nach, und die Berge am Horizont wurden allmählich schwarz unter dem rötlichen Himmel, der immer dunkler wurde. Farbige Schatten, der Beginn der Nacht, über die noch die letzten Lichter des Sonnenscheines zuckten, drangen in das Zimmer und schienen die Wände, Bezüge, Möbel und alle Winkel mit einer aus Tinte und Purpur gemischten Farbe zu überziehen. Der Spiegel über dem Kamin, der den Horizont zurückstrahlte, glich einer blutigen Scheibe.

Frau Forestier rührte sich nicht. Sie stand noch immer mit dem Rücken zum Zimmer, das Gesicht gegen die Fensterscheibe gelehnt.

Forestier begann zu reden, mit abgerissener, keuchender, langsamer Stimme, die sich entsetzlich anhörte.

„Wieviel Sonnenuntergänge werde ich wohl noch erleben? ... achtzehn ... fünfzehn oder zwanzig ... vielleicht auch dreißig, aber nicht mehr. Ihr habt Zeit, ihr andern ... mit mir ist es vorbei ... Und alles wird weitergehen ... auch nach mir, als sei ich gar nicht fortgegangen."

Ein paar Minuten blieb er still, dann sprach er weiter:

„Alles, was ich sehe, mahnt mich daran, daß ich es in wenigen Tagen nicht mehr sehen werde ... Es ist entsetzlich ... Ich werde nichts mehr sehen ... nichts von dem, was da ist ... nicht die kleinsten Dinge, die man in die Hand nehmen kann ... die Gläser, die Teller ... die Betten, in denen man so angenehm ruht ... die Wagen. Es ist doch so schön, im Wagen abends spazieren zu fahren! ... Wie liebte ich das alles."

Er machte mit den Fingern beider Hände leichte, nervöse Bewegungen, als ob er auf den Armlehnen seines Sessels Klavier spielte. Und jedes Schweigen, das seinen Worten folgte, war noch furchtbarer; man spürte deutlich, daß er währenddessen an die entsetzlichsten Dinge dachte.

Duroy mußte plötzlich daran denken, was ihm Norbert de Varenne vor wenigen Wochen gesagt hatte:

„Ich sehe jetzt oft den Tod so nahe vor mir, daß ich die Arme ausstrecken will, um ihn zurückzustoßen. Ich entdecke ihn überall. Die kleinen Tierchen, die auf den Wegen zertreten werden, die fallenden Blätter, das weiße Haar im Bart eines Freundes, alles zerreißt mir das Herz und ruft mir zu: „Da ist er!"

Damals hatte er ihn nicht verstanden, jetzt, wo er Forestier sah, verstand er alles. Und eine ihm noch unbekannte, qualvolle Angst erfaßte ihn, als sähe er dort vor sich auf dem Lehnstuhl, wo der keuchende Mann saß, die abscheuliche Gestalt des Todes. Er hatte Lust, aufzustehen, fortzulaufen, um sich zu retten und schleunigst nach Paris zurückzukehren. Oh, wenn er das geahnt hätte, er wäre nicht gekommen!

Die Nacht erfüllte nun das ganze Zimmer, wie eine vorzeitige Trauer für den Todgeweihten. Nur das Fenster blieb noch sichtbar und zeichnete in seinem etwas helleren Viereck den unbeweglichen Schattenumriß der jungen Frau.

Forestier fragte gereizt:

„Nun, wird heute keine Lampe gebracht? Das nennt man einen Kranken pflegen."

Der Schatten des Körpers verschwand vom Fenster und der laute Ton einer elektrischen Klingel klang durch das Haus.

Alsbald erschien der Diener und stellte eine Lampe auf den Kamin.

Frau Forestier fragte ihren Mann:

„Willst du zu Bett gehen oder kommst du zum Essen hinunter?"

„Ich gehe hinunter", murmelte er.

Sie mußten fast eine ganze Stunde bis zum Beginn des Essens warten und blieben alle drei unbeweglich sitzen. Sie sprachen nur hin und wieder irgendein gleichgültiges, banales Wort, als brächte es eine schauderhafte Gefahr, wenn das Schweigen zu lange dauerte, damit nicht die stumme Luft, in der der Tod schon lauerte, erstarrte. Schließlich meldete der Diener, daß es angerichtet sei. Das Essen kam Duroy entsetzlich lang vor. Sie sprachen kein Wort, aßen lautlos und zerkrümelten während der Pausen das Brot. Auch der Diener kam und ging, ohne daß man seine Schritte hörte, da Charles das Knarren der Stiefelsohlen nicht vertragen konnte und der Mann deshalb Filzpantoffel trug. Nur das Ticktack der hölzernen Wanduhr unterbrach mit regelmäßigem, mechanischem Ton die schweigende Ruhe.

Sobald das Essen zu Ende war, begab sich Duroy, unter dem Vorwand, müde zu sein, in sein Zimmer und schaute, gelehnt an das Fensterbrett, den Vollmond an, der wie ein riesiger Lampion mitten am Himmel stand, seinen hellen Schein auf die weißen Wände der Häuser warf und sein sanftes Licht wie Silberflitter über das Meer streute. Duroy suchte nach einem Ausweg, der ihm eine möglichst schnelle Abreise gestattete. Er erfand Listen; er dachte an ein Telegramm, das er sich schicken lassen wollte, eine Rückberufung durch Herrn Walter.

Als er am nächsten Morgen erwachte, schienen ihm alle seine Fluchtpläne sehr schwer zu verwirklichen. Frau Forestier ließ sich sicherlich nicht durch seine Vorwände hinters Licht führen, und durch seine Feigheit würde er alles wieder verderben, was er durch seine Ergebenheit gewinnen könnte. Er sagte sich: „Ja, es ist halt langweilig; aber das läßt sich nicht ändern, es gibt nun einmal im Leben unangenehme Zeiten. Und hoffentlich dauert die Geschichte nicht allzu lange."

Der Himmel war blau, von jenem tiefen, südlichen Blau, das das Herz bei seinem Anblick mit Freude erfüllt. Duroy ging zum Meer hinunter, in der Meinung, daß es früh genug wäre, mit Forestier am Tage zusammen zu sein.

Als er zum Frühstück zurückkam, sagte der Diener:

„Herr Forestier hat schon zwei-, dreimal nach dem gnädigen Herrn gefragt. Vielleicht möchte der Herr zu Herrn Forestier hinaufgehen ..."

Er ging hinauf. Forestier schien in einem Sessel zu schlafen. Seine Frau lag ausgestreckt auf dem Sofa und las.

Der Kranke hob den Kopf. Duroy fragte:

„Nun, wie geht es dir? Du siehst heute früh ganz munter aus."

„Ja, es geht besser, ich fühle mich kräftiger", murmelte der andere. „Frühstücke schnell mit Madeleine, dann wollen wir eine Wagenfahrt machen."

Sobald die junge Frau mit Duroy allein war, sagte sie zu ihm:

„Sehen Sie, heute fühlt er sich gerettet. Seit dem frühen Morgen trägt er sich mit allerlei Plänen. Wir fahren nachher nach dem Golf Juan, um Fayencen für unsere Wohnung in Paris einzukaufen. Er will mit aller Gewalt hinaus, aber ich habe eine Todesangst, daß ihm etwas passiert, er kann das Stoßen des Wagens nicht vertragen."

Als der Landauer vorgefahren war, stieg Forestier Schritt für Schritt die Treppe hinunter, gestützt von seinem Diener. Sobald er aber den Wagen erblickte, wollte er, daß das Verdeck zurückgeschlagen würde.

Seine Frau widersprach ihm:

„Du wirst dich erkälten. Sei nicht töricht."

Er blieb hartnäckig:

„Nein, nein, es geht mir viel besser. Ich fühl es ja."

Sie fuhren zuerst auf den schattigen Wegen, die sich immer zwischen zwei Gärten durchziehen und die Cannes wie eine Art englischen Park erscheinen ließen. Dann ging es auf der Straße von Antibes am Meer entlang. Forestier erklärte dem Freunde die Gegend, er zeigte die Villa des Grafen von Paris, dann, nannte er noch verschiedene andere. Er war lustig, aber seine Fröhlichkeit war erzwungen und gemacht wie die eines zum Tode Verurteilten. Er hob den Finger, da er nicht mehr die Kraft hatte, den Arm zu heben.

„Sieh her, dort drüben ist die Insel Sainte-Marguerite, und das ist das Schloß, aus dem Bazaine entflohen ist."

Dann fielen ihm Erinnerungen aus seiner Militärzeit ein, er nannte die Namen mehrerer Offiziere, von denen ihm noch kleine Anekdoten erinnerlich waren. Doch plötzlich bei einer Straßenbiegung tat sich der ganze Golf Juan auf mit seinem weißen Dörfchen im Hintergründe und der Landenge von Antibes am anderen Ende.

Forestier wurde plötzlich von kindlicher Freude ergriffen und stammelte:

„Ach, das Geschwader, du kannst von hier aus das Geschwader sehen!"

Und tatsächlich erblickte man mitten in der weiten Bucht ein halbes Dutzend großer Schiffe; sie glichen Felsen, die mit Ästen bedeckt waren.. Sie waren von riesiger, ungeheuerlicher Gestalt mit Auswüchsen, Türmen und Schnäbeln, die sich ins Wasser senkten, als wollten sie sich in den Meeresgrund einbohren. Man begriff gar nicht, wie so etwas sich von der Stelle rühren und bewegen konnte, so schwer und im Grunde eingewurzelt erschienen diese Riesenleiber. Eine runde, hohe, schwimmende Batterie in Gestalt einer Sternwarte erinnerte an die auf Felsenklippen gebauten Leuchttürme.

Ein großer Dreimaster fuhr mit vollen Segeln, die schneeweiß und heiter leuchteten, an den Kriegsschiffen vorüber, in die hohe See hinaus. Neben diesen häßlichen, eisernen Kriegsungetümen sah er hübsch und graziös aus.

Forestier bemühte sich, jedes einzelne Kriegsschiff zu erkennen. Er nannte die Namen:

„Das ist der Colbert, der Suffren, der Admiral Duperré, der Redoutable, die Dévastation, nein, ich irre mich, da drüben ist die Dévastation."

Sie gelangten zu einer großen Ausstellungshalle, auf der die Inschrift stand: „Kunstfayencen vom Golf Juan". Der Wagen fuhr um einen Rasenplatz herum und hielt dann vor der Tür.

Forestier wollte zwei Vasen kaufen, um sie in seiner Bibliothek aufzustellen. Da er nicht aus dem Wagen heraussteigen konnte, wurden ihm die Muster eines nach dem andern gebracht. Er wählte lange und fragte bald seine Frau, bald Duroy um Rat.

„Weißt du, ich stelle sie auf das Möbelstück am Ende meines Arbeitszimmers. Ich werde sie dann immer vor Augen haben. Ich liebe die antike, griechische Form."

Er prüfte die Muster, ließ sich andere bringen, dann wieder die, die er schon gesehen hatte. Schließlich entschloß er sich, bezahlte und verlangte, daß sie ihm sofort hingeschickt würden.

„Ich kehre in wenigen Tagen nach Paris zurück", sagte er.

Sie fuhren längs der Meeresküste nach Hause. Plötzlich traf sie ein kalter Luftzug, der aus irgendeinem Seitental kam, und der Kranke begann zu husten. Anfangs war es nur ein kleiner Anfall, aber er wurde stärker, das Husten wurde heftiger und hörte gar nicht mehr auf. Es wurde ein ununterbrochenes Ächzen und ging zuletzt in ein Röcheln über.

Forestier war am Ersticken, und jedesmal, wenn er aufatmen wollte, zerriß ihm der Husten, der aus seiner Brust herauskam, die Kehle. Nichts konnte ihm die Qual erleichtern, nichts konnte ihn beruhigen, und der Kranke mußte aus dem Wagen in sein Zimmer hinaufgetragen werden. Duroy hielt seine Beine und fühlte bei jedem krampf der Lungen das Zucken seiner Füße.

Auch das warme Bett brachte keine Linderung und der Anfall dauerte bis Mitternacht an. Endlich gelang es durch Betäubungsmittel den tödlichen Hustenkrampf einigermaßen zu beruhigen. Und der Kranke blieb bis zum Morgen mit offenen Augen im Bett sitzen. Seine ersten Worte waren, man möchte den Barbier holen, denn er hielt peinlich darauf, jeden Morgen rasiert zu werden. Er stand zu diesem Zwecke auf, mußte aber sofort wieder ins Bett gelegt werden, und er begann so kurz und rauh und mühsam zu atmen, daß Frau Forestier in ihrer Angst Duroy, der sich zu Bett gelegt hatte, sofort wecken ließ und ihn bat, einen Arzt zu holen.

Er erschien kurze Zeit darauf mit dem Doktor Gavaut, der eine Arzenei verschrieb und ein paar Ratschläge erteilte. Als ihn Duroy hinausbegleitete und ihn nach seiner Meinung fragte, sagte er:

„Das ist der Todeskampf, Morgen früh ist er tot. Bereiten Sie die arme, junge Frau vor und lassen Sie einen Priester holen. Für mich ist hier nichts mehr zu tun, aber selbstverständlich stehe ich ganz zu Ihrer Verfügung."

Duroy ließ Frau Forestier rufen.

„Er wird sterben. Der Doktor rät, nach einem Priester zu schicken. Was wollen Sie tun?"

Sie konnte sich lange nicht entschließen. Dann sagte sie mit langsamer Stimme, nachdem sie sich alles überlegt hatte:

„Ja, es ist besser in mancher Hinsicht. ... Ich werde ihn darauf vorbereiten und ihm sagen, daß der Pfarrer ihn sehen möchte ... ich weiß noch nicht, irgend was. Also bitte seien Sie so freundlich und holen Sie mir einen Pfarrer. Aber suchen Sie ihn aus. Nehmen Sie einen, der nicht zuviel Mätzchen macht und sich mit der einfachen Beichte begnügt."

Der junge Mann brachte einen liebenswürdigen, alten Geistlichen mit, der sich den Umständen anzupassen wußte. Er wurde sofort zu dem Sterbenden geführt. Frau Forestier ging hinaus und setzte sich mit Duroy in das Zimmer nebenan.

„Das hat ihn furchtbar ergriffen", sagte sie. „Als ich vom Priester sprach, nahm sein Gesicht einen entsetzlichen Ausdruck an ... als ob ... als fühlte er den Hauch des ... Sie verstehen mich ... Er begriff, daß es zu Ende ging und daß seine Stunden gezählt seien ..."

Sie war ganz blaß.

„Ich werde den Ausdruck seines Gesichts nie vergessen“, fuhr sie fort. „Sicherlich hat er den Tod in diesem Augenblicke gesehen. Er hat ihn gesehen ...“

Sie hörte die Stimme des Priesters; er sprach etwas laut, denn er war schwerhörig.

„Nein, nein, es steht gar nicht so schlimm mit Ihnen. Sie sind krank, Sie sind leidend, aber es droht Ihnen keine Gefahr. Und der Beweis ist, daß ich als Freund und Nachbar zu Ihnen komme.“

Was Forestier antwortete, konnten sie nicht hören. Der Priester fuhr fort:

„Ich will Ihnen nicht das Abendmahl reichen. Darüber wollen wir reden, wenn Sie sich besser fühlen. Wenn Sie aber meinen Besuch benutzen wollen, um zu beichten, so ist es mir recht. Ich bin ein Seelenhirt und benutze jede Gelegenheit, um meine Schafe zu retten.“

Es folgte ein langes Schweigen. Offenbar sprach Forestier mit seiner keuchenden, klanglosen Stimme. Plötzlich sagte der Priester in verändertem Ton, dem Ton einer gottesdienstlichen Handlung:

„Gottes Barmherzigkeit ist unendlich. Sprechen Sie das Confiteor, mein Sohn. Sie haben es vielleicht vergessen, ich will Ihnen helfen. Sprechen Sie mir nach: Confiteor Deo omnipotenti ... Beatae Mariae semper virgini ...“

Von Zeit zu Zeit machte er eine Pause, damit der Sterbende ihn einholen konnte. Dann sagte er:

„Nun beichten Sie.“

Die junge Frau und Duroy rührten sich nicht mehr.

Sie fühlten sich seltsam verwirrt und von einer ängstlichen Spannung ergriffen.

Der Kranke hatte etwas gemurmelt. Der Priester wiederholte :

„Sie haben sich der sündhaften Nachsicht sträflich gemacht? Welcher Art war sie, mein Sohn?“

Die junge Frau stand auf und sagte kurz :

„Wir wollen in den Garten gehen. Wir dürfen seine Geheimnisse nicht hören.“

Sie gingen und setzten sich auf eine Bank vor der Tür, unter einem blühenden Rosenstrauch, hinter einem Nelkenbeet, das seinen starken, süßen Duft ausströmte.

Nach einer minutenlangen Pause fragte Duroy:

„Wird es lange dauern, bis Sie nach Paris zurückkehren?“

„O nein,“ antwortete sie, „sobald hier alles zu Ende ist, fahre ich zurück.“

„Etwa in zehn Tagen?“

„Ja, höchstens."

„Hat er keine Verwandte?" fragte Duroy.

„Keine. Nur ein paar Vettern. Sein Vater und seine Mutter sind gestorben, als er noch ganz klein war."

Sie schauten beide einem Schmetterling zu, der auf den Nelken seine Nahrung suchte; er flog von einer Blüte zur andern und flatterte hastig mit den Flügeln, die sich jedoch langsam bewegten, wenn er auf einer Blume saß. Sie saßen und schwiegen eine lange Zeit. Der Diener kam und teilte mit, daß „der Herr Pfarrer fertig sei". Sie gingen zusammen hinauf. Forestier schien seit gestern noch magerer geworden zu sein.

Der Priester reichte ihm die Hand.

„Auf Wiedersehen, mein Sohn. Ich komme morgen früh."

Und er ging fort.

Sobald er hinaus war, versuchte der Sterbende, der schwer röchelte, seine beiden Hände zu seiner Frau zu erheben und stotterte:

„Rette mich ... Rette mich ... Geliebte ... ich will nicht sterben ... ich will nicht sterben ... Oh ! Rettet mich ... Sagt, was ich tun soll, holt den Arzt ... Ich nehme alles ein, was er verschreibt ... Ich will nicht ... ich will nicht ..."

Er weinte. Große Tränen rannen aus seinen Augen über die fleischlosen Backen, und die eingefallenen Falten seines Mundes verzogen sich wie die eines betrübten kleinen Kindes.

Und nun sanken seine Hände auf das Bett und bewegten sich hier fortwährend langsam und regelmäßig, als ob sie auf der Decke etwas suchten. Seine Frau begann nun auch zu weinen und stammelte:

„Aber nein, es ist doch nichts. Es ist ein Anfall, morgen geht es dir besser. Du bist sehr müde von der gestrigen Spazierfahrt."

Forestier atmete so schnell wie ein Hund, der eben gelaufen ist. Die Atemzüge gingen so hastig, daß man sie kaum zählen konnte, und so leise, daß, man sie kaum vernehmen konnte. Er wiederholte immerfort:

„Ich will nicht sterben ... Oh, mein Gott ... mein Gott ... was wird mit mir? Ich werde nichts mehr sehen? Ich werde nichts mehr sehen ... nichts ... Niemals ... Oh, mein Gott ..."

Er starrte vor sich hin und sah etwas, was für die andern unsichtbar blieb, etwas Furchtbares, denn in seinen unbeweglichen Augen spiegelte sich das entsetzlichste Grauen wieder. Seine beiden Hände fuhren mit ihrer schrecklichen, ermüdenden Gebärde fort.

Plötzlich überfiel ihn ein furchtbarer Krampf, der seinen Körper von Kopf bis zu Fuß erbeben ließ. Er stammelte:

„Der Kirchhof ... mich ... mein Gott ..."

Er sprach nichts mehr und blieb unbeweglich, verstört und röchelnd liegen.

Die Zeit verging; die Uhr eines nahegelegenen Klosters schlug zwölf. Duroy verließ das Zimmer, um etwas zu essen. Nach einer Stunde war er wieder da. Madame Forestier wollte nichts zu sich nehmen. Der Kranke hatte sich nicht gerührt. Er fuhr noch immer mit seinen mageren Fingern über die Bettdecke, als ob er sein Gesicht berühren wollte.

Die junge Frau saß in einem Lehnstuhl am Fuße des Bettes. Duroy nahm sich einen anderen und setzte sich neben sie; beide warteten schweigend.

Der Arzt hatte eine Krankenwärterin geschickt; sie saß am Fenster und schlummerte.

Duroy begann auch schläfrig zu werden, als er plötzlich das Gefühl hatte, daß etwas geschehen müßte. Er öffnete die Augen gerade noch früh genug, um zu sehen, wie Forestier die seinen wie zwei erlöschende Lichter schloß, ein kurzes Schlucken bewegte die Kehle des Sterbenden, und in den Mundwinkeln wurden zwei Blutfäden sichtbar, die dann langsam auf das Hemd herabtropften. Die Hände hörten mit ihrer schrecklichen Bewegung auf. Er atmete nicht mehr.

Die Frau begriff, was geschehen war; sie stieß einen Schrei aus und warf sich schluchzend neben dem Bett auf die Knie. Georges machte vor Schreck und Entsetzen mechanisch das Zeichen des Kreuzes. Die Wärterin war erwacht und trat ans Bett heran.

„Es ist vorbei", sagte sie.

Und Duroy, der seine Kaltblütigkeit wiedergewonnen hatte, murmelte mit einem Seufzer der Erleichterung:

„Das hat nicht solange gedauert, wie ich dachte."

Als die erste Bestürzung vorüber war und die ersten Tränen geflossen waren, beschäftigte man sich mit all den Schritten, die bei einem Todesfall erforderlich sind. Duroy wurde bis in die Nacht hinein in Anspruch genommen.

Als er heimkehrte, war er sehr hungrig. Frau Forestier aß auch ein wenig. Dann setzten sie sich beide in das Trauergemach, um an der Leiche zu wachen.

Zwei Kerzen brannten auf dem Nachttisch neben einer Schale, in der ein Büschel Mimosen schwamm, denn den üblichen Buchsbaumzweig hatte man nirgends auftreiben können.

Sie saßen jetzt allein, der junge Mann und die junge Frau neben ihm, der nicht mehr auf dieser Welt war. Sie sprachen kein Wort und betrachteten ihn nachdenklich.

Georges besonders, den die Finsternis um die Leiche beängstigte, konnte den Blick nicht von ihr wenden. Seine Augen und seine Gedanken wurden angezogen und fasziniert von diesem fleischlosen Gesicht, das in dem zitternden Lichtschein der Kerzen noch hohler erschien. Das war sein Freund Charles Forestier, der gestern noch mit ihm gesprochen hatte! Wie unbegreiflich und grauenvoll war doch das Ende eines menschlichen Wesens. Oh, jetzt dachte er an die Worte Norbert de Varennes, den die Furcht vor dem Tode so quälte: „Nie kehrt ein Mensch wieder. Millionen und Milliarden ähnlicher Wesen werden geboren, die auch Augen, Nase, Mund und Schädel mit einem Gehirn besitzen, aber nie kehrt derselbe Mensch zurück, der dort ausgestreckt im Bette liegt.

Ein paar Jahre lang hatte er gelebt, gegessen, gelacht, geliebt und gehofft, wie jeder andere. Und nun war es mit ihm zu Ende, zu Ende für immer. Was ist ein Menschenleben? Ein paar Tage und weiter nichts. Man kommt auf die Welt, man wächst heran, man wird glücklich, man wartet und dann stirbt man. Fahr wohl! Mann oder Weib, du kommst auf diese Erde nie wieder! Und doch trägt jeder in sich eine fieberhafte, unerfüllbare Sehnsucht nach Ewigkeit; und jeder ist ein kleines Weltall im großen Weltall, und versinkt doch so schnell in das ewige Nichts, um zum Nährboden für neu aufgehende Keime zu werden. Pflanzen, Tiere, Menschen, Sterne und Welten, alles lebt auf, dann stirbt es, um sich in etwas Neues zu verwandeln, und nie kehrt ein Wesen zurück; weder ein Wurm, noch ein Mensch, noch ein Planet!

Ein dumpfes, unendliches Grauen lastete vernichtend auf der Seele Duroys, der Schrecken vor dem grenzenlosen, unvermeidlichen Nichts, das unaufhörlich jedes kurzlebige und schwache Lebewesen zerstört. Und er beugte schon die Stirn vor dieser entsetzlichen dauernden Drohung. Er dachte an die Fliegen, die ein paar Stunden leben, an die Tiere, die Tage, an die Menschen, die ein paar Jahre, und an die Welten, die ein paar Jahrhunderte leben. Welcher Unterschied besteht zwischen ihnen? Ein paar Morgenröten mehr, weiter nichts!

Er wandte die Augen ab, um die Leiche nicht mehr sehen zu müssen.

Madame Forestier saß mit gesenktem Kopf da und schien ebenfalls in schmerzliche Gedanken versunken zu sein. Ihre blonden Haare über dem traurigen Gesicht sahen so schön und reizvoll aus, daß eine süße Empfindung, eine aufblühende Hoffnung das Herz des jungen Mannes berührte. Warum verzweifeln, wenn man noch so viele Jahre vor sich hatte?

Er betrachtete sie aufmerksam. Sie war von ihren Gedanken erfüllt und sah ihn nicht. Er sagte sich: „Das einzig Gute und Schöne im Leben ist: die Liebe! Ein geliebtes Weib in seinen Armen zu halten — das ist das höchste Menschenglück auf dieser Erde."

Welches Glück hatte der Tote gehabt, daß er eine so kluge und reizende Kameradin gefunden hatte. Wie mochten sie sich wohl kennengelernt haben? Wie war sie dazu gekommen, einen so mittelmäßigen und armen Burschen zu heiraten? Wie war es ihr gelungen, etwas aus ihm zu machen?

Und er dachte über alle Geheimnisse nach, die im Menschenleben verborgen sind. Er erinnerte sich an alle Gerüchte über den Grafen de Vaudrec, der sie angeblich ausgestattet und verheiratet hatte. Was würde sie nun anfangen? Wen würde sie heiraten? Einen Abgeordneten, wie Madame de Marelle meinte, oder einen jungen Mann mit Zukunft, einen neuen verbesserten Forestier? Hatte sie bestimmte Hoffnungen, Pläne, Absichten? Wie gern hätte er das erfahren! Aber warum zerbrach er sich den Kopf über ihre Zukunft? Er dachte darüber nach und es wurde ihm klar, daß seine Beunruhigung aus jenen dunklen, verborgenen Gedanken kam, die man vor sich selbst geheimhält und dann entdeckt, wenn man tief ins Innerste seiner Seele eindringt. Ja. warum sollte er nicht versuchen, sie zu erobern? Wie stark und unüberwindlich würde er an ihrer Seite sein? Wie sicher und schnell würde er vorwärts kommen, und wie weit würde er es bringen? Und warum sollte es nicht gelingen? Er wußte ganz genau, daß er ihr gefiel, daß sie mehr für ihn empfand als bloß Sympathie, daß sie eine Neigung für ihn hegte, wie sie zwischen zwei gleichgearteten Naturen entsteht und ebensosehr auf einem gegenseitigen Gefallen wie auf einem geheimen Einvernehmen beruht. Sie kannte ihn als klug, zäh und entschlossen, sie konnte zu ihm Vertrauen haben.

Hatte sie ihn denn nicht in dieser so schweren Lage zu sich gerufen? Und warum gerade ihn? Lag darin nicht schon eine Art Wahl, eine Art Geständnis? Vielleicht sogar Entschluß? Wenn sie gerade an ihn in dem Augenblick dachte, wo sie Witwe werden sollte, hatte sie da nicht vielleicht auch gedacht, daß er ihr ein neuer Lebensgefährte und Bundesgenosse sein sollte?

Eine ungeduldige Neugier quälte ihn, er wollte sie befragen, ihre Absichten kennenlernen. Übermorgen würde er abreisen, denn er konnte nicht allein in einem Hause mit dieser Frau wohnen. Er mußte sich beeilen, er mußte noch vor seiner Rückkehr nach Paris ihre Absichten geschickt und feinfühlig ergründen, er durfte sie nicht zurückkehren lassen, damit sie nicht auf Drängen eines anderen nachgäbe und sich endgültig binde.

Tiefes Schweigen herrschte im Zimmer. Man hörte nur das metallische, regelmäßige Ticken der Uhr, die auf dem Kamin stand.

„Sie müßten wohl sehr müde sein?“ murmelte er.

„Ja,“ sagte sie, „und vor allem tief traurig.“

Der Ton ihrer Stimme klang so seltsam in diesem düsteren Raum, daß sie beide erstaunt waren. Und sie blickten plötzlich das Antlitz des Toten an, als hätten sie erwartet, daß er sich bewegte, sie anredete, wie er es noch vor wenigen Stunden tat.

Duroy sprach weiter:

„Oh! Es ist ein schwerer Verlust für Sie und eine völlige Veränderung in Ihrem Leben, eine wirkliche Umwälzung Ihres ganzen Daseins."

Sie stieß einen tiefen Seufzer aus, ohne zu antworten.

„Es ist traurig für eine junge Frau, so allein im Leben zu stehen, wie Sie jetzt", fuhr er fort.

Dann schwieg er wieder. Sie sagte nichts. Er stammelte:

„Jedenfalls wissen Sie, welches Abkommen wir getroffen haben. Sie können über mich verfügen, wie Sie wollen. Ich gehöre Ihnen."

Sie reichte ihm die Hand und sah ihn mit so sanften, traurigen Augen an, daß er bis ins Innerste seiner Seele ergriffen wurde.

„Ich danke Ihnen", sagte sie. „Sie sind überaus gut. Wenn ich für Sie was tun dürfte und könnte, ich würde auch sagen: Verlassen Sie sich auf mich."

Er hatte ihre Hand ergriffen und behielt sie in der seinen. Er preßte sie mit dem heißen Verlangen, sie zu küssen. Endlich entschloß er sich dazu, näherte sie langsam seinem Munde und drückte die zarte, etwas heiße, parfümierte und fieberische Hand an seine Lippen. Als er dann fühlte, daß dieser zärtliche Freundschaftskuß etwas zu lange dauerte, ließ er die kleine Hand wieder fallen. Sie sank langsam zurück auf das Knie der jungen Frau, die in ernstem Ton versetzte:

„Ja, ich werde mich sehr einsam fühlen, aber ich will versuchen, tapfer zu sein."

Er wußte nicht recht, wie er es ihr begreiflich machen sollte, daß er sehr glücklich sein würde, wenn sie seine Frau werden wollte. Gewiß konnte er es ihr zu dieser Stunde angesichts dieses Toten nicht sagen, doch er hoffte, eine jener vielsagenden, doppelsinnigen, anständigen Redensarten zu finden, die alles durchblicken lassen, ohne etwas direkt auszusprechen.

Doch die Leiche genierte ihn, die starre, kalte Leiche, die vor ihm lag, und die sie zwischen sich fühlten.

Übrigens glaubte er seit einiger Zeit zu bemerken, daß die Luft des geschlossenen Zimmers einen verdächtigen Geruch annahm, der aus jener stillen, zusammengesunkenen Brust zu kommen schien, der erste Hauch der Verwesung, den die Toten auf die Überlebenden ausströmen, der schreckliche Duft, mit dem sie dann bald den engen Raum ihres Sarges erfüllen.

„Können wir nicht das Fenster etwas öffnen?" fragte Duroy, „es scheint mir, daß die Luft schlecht ist."

Sie antwortete:

„Gewiß, mir ist es auch so vorgekommen;"

Er ging zum Fenster und öffnete es. Ein Hauch der frischen, duftigen Nacht wehte herein und ließ die beiden Kerzen neben dem Bett flackern. Draußen breitete wie am Tage vorher der Mond sein ruhig flutendes Licht auf die weißen Mauern der Villen und die breite, leuchtende Fläche des Meeres. Duroy atmete tief; er fühlte sich jetzt von neuen Hoffnungen erfüllt und belebt vom Herannahen des Glücks.

Er drehte sich um:

„Kommen Sie doch etwas frische Luft schöpfen," sagte er, „es ist herrlich draußen."

Ruhig kam sie an ihn heran und lehnte sich neben ihn ans Fenster.

Und mit leiser Stimme flüsterte er:

„Hören Sie mich an und verstehen Sie recht, was ich Ihnen sage. Zürnen Sie mir bitte nicht, daß ich in diesem Augenblick von solchen Dingen mit Ihnen zu sprechen wage, aber übermorgen schon muß ich Sie verlassen, und wenn Sie nach Paris zurückkommen, wird es vielleicht zu spät sein. Sehen Sie ... ich bin ein armer Teufel, ich besitze kein Vermögen, und meine Stellung muß ich mir noch erkämpfen, das wissen Sie. Doch ich habe Willenskraft, etwas Verstand — so glaube ich wenigstens — und ich bin auf dem richtigen Wege. Bei einem Manne, der sich schon durchgesetzt hat, weiß man, woran man ist, bei einem Anfänger weiß man nicht, wie weit man kommt. Das ist vielleicht schlimmer, vielleicht besser. Als ich einmal bei Ihnen war, sagte ich Ihnen, daß. es mein höchster Traum wäre, einmal eine Frau wie Sie zu heiraten. Heute sage ich Ihnen das noch einmal. Antworten Sie mir noch nicht, lassen Sie mich ausreden. Ich richte an Sie keine Frage, der Ort und die Zeit würden schlecht dazu passen. Mir liegt nur daran, daß Sie wissen, wie glücklich Sie mich mit einem einzigen Wort machen können, daß ich ganz nach Ihrem Belieben Ihr brüderlicher Freund und auch Ihr Gatte sein werde, daß ich mit Leib und Seele Ihnen gehöre. Ich will nicht, daß Sie mir jetzt schon antworten, und noch weniger, daß dieser Gegenstand hier erörtert wird. Wenn wir uns in Paris wiedersehen werden, werden Sie mir Ihren Entschluß mitteilen. Bis dahin kein Wort mehr. Einverstanden?"

Er hatte gesprochen, ohne sie anzublicken, als streue er seine Worte in die Nacht hinaus. Und sie schien ihn nicht gehört zu haben, so unbeweglich war sie geblieben, und sie starrte mit ruhigem Blick in die weite Mondlandschaft hinaus. So blieben sie lange nebeneinander, Schulter an Schulter, schweigsam und nachdenklich stehen.

Schließlich murmelte sie:

„Es wird kühl."

Und sie drehte sich um und trat an das Bett. Er folgte ihr.

Wie er näher herantrat, merkte er, daß der Körper Forestiers tatsächlich Leichengeruch ausströmte. Er rückte seinen Sessel weiter ab, denn lange hätte er diesen Geruch nicht ertragen können.

„Er muß gleich morgen früh in den Sarg gelegt werden“, sagte er.

„Ja, es ist schon abgemacht,“ erwiderte sie, „der Tischler kommt gegen acht Uhr.“

„Armer Charles!“ seufzte Duroy, und sie stieß auch einen Seufzer der schmerzlichen Ergebung aus.

Sie blickten jetzt nicht so oft zu ihm hinüber, sie hatten sich an die Tatsache gewöhnt, daß er nun tot sei, und begannen, sich in Gedanken schon mit seinem Verschwinden abzufinden, mit dem, was sie eben noch so schmerzlich ergriffen und entsetzt hatte, weil sie auch nur sterbliche Menschen waren.

Sie sprachen jetzt nicht mehr und fuhren fort, auf anständige Weise an der Leiche zu wachen, und versuchten, nicht einzuschlafen. Aber gegen Mitternacht schlief Duroy doch ein. Als er aufwachte, sah er, daß Madame Forestier gleichfalls schlummerte. Er setzte sich dann möglichst bequem zurecht, schloß die Augen wieder und brummte:

„O Gott, im Bett ist es doch bequemer.“

Ein plötzliches Geräusch ließ ihn auffahren. Die Wärterin trat ein; es war heller Tag. Die junge Frau, die in ihrem Lehnstuhl gegenüber saß, schien genau so überrascht zu sein wie er. Sie war etwas bleich, aber noch immer frisch, hübsch und reizend, trotz der sitzend verbrachten Nacht.

Duroy warf einen Blick auf den Toten und rief jetzt zitternd:

„Oh! Sein Bart!“

Der Bart war allerdings in seinem entstellten Gesicht in wenigen Stunden um so viel gewachsen, wie sonst nicht an mehreren Tagen. Starr und verblüfft standen sie angesichts dieses Lebens nach dem Tode, wie vor einem grauenhaften Wunder, als drohe ihnen hier eine übernatürliche Macht mit der Auferstehung vom Tode, einer naturwidrigen und entsetzlichen Erscheinung, die den Verstand verwirrt und unbegreiflich bleibt. Sie gingen alle beide bis elf zur Ruhe. Dann wurde Charles in den Sarg gelegt und sofort fühlten sie sich erleichtert und beruhigt.

Während sie sich beim Frühstück gegenübersaßen, hatten sie beide Lust, von tröstenden, froheren Dingen zu reden und ins Leben zurückzukehren, denn den Todesfall hatten sie nun hinter sich.

Durch die weitgeöffneten Fenster drang die milde, warme Frühlingsluft herein und trug den Duft der Nelken mit sich, die vor der Tür blühten.

Madame Forestier schlug Duroy einen kleinen Spaziergang durch den Garten vor, und sie wanderten langsam um die kleinen Rasenplätze herum und atmeten entzückt die milde Luft ein, die nach Tannenbäumen und Eukalyptus duftete.

Plötzlich sprach sie, ohne ihn anzusehen, genau so wie er es in der Nacht getan hatte. Sie brachte die Worte langsam mit ernsthafter, tiefer Stimme heraus:

„Hören Sie mich an, lieber Freund. Ich habe es mir reiflich überlegt ... jetzt schon ... was Sie mir vorgeschlagen haben, und ich will Sie nicht abreisen lassen, ohne Ihnen wenigstens ein Wort der Erwiderung mit auf den Weg zu geben. Ich sage Ihnen übrigens weder ja noch nein. Wir werden warten und sehen; wir werden uns besser kennenlernen. Denken Sie über alles richtig nach. Lassen Sie sich nicht zu rasch hinreißen. Wenn ich jetzt schon über diese Dinge spreche, bevor der arme Charles noch begraben ist, so tue ich es, weil ich will, daß Sie sich über mich im klaren sind, damit Sie sich nicht länger solchen Gedanken hingeben, wenn Sie nicht so ... geartet sind, daß Sie mich verstehen und mich so nehmen, wie ich bin. — Verstehen Sie mich wohl? Für mich ist die Ehe keine Kette — sondern ein Bündnis. Ich beanspruche stets volle Freiheit in meinen Handlungen, meinen Unternehmungen, meinem Ein- und Ausgehen, in allem. Ich vertrage weder Kontrolle, noch Eifersucht, noch Auseinandersetzungen über mein Benehmen. Natürlich würde ich mich verpflichten, den Namen des Mannes, den ich heirate, niemals bloßzustellen, ihn weder verächtlich noch lächerlich zu machen. Dafür müßte sich der Mann verpflichten, mich als seine ebenbürtige Bundesgenossin zu behandeln, nicht aber als eine Untergebene und gehorsame Gattin. Ich weiß, meine Ansichten sind nicht die allgemein gültigen, aber ich ändere sie trotzdem nicht. So. — Ich füge noch hinzu: Antworten Sie mir heute nicht, es wäre überflüssig und unpassend. Wir werden uns wiedersehen und werden uns später mal darüber unterhalten. — Nun machen Sie noch einen Spaziergang, ich muß zu ihm zurück. Auf Wiedersehen heute abend."

Er küßte ihr lange die Hand und ging, ohne ein Wort zu sagen.

Abends trafen sie sich nur zur Mahlzeit. Dann gingen sie auf ihre Zimmer, denn sie waren beide ganz zerschlagen vor Müdigkeit.

Charles Forestier wurde am nächsten Morgen ohne jeden Prunk auf dem Friedhof von Cannes beerdigt. Georges Duroy wollte den Schnellzug nach Paris nehmen, der um halb zwei abfuhr. Madame Forestier hatte ihn zur Bahn begleitet. In Erwartung des Zuges gingen sie ruhig auf dem Bahnsteig auf und ab und unterhielten sich von gleichgültigen Dingen.

Der Zug lief ein. Er war ganz kurz; ein richtiger Schnellzug, der nur fünf Wagen hatte.

Der Journalist belegte einen Platz und stieg dann noch einmal aus, um noch ein paar Augenblicke mit ihr zu plaudern. Er wurde plötzlich traurig; er bedauerte schmerzlich, sie verlassen zu müssen, als ob er sie für immer verlieren könnte.

Der Beamte rief: „Marseille, Lyon, Paris einsteigen."

Duroy stieg ins Kupee und lehnte sich zur Tür hinaus, um ihr noch ein paar Worte sagen zu können. Die Lokomotive pfiff und der Zug setzte sich langsam in Bewegung.

Der junge Mann lehnte sich zum Wagenfenster hinaus und sah die junge Frau, die unbeweglich auf dem Bahnsteig stand und ihm nachblickte. Und plötzlich, als er sie fast aus seinen Augen verloren hatte, warf er ihr mit beiden Händen eine Kußhand zu.

Sie gab ihm den Gruß zurück, zaudernd und nur angedeutet.

Teil II

I

Georges Duroy hatte sich wieder ganz in seine alten Gewohnheiten eingelebt.

In seiner kleinen Parterrewohnung in der Rue Constantinople lebte er still und zurückgezogen, wie ein Mann, der sich auf eine neue Lebensführung vorbereitet. Selbst seine Beziehungen zu Madame de Marelle hatten jetzt einen ehelichen Charakter angenommen, als ob er sich für das bevorstehende Ereignis einüben wollte. Seine Geliebte war auch oft sehr erstaunt über die friedliche Regelmäßigkeit ihres Zusammenseins und sagte ihm lachend:

„Du bist noch braver und häuslicher als mein Mann. Es hat sich wirklich nicht gelohnt, zu wechseln."

Frau Forestier weilte noch immer in Cannes. Er erhielt einen Brief von ihr, worin sie schrieb, daß sie erst Mitte April zurückkäme; von den letzten Stunden ihres Beisammenseins schrieb sie nichts. Er wartete; er war jetzt fest entschlossen, sie zu heiraten und alle Mittel anzuwenden, falls sie noch zaudern sollte. Er vertraute auf sein Glück und auf die unwiderstehliche Anziehungskraft, die er auf alle Frauen ausübte, und deren er sich wohl bewußt war.

Ein paar kurze Zeilen benachrichtigten ihn, daß die Entscheidungsstunde bald schlagen würde.

„Ich bin in Paris, kommen Sie, mich besuchen. Madeleine Forestier."

Nichts weiter. Er erhielt den Brief mit der Neunuhrpost und kam am selben Tage um drei zu ihr. Sie reichte ihm beide Hände und lächelte mit ihrem reizenden, liebenswürdigen Lächeln, und einige Sekunden lang sahen sie einander tief in die Augen.

„Wie lieb war es von Ihnen, daß Sie mich in meiner schrecklichen Lage nicht allein ließen“, sagte sie dann leise.

„Ich hätte alles getan, was Sie mir befohlen hätten“, erwiderte er.

Daraufhin setzten sie sich. Sie erkundigte sich nach Neuigkeiten, nach Walters und nach allen Kollegen auf der Redaktion. Sie hatte oft an die Zeitung gedacht.

„Alles das fehlt mir sehr“, sagte sie. „Ich war so ganz und gar Journalistin geworden. Ich liebe nun einmal diese Tätigkeit.“

Dann schwieg sie. Er glaubte, sie zu verstehen; er glaubte in ihrem Lächeln, in dem Ton ihrer Stimme, ja selbst in ihren Worten eine Art Aufforderung zu finden. Er hatte sich zwar vorgenommen, die Sache nicht zu überstürzen, aber dann konnte er nicht mehr an sich halten und stammelte:

„Nun ja ... warum ... warum wollen Sie denn nicht diese Tätigkeit unter ... dem Namen Duroy wieder aufnehmen?“

Sie wurde plötzlich ernst, legte die Hand auf seinen Arm und sagte:

„Reden wir nicht darüber.“

Doch er verstand, daß sie „ja“ sagte; er sank auf die Knie, küßte leidenschaftlich ihre Hände und stotterte immerfort:

„Oh, danke, danke, wie ich Sie liebe.“

Sie stand auf. Er tat das gleiche und bemerkte, daß sie sehr bleich war. Da wurde ihm klar, daß er ihr gefallen hatte, und vielleicht schon seit längerer Zeit. Sie standen dicht beieinander; er zog sie an sich und drückte ihr einen langen, zärtlichen Kuß auf die Stirn. Sie machte sich los, lehnte sich an seine Brust und fuhr in ernsthaftem Tone fort:

„Hören Sie mich an, mein lieber Freund, noch bin ich zu gar nichts entschlossen, aber es wäre nicht unmöglich, daß ich ja sagte. Sie müßten mir aber absolute Verschwiegenheit versprechen, bis ich Sie davon entbinde.“

Er schwor es und ging; sein Herz jauchzte vor Freude.

Von da ab besuchte er sie stets mit großer Vorsicht und bat sie auch nicht um eine bestimmte Zusage, denn ihre Art, wie sie über die Zukunft sprach, wie sie „später“ sagte und allerlei Pläne entwarf, in denen sie beide eine Rolle spielten, sprach deutlicher und doch zarter als ein formelles Jawort.

Duroy arbeitete fleißig, gab wenig aus, versuchte etwas Geld zurückzulegen, um bei seiner Heirat wenigstens etwas Geld zu besitzen. Er wurde nun ebenso geizig, wie er früher verschwenderisch gewesen war.

Der Sommer ging vorbei und dann der Herbst, ohne daß jemand auf den geringsten Verdacht kam, denn sie sahen sich selten und so unauffällig wie möglich. Eines Abends fragte ihn Madeleine und sah ihm dabei tief in die Augen:

„Sie haben doch Madame de Marelle von unseren Plänen noch nichts mitgeteilt?"

„Nein, Teuerste, ich versprach Ihnen, zu schweigen und habe keiner lebenden Menschenseele ein Wort davon gesagt."

„Nun gut, es wird jetzt Zeit sein, sie darauf vorzubereiten. Ich werde meinerseits Walters übernehmen. Also es geschieht diese Woche, nicht wahr?"

Er war rot geworden: „Ja, gut, morgen", sagte er.

Sie senkte ihre Augen, als wolle sie seine Verwirrung nicht bemerken, und sagte:

„Wenn es Ihnen recht ist, können wir Anfang Mai heiraten. Es würde sehr gut passen."

„Ich füge mich Ihnen mit Freuden in allem."

„Der zehnte Mai ist ein Sonnabend. Er wäre mir besonders lieb, denn es ist mein Geburtstag."

„Schön, den zehnten Mai."

„Ihre Eltern wohnen in der Nähe von Rouen, nicht wahr? So sagten Sie mir wenigstens."

„Ja, dicht bei Rouen, in Canteleu."

„Was tun sie dort?"

„Sie sind ... sie sind kleine Rentner."

„Ach, ich freue mich sehr darauf, sie kennenzulernen."

Erschrocken verstummte er.

„Ja ... aber ... es sind ..."

Dann nahm er sich zusammen und sagte:

„Meine teuerste Freundin, es sind Bauern, die ein Wirtshaus besitzen, die sich Hände und Füße blutig gearbeitet haben, damit ich studieren konnte. Ich schäme mich ihrer nicht, aber ihre bäuerliche Einfachheit ... könnte Ihnen vielleicht doch peinlich sein."

Sie lächelte zärtlich. Ihr Gesicht strahlte von sanfter Güte.

„Nein, ich werde sie sehr gern haben. Wir werden sie besuchen. Ich will es. Wir sprechen nachher darüber. Auch meine Eltern waren kleine Leute. Doch sie sind schon beide tot. Ich habe keinen Menschen mehr auf Erden ..." Sie reichte ihm die Hand und fügte hinzu: „ ... außer Ihnen!"

Er fühlte sich gerührt und ergriffen. Noch nie hatte eine Frau ihn so bezaubert.

„Mir ist noch etwas eingefallen," fuhr sie fort, „aber es ist recht schwer zu erklären."

„Was denn?"

„Nun ja, mein Lieber, ich bin nämlich wie alle Frauen. Ich habe meine kleinen Schwächen. Ich liebe alles, was schön glänzt und gut klingt. Ich würde so gern einen adligen Namen tragen. Könnten Sie sich gelegentlich unserer Heirat nicht etwas ... etwas adeln?"

Diesmal errötete sie, als hätte sie ihm einen unpassenden Vorschlag gemacht.

Er antwortete einfach:

„Ich habe schon oft darüber nachgedacht, aber es scheint wohl nicht so einfach zu sein."

„Weshalb denn?"

Er lachte.

„Weil ich nicht lächerlich erscheinen will."

Sie zuckte die Achseln.

„Aber gar nicht, nicht im geringsten. Alle Welt tut das und niemand lacht darüber. Zerlegen Sie Ihren Namen einfach in zwei Teile und nennen Sie sich Du Roy! Das geht doch sehr gut."

Er antwortete schnell, wie jemand, der sich in solchen Dingen gut auskennt:

„Nein, das geht nicht. Das Verfahren ist zu einfach, zu gewöhnlich und zu bekannt. Wohl habe ich schon daran gedacht, den Namen meiner Heimat anzunehmen; zunächst als literarischen Decknamen, ihn dann allmählich dem meinigen hinzuzufügen. Später könnte ich, wie Sie vorschlagen, meinen Namen teilen."

„Canteleu ist Ihre Heimat?"

„Ja."

Sie überlegte.

„Nein, die Endung gefällt mir nicht. Könnten wir vielleicht das Wort etwas ändern ... Canteleu?"

Sie nahm eine Feder vom Tisch und schrieb verschiedene Namen hin und prüfte ihr Aussehen. Plötzlich rief sie:

„Halt! Halt! Ich habe es!"

Sie reichte ihm ein Stück Papier, auf dem er las:

„Madame Duroy de Cantel."

Einige Sekunden überlegte er, dann erklärte er ernst:

„Ja, so ist es ausgezeichnet."

Sie war entzückt und wiederholte mehrmals:

„Duroy de Cantel, Duroy de Cantel, Madame Duroy de Cantel. Vortrefflich! Fabelhaft! Sie werden sehen, wie leicht sich alle Welt daran gewöhnt. Man muß die Gelegenheit ausnutzen, denn nachher würde es zu spät sein.

Von morgen ab zeichnen Sie Ihre Artikel D. de Cantel. Und die Lokalnachrichten lediglich mit Duroy. Das kommt in der Presse jeden Tag vor, und niemand wird sich wundern, daß Sie einen Schriftstellernamen annehmen. Sobald wir verheiratet sind, können wir das noch ein bißchen ändern und unseren Freunden sagen, Sie hätten aus Bescheidenheit das „du" nicht hervorgehoben in Anbetracht Ihrer Stellung, oder wir brauchen auch gar nichts zu sagen. Wie heißt Ihr Vater mit Vornamen?"

„Alexander."

Sie murmelte zwei-, dreimal hintereinander:

„Alexander, Alexander", und lauschte auf den Wohlklang der Silben; dann schrieb sie auf ein leeres Blatt Papier:

„Herr und Frau Alexander Du Roy de Cantel beehren sich, die Hochzeit ihres Sohnes, Herrn Georges Du Roy de Cantel mit Frau Madeleine Forestier anzuzeigen."

Sie hielt die Schrift etwas von sich ab und erklärte, entzückt über die Wirkung:

„Mit etwas Konsequenz erreicht man alles, was man will."

Als er sich auf der Straße befand, war er fest entschlossen, sich in Zukunft nur noch Du Roy oder selbst Du Roy de Cantel zu nennen. Und er fühlte sich, als wäre ihm eine ganz neue Würde übertragen worden. Er ging forscher, trug den Kopf höher und den Schnurrbart stolz gewirbelt, wie es einem Edelmann geziemt. Er hatte die größte Lust, allen Vorübergehenden zuzurufen: „Ich heiße jetzt Du Roy de Cantel."

Aber kaum war er in seiner Wohnung angelangt, da begann ihn der Gedanke an Madame de Marelle zu beunruhigen. Er schrieb ihr sofort und bat sie für morgen um eine Zusammenkunft. „Es wird eine schwere Stunde werden," dachte er, „ich werde einen schrecklichen Sturm heraufbeschwören."

In seiner gewohnten Sorglosigkeit, die ihn alle unangenehmen Dinge des Lebens einfach beiseite schieben ließ, wußte er sich sehr leicht zu trösten und begann einen phantastischen Artikel über die neuen Steuern zu schreiben, durch die das Budget gedeckt werden sollte.

Er forderte für die Adelsprädikate „de“ (von) hundert Francs Jahressteuer, und für die Titel vom Baron bis zum Fürsten fünfhundert bis fünftausend Francs. Und er zeichnete mit: D. de Cantel.

Am folgenden Tage erhielt er von seiner Geliebten ein blaues Briefchen, das ihren Besuch um ein Uhr ankündigte.

Er erwartete sie in etwas fieberhaftem Zustande. Übrigens war er fest entschlossen, die Sache schnell und energisch zu erledigen, gleich alles herauszusagen und ihr dann nach der ersten Erregung mit allen möglichen Gründen zu beweisen, daß er nicht ewig Junggeselle bleiben könnte; und da Herr de Marelle durchaus nicht sterben wollte, so bliebe ihm eben nichts anderes übrig, als sich nach einer anderen rechtmäßigen Lebensgefährtin umzusehen. Trotzdem fühlte er sich innerlich erregt, und als die Klingel ertönte, begann sein Herz laut zu klopfen.

Sie warf sich ihm in die Arme:

„Guten Tag, Bel-Ami!“ rief sie.

Doch sie merkte sofort, wie kühl er ihre Begrüßung erwiderte, blickte ihn an und fragte:

„Was hast du denn?“

„Setze dich,“ sagte er, „wir müssen ernst miteinander reden.“

Sie setzte sich, ohne den Hut abzunehmen, lüftete nur ihren Schleier und sah ihn erwartungsvoll an.

Er hatte den Blick gesenkt und begann nun mit langsamer Stimme:

„Meine Liebste, du siehst, wie schmerzlich und peinlich mich das erregt, was ich dir jetzt sagen muß. Ich liebe dich sehr, ich liebe dich wirklich aus tiefstem Herzen, und der Gedanke, dir Schmerzen bereiten zu müssen, betrübt mich mehr als die Nachricht selbst, die ich dir mitteile.“

Sie wurde sehr bleich und stammelte zitternd:

„Was ist es? Sag es schnell.“

Er versetzte in traurigem, aber entschlossenem Tone mit jener geheuchelten Niedergeschlagenheit, mit der man angenehme Unglücksnachrichten zu erzählen pflegt:

„Ich will heiraten.“

Sie stieß einen Seufzer aus wie eine Frau, die ohnmächtig wird, einen schmerzerfüllten Seufzer, der aus der Tiefe ihrer Brust kam. Dann begann sie so stark zu schluchzen, daß sie kein Wort hervorbringen konnte.

Als er sah, daß sie nichts erwiderte, begann er von. neuem:

„Du kannst dir nicht vorstellen, was ich gelitten habe, ehe ich zu diesem Entschluß kam. Aber ich habe weder eine gesicherte Stellung noch Geld. Allein bin ich in Paris verloren. Ich muß jemanden neben mir haben, der mir raten, mich trösten und mich stützen kann. Ich suchte eine Gefährtin, eine Verbündete, und ich habe sie gefunden!“

Daraufhin schwieg er, in der Hoffnung, daß sie etwas antworten würde; er erwartete einen Wutanfall, heftige Beleidigungen und Schimpfworte.

Sie preßte die eine Hand auf ihr Herz, als müßte sie es halten; sie atmete mühsam und schluchzte ununterbrochen, so daß ihre Brust wogte und der Kopf zitterte.

Er ergriff ihre andere Hand, die auf der Lehne des Sessels lag, doch sie zog sie heftig zurück. Und wie gelähmt murmelte sie:

„Oh ... Mein Gott! ...“

Er kniete vor ihr nieder, wagte aber nicht, sie zu berühren. Ihr Schweigen erregte ihn mehr als ein Zornausbruch es vermocht hätte, und er stammelte:

„Clo, meine liebe, kleine Clo, du mußt nur bedenken, in welcher Lage ich bin. Oh, wenn ich dich hätte heiraten können, welches Glück! Doch du bist ja verheiratet. Was konnte ich tun? Überlege es dir nur! Ich muß mir eine Stellung in der Gesellschaft schaffen, und das kann ich nicht, solange ich kein Heim habe... Es gab Tage, wo ich deinen Mann hätte töten können ...“

Seine Stimme klang sanft verschleiert und verführerisch, als ob ihr Musik ins Ohr drang.

Er sah zwei große Tränen langsam in den starren Augen seiner Geliebten wachsen und dann über ihre Wangen rinnen, während sich schon wieder zwei neue zwischen den Augenlidern bildeten.

Er murmelte:

„Oh, weine nicht, Clo, weine nicht, ich bitte dich darum. Du zerreißt mir das Herz.“

Mit einer starken Anstrengung zwang sie sich zu einer stolzen und würdigen Haltung. Und mit einer zitternden Stimme, die die Frauen beim Schluchzen haben, fragte sie:

„Wer ist es?“

Er zauderte einen Augenblick; dann sah er ein, daß er es sagen müßte:

„Madeleine Forestier.“

Madame de Marelle erbebte am ganzen Leibe, dann blickte sie stumm vor sich hin; sie versank in ein tiefes Nachdenken, so daß sie anscheinend vergessen hatte, daß er ihr zu Füßen kniete.

Und in ihren Augen bildeten sich wieder große, durchsichtige Tränen, die langsam hinabrollten.

Sie stand auf. Duroy fühlte, daß sie gehen wollte, ohne ein Wort des Vorwurfs oder der Verzeihung, und das verletzte und demütigte ihn bis ins Tiefste seiner Seele. Er wollte sie zurückhalten und umschlang mit beiden Armen ihr Kleid. Er fühlte, wie ihre runden Schenkel sich unter dem Rock spannten, um ihm Widerstand zu leisten. Er flehte sie an:

„Ich beschwöre dich, geh nicht so fort!"

Da blickte sie ihn von oben bis unten an, mit dem feuchten, verzweifelten Blick, der so bezaubernd und so traurig war und der den ganzen Schmerz einer Frau verrät:

„Ich habe ... ich habe nichts zu sagen," stammelte sie, „... ich kann nichts tun ... du ... hast recht gehandelt ... du ... du hast gut gewählt ... was du brauchst ..."

Sie machte sich mit einer schnellen Bewegung nach rückwärts von ihm los und ging fort, ohne daß er noch versucht hätte, sie zurückzuhalten.

Als er allein war, stand er auf, betäubt, als hätte er einen Schlag auf den Kopf erhalten. Dann nahm er sich zusammen und murmelte:

„Na, so oder so, es ist erledigt ... wenigstens ohne Szene. Das ist mir ganz recht."

Und plötzlich fühlte er sich wie von einer schweren Last befreit; das neue Leben konnte beginnen. Auf einmal begann er mit der Faust gegen die Wand zu schlagen, mit heftigen Schlägen, berauscht von Kraft und Erfolg, als kämpfe er mit dem Schicksal.

Als Madame Forestier ihn fragte:

„Haben Sie Madame de Marelle benachrichtigt?" — antwortete er ruhig:

„Ja, gewiß."

Sie beobachtete ihn mit ihrem klaren, klugen Blick und fragte:

„War sie sehr erregt darüber?"

„Aber nein, nicht die Spur; sie fand es im Gegenteil sehr gut."

Die Kunde verbreitete sich rasch. Die einen waren erstaunt, die andern behaupteten, sie hätten es vorausgesehen, andere lächelten und ließen durchblicken, es hätte sie keineswegs überrascht.

Der junge Mann zeichnete jetzt die Feuilletons mit D. de Cantel, die Lokalberichte mit Duroy und die politischen Artikel, die er von Zeit zu Zeit für das Blatt schrieb, mit du Roy. Er verbrachte den halben Tag bei seiner Verlobten, die ihn mit brüderlicher Vertrautheit behandelte, in die sich jedoch eine wirkliche, wenn auch zurückhaltende

Vertraulichkeit mischte, eine Art Verlangen, das verborgen blieb, aus Furcht, für eine Schwäche gehalten zu werden.

Sie hatten beschlossen, daß die Hochzeit in aller Stille stattfinden sollte, nur in Gegenwart der Trauzeugen, und daß sie noch am selben Abend nach Rouen abreisen wollten. Am nächsten Tage wollten sie die alten Eltern des Journalisten besuchen und ein paar Tage bei ihnen bleiben.

Duroy versuchte, sie von diesem Vorhaben abzubringen, aber es gelang ihm nicht, und so fügte er sich schließlich.

Der 10. Mai war gekommen. Das junge Paar begab sich zum Standesamt, und da sie die kirchliche Trauung für überflüssig hielten und keinen Menschen eingeladen hatten, kehrten sie nach Hause zurück, um ihre Koffer zu schließen. Mit dem Zuge um sechs Uhr abends fuhren sie vom Bahnhof Saint-Lazare nach der Normandie.

Bis zu dem Augenblick, wo sie allein im Eisenbahnzuge waren, hatten sie keine zwanzig Worte miteinander gewechselt. Sobald sie merkten, daß der Zug sich in Bewegung setzte, sahen sie sich an und begannen zu lächeln, um eine gewisse Verlegenheit zu verbergen, von der sie nichts merken lassen wollten.

Der Zug fuhr langsam durch den langen Bahnhof von Batignolles, dann durcheilte er die häßliche, flache Strecke zwischen den Forts und der Seine.

Duroy und seine Frau sprachen zuweilen ein paar unnütze Worte und wandten sich dann wieder dem Fenster zu; als sie über die Brücke bei Asnières kamen, stimmte sie der Anblick des Flusses, der von Booten, Anglern und Ruderern wimmelte, heiter und fröhlich. Die kräftige Maisonne warf ihre schrägen Abendstrahlen auf die Boote und den ruhigen Fluß, der unter der Glut der sinkenden Sonne unbeweglich wie eine Glasfläche erschien. Eine Segeljacht mitten auf dem Wasserspiegel hatte ihre zwei großen, weißen Leinewanddreiecke ausgespannt, um auch den leisesten Windhauch aufzufangen, und glich so einem riesigen Vogel, der gerade im Begriff war, aufzuflattern.

„Ich schwärme für die Umgebung von Paris“, murmelte Duroy. „So herrlich geröstete Fische wie hier habe ich in meinem Leben nie gegessen.“

„Und das Bootfahren“, erwiderte sie. „Wie schön ist es, bei Sonnenuntergang über das Wasser zu gleiten.“

Dann schwiegen sie, als ob sie nicht gewagt hätten, noch mehr von ihrem vergangenen Leben auszuplaudern; sie blieben stumm und kosteten vielleicht schon die Poesie des Zurücksehnens.

Duroy saß seiner Frau gegenüber. Er ergriff ihre Hand und küßte sie langsam und bedächtig.

„Wenn wir zurück sind, wollen wir öfters bei Chatou essen.“

„Wir werden soviel zu tun haben," meinte sie in einem Ton, als wollte sie sagen: „Man muß das Angenehme dem Nützlichen opfern."

Er hielt noch immer ihre Hand und überlegte unruhig, auf welchem Wege er zu Zärtlichkeiten übergehen konnte. Vor der Unwissenheit eines jungen Mädchens wäre er dabei weniger in Verlegenheit gewesen, aber die raffinierte Erfahrung und der schnelle Verstand, den er bei Madeleine voraussetzte, machte seine Haltung schüchtern und unsicher. Er fürchtete, in ihren Augen linkisch und albern zu erscheinen, zu ängstlich oder zu brutal, zu langsam oder zu hastig vorzugehen. Er drückte leise ihre Hand, ohne daß sie den Druck erwiderte.

„Es kommt mir sehr komisch vor," sagte er, „daß Sie meine Frau sind."

„Warum?" fragte sie überrascht.

„Ich weiß nicht. Ich habe ein seltsames Gefühl; ich möchte Sie küssen und wundere mich, daß ich ein Recht dazu habe."

Sie hielt ihm ruhig die Wange hin, und er küßte sie, wie er eine Schwester geküßt hatte.

Er führ fort:

„Das erstemal, wo ich Sie sah, erinnern Sie sich, es war bei dem Diner, zu welchem mich Forestier eingeladen hatte, da dachte ich mir: Herrgott, wenn ich nur so eine Frau finden könnte! Nun ist es geschehen, ich habe sie."

„Es ist reizend", murmelte sie und sah ihn dabei mit ihren stets lächelnden Augen an.

Er dachte: „Ich bin zu kalt. Ich bin blöd, ich muß energischer aufs Ziel gehen." Und er fragte:

„Wie haben Sie Forestier eigentlich kennengelernt?"

Sie antwortete herausfordernd und boshaft:

„Reisen wir denn nach Rouen, um uns von ihm zu unterhalten?"

Er wurde rot.

„Ich bin zu dumm. Aber Sie machen mich verlegen und schüchtern."

Sie war entzückt:

„Ich? Nicht möglich! Aber weshalb denn?"

Er setzte sich ganz dicht neben sie. Da rief sie:

„Ach, ein Hirsch!"

Der Zug fuhr durch den Wald von St. Germain, und ein erschreckter Rehbock sprang über eine Lichtung. Duroy hatte sich über sie gebeugt; während sie durch das offene Fenster hinausblickte, drückte er ihr einen langen Liebeskuß auf den Nacken.

Einige Augenblicke saß sie unbeweglich, dann bog sie den Kopf zurück und sagte:

„Sie kitzeln mich, jetzt genug."

Aber er ließ nicht los, sondern strich leise mit erregender und anhaltender Liebkosung seinen gekräuselten Schnurrbart über ihre weiße Haut.

Sie zuckte zusammen.

„Hören Sie doch nun endlich auf!"

Er schob seine rechte Hand um ihren Kopf, packte und drehte ihn zu sich. Dann warf er sich auf ihren Mund, wie ein Raubvogel auf seine Beute. Sie wehrte sich, stieß ihn zurück; endlich gelang es ihr, sich von ihm loszumachen.

„Lassen Sie es doch!" rief sie immer wieder.

Aber er hörte nicht zu, er preßte sie in seine Arme, küßte sie mit bebenden, begierigen Lippen und versuchte, sie auf die Polsterbank zurückzuwerfen.

Sie riß sich mit aller Gewalt von ihm los und sprang heftig auf:

„Aber wirklich, Georges, lassen Sie das doch! Wir sind doch keine Kinder, daß wir nicht bis Rouen warten können."

Mit rotem Kopf blieb er sitzen; diese vernünftigen Worte hatten ihn sehr ernüchtert; er nahm sich zusammen und sagte in heiterem Tone:

„Gut, ich werde warten, aber bis Rouen spreche ich keine zwanzig Worte mehr, und bedenken Sie, wir fahren eben erst an Poissy vorbei."

„Dann werde ich reden", sagte sie.

Und sie setzte sich ruhig wieder neben ihn hin.

Dann begann sie klar und deutlich darüber zu sprechen, was sie nach ihrer Rückkehr tun würden. Sie würden die Wohnung behalten, die sie mit ihrem ersten Gatten geteilt hatte; außerdem sollte Duroy die Stellung und das Gehalt Forestiers bei der Vie Française erben. Übrigens hatte sie alle finanziellen Einzelheiten des Haushalts mit der Sicherheit eines erfahrenen Geschäftsmannes noch vor der Eheschließung geregelt. Es sollte Gütertrennung herrschen, und es war für alle möglichen Fälle Vorsorge getroffen, für den Tod oder eine Scheidung, ebenso wie für die Geburt eines oder mehrerer Kinder. Der junge Mann brachte nach seiner Aussage viertausend Francs in die Ehe; von dieser Summe hatte er sich fünfzehnhundert ausgeliehen, den Rest hatte er sich während des letzten Jahres erspart. Die junge Frau brachte vierzigtausend Francs in die Ehe mit, die ihr, wie sie behauptete, Forestier hinterlassen hatte. Sie kam wieder auf ihn zu sprechen und stellte ihn als Vorbild hin: er war ein sehr sparsamer, sehr ordentlicher und fleißiger Mensch. Er hätte in kurzer Zeit ein Vermögen erworben.

Duroy hörte gar nicht hin, denn er war zu sehr mit anderen Gedanken beschäftigt.

Sie hielt bisweilen inne, um irgendwelchen geheimen Gedanken nachzusinnen und fuhr dann fort:

„In drei bis vier Jahren werden Sie wohl imstande sein, jährlich dreißigtausend bis vierzigtausend Francs zu verdienen. Soviel hätte auch Charles verdienen können, wenn er am Leben geblieben, wäre."

Georges begann die Lektion langweilig zu finden:

„Ich denke," erwiderte er, „wir sind nicht nach Rouen gefahren, um davon zu reden."

Sie gab ihm einen leichten Klaps auf die Backe und sagte lachend:

„Es ist wahr, ich war im Unrecht."

Er hielt zum Scherz seine Hände auf den Knien, wie ein kleiner, artiger Junge.

„So sehen Sie recht kindisch aus!" sagte sie.

„Das ist meine Rolle," antwortete er, „in die Sie mich eben zurechtgewiesen haben. Ich werde nicht mehr aus ihr herausfallen."

„Wieso?" fragte sie.

„Weil Sie die Oberleitung über den ganzen Haushalt und auch über meine Person übernommen haben; Sie sind Witwe und es wird sich auch so gehören."

„Was meinen Sie eigentlich damit?" fragte sie erstaunt.

„Daß Sie Erfahrung genug besitzen, um meine Unwissenheit wettzumachen, und eine Praxis in der Ehe, um mir meine Junggesellenunschuld abzugewöhnen. Das soll es heißen, ja!"

Sie lachte vor Vergnügen laut auf und rief:

„Das geht schon zu weit!"

„So liegt die Sache. Ich kenne die Frauen nicht ... Und Sie kennen sicher die Männer, da Sie Witwe waren ... Sie werden meine Erzieherin sein ... heute abend schon. Sie können, wenn Sie wollen, gleich schon damit anfangen!"

Heiter und lustig rief sie aus:

„Oh ! Wenn Sie darauf rechnen ..."

„Gewiß," erwiderte er in dem Ton eines Schülers, der seine Schulaufgabe wiederholt, „darauf rechne ich. Ich rechne sogar darauf, daß Sie mir einen gründlichen Unterricht erteilen ... in zwanzig Stunden ... zehn für die Anfangsgrundlagen ... Vorlesen und Grammatik ... zehn für die Vervollkommnung und die Rhetorik, Ich weiß doch nichts."

Sehr belustigt rief sie:

„Du bist zu dumm."

„Da du mich endlich zu duzen anfängst, will ich deinem Beispiel folgen und dir sagen, mein Liebling, daß ich dich von Sekunde zu Sekunde mehr liebe und daß ich den Weg bis Rouen viel zu weit finde."

Er sprach jetzt im Tone eines Schauspielers, mit komischem Mienenspiel und Gebärden; das machte der jungen Frau viel Spaß, denn sie war an die tollen Scherze der Schriftstellerboheme gewöhnt.

Sie sah ihn von der Seite an und fand ihn wirklich reizend. Sie hatte das Verlangen, ihm einen Kuß zu geben, als ob sie eine Frucht vom Baume essen wollte, während der Verstand ihr riet, die Mahlzeit abzuwarten. Dann sagte sie, errötend von den Gefühlen, die sie bestürmten:

„Mein kleiner Schüler, glauben Sie mir, glauben Sie meiner großen Erfahrung: Küsse im Eisenbahnwagen taugen nichts. Sie gehen auf den Magen."

Dann wurde ihre Gesichtsfarbe noch röter und sie murmelte:

„Man muß die Früchte nie zu früh pflücken."

Er grinste, erregt durch die Zweideutigkeiten, die diesem hübschen Mund entquollen; dann machte er das Zeichen des Kreuzes, indem er die Lippen bewegte, als ob er ein Gebet murmelte:

„Ich habe mich unter den Schutz des heiligen Antonius gestellt," erklärte er, „dem Schutzheiligen gegen die Versuchung; ich bin jetzt wie eine Bildsäule aus Bronze."

Die Nacht kam heran und hüllte die weiten Felder, die sich rechts der Bahn ausdehnten, in ein durchsichtiges Dunkel, ähnlich einem leichten Florschleier. Der Zug fuhr an der Seine entlang, und das junge Paar blickte in den Fluß, dessen Oberfläche sich wie geschliffenes Metall, wie ein langes, glänzendes Band neben den Schienen hinzog. Rote Reflexe spiegelten sich fleckenweise vom Himmel ab, den die untergehende Sonne mit Purpur und Feuer bedeckte. Auch diese leuchtenden Stellen erloschen und wurden allmählich dunkel und düster. Die Felder wurden schwarz, und darüber schwebte jener unheimliche Todesschauer, den jede Dämmerung auf die Erde bringt.

Die melancholische Abendstimmung drang auch durch das offene Fenster in die Seelen des noch eben so heiteren, jungen Paares und ließ sie verstummen. Sie waren näher aneinander gerückt, um den Todeskampf dieses schönen, hellen Maitages anzusehen.

In Mantes wurde eine kleine Öllampe angezündet, die auf den grauen Stoffbezug der Sitzpolster ihr gelbes, zitterndes Licht warf.

Duroy legte einen Arm um die Taille seiner Frau und preßte sie an sich. Sein heftiges Verlangen wurde immer verzehrender; es wurde zu einer tröstenden, zärtlichen Liebkosung, zu einer Liebkosung, mit der man Kinder einwiegt.

Ganz leise flüsterte er:

„Ich werde dich sehr liebhaben, meine kleine Made."

Der zarte Klang der Stimme erregte plötzlich die junge Frau und ein leises Zittern lief über ihre Haut. Sie bot ihm ihre Lippen, indem sie sich über ihn neigte, denn er hatte die Wange auf ihren warmen Busen gelegt.

Es war ein langer, tiefer und stummer Kuß. Dann sprang er auf und riß sie rasch und wild an sich. Es folgte ein keuchendes Ringen und eine heftige und ungeschickte Umarmung. Dann blieben sie Arm in Arm liegen, beide ein wenig enttäuscht, müde und immer noch zärtlich, bis das Pfeifen des Zuges die Nähe des Bahnhofs ankündigte.

Sie glättete mit den Fingerspitzen die zerzausten Haare an den Schläfen und erklärte:

„Es war recht töricht; wir sind wie die kleinen Kinder."

Aber er küßte ihr hastig und fieberhaft die beiden Hände, eine nach der andern und erklärte:

„Ich liebe dich über alles, meine kleine Made."

Bis Rouen saßen sie Wange an Wange gelehnt, fast unbeweglich, und blickten durch das Fenster in die Nacht hinaus, und sahen hin und wieder die Lichter einzelner Häuser vorüberfliegen.

Sie waren zufrieden, so nahe beieinander zu sein und träumten von der inneren Annäherung und Vereinigung, die sie erwarteten.

Sie stiegen in einem Hotel ab, dessen Fenster nach dem Ufer hinausgingen. Nachdem sie abends ein wenig gegessen hatten, gingen sie zur Ruhe.

Das Zimmermädchen weckte sie am nächsten Morgen um acht Uhr und stellte zwei Tassen Tee auf den Nachttisch.

Duroy sah seine Frau an und schloß sie in seine Arme mit stürmischer Freude eines Mannes, der einen kostbaren Schatz gefunden hat, und leise flüsterte er ihr ins Ohr:

„Meine kleine Made, ich fühle, daß ich dich sehr, sehr, sehr liebe!"

Sie lächelte ihm zufrieden und vertrauensvoll zu, erwiderte seine Küsse und murmelte:

„Ich dich auch ... vielleicht ..."

Der bevorstehende Besuch bei seinen Eltern beunruhigte Duroy. Er hatte seine Frau schon oft gewarnt und auf alles vorbereitet. Jetzt fing er noch einmal an:

„Weißt du, es sind Bauern, richtige Bauern vom Lande, nicht von der komischen Oper."

Sie lachte: „Ich weiß es doch, du hast mir oft genug das gesagt. Also steh auf, und laß mich auch aufstehen."

Er sprang aus dem Bett, zog seine Strümpfe an und sagte:

„Wir werden es sehr unbequem haben. In meinem Zimmer steht nur ein Bett mit einem Strohsack. In Canteleu kennt man keine Roßhaarmatratzen."

Sie schien entzückt zu sein.

„Um so besser. Es wird so herrlich sein, mal schlecht neben ... neben dir zu schlafen... und mit dem Hahnenschrei aufzuwachen."

Sie hatte einen Morgenrock aus weißem Flanell angezogen, den Duroy sofort erkannte. Dieser Anblick war ihm unangenehm. Warum? Er wußte, daß seine Frau ein volles Dutzend solcher Morgenkleider hatte. Sie konnte freilich nicht ihre Aussteuer vernichten, um sich eine neue zu kaufen. Wie es auch sei, es wäre ihm lieber gewesen, daß ihre Wäsche, ihre Nacht- und Leibwäsche nicht die gleiche wäre wie bei dem anderen. Ihm schien, als ob der weiche, warme Stoff etwas von Forestiers Berührung bewahrt haben müßte.

Er ging ans Fenster und steckte sich eine Zigarette an. Der Anblick des Hafens und des breiten Stromes mit seinen Schiffen und ihren schlanken Masten, mit seinen plumpen Dampfern, deren Ladung von Dampfkränen mit lautem Lärm auf die Kais ausgeladen wurde, — das alles packte ihn, obwohl er es schon lange kannte. Und er rief:

„O Gott, ist das schön!"

Madeleine kam herbei, legte ihre beiden Hände auf seine Schultern, beugte sich in hingebender Haltung zu ihm herab. Sie war gleichfalls hingerissen und entzückt:

„Oh! Das ist herrlich! Oh, wie herrlich! Ich wußte gar nicht, daß es hier so viele Schiffe gibt."

Eine Stunde später fuhren sie ab; sie wollten bei den Alten zum Frühstück sein, denn sie hatten sie mehrere Tage vorher benachrichtigt.

Eine offene, alte Droschke fuhr sie langsam mit furchtbarem Gerassel zuerst eine ziemlich langweilige Allee entlang, dann fuhren sie über eine Wiese, die ein Fluß durchströmte und stiegen endlich langsam ein hügliges Gelände hinauf.

Madeleine war müde und erhitzt von der frischen Landluft und der wundervollen Frühlingssonne, und schlief in einer Ecke des alten Wagens ein.

Ihr Gatte weckte sie:

„Sieh dir das an!“ sagte er.

Sie hatten etwa zwei Drittel der Steigung überwunden und machten an einem berühmten Aussichtspunkt halt, wohin alle Fremden geführt wurden. Man übersah von hier das weite Tal, das der breite Fluß in vielen Windungen durchströmte. Man sah ihn in der Ferne mit seinen vielen Inseln, bis er kurz vor Rouen einen weiten Bogen machte. Weiterhin ragte die Stadt am rechten Ufer etwas verschwommen im Morgennebel, in der Ferne blitzten die Sonnenflecke auf den Dächern und den tausend feinen gotischen Kirchentürmchen, überragt von der häßlichen, seltsamen und unproportionierten Bronzespitze der Kathedrale.

Auf der anderen Flußseite ragten rund und oben ausgebaucht die noch zahlreicheren, dünnen Fabrikschornsteine der großen Vorstadt Saint-Sevère und spien aus den Ziegelsäulen ihren schwarzen Kohlenqualm in den blauen Himmel hinauf.

Der Kutscher wartete geduldig, bis seine Fahrgäste sich hinreichend entzückt hatten. Aus seiner langjährigen Erfahrung wußte er ziemlich genau die Dauer der Bewunderung bei Reisenden jedes Schlages.

Als der Wagen sich wieder in Bewegung setzte, bemerkte plötzlich Duroy ein paar hundert Schritt von ihm entfernt zwei alte Leute, die ihnen entgegenkamen; er sprang aus dem Wagen und rief:

„Da sind sie; ich erkenne sie.“

Es waren zwei Bauern, ein Mann und eine Frau, die mit unregelmäßigen Schritten daherkamen und sich dann und wann mit den Schultern anstießen. Der Mann war klein, rot und untersetzt, mit etwas dickem Bauch, aber kräftig trotz seines hohen Alters. Die Frau war groß, mager, dürr, etwas gekrümmt und sah mürrisch und vergrämt aus, wie eine richtige Feldarbeiterin, die von Kindheit auf nur Mühe und schwere Arbeit gekannt und nie gelacht hatte, während der Mann mit seinen Genossen trank und schwatzte.

Madeleine war gleichfalls ausgestiegen und betrachtete die beiden armen Leutchen mit bedrücktem Herzen und einer Schwermut, auf die sie nicht vorbereitet war.

Zuerst erkannten sie ihren Sohn, diesen schönen, eleganten Herrn nicht, und nie hätten sie geahnt, daß diese schöne Dame im hellen Kleid ihre Schwiegertochter sei.

Schweigend und hastig gingen sie ihrem erwarteten Kind entgegen, ohne auf die Stadtmenschen, hinter denen ein Wagen fuhr, achtzugeben. Sie gingen vorüber. Da rief Georges Duroy lachend:

„Guten Tag, Papa Duroy!“

Sie blieben beide stehen, zuerst verblüfft, dann ganz blöde vor Überraschung. Die Alte faßte sich zuerst und stammelte, ohne sich zu rühren:

„Das bist du, unser Sohn?“

Der junge Mann antwortete:

„Aber natürlich bin ich das, Mutter Duroy.“

Und er ging auf sie zu und gab ihr auf beide Backen einen herzlichen Sohneskuß. Dann drückte er seine Schläfen gegen die des Vaters, der seine Mütze abgenommen hatte, eine seidene, sehr hohe Kappe, wie die Viehhändler in Rouen sie zu tragen pflegen.

Dann stellte Duroy vor:

„Das ist meine Frau.“

Und die beiden Bauersleute starrten Madeleine wie ein Wunder mit einer verborgenen Furcht an. Der Vater schien ziemlich befriedigt, während in den Augen der Mutter eine feindselige Eifersucht funkelte.

Der Mann war von Natur lustig und fröhlich und durch den Genuß des süßen Apfelweines und Alkohols wurde sein Frohsinn noch gesteigert. Er wurde kecker und fragte mit listigem Augenzwinkern:

„Darf ich ihr wohl auch einen Kuß geben?“

„Aber natürlich!“ antwortete der Sohn; und Madeleine, der es unbehaglich wurde, reichte beide Wangen den schallenden Küssen des Bauern, der daraufhin sich seine Lippen mit der Rückseite seiner Hand abwischte. Auch die Alte küßte ihre Schwiegertochter, doch mit feindseliger Zurückhaltung. Nein! das war nicht die Schwiegertochter, von der sie träumte, die dicke, frische Pächterstochter, rot wie ein Apfel und rund wie eine Zuchtstute. Die Dame da sah nicht recht geheuer aus mit ihrem Putz und ihrem Moschusgeruch. Für die Alte gab es nur ein Parfüm, und das war Moschus.

Man ging nun weiter und folgte der Droschke, auf der das Gepäck des jungen Paares stand.

Der Alte nahm den Sohn beim Arm, zog ihn etwas zurück und fragte neugierig:

„Nun, und wie gehen die Geschäfte?“

„Gut, sehr gut!“

„Nu , das genügt. Um so besser. Sag mal, und deine Frau, hat sie Geld?“

„Vierzigtausend Francs!“

Der Vater stieß vor Überraschung und Bewunderung einen leisen Pfiff aus und brachte nichts weiter hervor als: „Donnerwetter!“, so starr war er über die Summe. Dann setzte er mit ernster und ehrlicher Überzeugung hinzu:

„Wahrhaftig, es ist eine schöne Frau!“

Er fand sie nach seinem Geschmack, und seinerzeit hatte er für einen Kenner gegolten.

Madeleine und die Mutter gingen nebeneinander, ohne ein Wort zu sprechen. Die beiden Männer holten sie ein.

Das kleine Dorf, wohin sie nun gelangten, zog sich längs der Straße hin, etwa zehn Häuser auf jeder Seite, teils aus Ziegeln, teils aus Lehm gebaut, die einen mit Stroh, die anderen mit Schiefer gedeckt. Links, am Dorfeingang befand sich das Wirtshaus des alten Duroy „Zur schönen Aussicht", eine kleine Hütte, die aus einem Erdgeschoß und einigen Bodenkammern bestand. Über der Tür war ein Kiefernzweig angebracht, er zeigte nach altem Brauch, daß durstige Leute eintreten können.

Der Tisch war in der Wirtsstube gedeckt oder vielmehr waren zwei Tische nebeneinander geschoben und mit einer Serviette bedeckt. Eine Nachbarin, die zur Aushilfe gekommen war, grüßte mit tiefer Verbeugung, als sie eine so schöne Dame eintreten sah, dann erkannte sie Georges und rief:

„Herr Jesus! Bist du es, Kleiner?"

Er antwortete fröhlich:

„Aber gewiß bin ich es, Mutter Brulin!"

Und er umarmte sie, wie er vorher seine Eltern umarmt hatte.

Dann wandte er sich zu seiner Frau:

„Komm in unser Zimmer, da kannst du deinen Hut ablegen."

Er führte sie rechts durch eine Tür in ein kaltes, viereckiges Zimmer mit kalkgeweißten Wänden, in dem ein Bett mit baumwollenen Vorhängen stand; über einem Weihwasserbecken hing ein Kruzifix; zwei kolorierte Bilder, die Paul und Virginie unter einem blauen Palmenbaum und Napoleon I. auf einem gelben Pferd darstellten, bildeten den einzigen Schmuck dieses sauberen, öden Zimmers. Sobald sie allein waren, küßte er Madeleine:

„Guten Tag, Made; ich freue mich wirklich, die Alten wiederzusehen. In Paris denkt man nicht an sie, und wenn man wieder beisammen ist, macht das einem doch Freude."

Aber der Vater rief, indem er mit der Faust an die Tür schlug:

„Kommt! Vorwärts! Die Suppe ist fertig!"

Sie mußten zu Tisch gehen.

Es war eine lange, schlecht zusammengestellte Bauernmahlzeit: eine Wurst nach der Hammelkeule und ein Eierkuchen nach der Wurst. Vater Duroy war durch den Apfelwein und ein paar Gläser Schnaps angeheitert, und packte seine alten Geschichten und Lieblingsscherze aus, die er für besonders festliche Gelegenheiten aufbewahrte, allerlei schlüpfrige, unsaubere Abenteuer, die angeblich seinen Freunden begegnet waren. Georges, der sie alle kannte, grinste trotzdem, denn die Luft der Heimat und die angeborene Liebe zum Lande und zu den vertrauten Winkeln seiner Kindheit, berauschten ihn ebenso wie all die Erinnerungen, die wieder in ihm lebendig wurden, all diese Kleinigkeiten, die er wieder sah: ein Messerschnitt in der Tür, ein lahmer Stuhl, der ihn an eine jugendliche Untat erinnerte, der Erdgeruch und der kräftige Harzduft, der aus dem nahen Walde kam und selbst der Geruch des Hauses, des Baches und des Düngerhaufens.

Die Mutter Duroy sprach gar nicht; sie blieb immer traurig und ernst. Haßerfüllt beobachtete sie ihre Schwiegertochter. Es war der Haß der alten Arbeiterin und Bäuerin mit verbrauchten Fingern und durch schwere Mühen entstellten Gliedern gegen die Städterin, die ihr Widerwillen einflößte, wie eine Verdammte, Verworfene, ein unreines Wesen, das nur für Sünde und Müßiggang geschaffen sei. Alle Augenblicke stand sie auf, um das Essen hereinzutragen und die Gläser zu füllen mit dem gelben herben Trank aus der Karaffe oder mit dem roten, schäumenden Apfelwein, bei dem der Pfropfen knallend aus der Flasche sprang wie bei einer moussierenden Limonade.

Madeleine aß wenig und sprach auch kaum, sie blieb traurig sitzen mit ihrem gewöhnlichen Lächeln, zu dem sie ihre Lippen zwang. Sie war enttäuscht und tief traurig. Warum? Gerade sie hatte ja kommen wollen; und sie wußte schon im voraus ganz genau, daß es richtige kleine, arme Bauern waren. Wie hatte sie sich wohl diese Schwiegereltern geträumt, sie, die sonst nie träumte.

Wußte sie denn das? Kam es daher, weil Frauen immer etwas anderes erwarten, als was nachher kommt? Hatte sie sich diese Bauern aus der Entfernung poetischer vorgestellt? Nein, aber vielleicht edler, literarischer, zärtlicher, dekorativer. Sie hatte sie sich doch gar nicht edelmütig gewünscht wie in den Romanen? Woher kam es also, daß sie sich durch die unzähligen, kaum sichtbaren Kleinigkeiten, durch die vielen ungreifbaren Grobheiten und Plumpheiten abgestoßen fühlte? Oder lag es an ihrem bäurischen Wesen, an ihren Worten, ihren Gebärden, und an ihrem Lachen?

Sie dachte an ihre eigene Mutter, von der sie nie zu jemand sprach. Es war eine verführte Erzieherin aus Saint-Denis, die in Kummer und Elend gestorben war, als Madeleine zwölf Jahre zählte. Ein Unbekannter hatte das Mädchen erziehen lassen, zweifellos ihr Vater. Wer war er? Sie wußte es nicht genau, obgleich sie bestimmte Vermutungen hegte.

Das Frühstück nahm kein Ende. Jetzt kamen Gäste, die dem alten Duroy die Hand schüttelten und in staunende Ausrufe ausbrachen, als sie den Sohn erblickten; sie betrachteten die junge Frau von der Seite, zwinkerten listig mit den Augen, womit sie sagen wollten:

„Donnerwetter! Das ist ein frisches Weibchen, die Frau von Georges Duroy."

Die anderen, die weniger Befreundeten, setzten sich an die Holztische und riefen: „Einen Liter! — Einen Schoppen! — Zwei Schnäpse! — Einen Bittern!“ Dann begannen sie Domino zu spielen, indem sie laut klappernd mit den schwarzweißen Knochensteinen auf den Tisch schlugen.

Mutter Duroy ging immerfort hin und her, bediente die Kunden, nahm das Geld von ihnen und wischte mit ihrem Jammerblick, den Tisch mit dem Zipfel ihrer blauen Schürze ab.

Der Rauch der Tonpfeifen und der billigen Zigarren erfüllte den Raum. Madeleine begann zu husten und fragte:

„Wollen wir nicht gehen? Ich kann es nicht mehr aushalten.“

Die Mahlzeit war noch nicht beendet, und der alte Duroy war unzufrieden. Da stand sie auf und setzte sich auf einen Stuhl vor der Tür auf der Straße und wartete, bis ihr Schwiegervater und Gatte ihre Schnäpse und Kaffee zu Ende getrunken hatten.

Georges kam gleich zu ihr heraus:

„Wollen wir etwas nach der Seine hinunter?“ fragte er.

Sie nahm den Vorschlag mit Freuden an.

„Ach ja, gehen wir.“

Sie gingen den Berg hinunter, mieteten sich ein Boot in Croisset und verbrachten den Rest des Nachmittags an den Ufern einer Insel unter den Weiden. Sie wurden schläfrig von der milden Frühlingswärme und, gewiegt von den leichten Wellen des Flusses, schlummerten sie allmählich ein.

Als es dunkel wurde, stiegen sie wieder hinauf.

Das Abendessen beim Schein einer Kerze war für Madeleine noch peinlicher als das Mittagessen. Der Vater Duroy war halb betrunken und sprach nicht mehr, und die Mutter hatte ihren mürrischen Gesichtsausdruck nicht abgelegt.

Das spärliche Licht warf auf die grauen Mauern die Schatten der Köpfe mit riesigen Nasen und maßlosen Gebärden. Von Zeit zu Zeit, sobald jemand sich umdrehte und sein Gesicht der gelben, zitternden Flamme näherte und sein Profil darbot, sah man eine Riesenhand eine Gabel, die wie eine Heugabel aussah, zum Munde führen, der dem Maul eines Ungeheuers glich.

Sobald die Mahlzeit zu Ende war, zog Madeleine ihren Mann ins Freie hinaus, um nicht in der düsteren Stube bleiben zu müssen, wo es nach altem Tabaksqualm und verschüttetem Wein roch.

Als sie draußen waren, sagte er:

„Du langweilst dich schon.“

Sie wollte widersprechen, aber er unterbrach sie:

„Nein, ich habe es wohl bemerkt. Wenn du willst, fahren wir schon morgen wieder ab?“

„Ja, ich möchte gern“, flüsterte sie.

Sie schritten langsam vorwärts. Es war eine milde Nacht und in ihrem tiefen, liebkosenden Schatten glaubte man allerlei leichtes Geräusch zu hören, entweder eine Art Knistern oder ein leises Atmen. Sie waren jetzt in eine schmale Allee sehr hoher Bäume gelangt, rechts und links umgeben von undurchdringlichem Dickicht.

„Wo sind wir?“ fragte sie.

„Im Wald“ antwortete er.

„Ist er groß?“

„Sehr groß, einer der größten in Frankreich.“

Es roch nach Erde, nach Bäumen und Moos. Der frische und zugleich welke Duft des dichten Waldes, der von dem Saft der Knospen und den faulenden Blättern des Dickichts stammte, schien in dieser Allee so ruhig und unbeweglich zu schweben. Madeleine blickte empor und sah die Sterne zwischen den Wipfeln der Bäume; und obwohl kein leisester Luftzug die Baumzweige bewegte, fühlte sie doch um sich das unbestimmte Rauschen des Blättermeeres. Ein seltsamer Schauer flog über ihre Seele und lief dann über ihre Haut. Eine Angst beklemmte ihr Herz. Warum? Sie wußte es nicht, aber sie hatte das Gefühl, als wäre sie umringt von Gefahren und verloren. Sie fühlte sich verlassen, ganz allein auf dieser Welt unter der grünen Wölbung, die oben rauschte.

„Ich fürchte mich etwas“, murmelte sie. „Ich möchte zurück.“

„Gut, kehren wir um.“

„Und ... morgen reisen wir wieder nach Paris?“

„Ja, morgen.“

„Morgen früh?“

„Auch schon morgen früh, wenn du willst.“

Sie kehrten zurück. Die beiden Alten hatten sich schon zu Bett begeben. Madeleine schlief schlecht. Sie erwachte fortwährend von den ungewohnten Geräuschen der Nacht, dem Schrei der Eule, dem Grunzen des Schweines, das in einem Stall hinter der Wand eingesperrt war, und dem Krähen des Hahnes, das schon um Mitternacht begann. Beim ersten Morgendämmern war sie schon auf und reisefertig.

Als Georges seinen Eltern mitteilte, daß er schon heute abreisen müßte, waren sie beide betroffen, dann aber begriffen sie, woher diese Absicht kam.

Der Vater fragte einfach:

„Werden wir dich bald wiedersehen?“

„Aber natürlich. Im Laufe des Sommers.“

„Na, dann um so besser.“

Die Alte brummte:

„Ich wünsche dir, daß du nicht zu bereuen brauchst, was du getan hast.“

Er schenkte ihnen zweihundert Francs, um ihren Ärger zu besänftigen, und als die Droschke, die ein Dorfjunge geholt hatte, um zehn Uhr erschien, umarmte das junge Paar die alten Leute und fuhr davon.

Als sie den Berg hinunterfuhren, sagte Duroy lachend:

„Siehst du, ich habe dich gewarnt. Ich hätte dich nicht mit Herrn und Frau Du Roy de Cantel, Vater und Mutter zusammenbringen müssen.“

Sie begann auch zu lachen und entgegnete:

„Ich freue mich jetzt sehr darüber; es sind brave Leute und ich beginne, sie gern zu haben. Ich will ihnen aus Paris kleine Geschenke schicken.“

Dann sprach sie leise vor sich hin: „Du Roy de Cantel ... Du wirst sehen, kein Mensch wird sich über unsere Hochzeitsanzeige wundern. Wir wollen überall erzählen, wir hätten eine Woche auf dem Gut deiner Eltern verbracht.“

Sie neigte sich zu ihm hin und streifte mit einem Kuß das Ende seines Schnurrbartes:

„Guten Tag, Geo.“

„Guten Tag, Made“, erwiderte er und schlang seinen Arm um ihre Hüfte.

In der Ferne sahen sie tief unten im Tal den großen Fluß wie ein silbernes Band in der Morgensonne leuchten, und die Fabrikschornsteine, die ihre schwarzen Rauchwolken zum Himmel hinaufbliesen, und alle spitzen Türme, die über der Stadt emporragten.

II.

Das Ehepaar Du Roy war seit zwei Tagen nach Paris zurückgekehrt und der Journalist hatte seine alte Tätigkeit wieder aufgenommen, in der Hoffnung, bald von der Redaktion des Lokalen Teils entbunden zu werden, um endgültig das Ressort Forestiers zu übernehmen und sich ganz der Politik widmen zu können.

Er ging abends mit frohem Herzen nach der Wohnung seines Vorgängers, um zu essen. Er sehnte sich nach seiner Frau, deren körperliche und seelische Reize ihn immer mehr fesselten. Als er an einem Blumenladen am Ende der Rue Notre Dame de Lorette vorbeikam, kam er auf die Idee, für Madeleine einen Strauß Blumen mitzunehmen und er kaufte ein großes Bund halbgeöffneter, duftender Rosenknospen.

Auf jedem Treppenabsatz seiner neuen Wohnung sah er sich selbstgefällig in dem Spiegel, der ihn jedesmal an seinen ersten Besuch in diesem Hause erinnerte.

Er hatte seinen Schlüssel vergessen und klingelte. Der Diener, den er auf Anraten seiner Frau behalten hatte, öffnete ihm.

Georges fragte:

„Ist meine Frau schon zurück?"

„Jawohl, mein Herr."

Als er durchs Eßzimmer ging, wurde er stutzig, weil er drei Gedecke erblickte. Der Türvorhang zum Salon war zurückgeschlagen und er sah nebenan Madeleine, die einen Strauß ganz ähnlicher Rosen in eine Vase auf dem Kamin hineinsteckte. Er wurde verstimmt und mißvergnügt, als hätte ihn jemand um seine Idee und um die ganze Freude bestohlen, die er von dieser Aufmerksamkeit erwartete.

Er trat herein und fragte:

„Hast du denn jemand eingeladen?"

Sie antwortete, ohne sich umzuwenden, und ordnete weiter ihre Blumen:

„Ja und nein. Es ist mein alter Freund, der Graf de Vaudrec, der jeden Montag hier zu essen pflegt, und er kommt heute wie gewöhnlich."

„Ah, sehr angenehm.", murmelte Georges.

Er blieb hinter ihr stehen, mit seinem Strauß in der Hand; er hatte Lust, ihn zu verstecken oder wegzuwerfen. Trotzdem sagte er:

„Sieh mal, ich habe dir Rosen mitgebracht."

Hastig drehte sie sich um und rief freudestrahlend:

„Wie reizend von dir, daß du daran gedacht hast."

Und sie reichte ihm ihre Hände und Lippen mit einem so ungekünstelten Ausdruck der Freude, daß er gleich wieder getröstet war. Sie nahm seine Blumen, sog den Duft ein und stellte sie dann mit der Fröhlichkeit und Lebhaftigkeit eines beglückten Kindes in eine leere Vase gegenüber der anderen.

Sie betrachtete prüfend die Wirkung und murmelte:

„Es freut mich so, jetzt ist mein Kamin hübsch und anständig geschmückt." Gleich darauf fügte sie mit innerer Überzeugung hinzu:

„Weißt du, Vaudrec ist reizend. Du wirst dich sehr rasch mit ihm befreunden."

Die Klingel ertönte und kündete den Besuch des Grafen an. Er trat ein, ruhig und sicher, als sei er bei sich zu Hause. Nachdem er der Hausfrau galant die Finger geküßt hatte, wandte er sich zum Gatten, bot ihm die Hand und fragte:

„Nun, wie geht es, mein lieber Du Roy?"

Er hatte nicht mehr die steife, abweisende Art von früher, sondern sein entgegenkommendes Wesen gab deutlich zu erkennen, daß die Umstände nicht mehr die gleichen waren.

Der Journalist war überrascht, versuchte liebenswürdig zu sein, und nach wenigen Minuten hätte man glauben können, daß sie sich schon seit zehn Jahren gut kannten und schätzten.

Dann sagte Madeleine, deren Gesicht vor Freude strahlte:

„Ich lasse euch allein. Ich muß einen Blick in die Küche werfen."

Sie ging hinaus und die beiden Männer blickten ihr nach.

Als sie zurückkam, unterhielten sie sich vom Theater; es handelte sich um ein neues Stück, das kurz zuvor aufgeführt war; sie waren so völlig einer Meinung, daß sie, wenn sie sich anblickten, ein plötzliches Freundschaftsgefühl verspürten, so sehr stimmten ihre Ideen überein.

Das Diner war reizend intim und herzlich. Der Graf blieb bis spät in die Nacht, so wohl fühlte er sich in diesem reizenden, neuen Haushalt.

Als er fort war, sagte Madeleine zu ihrem Mann:

„Ist er nicht ein entzückender Mensch? Er gewinnt ungeheuer, wenn man ihn besser kennt. Er ist ein zuverlässiger, guter, ergebener und treuer Freund. Ach! Ohne ihn ..."

Sie führte ihren Gedanken nicht zu Ende und Georges erwiderte:

„Ja, ich finde ihn sehr angenehm. Ich glaube, wir werden uns gut verstehen."

„Weißt du," fuhr sie sogleich fort, „wir haben heute abend noch zu arbeiten, bevor wir zu Bett gehen. Ich hatte keine Zeit, es dir vor Tisch zu sagen, weil Vaudrec gleich kam. Ich habe sehr wichtige Nachrichten über Marokko erhalten. Der Abgeordnete Laroche-Mathieu, der zukünftige Minister, hat sie mir gebracht. Wir müssen einen richtigen, großen Sensationsartikel schreiben. Die Tatsachen und die Zahlen habe ich alle. Komm, wir wollen uns gleich an die Arbeit setzen. Da, nimm die Lampe."

Er nahm die Lampe und sie gingen ins Arbeitszimmer.

Dieselben Bücher standen reihenweise im Bücherschrank, den jetzt die drei Vasen schmückten, die Forestier am Tage vor seinem Tode am Golf Juan gekauft hatte. Unter dem Tisch lag der Fußsack des Verstorbenen für die Beine Du Roys bereit, und als er Platz genommen hatte, griff er zur Elfenbeinfeder, die sein Vorgänger mit seinen Zähnen an der Spitze angekaut hatte. Madeleine lehnte sich an den Kamin und steckte eine Zigarette an. Sie erzählte, was sie Neues erfahren hatte, entwickelte ihre Gedanken und den Plan des Artikels, wie sie ihn zu schreiben beabsichtigte.

Er hörte aufmerksam zu und machte sich einige Notizen. Als sie fertig war, erhob er einige Einwendungen; er faßte die Frage anders auf, erweiterte sie und entwickelte seinerseits einen Plan, nicht bloß zu dem Artikel, sondern zu einem Feldzug gegen das jetzige Ministerium. Dieser Angriff sollte den Kampf eröffnen. Seine Frau hörte so aufmerksam und gespannt zu, daß sie sogar zu rauchen aufhörte; sie verfolgte Georges Gedankengang, ihr eröffneten sich weite Perspektiven und hin und wieder murmelte sie:

„Ja ... richtig ... sehr gut ... Tadellos ... sehr stark."

Als er zu sprechen aufhörte, sagte sie:

„Nun wollen wir schreiben."

Aber der Anfang fiel ihm noch immer sehr schwer und er mußte mit größter Mühe die Worte zusammensuchen. Da neigte sie sich sanft über seine Schulter und begann ihm leise die Sätze ins Ohr zu flüstern. Von Zeit zu Zeit hielt sie inne und fragte:

„Ist das richtig, wie du es gemeint hast?"

Er antwortete:

„Ja, vortrefflich."

Sie fand scharfe Wendungen und giftige Bosheiten, um den Ministerpräsidenten zu treffen. Sie verquickte, wie es nur eine Frau vermag, spöttische Bemerkungen über sein Gesicht mit denen über seine Politik in so komischer und geistreicher Weise, daß man lachen und zugleich die Richtigkeit und Schärfe ihrer Beobachtung billigen mußte. Du Roy setzte zuweilen einige Zeilen hinzu, die die Tragweite und Wirkung des Angriffs vertieften und verschärften. Er verstand sich vortrefflich auf die Kunst, versteckte und zweideutige Bosheiten anzubringen; er hatte es gelernt, als er den Nachrichtenteil redigierte; und wenn eine Tatsache, die Madeleine für unanfechtbar hielt, ihm zweifelhaft oder gefährlich erschien, so ließ er sie nur ahnen und brachte es meisterhaft fertig, sie dem Leser im Geiste noch schärfer einzuprägen, als wenn er etwas Positives behauptet hätte.

Als der Artikel beendet war, las ihn Georges laut und pathetisch vor. Sie fanden ihn beide ausgezeichnet und lächelten sich überrascht und entzückt zu, als hätten sie sich einander offenbart. Bewundernd und zärtlich sahen sie sich in die Augen und dann umarmten sie sich stürmisch, heiß und leidenschaftlich. Du Roy nahm die Lampe:

„Und nun ins Bettchen", sagte er mit einem glühenden Blick.

Sie antwortete:

„Gehen Sie voran, mein Gebieter, und beleuchten Sie mir den Weg.“

Er ging voran und sie folgte ihm ins Schlafzimmer, dabei kitzelte sie ihn mit den Fingern zwischen Nacken und Kragen, damit er rascher gehen sollte, denn diese Art Liebkosung konnte er nicht vertragen.

Der Artikel erschien mit der Unterschrift „Georges Du Roy de Cantel“ und erregte großes Aufsehen. In der Kammer gab es eine stürmische Sitzung. Vater Walter beglückwünschte den Verfasser und übertrug ihm die politische Redaktion der Vie Française. Die Lokalnachrichten übernahm wieder Boisrenard.

Es begann nunmehr in der Zeitung ein geschickter und heftiger Feldzug gegen das zuständige Ministerium. Die Angriffe waren gewandt und schlau geführt und auf Tatsachen aufgebaut, bald ironisch, bald ernst, bald humoristisch, bald giftig; sie trafen scharf und sicher, so daß alle Welt erstaunt war. Die anderen Blätter zitierten fortwährend die Vie Française und druckten ganze Spalten ab, und die einflußreichen, politischen Machthaber erkündigten sich, ob man diesen unbekannten, erbitterten Feind nicht mit Hilfe einer Präfektur zum Schweigen bringen könnte.

In politischen Kreisen wurde Du Roy bald eine vielgenannte Persönlichkeit.

Er spürte seinen wachsenden. Einfluß an den Händedrücken und der Art des Hutabnehmens. Und seine Frau wiederum erfüllte ihn mit Staunen und Bewunderung durch den Scharfsinn ihres Geistes, die Geschicklichkeit ihrer Informationen und die Zahl ihrer Bekanntschaften.

Wenn er nach Hause kam, fand er stets in seinem Salon irgendeinen Senator oder Abgeordneten, einen höheren Staatsbeamten oder General, die mit Madeleine wie mit einer alten Freundin ernst und vertraulich verkehrten. Wo hatte sie alle diese Leute kennengelernt? In der Gesellschaft, meinte sie. Aber wie war es ihr gelungen, ihr Vertrauen und ihre Freundschaft zu gewinnen? Das konnte er nicht begreifen.

„Sie wäre ein schlauer und tüchtiger Diplomat“, dachte er.

Oft kam sie zu spät zum Essen und stürzte dann außer Atem rot und erregt ins Zimmer, und ehe sie noch den Schleier abgelegt hatte, sagte sie:

„Heute habe ich was Interessantes. Denke dir, der Justizminister hat zwei Richter ernannt, die Mitglieder der gemischten Kommission waren. Wir werden ihm eins versetzen, an das er lange denken wird.“

Und der Minister bekam eins versetzt, und am nächsten Tage eins und am übernächsten noch eins. Der Abgeordnete Laroche-Mathieu, der jeden Dienstag in der Rue Fontaine zu Mittag aß — nachdem Graf Vaudrec am Tage vorher den Anfang gemacht hatte —, schüttelte kräftig und energisch der Frau und dem Gatten die Hand und war außer sich vor Freude. Er wiederholte immerfort:

„O Gott, das ist ein richtiger Feldzug. Wenn wir jetzt keinen Erfolg haben ...“

Er hoffte sehr, auf diese Weise das Portefeuille des Auswärtigen zu ergattern, auf das er schon lange hinzielte.

Er war einer von diesen Politikern mit mehreren Gesichtern ohne Überzeugung, ohne große Fähigkeiten, ohne Mut und ernstliche Kenntnisse; er war Provinzadvokat und galt in einer Departementhauptstadt als hübscher Mann; er verstand es, durch alle Parteien sich durchzuschlängeln, er war eine Art von republikanischer Jesuit, ein liberaler Pilz von höchst zweifelhaftem Wesen, wie sie zu Hunderten auf dem volkstümlichen Düngerhaufen des allgemeinen Stimmrechts gedeihen. Seine machiavellistische Bauernschlauheit ließ ihn unter seinen Kollegen, unter diesen entgleisten und gescheiterten Existenzen, aus denen Abgeordnete gewählt werden, als stark und gewandt erscheinen. Er war elegant, korrekt, gemütlich und liebenswürdig genug, um Karriere zu machen. In der Gesellschaft hatte er Erfolg, allerdings in der ziemlich wahllos durcheinander gemischten und wenig vornehmen Gesellschaft der heutigen hohen Staatsbeamten.

Man sagte überall von ihm: „Laroche wird einmal Minister.“ Und er war genau so fest wie die anderen überzeugt, daß er einmal Minister würde.

Er war Hauptaktionär der Zeitung des Vater Walter und war fast an allen seinen finanziellen Unternehmungen beteiligt.

Du Roy unterstützte ihn vertrauensvoll mit etwas unklaren Hoffnungen für die spätere Zukunft. Übrigens setzte er damit nur das Werk fort, das Forestier begonnen hatte. Diesem hatte Laroche-Mathieu die Ehrenlegion versprochen, sobald der Tag des Sieges gekommen sei. Nun mußte der Orden auf die Brust des neuen Gatten von Madeleine übergehen. Das war alles. Sonst hatte sich eigentlich nichts geändert. Man empfand es so deutlich, daß sich nichts geändert hatte, daß Du Roys Kollegen ihn zu necken begannen, was ihm auf die Dauer lästig wurde.

Man nannte ihn nur noch Forestier. Sooft er ins Redaktionsbureau kam, rief jemand: „Sag mal, Forestier.“

Er tat so, als ob er nicht hörte und begann, die Briefe aus dem Schubkasten herauszusuchen. Dieselbe Stimme wiederholte noch lauter:

„He, Forestier!“

Und er vernahm ein unterdrücktes Gelächter.

Du Roy ging nach dem Bureau des Direktors, und der, welcher ihn eben gerufen hatte, trat ihm in den Weg und sagte:

„Oh, verzeih, ich wollte dich sprechen, aber es ist zu dumm, ich verwechsle dich stets mit dem armen Charles. Das kommt davon, weil alle deine Artikel den seinigen so verflucht ähnlich sind. Alle Welt läßt sich dadurch täuschen."

Du Roy antwortete nichts, aber er wurde wütend und in seinem Herzen begann er den Toten dumpf und heftig zu hassen.

Der Vater Walter selbst hatte erklärt, als man sich über die schlagende Ähnlichkeit in Form und Inhalt zwischen den Aufsätzen des neuen und des alten politischen Redakteurs wunderte:

„Ja, es ist Forestier, aber ein kräftigerer und energischerer Forestier."

Ein anderes Mal, als Du Roy zufällig den Bilboquetschrank öffnete, hatte man die seines Vorgängers am Stiel mit schwarzem Flor umwunden und sein eigenes, mit dem er unter Anleitung Saint-Potins zu spielen pflegte, trug ein rosa Seidenbändchen; auf dem Brett, auf welchem die Bilboquets der Größe nach aufgestellt wurden, war ein Zettel angeheftet, ähnlich wie im Museum, auf dem stand:

„Alte Sammlung Forestier & Co. — Forestier, Du Roy Nachfolger G. m. b. H. Unveräußerliche Gegenstände dürfen bei jeder Gelegenheit selbst auf Reisen gebraucht werden."

Er schloß ruhig den Schrank und sagte so laut, daß es jeder hören konnte:

„Neidische Dummköpfe gibt es überall."

Er war tief verletzt in seinem Stolz und seiner Eitelkeit, in dieser besonders empfindlichen und nervösen und mißtrauischen Schriftstellereitelkeit, die sowohl dem kleinsten Reporter wie auch dem genialsten Dichter zu eigen ist.

Dieses Wort „Forestier" kränkte sein Ohr. Er fürchtete, es zu hören, und errötete jedesmal, wenn er es doch hören mußte. Dieser Name war für ihn bissiger Spott geworden, ja mehr als Spott, eine schwere Beleidigung. Dieser Name schrie ihm zu: „Deine Frau macht die Arbeit für dich genau so, wie sie es für den anderen gemacht hat. Ohne sie wärest du nichts."

Daß Forestier ohne Madeleine nichts gewesen wäre, das wollte er gern zugeben, aber er selbst — nein, das war ganz was anderes.

Und auch zu Hause wollte dieses bedrückende Gefühl nicht von ihm weichen. Das ganze Haus mahnte ihn jetzt an den Toten, die Möbel, die ganze Einrichtung, alles, was er anfaßte. In der ersten Zeit hatte er nicht daran gedacht. Aber die Neckereien seiner Kollegen hatten seinem Geist eine Wunde beigebracht, die durch eine Menge bisher unbeachteter Kleinigkeiten noch weiter aufgerissen wurde. Er konnte nichts mehr in die Hand nehmen, ohne daß er Charles Hand darauf zu erblicken glaubte. Er sah und gebrauchte nur Dinge, die jener auch einst benutzt hatte, Gegenstände, die er gekauft, geliebt und besessen hatte. Und Georges begann sich schon jetzt bei dem Gedanken an die früheren Beziehungen seines alten Freundes zu seiner jetzigen Frau zu beunruhigen und zu ärgern.

Bisweilen wunderte er sich selbst über diese innere Empörung seines Herzens, die er sich nicht erklären konnte, und er fragte sich: „Zum Teufel, wie kommt das nur? Ich bin doch nicht auf die Freunde Madeleines eifersüchtig; ich kümmere mich nicht darum, was sie treibt; sie kommt und geht, wie es ihr paßt und nur der Gedanke an diesen blöden Kerl, den Charles, macht mich direkt wütend." Und in Gedanken setzte er hinzu: „Im Grunde war er ein Idiot, und das ist es, was mich so kränkt. Ich ärgere mich, daß Madeleine so einen Schafskopf hatte heiraten können."

Und er wiederholte sich immerfort: „Wie konnte diese Frau so ein Vieh nur einen Augenblick gern haben?" Und sein Haß und seine Eifersucht wurden von Tag zu Tag durch unzählige Kleinigkeiten aufgestachelt, die ihn wie Nadelstiche peinigten. Immerfort wurde er an den anderen erinnert. Bald durch eine Bemerkung Madeleines, bald durch ein Wort des Dieners oder des Stubenmädchens.

Eines Abends fragte Du Roy, der süße Speisen liebte: „Warum haben wir nie ein Zwischengericht? Du läßt nie welche auftragen."

Die junge Frau antwortete fröhlich:

„Das ist wahr, ich habe gar nicht daran gedacht; das kommt daher, weil Charles sie nicht ausstehen konnte.

Er konnte sich nicht mehr beherrschen und schnitt ihr mit einer ungeduldigen Bewegung das Wort ab:

„Ach weißt du, dieser Charles beginnt mir auf die Nerven zu gehen. Es geht ja fortwährend: Charles hier, Charles dort. Charles liebte dieses, Charles liebte jenes. Nun ist Charles krepiert, also soll man ihn endlich in Ruhe lassen."

Madeleine sah ihren Mann erstaunt an. Sie begriff diesen plötzlichen Wutausbruch nicht. Doch bald ahnte sie mit ihrem scharfen Verstande, was in ihm vorging, die langsame Wühlarbeit dieser verspäteten Eifersucht, die jeden Augenblick wuchs, und durch alles genährt wurde, was ihn an den Toten erinnerte.

Sie hielt es vielleicht für kindisch, fühlte sich jedoch geschmeichelt und erwiderte nichts.

Er ärgerte sich über seine Gereiztheit, und daß er sich nicht hatte beherrschen können. Abends nach dem Essen arbeiteten sie wieder zusammen an einem Artikel für den nächsten Tag und er verwickelte sich in den Fußsack. Er konnte nicht mit den Füßen hinein, warf ihn mit einem Fußtritt beiseite und fragte lachend: „Charles hatte wohl immer kalte Füße?"

Sie lachte auch und antwortete:

„Oh, er lebte in einer ständigen Furcht vor Erkältungen; er hatte auch schwache Lungen."

„Er hatte es übrigens auch bewiesen", erwiderte Du Roy boshaft. Dann setzte er höflich und galant hinzu: „Zum Glück für mich." Und er küßte seiner Frau die Hand.

Doch als sie zu Bett gingen, fragte er immer von demselben Gedanken verfolgt:

„Trug Charles auch baumwollne Nachtmützen, damit er keinen kalten Luftzug an die Ohren kriegte?"

Sie ging auf den Scherz ein und erwiderte: „Nein, er band sich ein Madrastuch um die Stirn."

Georges zuckte die Achseln und sagte mit endloser Verachtung :

„So ein Affe."

Seitdem war Charles für ihn ein unerschöpflicher Unterhaltungsgegenstand. Er sprach über ihn, bei jedem Anlaß und nannte ihn nur noch „dieser arme Charles" mit verächtlich mitleidigem Ton.

Und wenn er von der Redaktion zurückkam, wo man ihn zwei- oder dreimal Forestier angeredet hatte, so rächte er sich dann und verfolgte den Toten bis in sein Grab mit bittersten und gehässigsten Witzen. Er spöttelte über seine Fehler, seine kleinlichen komischen Seiten, zählte sie mit Wohlbehagen auf, wobei er sie immer übertrieb und vergrößerte, als wollte er im Herzen seiner Frau den Einfluß eines gefährlichen Nebenbuhlers bekämpfen.

Er wiederholte:

„Sag mal, Madeleine, entsinnst du dich noch des Tages, als dieser Dummkopf Forestier uns beweisen wollte, daß die dicken Menschen kräftiger wären als die mageren?"

Dann wollte er allerlei intime Einzelheiten über den Verstorbenen erfahren, worüber die junge Frau unwillig schwieg. Doch er war hartnäckig und bestand darauf.

„Sag doch, erzähle es mir mal, er mußte in diesem Augenblicke recht komisch sein?"

„Höre doch endlich auf," murmelte leise Madeleine, „laß ihn in Ruhe."

Er ließ nicht nach:

„Nein, sag doch. Er war sehr ungeschickt im Bett, diese Bestie." Und er schloß jedesmal mit den Worten: „Das war aber ein Vieh!"

Eines Abends gegen Ende Juni rauchte er am Fenster eine Zigarette. Es war sehr heiß, und er bekam Lust, einen Spaziergang zu machen.

„Meine kleine Made," fragte er, „willst du wohl mit mir ins Bois kommen?"

„Selbstverständlich sehr gern."

Sie nahmen einen offenen Wagen und fuhren über die Champs Elysée nach dem Bois de Boulogne. Es war eine windstille Nacht, eine von diesen schwülen Nächten, wo die überheiße Luft von Paris wie Backofenglut in die Brust dringt. Ein Heer von Droschken führte ein ganzes Volk von verliebten Pärchen spazieren. Ein Wagen folgte dicht auf den anderen.

Georges und Madeleine amüsierten sich, alle diese Pärchen zu beobachten, die an ihnen vorbeifuhren, die Frauen in hellen Sommerkleidern, die Männer meist in dunklen Anzügen. Es war ein Riesenstrom von Verliebten, der unter dem heißen Sternenhimmel nach dem Bois zog. Man hörte nur das dumpfe Rollen der Räder. Und in jeder Droschke saß immer wieder ein Liebespaar lang hingestreckt auf den Polstern, stumm und zärtlich aneinander geschmiegt, glühend vor Begierde und leidenschaftlich in Erwartung der bevorstehenden Umarmung. Die warme Nacht schien von Küssen und Liebe durchtränkt zu sein. Eine zärtliche Sinnlichkeit schwebte in der Luft und machte diese noch schwüler und drückender. Alle diese Paare, von den gleichen Gedanken und Gefühlen eingenommen, von dem Verlangen berauscht, schienen eine glühende Leidenschaft von sich auszustrahlen. Alle diese Wagen, von Liebe beladen, über denen Liebkosungen zu flattern schienen, streuten auf die Vorüberfahrenden eine Art sinnliches Fluidum aus. Und Georges und Madeleine fühlten sich von der Zärtlichkeit, die in der Luft herumschwebte, angesteckt und rückten näher zueinander, ohne ein Wort zu sagen, etwas bedrückt durch die schwüle Luft und die in ihnen erwachende Erregung.

Als sie hinter den Befestigungen an einer Kurve vorbeifuhren, küßten sie sich und sie stammelte etwas verwirrt:

„Wir sind genau so kindisch wie in Rouen."

Als sie in den Wald hineinfuhren, hatte sich der große Wagenstrom etwas zerschlagen. Auf dem Wege um die Seen, den das junge Paar einschlug, fuhren die Droschken in größeren Abständen voneinander, aber der dichte Schatten der Bäume, die etwas kühlere Luft, die unter dem weiten Sternenhimmel durch das Grün der Blätter und durch kleine Bächlein, die unter den Baumzweigen rieselten, erfrischt wurde, verlieh den Küssen der hier spazierenfahrenden Pärchen einen leidenschaftlicheren und geheimnisvolleren Reiz. Georges preßte seine Frau an sich und flüsterte:

„O meine kleine Made"

Sie sagte: „Entsinnst du dich des Waldes bei dir auf dem Lande? Wie es dort unheimlich war. Es schien mir, als wäre er voll von schrecklich wilden Tieren und als ob er kein Ende hätte. Hier dagegen ist es entzückend. Ich fühle das liebkosende Fächeln des Windes, und ich weiß genau, daß am anderen Ende Sèvres liegt."

„Oh," erwiderte er, „im Walde bei mir auf dem Lande gibt es nur Hirsche und Füchse, Rehe und zuweilen auch Wildschweine und hier und da die Hütte eines Försters." Förster — Forestier — dieser Name des Toten, der seinem Munde entquoll, überraschte ihn, als ob er aus dem dunklen, geheimnisvollen Dickicht käme, und er stockte, ergriffen von jener bohrenden, unbegreiflichen Eifersucht, die ihn seit einiger Zeit plagte.

Nach einer minutenlangen Pause fragte er:

„Bist du auch mit Charles hier öfter herausgefahren?"

„Ja, sehr oft."

Auf einmal hatte er Lust nach Hause umzukehren, es war ein Verlangen, das ihm das Herz bedrückte, aber Forestiers Bild war in seinem Geiste wieder lebendig und er konnte nur noch an ihn denken und von ihm reden. Er fragte mit boshafter Stimme:

„Sag doch, Made?"

„Was ist s, mein Liebling?"

„Hast du diesen armen Charles betrogen?"

Sie erwiderte verächtlich:

„Du bist zu dumm mit deinem abgeschmackten Zeug."

Doch er ließ nicht nach:

„Sag doch, meine liebe Made, sei aufrichtig und gesteh es, du hast ihn betrogen? Gestehe, daß du ihn betrogen hast!"

Sie schwieg, wie alle Frauen, etwas verletzt durch seine Worte. Er fuhr eigensinnig fort:

„Donnerwetter, wenn jemand dazu geschaffen war, Hörner zu tragen, dann war er es. O ja, bestimmt. Es hätte mir so riesigen Spaß gemacht, zu erfahren, daß man dem armen Forestier Hörner aufgesetzt hatte. Was für ein blöder Schafskopf war er doch!"

Er merkte, daß sie lächelte, vielleicht über einige Erinnerungen aus den vergangenen Zeiten; er drang immer mehr in sie.

„Sag doch! Was ist denn dabei? Es wäre doch so komisch, wenn du gerade mir gestündest, daß du ihn betrogen hast."

Er zitterte tatsächlich in der Hoffnung und dem Verlangen, daß sie den Charles, diesen verhaßten Charles, den verwünschten Toten, so lächerlich und schmachvoll betrogen hätte und doch ... doch stachelte eine andere verworrene und unbestimmte Empfindung seine Neugierde an. Er wiederholte:

„Made, meine kleine Made, ich bitte dich, sag es mir l Er hatte es doch wirklich verdient, und es wäre recht dumm von dir gewesen, ihm keine Hörner aufzusetzen."

Sein hartnäckiges Bitten machte ihr jetzt offenbar Spaß, denn sie lachte ein paarmal kurz und leise auf. Er hielt seine Lippen ganz dicht an das Ohr seiner Frau:

„Nun bitte, gib es doch zu."

Mit einer kurzen Bewegung riß sie sich los und sagte schroff:

„Du bist zu dumm, man antwortet nicht auf solche Fragen." Sie sagte es in einem so seltsamen Tone, daß ein Kälteschauer ihm durch die Adern rann. Er blieb betroffen, stumm und atemlos sitzen, als hätte ihn innerlich ein Schlag getroffen.

Die Droschke fuhr jetzt an dem See entlang, in dem sich der Himmel und die Sterne abspiegelten. Zwei Schwäne schwammen langsam auf dem Wasser und waren im Dunkel kaum zu sehen. Georges rief dem Kutscher zu: „Umkehren!" Und der Wagen drehte um und fuhr an den andern vorbei, die im Schritt daher kamen und deren Laternen wie große Augen durch die Nacht leuchteten. „Wie seltsam hatte sie das gesagt." Fragte sich Du Roy: „War das ein Geständnis?" Und die fast sichere Gewißheit, daß sie ihren ersten Mann hintergangen hatte, machte ihn jetzt rasend vor Wut.

Er hatte Lust, sie zu schlagen, zu würgen und an den Haaren zu reißen. Oh, wenn sie ihm geantwortet hätte: „Mein Liebling, hätte ich ihn betrügen wollen, so hätte ich es doch mit dir getan." Wie hätte er sie dann umarmt, an sich gepreßt und angebetet. Unbeweglich mit gekreuzten Armen saß er jetzt da und hielt die Augen zum Himmel gerichtet. Er war zu aufgeregt, um denken zu können. Er fühlte nur den Zorn und den Haß in sich wachsen, der im Herzen eines jeden Mannes gegenüber der launischen Begierde der Frau erwacht. Er fühlte zum erstenmal die dumpfe Angst des Ehemannes, der Verdacht geschöpft hatte. Kurz und gut, er war eifersüchtig. Eifersüchtig auf den Toten, für die Rechnung Forestiers. Es war eine seltsame und quälende Eifersucht, in die sich ein spontaner Haß gegen Madeleine mischte. Sie hatte doch den anderen betrogen, wie konnte er noch Vertrauen zu ihr haben. Allmählich beruhigte er sich innerlich. Er kämpfte gegen seine inneren Qualen an und dachte: „Alle Frauen sind Dirnen, man muß sie für sich ausnutzen, aber nichts von sich und von seinem Geiste ihnen geben." Er hatte Lust, seine bittere Stimmung durch Worte der Verachtung und des Ekels Ausdruck zu geben. Er bezwang sich aber und ließ sie nicht laut werden und immer wieder wiederholte er für sich: „Dem Starken gehört die Welt. Man muß stark und über alles erhaben sein."

Der Wagen fuhr schneller. Er kam an den Stadtbefestigungen vorbei. Du Roy sah vor sich auf dem Himmel einen roten Schimmer, gleich dem Feuerschein, einer ungeheuren Esse. Er vernahm ein verworrenes gewaltiges, ununterbrochenes Getöse, das sich aus unzähligen, verschiedenartigen Geräuschen zusammensetzte, ein dumpfes Brausen, das bald näher, bald weiter klang, ein unbestimmtes, ungeheueres Vibrieren des Lebens, den Atem von Paris, das in dieser Sommernacht wie ein müder und erschöpfter Koloß keuchte.

Georges dachte: „Ich wäre ja schön dumm, wenn ich mich ärgern würde. Jeder für sich. Der Sieg gehört dem Mutigen. Alles ist nur Egoismus. Der Egoismus und der Ehrgeiz, vorwärts zu kommen und sich ein Vermögen zu erwerben, ist mehr wert als der Ehrgeiz, eine Frau zu besitzen und zu lieben."

Am Eingange der Stadt wurde der Triumphbogen mit seinen beiden Riesenschenkeln sichtbar. Er glich einem gewaltigen Ungeheuer, das sich in Bewegung setzen wollte, um die breite Avenue hinabzuschreiten. Georges und Madeleine fuhren nun wieder in der langen Reihe der heimkehrenden Wagen, die die leidenschaftlichen und stummen Liebespaare nach Hause führten. Ihm war, als ob die ganze Menschheit, berauscht von Liebe, Lust und Glück, an ihm vorüberfuhr.

Die junge Frau schien zu ahnen, was im Inneren ihres Mannes vorging, und sie fragte ihn mit sanfter Stimme: „Woran denkst du, mein Freund? Seit einer halben Stunde hast du nicht ein Wort gesprochen."

Er erwiderte etwas höhnisch:

„Ich denke an alle diese Dummköpfe, die sich umarmen und küssen, und ich meine, man hat im Leben wirklich Besseres und Wichtigeres zu tun."

„Nun ja," murmelte sie, „aber manchmal ist es doch sehr schön."

„Wenn man nichts anderes zu tun hat, dann ja, natürlich ist es schön."

Georges Gedanken waren von Wut und Bosheit erfüllt, und er bemühte sich, sein Leben jeglicher Poesie zu entkleiden. „Ich bin nicht so dumm," dachte er, „um Rücksichten zu nehmen und auf irgend etwas zu verzichten, mir Sorgen und Ärger zu bereiten, wie ich es seit einiger Zeit tue." Der Gedanke an Forestier flog ihm noch einmal durch den Kopf, ohne in ihm eine Erregung auszulösen. Es war ihm, als hätten sie sich wieder ausgesöhnt, als wären sie wieder Freunde geworden. Er hatte Lust, ihm zuzurufen: „Guten Abend, alter Freund."

Madeleine schien dieses Schweigen zu bedrücken und sie fragte:

„Wollen wir, ehe wir nach Hause fahren, bei Tortoni ein Eis essen?" Er blickte sie von der Seite an. Das helle Licht einer Gasgirlande vor einem Café-Chantant fiel auf ihr feingeschnittenes blondes Profil; er dachte: „Sie ist doch hübsch. Um so besser! Wie du mir, so ich dir, meine schöne Gefährtin; aber daß ich mir deinetwegen Sorgen mache — nein, eher glüht der Nordpol vor Hitze!" Und laut antwortete er:

„Sehr gern, mein Liebling."

Damit sie nichts merken sollte, küßte er sie. Doch der jungen Frau erschienen die Lippen ihres Mannes eiskalt.

Trotzdem lächelte er ihr wie gewöhnlich zu und reichte ihr die Hand, um ihr beim Aussteigen aus dem Wagen zu helfen.

III.

Als Du Roy am nächsten Morgen auf die Redaktion kam, ging er sofort zu Boisrenard.

„Mein lieber Freund," sagte er, „ich muß dich um eine Gefälligkeit bitten. Seit einiger Zeit findet man Spaß daran, mich Forestier zu nennen. Mir wird es allmählich zu dumm, und ich bitte dich daher, deinen Kollegen in aller Freundschaft mitzuteilen, ich würde jeden, der sich noch einmal den Scherz erlaubt, ohrfeigen. Sie mögen sich selbst überlegen, ob die Albernheit einen Degenstich wert ist. Ich wende mich an dich, weil du ein ruhiger Mensch bist, der ärgerliche Verwicklungen verhindern kann und außerdem, weil du bei meinem Duell sekundiert hast."

Boisrenard versprach den Auftrag auszuführen. Du Roy verließ die Redaktion, um ein paar Besorgungen zu machen und kam nach einer Stunde wieder. Niemand nannte ihn mehr Forestier.

Als er nach Hause kam, hörte er Frauenstimmen im Salon.

„Wer ist da?" fragte er.

„Madame Walter und Madame de Marelle", antwortete der Diener.

Sein Herz begann zu klopfen, dann sagte er sich: „Halt, ich will mal sehen", und er öffnete die Tür.

Clotilde saß in der Ecke am Kamin. Ein Sonnenstrahl, der vom Fenster kam, beleuchtete sie. Es kam Georges vor, als würde sie bei seinem Anblick ein wenig blasser. Er begrüßte zuerst Frau Walter und ihre beiden Töchter, die wie zwei Schildwachen neben der Mutter saßen, dann wandte er sich zu seiner früheren Geliebten. Sie reichte ihm die Hand, er ergriff sie und drückte sie kräftig, als ob er sagen wollte: „Ich liebe Sie noch immer." Sie erwiderte seinen Druck. Er fragte:

„Ist es Ihnen gut ergangen, seit der Ewigkeit, wo wir uns nicht mehr gesehen haben?"

„Sehr gut, und Ihnen, Bel-Ami?"

Dann wandte er sich an Madeleine und fügte hinzu:

„Du gestattest doch, daß ich ihn noch immer Bel-Ami nenne?"

„Selbstverständlich, liebste Clotilde, ich erlaube dir alles, was du willst."

Eine leichte Ironie schien durch diese Worte hindurch zuklingen. Madame Walter sprach von einem Fest, das Jacques Rival in seiner Junggesellenwohnung geben wollte, einer großen Festvorstellung, zu der auch die Damen der Gesellschaft eingeladen werden sollten.

Sie sagte: „Das wird sehr interessant werden, aber ich bin verzweifelt, denn wir haben niemanden, der uns begleiten könnte, und mein Mann muß ausgerechnet an diesem Tage verreisen."

Du Roy stellte sich sofort zur Verfügung, und sie nahm sein Anerbieten an.

„Meine Töchter und ich werden Ihnen sehr dankbar sein."

Er betrachtete die jüngere der beiden Fräulein Walter und dachte: „Sie ist nicht schlecht, die kleine Suzanne, wahrhaftig nicht!"

Sie sah wie ein zartes, blondes Püppchen aus. Ein bißchen zu mager, aber sehr zierlich, mit schlanker Taille, entwickeltem Busen und Hüften, mit einem ganz feinen Gesichtchen, mit blaugrauen Emailleaugen, die wie mit dem Pinsel eines hervorragenden Miniaturmalers gemalt zu sein schienen. Sie hatte eine etwas zu weiße, zu glatte und gleichmäßige Haut, ihr Haar war gut frisiert und bildete eine künstlich gekräuselte und reizvolle Wolke, genau wie das der hübschen Luxuspuppen, die man oft in den Armen kleiner Mädchen erblickt, die selbst kaum größer sind als ihr Spielzeug.

Die älteste Schwester Rose war häßlich, flach und nichtssagend. Sie gehörte zu jenen Mädchen, die man stets übersieht, die man nicht anspricht und von denen man nicht redet.

Die Mutter stand auf und wandte sich zu Georges:

„Also ich verlasse mich auf Sie, nächsten Donnerstag um zwei Uhr."

„Sie können sich auf mich verlassen, Madame", erwiderte er.

Als sie fort war, verabschiedete sich auch Madame de Marelle. „Auf Wiedersehen, Bel-Ami." Jetzt drückte sie ihm die Hand sehr lange und kräftig und ihn rührte dieses schweigende Geständnis. Er fühlte sich plötzlich von einer Leidenschaft für diese kleine nette Zigeunerfrau erfaßt, die ein so guter Kamerad war und ihn vielleicht wirklich lieb hatte. „Ich gehe morgen, sie besuchen", dachte er.

Sobald er mit seiner Frau allein war, brach Madeleine in ein fröhliches und heiteres Lachen aus. Sie sah ihm in die Augen und sagte: „Weißt du, daß Frau Walter in dich verliebt ist?"

Er wollte ihr nicht glauben und antwortete: „Ach, laß doch."

„Sei versichert. Sie sprach von dir mit einer geradezu tollen Begeisterung. Das ist sehr merkwürdig von ihr! Sie möchte für ihre Töchter zwei solche Männer wie dich finden. Zum Glück ist so was bei ihr ohne Bedeutung."

Er begriff nicht, was sie meinte.

„Wieso ohne Bedeutung?"

Sie antwortete mit der Überzeugung einer Frau, die ihres Urteils sicher ist:

„Noch nie ist über Frau Walter der leiseste Verdacht laut geworden, verstehst du, nie, niemals! Sie steht rein da in jeder Beziehung. Ihren Mann kennst du ja so gut wie ich. Aber sie, das ist etwas anderes. Übrigens hat sie sehr darunter gelitten, daß sie einen Juden geheiratet hat, trotzdem ist sie ihm treu geblieben; sie ist eine anständige Frau."

Du Roy war überrascht.

„Ich dachte, sie wäre auch eine Jüdin."

„Sie, im Gegenteil. Sie ist Patronatsdame aller Wohltätigkeitseinrichtungen der Madeleinekirche. Sie ist sogar kirchlich getraut worden. Ich weiß nicht, ob sich Herr Walter dabei pro forma hat taufen, lassen oder ob die Kirche ein Auge zugetan hat."

Georges murmelte:

„Ah, also sie ist in mich verliebt?"

„Entschieden, und bis über die Ohren. Wenn du nicht schon verheiratet wärest, würde ich dir raten, um die Hand von Suzanne zu bitten. Nicht wahr! Suzanne ist dir doch lieber wie Rose?" — Er drehte an seinem Schnurrbart und sagte: „Na, die Mutter scheint auch noch ein frisches und schneidiges Weib zu sein!"

Madeleine wurde ungeduldig:

„Weißt du, mein Kleiner, ich gönne dir gern die Mutter. Aber in diesem Falle habe ich keine Angst. In ihrem Alter begeht man nicht den ersten Fehltritt. Damit muß man früher beginnen."

Georges dachte: „Wenn das wirklich wahr wäre, daß ich Suzanne hätte heiraten können?" ...

Dann zuckte er mit den Achseln. „Ach was, das ist doch Unsinn. Der Vater hätte mich nie als Schwiegersohn akzeptiert."

Immerhin nahm er sich vor, Frau Walters Benehmen ihm gegenüber etwas aufmerksamer zu beobachten, ohne übrigens sich dabei zu fragen, ob er daraus einen Vorteil ziehen könnte.

Den ganzen Abend lang verfolgte ihn die Erinnerung an seine Liebschaft mit Clotilde; Erinnerungen, die zärtlich und zugleich sinnlich waren. Er dachte an ihre tollen Streiche, an ihre lustigen Einfalle und an ihre gemeinschaftlichen Streifzüge. Er sagte sich immer wieder: „Sie ist wirklich bezaubernd, ich gehe morgen bestimmt zu ihr hin." Am nächsten Morgen nach dem Frühstück begab er sich tatsächlich nach der Rue de Verneuil. Dasselbe Stubenmädchen öffnete ihm die Tür und fragte ihn gemütlich nach der Art kleinbürgerlicher Dienstboten:

„Geht es Ihnen gut, mein Herr?"

„Jawohl, mein Kind“, erwiderte er und trat in den Salon, wo eine ungeübte Hand Tonleitern am Klavier spielte. Es war Laurine. Er dachte, sie würde ihm an den Hals fliegen, aber sie stand ernst auf, grüßte ihn feierlich, wie eine Erwachsene und zog sich in würdiger, reservierter Haltung zurück. Sie benahm sich vollständig wie eine tiefgekränkte Frau, so daß er ganz erstaunt und verdutzt dastand. Nun kam die Mutter. Er ergriff ihre Hände und küßte sie.

„Wie oft habe ich an Sie gedacht“, sagte er.

„Und ich.“

Sie setzten sich und sahen sich lächelnd an, indem sie sich tief in die Augen sahen; sie hatten beide Lust, sich auf die Lippen zu küssen.

„Meine liebe kleine Clo, ich liebe Sie!“

„Und ich dich auch.“

„Dann, dann bist du mir nicht mehr böse?“

„Ja und nein. Es hat mir sehr weh getan. Darin aber begriff ich deine Gründe und sagte mir: Früher oder später kommt er doch zu mir zurück. “

„Ich wagte nicht wiederzukommen, denn ich wußte nicht, wie du mich empfangen würdest. Ich wagte es nicht, aber ich hatte ein glühendes Verlangen nach dir. Übrigens sag mir mal, was ist denn mit Laurine los. Sie hat mich kaum begrüßt und ist dann wütend fortgegangen.“

„Ich weiß es nicht, aber seit deiner Heirat darf man nicht mehr über dich reden. Ich glaube, sie ist wirklich eifersüchtig.“

„Nicht möglich.“

„Doch, doch Liebster. Sie nennt dich nicht mehr Bel-Ami, sondern sie nennt dich Monsieur Forestier.“

Du Roy wurde rot und beugte sich zu der jungen Frau.

„Gib mir deinen Mund“, bat er.

Sie hielt ihm ihre Lippen hin.

„Wo können wir uns wiedersehen?“ fragte er.

„In ... in der Rue Constantinople.“

„Wie! die Wohnung ist nicht vermietet?“

„Nein, ich habe sie behalten.“

„Du hast sie behalten?“

„Ja, ich dachte, du würdest wiederkommen.“

Seine Brust hob sich vor stolzer Freude. Diese Frau liebte ihn also wirklich mit einer echten beständigen und innigen Liebe. Er flüsterte:

„Ich liebe dich über alles." Dann fragte er:

„Geht es deinem Manne gut?"

„Ja, sehr gut, er war einen Monat hier. Vorgestern ist er abgereist."

Du Roy konnte sich nicht enthalten zu lachen.

„Wie gut sich das trifft."

„O ja," antwortete sie, „das trifft sich sehr gut, aber selbst wenn er hier ist, geniert er uns auch nicht, du weißt ja?"

„Du hast recht. Er ist übrigens ein reizender Mensch."

„Und du," fragte sie, „wie gefällt dir das neue Leben?"

„Weder besonders gut, noch besonders schlecht. Meine Frau ist eine Lebensgefährtin, eine Bundesgenossin."

„Weiter nichts?"

„Weiter nichts ... was das Herz angeht ..."

„Ich verstehe es wohl. Sie ist doch sehr nett?"

„Ja, entschieden, aber sie reizt mich nicht." — Er näherte sich Clotilde und murmelte:

„Wann sehen wir uns wieder?"

„Morgen ... wenn du willst."

„Ja. Morgen um zwei Uhr."

„Um zwei Uhr." — Er erhob sich, um zu gehen; dann stammelte er etwas verlegen:

„Weißt du, ich möchte die Wohnung in der Rue de Constantinople von jetzt an auf meine eigene Rechnung nehmen. Ich will es. Das geht nicht, daß du sie weiter bezahlst."

In einer Anwandlung von Bewunderung küßte sie ihm nun die Hand und flüsterte:

„Tue so, wie du willst. Mir genügt, daß ich sie für unser Wiedersehen bewahrt habe."

Und Du Roy verließ sie, das Herz voller Befriedigung.

Er ging an einem Schaufenster eines Photographen vorüber, und das Bild einer stattlichen Dame mit großen Augen erinnerte ihn an Frau Walter. „Eigentlich ist sie noch gar nicht so übel," sagte er sich, „wie kommt es, daß mir noch nie etwas aufgefallen ist? Ich bin neugierig, wie sie mich Donnerstag empfangen wird."

Er rieb sich die Hände und ging freudestrahlend weiter. Er empfand Freude des allseitigen Erfolges; die egoistische Freude des geschickten Mannes, dem alles gelingt, und die zärtliche Freude der befriedigten Eitelkeit und Sinnlichkeit, wie sie durch Frauenliebe erregt wird.

Als der Donnerstag kam, fragte er Madeleine:

„Gehst du nicht zum Preisfechten bei Rival?“

„O nein, das macht mir wenig Vergnügen. Ich gehe in die Abgeordnetenkammer.“

Es war herrliches Wetter, er nahm deshalb einen offenen Landauer und fuhr, Frau Walter abzuholen. Er war überrascht, als er sie erblickte; so schön und jung fand er sie. Sie hatte ein helles, leicht ausgeschnittenes Sommerkleid an und unter dem gelben Spitzeneinsatz sah er die vollen Rundungen der Brüste. Noch nie hatte sie so frisch ausgesehen und er hielt sie wirklich für begehrenswert. Sie bewahrte eine stille und vornehme Haltung, eine gewisse mütterliche Ruhe, durch die sie den frivolen Blicken der Männer zumeist nicht auffiel. Alles, was sie sagte, war etwas mehr oder minder Bekanntes, Konventionelles und nie übertrieben. Ihr Ideenkreis war wohl klassifiziert und geordnet und fern von jeglicher Art der Ausschreitung.

Ihre Tochter Suzanne war ganz in Rosa gekleidet und glich einem aufgefrischten Watteaubild, während ihre ältere Schwester wie eine Erzieherin aussah, die dieses reizende Püppchen beaufsichtigen mußte.

Vor Rivals Wohnung stand eine Wagenreihe. Du Roy bot Frau Walter den Arm und sie gingen hinein.

Das Preisfechten wurde zum Besten der Waisenkinder des 6. Pariser Stadtbezirks veranstaltet unter dem Patronat aller Senatoren- und Deputiertenfrauen, die zur Vie Française Beziehungen hatten.

Frau Walter hatte versprochen, mit ihren Töchtern hinzukommen, lehnte es aber ab, Patronatsdame zu sein, da sie mit ihrem Namen nur die von der Kirche angeregten Wohltätigkeitsveranstaltungen unterstütze; nicht etwa aus übermäßiger Frömmigkeit, sondern weil ihre Ehe mit einem Juden sie, wie sie glaubte, zu einer gewissen religiösen Haltung zwang. Und das von dem Journalisten veranstaltete Fest trug einen republikanischen Anstrich, der womöglich antiklerikal ausgelegt werden konnte.

Seit drei Wochen stand in den Zeitungen aller Parteirichtungen zu lesen: „Unser berühmter Kollege Jacques Rival hat den vortrefflichen und großherzigen Plan gefaßt, zugunsten der Waisenkinder des 6. Stadtbezirks von Paris ein großes Schaufechten in seinem hübschen Fechtsaal, der zu seiner Junggesellenwohnung gehört, zu veranstalten; die Einladungen erfolgen durch Madame Laloigne, Madame Remontel und Madame Rissolin, die Gattinnen der Senatoren gleichen Namens, sowie durch die Gattinnen der bekannten Abgeordneten: Madame Laroche-Mathieu, Madame Percerol und Madame

Firmin. Während der Pause wird eine Sammlung veranstaltet und der Ertrag unmittelbar dem Maire des 6. Stadtbezirks oder dessen Vertreter ausgehändigt werden." — Es war eine Riesenreklame, die der Journalist für sich und seinen Vorteil inszeniert hatte.

Jacques Rival empfing die Gäste am Eingang seiner Wohnung, wo ein Büfett eingerichtet war, dessen Kosten von den Einnahmen abgezogen werden sollten. Mit liebenswürdiger Handbewegung zeigte er auf die Treppe, die zum Keller führte. Da hatte er einen Fecht- und Schießraum eingerichtet. Er sagte:

„Hinunter, meine Damen, bitte, hinunter. Das Fechten wird im Keller stattfinden." Er eilte der Frau seines Chefs entgegen, dann drückte er Du Roy die Hand und sagte:

„Guten Tag, Bel-Ami!"

„Wer hat Ihnen gesagt, daß ...?" fragte dieser erstaunt.

„Madame Walter, die diesen Namen sehr nett findet", antwortete Rival, ohne ihn ausreden zu lassen.

„Ja," sagte Frau Walter errötend, „ich gestehe, daß, wenn ich Sie näher gekannt hätte, dann würde ich Sie wie die kleine Laurine auch Bel-Ami nennen. Der Name paßt sehr gut zu Ihnen."

Du Roy lachte: „Aber ich bitte Sie, Frau Walter, tun Sie das."

„Nein, dazu sind wir nicht genug befreundet", sagte sie sehr leise.

„Wollen Sie mir die Hoffnung geben, daß wir in Zukunft es sein werden?" fragte er.

„Wir werden sehen", antwortete sie.

Am Eingang zum Keller trat er zur Seite. Die schmale Treppe war mit Gas beleuchtet und der krasse Übergang vom Tageslicht zu diesem gelblichen Schein hatte etwas Düsteres. Ein Kellergeruch stieg die Wendeltreppe hinauf, ein Geruch von erwärmter Feuchtigkeit, von verschimmelten Wänden, die für diesen Tag abgewischt waren; ein Duft nach Weihrauch, Frauen, Lubin, Verveine und Veilchen.

Man vernahm viele Stimmen durch dieses Loch, das Wogen einer erregten Menge. Der Keller war von Gaslampen und venezianischen Laternen erleuchtet, die zwischen den Blättern versteckt waren, mit denen man die Wände ausgeschmückt hatte. Man sah nichts wie grüne Äste. Die Decke war mit Farnkraut geschmückt, der Boden mit Blumen und Blättern bestreut. Man fand diese Einrichtung entzückend. Im kleinen Keller im Hintergrunde war die Bühne für die Fechter eingerichtet, von beiden Seiten standen zwei Reihen Stühle für die Preisrichter. Im ganzen Keller waren Bänke aufgestellt, die im ganzen zweihundert Personen aufnehmen konnten. Eingeladen waren vierhundert.

Vor dem Podium standen schlanke junge Leute im Fechtkostüm mit langen Gliedern, hochgedrehten Schnurrbärten und posierten vor den Zuschauern. Man nannte sie beim

Namen und zeigte auf die Fechtmeister und Amateure, auf die Berühmtheiten des Fechtsportes. Um sie herum standen jüngere und ältere Herren in schwarzen Gehröcken und plauderten mit den Fechtern. Auch sie wollten gesehen, erkannt und bemerkt werden; das waren die Fürsten der edlen Fechtkunst in Zivil, die Sachverständigen im Stich und Hieb.

Fast die ganzen Bänke waren von Frauen besetzt; man hörte das Rauschen ihrer Kleider und das Gemurmel ihrer Stimmen. Sie fächelten sich wie im Theater; denn es herrschte schon eine erstickende Hitze in dieser laubgeschmückten Grotte. „Mandelmilch! Limonade! Bier!" hörte man von Zeit zu Zeit einen Witzbold rufen. Frau Walter und ihre Töchter setzten sich auf die Plätze in der ersten Reihe, die für sie reserviert waren. Als Du Roy sie hingeführt hatte, wollte er sich zurückziehen und sagte:

„Ich muß Sie leider verlassen, die Herren dürfen die Bänke nicht besetzen."

Frau Walter sagte zögernd:

„Ich möchte Sie aber sehr gern hierbehalten. Sie können mir die Namen der einzelnen Fechter nennen. Wenn Sie hier am Ende der Bank stehenbleiben, werden Sie sicher niemanden stören."

Sie sah ihn mit ihren großen sanften Augen an und fuhr fort zu bitten:

„Nicht wahr, Sie bleiben bei uns, Herr ... Herr Bel-Ami. Wir können Sie nicht entbehren."

„Ich gehorche mit Vergnügen, gnädige Frau", erwiderte er.

Überall hörte man das Urteil des Publikums:

„Dieser Kellerraum ist sehr spaßig ... sehr nett." Georges kannte diesen gewölbten Raum nur zu gut. Er dachte an jenen Vormittag, den er hier am Tage vor seinem Duell zugebracht hatte, ganz allein, gegenüber der kleinen weißen Scheibe, die ihm aus dem Hintergrund des weiten Kellers wie ein großes, furchtbares Auge entgegenleuchtete. Von der Treppe her ertönte Jacques Rivals Stimme:

„Es geht gleich los, meine Damen!"

Und sechs Herren in enganliegenden steifen Kleidern, die den Brustkasten hervortreten ließen, betraten das Podium und setzten sich auf die für die Jury bestimmten Stühle. Man flüsterte ihre Namen: es waren der General de Raynaldi, der Vorsitzende, ein kleiner Mann mit großem Schnurrbart, der Maler Josephin Roudet, ein großer kahlköpfiger Mann mit langem Vollbart, Matthéo de Ujar, Simon Ramoncel, Pierre de Carvin, drei junge elegante Herren, und schließlich der Fechtmeister Gaspard Merlerori.

Dann erschienen zwei Zettel an den beiden Seiten des Kellers. Rechts stand: Monsieur Crèvecœur, und links Monsieur Plumeau.

Es waren zwei Fechtmeister, zwei tüchtige Fechtmeister zweiten Ranges. Sie traten auf, beide sehr hager, mit militärischen Allüren und steifen Bewegungen. Sie begrüßten sich mit den Waffen, wie zwei Automaten, und der Kampf begann. In ihren Kitteln aus Leinewand und weißem Leder sahen sie wie zwei Pierrotsoldaten aus, die sich zum Scherz miteinander schlugen.

Von Zeit zu Zeit hörte man das Wort „Getroffen“ und die sechs Preisrichter streckten mit Kennermiene ihre Köpfe aus. Das Publikum sah weiter nichts als zwei lebende Marionetten, die sich schnell bewegten und die Arme vorstreckten.

Man verstand nichts, aber man war doch zufrieden. Die beiden Gestalten erschienen den meisten doch ein bißchen ungraziös und etwas lächerlich. Man dachte an die hölzernen Hampelmänner, die zu Neujahr auf den Boulevards verkauft werden.

Die beiden ersten Fechter wurden durch die Herren Planton und Carapin abgelöst. Ein Fechtmeister vom Zivil und der andere vom Militär. Planton war sehr klein und Carapin sehr dick. Es sah aus, als müßte er gleich beim ersten Florettstich wie ein aufgeblasener Ballon platzen. Man lachte. Planton sprang wie ein Affe. Carapin bewegte nur seinen Arm; der Rest seines Körpers blieb infolge seiner Korpulenz unbeweglich, und er fiel alle fünf Minuten mit solcher Wucht und Kraft aus, als faßte er den schwersten Entschluß seines Lebens. Nachher hatte er die größte Mühe, um sich wieder zurückzulehnen.

Die Kenner erklärten sein Fechten für sehr kraftvoll und scharf. Das Publikum glaubte und klatschte ihm Beifall.

Dann traten die Herren Porion und Lapalme auf, ein Fechtlehrer und ein Amateur; sie lieferten eine wilde Schlacht und stürzten rasend aufeinander los, so daß die Preisrichter mit ihren Stühlen flüchten mußten, und tobten über das Podium von einem Ende bis zum anderen, indem sie mit kräftigen, komischen Ausfällen bald vordrangen, bald zurückwichen. Ihre kleinen Sprünge nach rückwärts brachten die Damen zum Lachen, aber andrerseits imponierte dann wieder ein energischer Angriff der einen oder der anderen Seite. Ein unbekannter Jüngling aus der Zuschauermenge äußerte seine Meinung über diese Zimmergymnastik, indem er rief: „Nicht so stürmisch, es geht doch nach Stunden.“ Diese Geschmacklosigkeit wurde von allen Seiten sehr mißfällig aufgenommen und man rief: „Pst! Pst!“ Das Urteil der Sachverständigen wurde bald bekannt, die Kämpfer hätten viel Mut und Kraft, aber nicht immer die notwendige Genauigkeit und Sicherheit gezeigt.

Der erste Teil schloß mit einem sehr schönen Waffengang zwischen Jacques Rival und dem bekannten belgischen Meister Lebegue. Rival gefiel den Damen sehr. Er war wirklich eine schöne Erscheinung, gut gewachsen, behend und graziöser als alle, die vor ihm aufgetreten waren. In der Art, wie er parierte und ausfiel, lag eine gewisse weltliche Eleganz, die allgemein gefiel und um so auffallender war, da sein Gegner sehr energisch, aber plump und ungraziös kämpfte. „Man spürt sofort den Mann von guter Erziehung", sagte man.

Er hatte Erfolg und wurde beklatscht.

Doch seit einiger Zeit beunruhigte die Zuschauer ein merkwürdiges Geräusch über ihren Köpfen. Es war ein starkes und heftiges Hin- und Herlaufen, das von schallendem Gelächter begleitet wurde. Die zweihundert Eingeladenen, die nicht in den Keller hinabsteigen konnten, schienen sich auf ihre eigene Art zu amüsieren. Auf der kleinen Wendeltreppe standen etwa fünfzig Menschen eingeklemmt. Die Hitze wurde unten unerträglich. Man rief: „Luft! Zu trinken!" Und der Witzbold von vorhin rief mit scharfer Stimme, die das Summen und Rauschen der Gespräche übertönte: „Mandelmilch! Limonade! Bier!"

Rival erschien sehr rot in seinem Fechtanzug. „Ich lasse gleich Erfrischungen bringen", sagte er und lief zur Treppe. Aber jede Verbindung mit dem Erdgeschoß war abgeschnitten. Es wäre leichter gewesen, die Decke zu durchbrechen, als diese Mauer von Menschen, die auf den Stufen zusammengedrängt standen. Rival schrie:

„Reichen Sie die Eisgetränke für die Damen herüber."

Fünfzig Stimmen wiederholten: „Eis, Eis." Endlich erschien ein Tablett. Doch die Gläser, die darauf standen, waren leer. Die Getränke selbst waren unterwegs ausgetrunken.

Eine laute Stimme brüllte: „Man erstickt ja da unten, macht doch endlich Schluß, damit wir nach Hause können."

Eine andere Stimme ertönte: „Einsammeln", und das Publikum wiederholte lachend, trotzdem es vor Hitze keuchte: „Einsammeln, einsammeln, einsammeln." Sechs Damen gingen zwischen den Bänken herum und man hörte das leise Geräusch von Geldstücken, die in die Börse fielen.

Du Roy nannte Frau Walter die Namen der berühmten Leute unter den Gästen. Es waren Lebemänner, Journalisten von großen und alten Zeitungen, die infolge ihrer Erfahrung und ihrem Renommee auf die Vie Française herabsahen. Sie haben so viele solcher politischen Finanzblätter sterben sehen, die aus einer verdächtigen Spekulation entstanden und durch den Sturz eines Ministeriums von der Bildfläche gefegt worden waren. Auch Maler und Bildhauer waren anwesend; bekanntlich meist Sportsleute, ein Dichter von der Akademie, der Aufsehen erregte, zwei Musiker und viele vornehme Ausländer, hinter deren Namen Du Roy die Silbe „Rast" setzte, was Rastaquouère bedeutete, um, wie er meinte, den Engländer nachzuahmen, die auf ihren Visitenkarten hinter dem Namen die Silbe „Esq." setzten.

Irgend jemand rief Du Roy zu: „Guten Tag, lieber Freund!"

Es war der Graf de Vaudrec. Er entschuldigte sich bei den Damen und ging fort, um ihn zu begrüßen; als zurückkehrte, erklärte er:

„Er ist reizend, der Vaudrec, wie man bei ihm die Rasse fühlt."

Frau Walter antwortete nichts. Sie war etwas müde und ihre Brust hob sich mühsam bei jedem Atemzug, wodurch Du Roys Augen auf sie gelenkt wurden. Von Zeit zu Zeit begegnete sich sein Blick mit dem der „Frau Direktor", einem verlegenen, zögernden, flüchtigen Blick, der einen Augenblick auf ihm ruhte, um sich sofort wieder abzuwenden. „Schau, schau," sagte er sich, „sollte ich die auch schon erobert haben?"

Die Geldsammlerinnen kamen vorbei, die Börsen waren bereits voll gefüllt mit Gold und Silber und ein neuer Zettel erschien auf dem Podium mit der Ankündigung: „Grrrroße Überraschung." Die Mitglieder der Jury begaben sich auf ihre Plätze. Alles wartete.

Es erschienen zwei Frauen im Fechtkostüm mit dem Florett in der Hand. Sie trugen ein dunkles Trikot und ganz kurze Röckchen, die nur zur Hälfte die Schenkel bedeckten. Sie hatten, einen starken Schutzpolster auf der Brust an, so daß sie den Kopf hoch tragen mußten und nicht senken konnten. Sie waren hübsch und jung und lachten, als sie die Zuschauer begrüßten. Langer Beifall empfing sie.

Dann nahmen sie Stellung, während sich das Publikum galante und nette Scherze zuflüsterte. Ein liebenswürdiges Lächeln trat auf die Gesichter der Preisrichter, die jeden Treffer mit einem leichten Bravoruf begleiteten.

Den Zuschauern gefiel dieser Kampf und sie äußerten darüber ihre Freude. Sie erregten die Begierde der Männer und erweckten bei den Damen den angeborenen Sinn des Pariser Publikums für die etwas zweideutigen Keckheiten, für den knalligen Dirnenschick und für die Pseudoeleganz und Pseudograzie der Kabarett- und Operettensängerinnen.

Jedesmal, wenn eine der Fechterinnen ausfiel, durchlief ein Zucken der Freude das Publikum. Besonders die eine, die dem Publikum den Rücken zuwandte, ließ den Mund und die Augen der Zuschauer aufsperren, und es war nicht gerade das Spiel der Handgelenke, was man am gierigsten betrachtete.

Sie erhielten tosenden Beifall.

Es folgte ein Säbelfechten, das aber kaum beachtet wurde; denn alle lauschten neugierig, was über ihnen eigentlich vorging. Seit einigen Minuten hatte man ein Geräusch vernommen, als ob man eine Wohnung ausräumte; die Möbel wurden lärmend umhergerückt und über den Fußboden geschleift. Plötzlich ertönte durch die Decke Klavierspielen und man hörte ganz deutlich ein rhythmisches Stampfen der Füße. Die Gäste oben hatten einen Ball veranstaltet, um sich dadurch zu entschädigen, daß sie nichts gesehen hatten.

Das Publikum im Fechtsaal brach zuerst in lautes Gelächter aus, dann aber erwachte bei den Damen die Tanzlust, sie kümmerten sich nicht darum, was auf dem Podium vorging und sprachen ganz laut miteinander. Man fand den Einfall der Zuspätgekommenen, einen Ball zu veranstalten, sehr witzig; da oben langweilten sich die Leute offenbar nicht, und nun wollte man auch hinauf.

Inzwischen waren zwei neue Kämpfer aufgetreten; sie salutierten und nahmen Stellung ein, so sicher und gebieterisch, daß alle Blicke ihre Bewegungen aufmerksam verfolgten. Sie fielen aus und richteten sich auf mit solcher elastischen Grazie, mit so maßvoller Energie, mit so sicherer Kraft und so ruhigen kunstgerechten Bewegungen, daß auch die laienhafte Menge überrascht und hingerissen wurde.

Ihre Genauigkeit beim Treffen, ihre besonnene Gewandtheit, ihre schnellen Bewegungen, die so gut berechnet waren, daß sie langsam erschienen, zogen die Blicke auf sich und fesselten sie durch die Macht der Vollkommenheit ihrer Kunst. Das Publikum fühlte, daß ihm hier etwas selten Schönes vorgeführt wurde, daß zwei große Künstler in ihrem Fach das Beste vorführten, was es an Geschicklichkeit, List, Erfahrung und physischer Kraft geben konnte. Niemand sprach ein Wort, so sehr waren alle Blicke an sie gefesselt. Dann, als sie den letzten Stoß gewechselt, und sich die Hand geschüttelt hatten, brach ein tobender Beifallssturm aus. Man stampfte mit den Füßen, man schrie und heulte. Jeder kannte ihre Namen: es waren Sergent und Ravignac.

Die aufgeregten Gemüter wurden streitsüchtig. Die Männer sahen ihre Nachbarn mißtrauisch und feindlich an; man hätte eines Lächelns wegen leicht ein Duell provozieren können; sogar Leute, die nie ein Florett in der Hand gehalten hatten, probierten mit ihren Spazierstöcken alle möglichen Hiebe und Paraden.

Nach und nach strömte jedoch die Menge die kleine Treppe wieder hinauf. Man wollte endlich etwas zu trinken haben. Ein allgemeiner Unwille entstand, als man feststellte, daß die Tanzlustigen das Büfett bereits vollständig ausgeplündert hatten, dann mit der Erklärung fortgegangen waren, es wäre unerhört, zweihundert Menschen hierher zu bestellen und ihnen überhaupt nichts zu zeigen.

Nichts war mehr da, keine Süßigkeit, kein Stückchen Kuchen, kein Tropfen Champagner, keine Limonade, Bier, keine Früchte, nichts. Alles war geplündert, geraubt und fortgegessen.

Man ließ die Diener die Einzelheiten erzählen; sie bemühten sich dabei ernste Gesichter zu machen, konnten jedoch das Lachen kaum unterdrücken. „Die Damen waren wilder als die Männer," versicherten sie, „sie haben gegessen und getrunken, bis sie krank wurden." Es klang fast so, als schilderten Überlebende den Überfall und die Plünderung einer Stadt während eines Raubzuges.

Nun mußte man also aufbrechen. Die Herren bedauerten die zwanzig Francs, die sie gespendet hatten und ärgerten sich über alle, die oben umsonst geschlemmt hatten.

Die Patronatsdamen hatten über dreitausend Francs gesammelt. Nach Abzug aller Unkosten blieben für die Waisenkinder des 6. Stadtbezirkes zweihundertzwanzig Francs übrig.

Du Roy hatte die Familie Walter hinausbegleitet und wartete auf seinen Landauer. Auf der Heimfahrt saß er Frau Walter gegenüber und begegnete wieder ihrem zärtlichen und flüchtigen Blick, der verlegen und verwirrt schien. „Ich glaube wahrhaftig, sie beißt an", dachte er. Er lächelte dankbar und zufrieden, denn nun war er sicher, daß er wirklich Glück bei Frauen hatte, denn Madame de Marelle schien ihn auch, seitdem ihr Liebesverhältnis von neuem begonnen hatte, rasend und leidenschaftlich zu lieben.

Er kam sehr vergnügt nach Hause.

Madeleine erwartete ihn im Salon.

„Ich habe Neuigkeiten", sagte sie. „Die Marokkoangelegenheit wird immer verwickelter. Es ist sehr gut möglich, daß Frankreich schon binnen wenigen Monaten eine Expedition dorthin schicken wird. Auf jeden Fall wird man das benutzen, um das Ministerium zu stürzen, und dann bekommt Laroche-Mathieu endlich das Portefeuille des Auswärtigen.

Du Roy wollte seine Frau etwas necken, und tat so, als glaube er kein Wort. „Man würde doch nicht so töricht sein, mit den Dummheiten von Tunis von neuem zu beginnen."

Sie zuckte ungeduldig die Achseln. „Aber ich sage dir, es ist so, es ist so! Begreifst du denn nicht, daß es eine wichtige Geldfrage für sie ist. Heutzutage, mein Lieber, bei allen wichtigen politischen Angelegenheiten, muß man sich fragen: Wo steckt das Geschäft? Aber nicht wie früher: Wo steckt die Frau? "

„Ah", murmelte er mit gleichgültiger Miene, um sie noch mehr zu reizen.

„Du bist genau so naiv wie Forestier", sagte sie wütend.

Sie wollte ihn verletzen und erwartete einen Zornesausbruch. Aber er lächelte und sagte:

„Wie Forestier, den du betrogen hast?"

„Oh! Georges!" murmelte sie getroffen.

„Was denn", sagte er spöttisch. „Hast du mir nicht selbst gesagt, daß du Forestier betrogen hast?" Und im Tone tiefsten Mitleides setzte er hinzu: „Armer Teufel!"

Madeleine antwortete nichts und drehte ihm den Rücken; dann nach einer kurzen Pause sagte sie:

„Wir werden Dienstag Gäste haben. Frau Laroche-Mathieu kommt mit der Vicomtesse de Percemur zum Essen. Willst du noch Rival und Norbert de Varenne einladen? Ich will morgen Madame Walter und Madame de Marelle besuchen. Vielleicht kommt Madame Rissolin auch noch."

Seit einiger Zeit nutzte sie den politischen Einfluß ihres Mannes aus, um neue Beziehungen anzuknüpfen, und die Frauen der Deputierten und Senatoren, die die Unterstützung der Vie Française brauchten, in ihr Haus zu ziehen.

„Sehr gut," antwortete Du Roy, „Rival und Norbert werde ich einladen."

Er rieb sich zufrieden die Hände, denn er hatte jetzt eine gute Waffe gefunden, um seine Frau zu ärgern und seinen heimlichen Haß, seine unklare und quälende Eifersucht, die in ihm seit jener Spazierfahrt im Bois erwacht war, zu befriedigen. Er redete nie anders mehr von Forestier, ohne darauf zu deuten, daß ihm Hörner aufgesetzt worden waren. Er fühlte, daß er damit Madeleine zum Rasen bringen konnte. Und zehnmal am Abend fand er Gelegenheit, den Namen dieses „Hahnreis von Forestier" in wohlwollender Ironie zu nennen.

Er haßte nicht mehr den Toten; er wollte ihn rächen.

Seine Frau schien es nicht zu hören und saß ruhig mit ihrem gleichgültigen Lächeln ihm gegenüber.

Da sie am nächsten Tag Frau Walter besuchen wollte, ging er etwas früher hin, um die Frau seines Chefs allein zu finden und sich zu überzeugen, ob sie wirklich in ihn verliebt war. Das amüsierte und schmeichelte ihm. Und dann ... warum nicht ... wenn es möglich ist. Um zwei Uhr war er auf dem Boulevard Malesherbes. Man führte ihn in den Salon; er wartete.

Bald erschien Frau Walter und reichte ihm freudig die Hand.

„Welch glücklicher Zufall führt Sie her?"

„Kein Zufall, nur das Verlangen, Sie zu sehen. Eine Macht hat mich zu Ihnen getrieben, ich weiß es selbst nicht warum; ich habe Ihnen auch gar nichts Bestimmtes zu sagen. Ich bin gekommen! Ich bin da! Können Sie mir diesen frühen Besuch und die Offenheit meiner Erklärung verzeihen?"

Er sagte das alles galant und scherzhaft, mit einem Lächeln auf den Lippen, aber mit Ernst in der Stimme.

Sie wurde rot und murmelte:

„Aber wirklich ... ich verstehe nicht — Sie überraschen mich — —"

„Das ist eine heitere Liebeserklärung, um Sie nicht zu erschrecken", fügte er hinzu. Sie setzten sich hin. Sie nahm die Worte als Scherz auf.

„Also, das ist eine ernste Erklärung?"

„Aber ja! Schon lange, sogar sehr lange hatte ich sie auf dem Herzen, aber ich wagte nicht, sie auszusprechen. Sie sollen so streng und kalt sein ..."

Jetzt wurde sie wieder sicher und fragte:

„Warum haben Sie denn gerade heute gewählt?"

„Ich weiß es nicht."

Dann sagte er ganz leise:

„Vielmehr, weil ich seit gestern nur an Sie denke."

Sie wurde plötzlich bleich und murmelte:

„Genug jetzt von diesen Kindereien, sprechen wir von etwas anderem."

Aber er fiel so plötzlich vor ihr auf die Knie, so unerwartet, daß sie einen Schreck kriegte. Sie wollte aufstehen, aber er hielt sie mit beiden Armen fest und flüsterte ihr leidenschaftlich zu:

„Ja, es ist wahr, ich liebe Sie seit langem, wahnsinnig. Antworten Sie mir nicht. Begreifen Sie es denn nicht? Ich bin wahnsinnig. Ich liebe Sie ... Oh, wenn Sie wüßten, wie ich Sie liebe!"

Sie atmete schwer, keuchte, versuchte zu sprechen, aber kein Wort kam über ihre Lippen. Sie stieß ihn mit beiden Händen zurück, sie faßte ihn am Haar und versuchte seinen Küssen auszuweichen. Sie bog ihren Kopf nach links und nach rechts, mit einer schnellen hastigen Bewegung und schloß die Augen, um ihn nicht mehr zu sehen.

Er berührte durch das Kleid ihren Körper, er streichelte und betastete sie; ihr Widerstand schwand unter dieser hastigen und rohen Liebkosung. Er stand auf, um sie ganz an sich zu ziehen, aber in dieser Sekunde entwischte sie ihm und flüchtete von einem Sessel zum anderen. Eine Verfolgung kam ihm lächerlich vor; er ließ sich in einen Stuhl nieder, verbarg sein Gesicht in den Händen und schien krampfhaft zu schluchzen. Dann sprang er auf, rief: „Adieu, adieu!" und stürzte hinaus.

Er nahm im Vorzimmer seinen Spazierstock und ging ruhig die Treppe hinab, indem er sich sagte: „Wahrhaftig, ich glaube, die Sache geht gut."

Er ging auf ein Telegraphenbureau und schickte Clotilde ein blaues Briefchen; er bat sie für morgen um ein Rendezvous.

Als er zur gewohnten Stunde heimkehrte, fragte er seine Frau:

„Nun, hast du alle deine Leute zum Diner beisammen?"

„Ja, nur Madame Walter hat mir noch nicht bestimmt zugesagt. Sie weiß nicht, ob sie frei sein wird; sie ist unentschlossen und erzählte mir Gott weiß was für Geschichten über ihre Pflichten und ihr Gewissen. Mir schien das etwas komisch zu sein. Es ist übrigens egal, ich hoffe, sie kommt schließlich doch.“

Er zuckte die Achsel.

„Ich glaube es auch, sie wird kommen.“

Trotzdem war er seiner Sache nicht ganz sicher und blieb etwas unruhig bis zum Tage des Diners.

Am selben Tage früh morgens erhielt Madeleine einen kurzen Brief von Frau Walter: „Ich habe mich mit großer Mühe für heute abend frei gemacht. Ich komme mit größtem Vergnügen; leider kann mein Mann mich nicht begleiten.“

Du Roy dachte sich: „Es war ganz schlau von mir, daß ich nicht wieder hingegangen bin. Jetzt hat sie sich beruhigt, aber — Vorsicht!“

Ungeduldig erwartete er sie. Sie erschien sehr ruhig, etwas kühl und abweisend. Er benahm sich sehr bescheiden zurückhaltend und sogar demütig. Madame Laroche-Mathieu und Madame Rissolin kamen mit ihren Männern. Die Vicomtesse de Percemur sprach über die vornehme Welt. Madame de Marelle war reizend in ihrem geschmackvollen Phantasiekleid, es war ein eigentümliches schwarz-gelbes spanisches Kostüm, das ihre hübsche Figur, ihren Busen und die schönen Arme vorteilhaft zur Geltung brachte und ihrem Vogelgesichtchen einen energischen Ausdruck verlieh.

Du Roy führte Frau Walter zu Tisch, aber er sprach mit ihr nur über ernsthafte Dinge und mit einer etwas übertriebenen Ehrfurcht. Von Zeit zu Zeit blickte er Clotilde an. „Sie ist ja freilich hübscher und frischer“, dachte er. Dann fiel sein Blick auf seine Frau, die fand er auch nicht übel, obgleich er gegen sie eine zähe, versteckte und grimmige Wut hatte. Aber Frau Walter reizte ihn durch die Schwierigkeiten der Eroberung und durch die Abwechslung, die Männer immer lieben und begehren.

Sie wollte frühzeitig nach Hause.

„Ich werde Sie begleiten“, sagte er.

Sie weigerte sich, aber er bestand darauf.

„Warum wollen Sie nicht. Sie verletzen mich tief. Ich muß doch annehmen, daß Sie mir nicht verzeihen wollen. Sie sehen, wie ruhig ich bin.“

„Sie können Ihre Gäste nicht so im Stich lassen“, erwiderte sie.

Er lächelte:

„Ach was, in zwanzig Minuten bin ich wieder da. Kein Mensch wird es merken. Wenn Sie nein sagen, verletzen Sie mich bis ins Tiefste meines Herzens.“

„Gut, ich bin einverstanden“, murmelte sie.

Kaum waren sie im Wagen, da ergriff er ihre Hände und küßte sie leidenschaftlich.

„Ich liebe Sie, ich liebe Sie. Lassen Sie es mich Ihnen sagen. Ich rühre Sie nicht an. Ich will nur immerfort wiederholen, daß ich Sie liebe."

Sie stammelte:

„Oh, ... nachdem Sie mir versprochen haben — Das ist nicht recht ... Das ist schlecht von Ihnen."

Er tat, als müsse er sich mit Gewalt beherrschen; dann fuhr er mit verhaltener Stimme fort:

„Sehen Sie, wie ich mich beherrsche. Und doch ... lassen Sie mich nur das Eine sagen ... Ich liebe Sie ... lassen Sie mich es Ihnen täglich wiederholen ... ja, gönnen Sie mir täglich einen Besuch von fünf Minuten ... lassen Sie mich auf den Knien Ihnen diese Worte wiederholen und Ihr geliebtes Antlitz bewundern ..."

Sie hatte ihm ihre Hand gelassen und wiederholte schweratmend:

„Nein, ich kann nicht, ich will nicht. Denken Sie doch, was man sagen wird, denken Sie an die Dienstboten, an meine Töchter, Nein, es ist ausgeschlossen."

Er fuhr fort:

„Ich kann nicht ohne Sie leben. Ob bei Ihnen oder wo anders — ich muß Sie sehen, und wenn es täglich nur eine Minute wäre, damit ich Ihre Hand berühre, den Duft Ihres Kleides einatme, die Linie Ihres Körpers und Ihre großen schönen Augen, die mich wahnsinnig machen, betrachten kann."

Sie hörte die banalen Liebesphrasen an, bebte am ganzen Körper und stammelte:

„Nein ... nein, es ist unmöglich, schweigen Sie!"

Er flüsterte ihr ganz leise ins Ohr, denn er hatte begriffen, daß er diese unkomplizierte Frau nur allmählich erobern konnte, daß er sie bestimmen mußte, ihm ein Rendezvous zu geben, zunächst, wo sie wollte und dann, wo er wollte.

„Hören Sie mich," sagte er, „es muß sein ... ich werde Sie sehen ... ich werde auf Sie vor Ihrer Tür warten ... wie ein Bettler ... ich gehe hinauf ... aber ich werde Sie sehen ... ich muß Sie sehen ... morgen."

Sie wiederholte:

„Nein, nein, kommen Sie nicht. Ich werde Sie nicht: empfangen. Sie müssen an meine Töchter denken."

„Dann sagen Sie mir, wo ich Sie treffen kann. ... auf der Straße ... wo es auch sei ... zu jeder Zeit: ... wann Sie wollen ... nur daß ich Sie sehen darf ... Ich werde Sie begrüßen und Ihnen sagen: Ich liebe Sie , und werde gehen."

Sie zögerte, wußte nicht, was sie tun sollte. Und da der Wagen schon vor ihrer Tür hielt, murmelte sie sehr schnell:

„Ich werde morgen um halb vier in die Trinité-Kirche kommen."

Dann stieg sie aus und befahl dem Kutscher:

„Fahren Sie Herrn Du Roy nach Hause."

Als er zurückkam, fragte ihn seine Frau: „Wo warst du denn so lange?"

„Ich mußte ein wichtiges Telegramm aufgeben", antwortete er leise.

Madame von Marelle trat auf ihn zu.

„Werden Sie mich nach Hause bringen, Bel-Ami", fragte sie: „Sie wissen, daß ich nur unter dieser Bedingung so weit vom Hause Einladungen zum Diner annehme!"

Dann wandte sie sich an Madeleine.

„Du bist doch nicht eifersüchtig?"

„Nein, nicht die Spur", antwortete Frau Du Roy langsam.

Die Gäste brachen auf, Frau Laroche-Mathieu sah wie ein kleines Provinzmädel aus. Sie war die Tochter eines Notars und heiratete Laroche, als er noch ein unbedeutender Rechtsanwalt war. Frau Rissolin war alt und prätentiös und machte den Eindruck einer alten Hebamme, deren Bildung aus einer Leihbibliothek stammte. Die Vicomtesse de Percemur schien alle Anwesenden zu verachten, und sehr ungern berührten ihre „Samtpfötchen" diese gemeinen Plebejerhände.

Clotilde, in einen Spitzenschal gehüllt, sagte beim Hinausgehen zu Madeleine:

„Dein Diner ist fabelhaft gelungen. Du wirst bald den besten politischen Salon in Paris haben."

Als sie mit Georges allein war, umarmte sie ihn und sagte:

„Du, mein lieber Bel-Ami, von Tag zu Tag liebe ich dich mehr."

Der Wagen schaukelte wie ein Boot. „Unser Zimmer ist doch viel schöner", sagte sie. „O ja", antwortete er, aber er dachte dabei an Frau Walter.

IV.

Der Platz vor der Trinité-Kirche lag menschenleer in der glühenden. Julisonne. Eine drückende Hitze lastete über Paris, als wenn die schwere Luft von dort oben verbrannt und auf die Stadt herabgefallen wäre; es war eine dicke, schwüle; und versengende Luft, die den Lungen weh tat.

Das Wasser im Springbrunnen rieselte lässig herab. Es schien ermattet vom Springen, schlaff und müde, und das Wasser in dem Bassin, in dem Blätter und Papierfetzen herumschwammen, sah blaugrün, schwer und trübe aus. Ein Hund, der auf den steinernen Rand gesprungen war, badete in dieser verdächtigen Flüssigkeit. Ein paar Menschen, die auf den Bänken in den Anlagen herumsaßen, blickten voll Neid auf das Tier.

Du Roy zog seine Uhr. Es war erst drei Uhr; er hatte noch eine halbe Stunde Zeit. Er mußte lachen, wenn er an dieses Rendezvous dachte: „Die Kirchen dienen zu allem möglichen," sagte er sich, „sie trösten sie darüber, einen Juden geheiratet zu haben, geben ihr eine oppositionelle Haltung in der Politik, eine passende Stellung in der vornehmen Welt und ein Obdach für galante Abenteuer. Es ist nämlich die Gewohnheit, sich der Religion zu bedienen, wie man einen entoutcas-Schirm gebraucht. Ist das Wetter schön, dient er als Spazierstock, scheint die Sonne, so ist er ein Sonnenschirm, wenn es regnet ein Regenschirm, und wenn man überhaupt nicht ausgeht, läßt man ihn im Vorzimmer stehen. Und so gibt es Hunderte, die sich aus dem lieben Gott nichts machen und doch nicht gestatten, daß man ihn lästert und ihn dabei gern als Vermittler gebrauchen. Wenn man einer solchen Frau vorschlüge, in ein Absteigequartier zu gehen, so würde sie es mit Entrüstung zurückweisen und als Schande betrachten, aber sie findet gar nichts darin, am Fuße des Altars eine Liebesgeschichte anzuspinnen. Er ging langsam am Springbrunnen auf und ab und sah nochmals nach der Uhr auf dem Kirchturm, die im Vergleich zu seiner zwei Minuten vorging. Er dachte, daß es wohl drinnen angenehmer sein würde und ging hinein.

Die kühle Kellerluft des steinernen Gewölbes umfing ihn. Er atmete sie mit Behagen ein und ging dann durch das Kirchenschiff, um die Örtlichkeit zu übersehen. Aus der Tiefe des mächtigen Bauwerks tönte ein anderer regelmäßiger Schritt herüber; bald hielt er inne, bald hallte er wieder laut auf den Steinfliesen. Er suchte neugierig nach diesem Spaziergänger. Es war ein dicker, kahlköpfiger Herr, der mit der Nase in der Luft und den Hut hinter dem Rücken herumging. Hier und da kniete eine alte Frau, das Gesicht in die Hände vergraben. Ein Gefühl der Einsamkeit, des Verlassenseins und der Ruhe erfüllte seinen Geist, und das Licht, das durch die farbigen Scheiben fiel, tat den Augen wohl. Du Roy fand es hier drinnen „recht behaglich". Er ging wieder an die Tür und sah abermals nach der Uhr. Es war erst ein viertel nach drei. Er setzte sich am Haupteingang und bedauerte sehr, daß er hier keine Zigarette rauchen dürfe. Vom andern Ende der Kirche, in der Nähe des Chors, ertönten nach wie vor die langsamen, schallenden Schritte des dicken Herrn. Jemand kam herein. Du Roy drehte sich hastig um. Es war eine arme, einfache Frau im Wollrock; gleich beim ersten Stuhl fiel sie auf die Knie und verharrte hier mit gefalteten Händen, den Blick gen Himmel erhoben, die Seele im Gebet versunken.

Du Roy beobachtete sie; es interessierte ihn, welcher Kummer, welcher Schmerz oder welche Verzweiflung diese arme Seele in die Kirche getrieben hatte. Tiefstes Elend sah man ihr an. Vielleicht hatte sie einen Mann, der sie halbtot prügelte oder ein sterbendes Kind?

„Armes Wesen," dachte er, „es gibt so viele, die leiden müssen!" Und er zürnte gegen die erbarmungslose Natur. Dann überlegte er sich, daß diese armseligen Leute wenigstens daran glaubten, daß dort oben ein Auge über sie wache und daß im Himmel ihr irdischer Lebenswandel mit der Bilanz von Soll und Haben verbucht sei. — Dort oben. — Wo denn eigentlich?

In der Stille der Kirche versank Du Roy in weltumspannende Träumereien. Er begann in Gedanken die ganze Schöpfung zu umfassen und er murmelte ganz leise vor sich hin: „Wie das alles eigentlich dumm ist." Das Rauschen eines Kleides ließ ihn hochfahren.

Sie war es.

Er stand auf und ging schnell auf sie zu. Sie reichte ihm nicht die Hand und sagte nur ganz leise:

„Ich habe nur ein paar Augenblicke Zeit. Ich muß gleich wieder nach Hause. Knien Sie neben mir nieder, damit wir nicht auffallen." Sie durchschritt das Kirchenschiff und suchte, wie jemand, der das Haus genau kannte, nach einem passenden ungestörten Platz. Ihr Gesicht war mit einem dichten Schleier bedeckt und sie ging mit gedämpften, kaum hörbaren Schritten. Als sie den Chor erreicht hatten, drehte sie sich um und sprach mit einer geheimnisvollen, kaum hörbaren Stimme, wie man in der Kirche zu sprechen pflegt:

„Es ist besser an der Seite; hier kann man zu leicht gesehen werden."

Sie verbeugte sich tief vor dem Tabernakel des Hauptaltars und bog: dann nach rechts ein und ging wieder in der Richtung nach dem Eingange zurück. Plötzlich schien sie einen Entschluß zu fassen, nahm einen Betstuhl und kniete nieder. Georges nahm den danebenstehenden und so knieten sie unbeweglich in der Haltung von Betenden.

„Ich danke Ihnen, danke," flüsterte er, „ich liebe Sie über alles. Ich möchte Ihnen das immerfort sagen, Ihnen erzählen, wie bei mir die Liebe zu Ihnen begonnen, wie ich beim erstenmal, als ich Sie sah, von Ihrem Reiz und Ihrer Anmut bezaubert wurde ... Wollen Sie mir einmal erlauben, Ihnen mein ganzes Herz auszuschütten, Ihnen all das zu erklären."

Sie hörte zu, anscheinend tief in Gedanken versunken, als hätte sie überhaupt nichts vernommen.

„Ich bin wahnsinnig, daß ich Sie so mit mir sprechen lasse, wahnsinnig, daß ich gekommen bin, wahnsinnig, daß zu tun, was ich tue; Sie glauben zu lassen, daß dieses

Abenteuer irgendeine Fortsetzung finden könnte. Vergessen Sie, es muß sein, und sprechen Sie nie davon.“

Sie wartete. Er suchte nach einer überzeugenden leidenschaftlichen Antwort, da er jedoch seine Worte durch Liebkosungen nicht verstärken konnte, fühlte er sich wie gelähmt.

„Ich erwarte nichts,“ fuhr er fort, „ich erhoffe nichts. Ich liebe Sie. Sie können tun, was Sie wollen, ich werde es Ihnen immer wieder sagen, so leidenschaftlich und so eindringlich, daß Sie schließlich daran glauben werden. Ich werde meine Liebe und Zärtlichkeit in Sie eindringen lassen, Wort für Wort, Stunde für Stunde, Tag für Tag, bis sie Sie schließlich ergreifen, Sie milde stimmen und zuletzt auch Sie zu mir sagen müssen: Ich liebe Sie. “

Er fühlte, wie ihre Schulter ihn zitternd berührte und wie ihre Brust bebte, dann flüsterte sie hastig:

„Auch ich liebe Sie.“

„O mein Gott!“

Sie fuhr mit bebender Stimme fort:

„Durfte ich Ihnen das sagen? Ich fühle mich schuldig und verachtungswert ... ich ... die ich zwei Töchter habe ... aber ich kann nicht mehr ... ich kann nicht ... Ich hätte nie geglaubt ... ich hätte nie gedacht ... es war eben stärker als ich ... Hören Sie ... Hören Sie doch ... Ich habe nie jemanden geliebt ... nur Sie allein ... ich schwöre es Ihnen, ich liebe Sie seit einem Jahr heimlich im Innern meines Herzens. Oh, was habe ich gelitten, ja, was habe ich mit mir kämpfen müssen ... Ich kann nicht mehr, ich liebe Sie.“

Sie weinte in ihre Hände, die sie über ihrem Gesicht gefaltet hatte; ihr ganzer Körper zitterte, erschüttert von der leidenschaftlichen Erregung.

Georges flüsterte:

„Geben Sie mir Ihre Hand, daß ich sie berühre, daß ich sie an mich drücke.“

Langsam zog sie ihre Hand von ihrem Gesicht. Er sah, daß ihre Wangen ganz feucht vom Weinen waren. Ein Tropfen hing noch am Rande der Wimpern, bereit, herunter zu rollen.

Er ergriff ihre Hand und preßte sie.

„Oh, ich möchte diese Tränen küssen.“

Sie sprach mit dumpfer und gebrochener Stimme, so daß es fast wie ein Seufzer klang:

„Mißbrauchen Sie nicht meine Schwäche ... ich habe den Kopf verloren.“

Er hatte Lust, zu lächeln. Wie konnte er sie an diesem Ort mißbrauchen. Er preßte ihre Hand an sein Herz und sagte: „Fühlen Sie es klopfen?“

Denn er war am Ende seiner leidenschaftlichen Redensarten und er wußte nicht mehr, was er sagen sollte.

Doch seit einigen Augenblicken kam der regelmäßige Schritt des dicken Herrn immer näher. Er war die Altäre entlang gegangen und kam nun wenigstens schon das zweitemal das rechte Seitenschiff herunter. Frau Walter hörte ihn nun ganz nah neben dem Pfeiler, der sie vor ihm verbarg, sie zog ihre Hand aus Georges Umklammerung und verbarg von neuem ihr Gesicht.

So blieben sie wieder unbeweglich nebeneinander knien, als hätten sie beide ein glühendes Gebet zum Himmel emporgesandt. Der dicke Herr ging an ihnen vorbei und warf auf sie einen gleichgültigen Blick, er verschwand nach dem unteren Teil der Kirche und hielt immer noch seinen Hut auf dem Rücken.

Du Roy dachte jetzt daran, daß er irgend woanders als in der Trinité-Kirche ein Rendezvous erhalten müßte.

„Wo werde ich Sie morgen sehen?“ fragte er.

Sie antwortete nicht. Sie schien leblos; sie schien ganz wie ein versteinerter Ausdruck vom Gebet.

Er fuhr fort:

„Wollen Sie, daß wir uns im Parc Monceau treffen?“

Sie nahm ihre Hände vom Gesicht und wandte es ihm zu, es war tränenüberströmt, bleich und entstellt vor Schmerz. Sie sagte mit abgerissener Stimme:

„Lassen Sie mich ... lassen Sie mich jetzt ... gehen Sie ... gehen Sie fort, nur fünf Minuten ... ich leide so sehr in Ihrer Nähe ... ich halte es nicht mehr aus ... gehen Sie ... lassen Sie mich beten ... allein ... fünf Minuten. Ich kann nicht ... lassen Sie mich Gott um Vergebung anflehen ... Er soll mir vergeben ... Er soll mich retten ... Lassen Sie mich ... fünf Minuten lang.“

Der Ausdruck ihres Gesichtes war dermaßen verstört und schmerzerfüllt, daß er ohne ein Wort zu sagen aufstand; dann versetzte er nach einem kurzen Zaudern:

„Ich komme nach einer Weile wieder.“

Sie machte mit dem Kopf ein Zeichen, als wollte sie sagen: „Ja, nach einer Weile.“ Und er ging zum Chor hinunter.

Nun versuchte sie zu beten, mit übermenschlicher Anstrengung wollte sie Gott anrufen und flehte mit zitterndem Körper und verzweifelter Seele um Erbarmen. Sie schloß wütend die Augen, um ihn nicht zu sehen, ihn, der sie eben verlassen hatte. Sie verscheuchte ihn aus ihren Gedanken, sie wehrte sich gegen ihn, doch an Stelle der himmlischen Erscheinung, die sie mit schwerem Herzen und gebrochener Seele erflehte, kam ihr der gekräuselte Schnurrbart des jungen Mannes nicht aus dem Sinne.

Seit einem Jahr kämpfte sie Tag für Tag und Abend für Abend gegen die immer zunehmende Leidenschaft, gegen dieses Bild, das sich in ihre Träume drängte, ihre Sinne quälte und ihr die Ruhe raubte. Sie fühlte sich gefangen wie ein wildes Tier in einem Netz, geknebelt und wehrlos diesem Manne ausgeliefert, der sie bezwungen und erobert hatte, einzig und allein durch seinen Schnurrbart und die Farbe seiner Augen.

Und jetzt in der Kirche in Gottes Nähe, fühlte sie sich noch schwächer, noch verlassener als bei sich zu Hause. Sie konnte nicht mehr beten, sie mußte immerfort an ihn denken. Sie litt bereits darunter, daß er fort war, und doch kämpfte sie verzweifelt. Sie wehrte sich und rief mit der ganzen Kraft ihrer Seele um Hilfe. Sie wäre lieber gestorben, als so zu fallen, sie, die sie noch nie einen Fehltritt begangen hatte. Sie murmelte wirre, flehende Gebete, aber sie hörte nur auf Georges Schritte, die in den fernen Gewölben immer leiser und leiser wurden. Sie begriff, daß es nun mit ihrer Kraft zu Ende und daß jeder Widerstand vergeblich sei. — Trotzdem wollte sie nicht nachgeben. Sie zitterte am ganzen Leibe und fühlte sich so schwach und zusammengebrochen, daß sie gleich umfallen, auf dem Boden sich herumwälzen und heftige und schrille Schreie ausstoßen würde. Da hörte sie rasche Schritte herannahen. Sie wandte den Kopf, es war ein Priester. Sie stand auf, lief mit gefalteten Händen auf ihn zu und stammelte:

„Oh, retten Sie mich! Retten Sie mich!“

Er blieb überrascht stehen:

„Was wünschen Sie, Madame?“

„Ich will, daß Sie mich retten; haben Sie Erbarmen mit mir. Wenn Sie mir nicht zu Hilfe kommen, bin ich verloren!“

Er sah sie an, und dachte, ob sie vielleicht wahnsinnig wäre.

„Was kann ich für Sie tun?“ fragte er.

Es war ein junger, hochgewachsener, etwas dicker Geistlicher, mit vollen, etwas schlaffen Backen, die, trotzdem sie sauber rasiert waren, einen gräulichen Schimmer hatten; es war ein schöner Stadtvikar, aus einem reichen Stadtviertel, der an wohlhabende Sünderinnen gewöhnt war.

„Hören Sie meine Beichte,“ sagte sie, „und geben Sie mir einen Rat, helfen Sie mir und sagen Sie, was ich tun soll.“

„Ich höre die Beichte alle Sonnabende von drei bis sechs“, erwiderte er.

Aber sie faßte ihn am Arm und wiederholte:

„Nein, nein! nein! Sofort, sofort! Es muß sein! Er ist hier in dieser Kirche! Er erwartet mich!“

„Wer erwartet Sie denn?“ fragte der Priester.

„Ein Mann, der mich verderben will, der mich verführen wird, wenn Sie mich nicht retten ... Ich kann nicht mehr vor ihm fliehen ... ich bin zu schwach ... so schwach ... so schwach ...“

Sie warf sich vor ihm auf die Knie und schluchzte:

„Erbarmen Sie sich meiner, mein Vater! Retten Sie mich, im Namen Gottes, retten Sie mich!“

Sie hielt ihn an seinem schwarzen Priesterrock fest, damit er nicht fort konnte und er blickte unruhig nach allen Seiten, ob nicht irgendein übelwollendes oder zu frommes Auge die Frau zu seinen Füßen sehen konnte. Da er schließlich einsah, daß er sie nicht los würde, sagte er:

„Stehen Sie auf, ich habe zum Glück den Schlüssel zum Beichtstuhl bci mir.“

Er wühlte in seiner Tasche und zog einen Ring mit einer Menge Schlüssel daran heraus. Er suchte einen davon heraus und ging mit schnellem Schritt zu einer kleinen Holzhütte, in welcher die Frommen ihre Seelen von allen Sünden entlasten. Er trat durch die Mitteltür herein und schloß hinter sich ab, während Frau Walter sich in dem schmalen Seitenteil niederwarf und leidenschaftlich und inbrünstig stammelte:

„Segnen Sie mich, mein Vater, denn ich habe gesündigt.“

Du Roy hatte einen Gang um den Chor gemacht und schritt nun das linke Seitenschiff hinunter. Er war gerade in der Mitte, als er dem dicken, kahlköpfigen Herrn begegnete, der immer noch im langsamen, gemessenen Schritt auf und ab wanderte. „Was mag dieser Sonderling hier zu suchen haben?“ fragte sich der junge Mann. Auch der Herr hatte seinen Schritt verlangsamt und blickte George:; an, mit dem sichtlichen Wunsch, mit ihm ein Gespräch anzufangen. Als er ganz nahe war, grüßte er und fragte sehr höflich:

„Ich bitte sehr um Verzeihung, aber könnten Sie mir vielleicht sagen, wann ist diese Kirche erbaut worden?“

„Wahrhaftig,“ antwortete Du Roy, „ich weiß das leider nicht. Ich glaube so vor etwa zwanzig oder fünfundzwanzig Jahren. Übrigens bin ich zum ersten Male hier.“

„Ich auch. Ich habe sie noch nie gesehen.“

Nun fuhr der Journalist neugierig fort:

„Sie scheinen sie sehr sorgfältig zu besichtigten.“

Der andere erwiderte bedächtig:

„Nein, ich besichtige sie gar nicht, ich warte auf meine Frau, die ich hier treffen sollte, sie hat sich sehr verspätet."

Er schwieg und nach einer kurzen Pause fuhr er fort:

„Es ist furchtbar heiß draußen."

Du Roy betrachtete ihn, und fand, daß er recht anständig aussah; plötzlich kam es ihm vor, daß er eine Ähnlichkeit mit Forestier hatte.

„Sie sind aus der Provinz?" fragte er.

„Ja, ich komme aus Rennes. Und Sie, mein Herr, Sie sind wohl aus Neugier in diese Kirche gekommen?"

„Nein, ich warte auf eine Frau."

Der Journalist grüßte ihn und ging lächelnd weiter. Er näherte sich dem Hauptportal und sah dieselbe arme Frau immer noch beten und knien. „O Gott," dachte er, „die hat Ausdauer im Beten." Er war nicht mehr gerührt und empfand mit dieser Armen auch kein Mitleid mehr.

Er ging vorbei und schritt langsam das rechte Seitenschiff hinauf, um Frau Walter abzuholen.

Von weitem spähte er nach der Stelle, wo er sie verlassen hatte und war sehr erstaunt, als er sie nicht mehr sah. Er glaubte, er hätte sich in dem Pfeiler getäuscht und ging bis zum letzten durch und kehrte wieder zurück. Also war sie doch fort. Wütend und überrascht blieb er stehen. Dann dachte er, daß sie ihn vielleicht suche, und ging noch einmal durch die ganze Kirche herum. Er fand sie nicht und setzte sich auf denselben Stuhl, vor dem sie gekniet hatte, in der Hoffnung, sie käme dorthin wieder; er wartete.

Bald erregte ein kaum hörbares Murmeln seine Aufmerksamkeit. In dieser Ecke der Kirche hatte er niemanden bemerkt. Woher kam dieses leise Geflüster? Er stand auf, um es herauszufinden und erblickte in der nächsten Seitenkapelle einen Beichtstuhl. Der Saum eines Kleides ragte aus ihm heraus. Er trat heran, um die Frau näher zu betrachten. Er erkannte sie. Er verspürte ein heftiges. Verlangen, sie an den Schultern zu packen und aus diesem Kasten herauszureißen. Dann aber dachte er: „Ach was, heute ist der Pfaffe an der Reihe und morgen ich." Er setzte sich ruhig gegenüber den Beichtstühlen wieder hin und wartete ab. Und er begann, innerlich über das Abenteuer zu lachen.

Er wartete lange. Endlich erhob sich Frau Walter und wandte sich um. Sie sah ihn an, ging auf ihn zu und sagte mit ernstem und strengem Gesichtsausdruck: „Mein Herr, ich bitte, mich nicht zu begleiten, mir nicht zu folgen und auch nicht mehr allein mich zu besuchen. Sie würden nicht empfangen werden. Leben Sie wohl."

Dann ging sie in würdiger Haltung fort. Er ließ sie gehen, denn es war sein Grundsatz, die Dinge nicht auf die Spitze zu treiben. Als nun der Priester etwas erregt aus seinem Versteck kam, ging er gerade auf ihn zu, sah ihm scharf ins Auge und knurrte ihn an:

„Wenn Sie nicht diesen langen Rock trügen, oh, welch hübsches Paar Maulschellen ich Ihnen auf Ihre ekelhafte Schnauze kleben würde."

Dann machte er kehrt und kam pfeifend aus der Kirche heraus.

Im Portal stand der dicke Herr, den Hut auf dem Kopf, die Hände auf dem Rücken. Er schien des Wartens müde und spähte auf den weiten Platz und die Straßen, die sich dort kreuzten.

Als Du Roy an ihm vorbeiging, begrüßten sie sich.

Der Journalist hatte weiter nichts zu tun und so begab er sich auf die Redaktion der Vie Française. Schon beim Eintreten sah er an den erregten Gesichtern der Laufburschen, daß etwas Außergewöhnliches passiert sei und er trat ohne weiteres in das Zimmer des Chefs ein.

Der Vater Walter schien aufgeregt und diktierte stehend in abgehackten Sätzen einen Artikel. Zwischen den einzelnen Absätzen erteilte er den Reportern, die ihn umgaben, verschiedene Aufträge, gab Boisrenard einige Verhaltungsmaßregeln und riß Briefe auf.

Als Du Roy hereintrat, stieß der Chef einen Freudenschrei aus.

„Ah, Gott sei Dank, da ist Bel-Ami!"

Er stockte etwas verlegen, mitten im Satz und entschuldigte sich.

„Ich bitte um Verzeihung, daß ich Sie so genannt habe, aber ich bin augenblicklich etwas aufgeregt durch all diese Geschichten. Und außerdem höre ich meine Frau und meine Töchter von morgens bis abends Sie nur Bel-Ami nennen, bis ich mir das schließlich selbst angewöhnt habe. Sie sind mir deshalb nicht etwa böse?"

Georges lachte:

„Aber keineswegs. Dieser Beiname hat nichts, was mir mißfallen könnte."

Vater Walter fuhr fort:

„Dann werde ich Sie auch Bel-Ami nennen, wie es alle Welt tut. Also hören Sie zu: Es sind große Ereignisse geschehen. Das Ministerium ist bei einer Abstimmung von 310 gegen 102 Stimmen gestürzt. Unsere Ferien sind nun wieder verschoben, vertagt ad calendas graecas, und wir haben schon den 28. Juli, Spanien hat sich wegen Marokko aufgeregt und darüber sind Durand und seine Freunde gestürzt. Wir sitzen jetzt bis zum Hals im Dreck. Marrot hat den Auftrag erhalten, ein neues Kabinett zu bilden. Zum Kriegsminister nimmt er den General Bouton d Acte und zum Auswärtigen unseren Freund Laroche-Mathieu. Er selbst behält das Portefeuille des Inneren und den Vorsitz im Ministerrat. Wir werden ein Regierungsblatt werden. Ich diktiere eben den Leitartikel, eine schlichte Erklärung unserer politischen Grundsätze, das den neuen Ministern die nötige Direktive geben soll."

Der brave Mann lächelte und fuhr fort:

„Natürlich müssen es auch die Grundsätze sein, denen sie auch zu folgen gedenken. Aber ich brauche nun irgend etwas Interessantes, einen aktuellen Sensationsartikel über die marokkanische Frage. Ich weiß nicht genau was. Könnten Sie mir so etwas verschaffen?"

Du Roy dachte eine Sekunde nach, dann antwortete er:

„Ich habe das, was Sie suchen. Ich gebe Ihnen einen ausführlichen Bericht über die Lage unserer sämtlichen afrikanischen Kolonien, links Tunis, Algier in der Mitte und rechts Marokko. Ich erzähle über die Völkerstämme, die diese weiten Gebiete bewohnen und schildere eine Entdeckungsreise über die marokkanische Grenze bis an die große Oase Figuig, die bis jetzt kein Europäer betreten hat, und die die eigentliche Ursache des gegenwärtigen Konfliktes ist. Ist das Ihnen so recht?"

„Ausgezeichnet", rief Vater Walter aus. „Und der Titel?"

„Von Tunis bis Tanger."

„Wunderbar!"

Und Du Roy suchte nun in den alten Nummern der Vie Française seinen ersten Artikel, die Erinnerungen eines afrikanischen Jägers, heraus. Nun konnte er umgetauft, umgearbeitet und anders aufgesetzt, von Anfang bis zu Ende vortrefflich ausgewertet werden, denn es war darin die Rede von der Kolonialpolitik, von der Bevölkerung Algiers und von einer Reise in die Provinz Oran.

In dreiviertel Stunden wurde der Artikel umgemodelt, zurechtgemacht, auf die aktuellen Fragen zugespitzt und mit den nötigen Schmeicheleien für das neue Ministerium versehen.

Der Direktor las den Artikel und erklärte:

„Großartig ... wundervoll ... vorzüglich! Sie sind ein kostbarer Mann. Mein aufrichtiges Kompliment!"

Als Du Roy zum Essen nach Hause kam, war er, trotz seines Mißerfolges in der Trinitékirche, doch mit seinem Tage sehr zufrieden. Er fühlte übrigens, daß er auch diesen Kampf gewonnen hatte.

Seine Frau erwartete ihn in fieberhafter Aufregung, und als sie ihn erblickte, rief sie ihm sofort entgegen:

„Weißt du, daß Laroche-Mathieu Minister des Auswärtigen ist?"

„Jawohl, ich habe deshalb sogar einen Artikel über Algier geschrieben."

„Was denn?"

„Du kennst ihn doch; den ersten, den wir zusammen geschrieben haben: Die Erinnerungen des afrikanischen Jägers , umgearbeitet und zurechtgemacht, entsprechend der heutigen Lage."

Sie lächelte.

„Ach ja, der paßt sehr gut.",

Nach einem kurzen Nachsinnen setzte sie hinzu:

„Ich denke über die Fortsetzung nach, die du doch damals schreiben solltest und die du so ... hast liegen lassen. Wir könnten uns eigentlich jetzt gleich daranmachen, das würde eine hübsche und sehr aktuelle Artikelserie geben."

Er antwortete, indem er sich vor die Suppe hinsetzte:

„Vortrefflich, uns steht jetzt nichts mehr im Wege, da doch der arme betrogene Ehemann Forestier tot ist."

Sie erwiderte in einem harten beleidigten Ton:

„Diese Art Witze sind mehr als unpassend, und ich möchte dich bitten, damit endlich Schluß zu machen. Ich habe es lange genug angehört."

Er war gerade im Begriff, mit einer ironischen Bemerkung zu antworten, als man ihm ein Telegramm, brachte, das ohne Unterschrift nur die Worte enthielt: „Ich habe den Kopf verloren, verzeihen Sie mir und kommen Sie morgen um vier Uhr nach dem Park Monceau." Nun verstand er die Sache. Er war freudig erregt und sagte zu seiner Frau, indem er das blaue Papierchen in die Tasche gleiten ließ:

„Ich werde es nicht mehr tun, mein Liebling, es war dumm, ich sehe es ein."

Und er begann zu essen.

Während der Mahlzeit wiederholte er sich immerfort die Worte: „Ich habe den Kopf verloren. Verzeihen Sie mir und kommen Sie morgen um vier Uhr nach dem Park Monceau." Also sie gab nach, das hießt mit anderen Worten: „Ich ergebe mich. Ich gehöre Ihnen. Wo und wann Sie wollen."

Er begann zu lachen. Madeleine fragte:

„Was hast du?"

„Nichts Besonderes, ich dachte an einen Pfaffen, den ich vorher getroffen hatte und der eine so komische Fratze hatte."

Du Roy erschien tags darauf pünktlich zu seinem Rendezvous. Auf den Bänken saßen Bürger, die von der Hitze erschöpft waren. Ein paar stumpfsinnige Kindermädchen schlummerten, während die Kinder im Sande spielten und sich herumwälzten.

Er traf Frau Walter in der kleinen alten Ruine, wo eine Quelle sprudelte. Sie ging um den engen Säulenkreis herum, mit einem verlegenen und unruhigen Ausdruck. Er begrüßte sie, und sie sagte:

„Es sind so viele Menschen hier in diesem Garten."

Er benutzte die Gelegenheit.

„Ja, das ist wahr, sollen wir nicht wo anders hingehen?"

„Aber wohin?"

„Das ist egal, nehmen wir eine Droschke zum Beispiel. Sie können den Vorhang an Ihrer Seite runterlassen und dann sind Sie ganz in Sicherheit."

„Ja, das ist mir lieber; hier sterbe ich vor Angst."

„Gut, dann treffen wir uns in fünf Minuten. Ich erwarte Sie mit einer Droschke vor dem Tor, das auf den äußeren Boulevard führt."

Er ging mit schnellen Schritten davon.

Als sie im Wagen zusammensaßen, fragte sie ihn:

„Was haben Sie dem Kutscher gesagt? Wohin fahren wir?"

„Machen Sie sich keine Sorgen," antwortete Georges, „er weiß Bescheid."

Er hatte ihm die Adresse seiner Wohnung in Rue Constantinople gegeben.

„Sie ahnen nicht," fuhr sie fort, „wie ich leide und wie ich mich quäle, alles um Ihretwillen! Ich war hart gestern in der Kirche, aber ich wollte Sie fliehen um jeden Preis. Ich fürchte mich, mit Ihnen allein zu sein. Haben Sie mir verziehen?"

Er drückte ihr die Hände.

„Ja, ja, was würde ich Ihnen nicht verzeihen, ich, der Sie so liebt!"

Sie sah ihn flehend an:

„Hören Sie, Sie müssen mir versprechen, mich zu schonen, daß Sie ..., daß Sie nicht ... sonst könnte ich Sie nie wiedersehen."

Er antwortete zuerst gar nichts; er lächelte unter seinem Schnurrbart, mit einem Lächeln, das die Frauen verwirrte ... Dann sagte er sehr leise :

„Ich bin Ihr Sklave."

Und nun erzählte sie ihm, wie sie ihn liebte, wie sie das bemerkt hatte, als er Madeleine Forestier heiraten wollte. Sie sprach von Einzelheiten, von den kleinen Tatsachen. Plötzlich schwieg sie. Der Wagen hielt und Du Roy öffnete die Tür.

„Wo sind wir?“ fragte sie.

„Steigen Sie aus,“ erwiderte er, „und gehen Sie in dies Haus; dort werden wir es bequemer haben.“

„Wo sind wir denn eigentlich?“

„Bei mir. Es ist meine Junggesellenwohnung, die ich genommen habe ... für einige Tage ... um die Möglichkeit zu haben, Sie zu sehen.“

Sie klammerte sich an das Polster des Wagens fest und stammelte:

„Nein, nein, ich will nicht! Ich will es nicht!“

„Ich schwöre Ihnen, Sie zu schonen“, sagte er mit energischer Stimme. „Kommen Sie, Sie sehen doch, daß wir beobachtet werden, die Menschen werden sich ansammeln. Kommen Sic, steigen Sie aus.“

Und er wiederholte:

„Ich schwöre Ihnen, daß ich Ihnen nichts antun werde!“

Ein Weinhändler sah sie neugierig an. Sie wurde von Schreck ergriffen und eilte ins Haus.

Sie wollte die Treppe hinaufsteigen, aber er hielt sie zurück:

„Hier im Erdgeschoß“, sagte er.

Sobald sie im Zimmer waren, ergriff er sie wie eine Beute. Sie wehrte sich, kämpfte, stammelte: „Oh, mein Gott! Oh, — — mein Gott!“ — — —

Er küßte ihr die Augen, die Haare, den Mund, den Hals; sie versuchte seinen Küssen zu entweichen und trotzdem erwiderte sie seine Küsse wider Willen. Plötzlich hörte sie auf zu kämpfen; sie war besiegt und ließ sich von ihm entkleiden. Schnell und geschickt wie eine geübte Kammerzofe zog er ihr eins nach dem anderen ihrer Kleidungsstücke aus.

Das Korsett riß sie ihm aus den Händen heraus, um ihr Gesicht darin zu verbergen, und nun stand sie elfenbeinnackt inmitten ihrer Hüllen, die ihr zu Füßen gefallen waren. Er ließ ihr die Schuhe an und trug sie auf den Armen aufs Bett. Da stammelte sie ihm mit gebrochener Stimme ins Ohr:

„Ich schwöre Ihnen, ... ich schwöre Ihnen, ich habe noch nie einen Geliebten gehabt.“

Wie ein junges Mädchen, das gesagt hatte: „Ich schwöre Ihnen, daß ich noch eine Jungfrau bin.“

Er dachte: „Das ist mir wirklich ganz gleichgültig.“

V

Der Herbst war gekommen. Die Du Roys waren den ganzen Sommer in Paris geblieben und führten während der kurzen Kammerferien einen energischen Feldzug zugunsten der neuen Regierung.

Zwar war es erst Anfang Oktober; aber die Kammer hatte bereits ihre Sitzungen wieder aufgenommen, denn die Marokkoaffäre wurde immer ernster und verwickelter. Eigentlich glaubte ja niemand an die Expedition nach Tanger. Obwohl am Tage, wo das Parlament auf Ferien ging, ein Abgeordneter der Rechten, Graf Lambert-Sarrazin, in einer geistreichen Rede, die sogar im Zentrum Beifall fand, erklärt hatte, er wolle — wie einst ein berühmter Vizekönig von Indien — mit seinem Schnurrbart gegen den Backenbart des Ministerpräsidenten wetten, daß das neue Kabinett genau so handeln würde wie das frühere, und auch ein Expeditionskorps nach Tanger schicken würde, wie einst nach Tunis, schon der Symmetrie wegen, wie man zwei Vasen auf einen Kamin stellt.

Er fügte noch hinzu: „Die afrikanischen Länder sind für Frankreich tatsächlich ein Kamin, meine Herren, ein Kamin, der gut zieht und unser bestes Holz verzehrt und den man mit Bankaktien heizen muß. Sie haben sich die Laune gestattet, die linke Ecke mit einer tunesischen Kostbarkeit zu schmücken, die Ihnen teuer zu stehen kommt, nun werden Sie sehen, daß Herr Marot seinen Vorgänger nachahmen und auch die rechte Ecke mit einer Kostbarkeit schmücken wird.

Diese Rede war berühmt geworden. Du Roy hatte im Anschluß daran zehn Artikel über die Kolonisation Algiers veröffentlicht; die ganze Serie, die er bei Beginn seiner Journalistenlaufbahn unterbrechen mußte. Er trat energisch für eine militärische Expedition ein, obwohl er überzeugt war, daß sie niemals stattfinden würde. Er gebärdete sich überpatriotisch und überschüttete Spanien mit allen möglichen beleidigenden und verächtlichen Bemerkungen, die man gegen Völker gebraucht, deren Interessen den eigenen zuwiderlaufen.

Die Vie Française hatte durch die Beziehung zu der herrschenden Staatsgewalt außerordentliches Ansehen und Bedeutung gewonnen. Sie brachte die politischen Neuigkeiten früher als die maßgebenden altbewährten Blätter und legte die Absichten der ihr befreundeten Minister durch verschiedene Redewendungen klar; fast alle Pariser und Provinzzeitungen bezogen aus ihr ihre Informationen. Man zitierte sie, man fürchtete sie und begann sie sogar zu achten. Sie war nicht mehr das verdächtige Organ einer Gruppe politisierender Börsenspekulanten, sondern das anerkannte Organ, das dem Ministerium nahestand. Laroche-Mathieu war die Seele der Zeitung und Du Roy sein Sprachrohr. Vater Walter, der stumme Deputierte, und gerissene Zeitungsdirektor, hielt sich im Hintergrund, und man erzählte, daß er sich im stillen mit einem großen Kupferminengeschäft in Marokko beschäftige.

Der Salon Madeleines war zu einem einflußreichen Mittelpunkt geworden, wo man allwöchentlich einige Mitglieder des Ministeriums traf. Der Ministerpräsident hatte sogar zweimal bei ihr gespeist, und die Frauen der Staatsmänner, die früher kaum über die Schwelle ihrer Wohnung traten, rühmten sich jetzt, ihre Freundinnen zu sein und kamen öfter zu ihr, als sie zu ihnen.

Der Minister des Äußeren war beinahe Herr bei ihr im Hause geworden. Er kam zu jeder Tageszeit, brachte Telegramme, Nachrichten und verschiedene Informationen mit. Er diktierte sie bald dem Manne, bald der Frau des Hauses, als wären sie beide seine Sekretäre. Blieb Du Roy, nachdem der Minister fortgegangen war, mit seiner Frau allein, so ging er mit drohender Stimme und perfiden Andeutungen gegen das Benehmen dieses mittelmäßigen Emporkömmlings los. Sie zuckte aber verächtlich die Achseln und sagte immer wieder:

„Mach du es ebenso. Werde Minister, da kannst du alles nach deinem Belieben leiten. Bis dahin mußt du schweigen." Er drehte seinen Schnurrbart und warf auf sie von der Seite einen Blick.

„Man weiß noch gar nicht, wozu ich fähig bin," sagte er, „aber eines Tages wird man es vielleicht erfahren."

Sie antwortete mit philosophischer Ruhe:

„Die Zukunft wird es zeigen."

Am Morgen der Wiedereröffnung der Kammer lag die junge Frau noch im Bett und gab ihrem Gatten, der sich für das Frühstück bei Laroche-Mathieu ankleidete, tausend Verhaltungsmaßregeln, um noch vor Beginn der Sitzung von ihm die nötigen Instruktionen für den Leitartikel einzuholen, der am nächsten Tage in der Vie Française als offiziöse Darstellung der wirklichen Absichten des Kabinetts veröffentlicht werden sollte.

Madeleine sagte: „Vor allen Dingen vergiß nicht, ihn zu fragen, ob der General Belloncle tatsächlich nach Oran entsandt worden ist, wie das behauptet wurde. Das wäre von größter Bedeutung."

Er wurde nervös und ungeduldig.

„Ich weiß doch genau so gut wie du, was ich tun soll. Höre doch mal auf, alles hundertmal zu wiederholen und laß mich damit endlich zufrieden!"

„Mein Lieber," erwiderte sie ruhig, „du vergißt immer die Hälfte von dem, was du dem Minister ausrichten sollst." .

„Dein Minister geht mir auf die Nerven," brummte er, „er ist ein Hanswurst."

Sie antwortete ohne jede Erregung:

„Er ist genau so dein Minister wie der meine. Er ist dir sogar nützlicher als mir.“

Er drehte sich zu ihr um und lächelte höhnisch:

„Verzeihung;, mir macht er nicht den Hof.“

„Mir auch nicht,“ antwortete sie langsam, „aber er läßt uns reich werden.“

Er schwieg und sagte dann nach einer kurzen Pause: „Wenn ich unter deinen Verehrern zu wählen hätte, so wäre mir der alte Narr de Vaudrec doch noch lieber. Was ist eigentlich mit ihm los? Ich habe ihn seit acht Tagen nicht gesehen.“

Sie antwortete, ohne sich aufzuregen:

„Er ist leidend. Er schrieb mir, daß er einen Gichtanfall gehabt hätte und das Bett hüten müßte. Du solltest bei ihm vorbeigehen und dich nach seinem Befinden erkundigen. Du weißt doch, er hat dich sehr gern, und es würde ihm sicher Freude machen.“

„Ja, gewiß,“ erwiderte Georges, „sobald ich kann, gehe ich hin.“

Er war mit seiner Toilette zu Ende, setzte seinen Hut auf und suchte herum, ob er nichts vergessen hatte. Er fand nichts, näherte sich seiner Frau und gab ihr einen Kuß auf die Stirn:

„Auf Wiedersehen, mein Liebling, ich werde nicht vor sieben zurück sein.“

Dann ging er fort.

Herr Laroche-Mathieu erwartete ihn bereits, denn an diesem Tage frühstückte er um zehn Uhr. Der Ministerrat sollte um zwölf, noch vor der Parlamentseröffnung, zusammentreten.

Frau Laroche-Mathieu wollte zur gewohnten Zeit frühstücken, und so war außer ihnen beiden nur noch der Privatsekretär des Ministers bei Tisch. Du Roy begann von seinem Artikel zu sprechen, gab dessen Richtlinien an, stellte dem Minister einige Fragen und kritzelte ein paar Notizen auf seine Visitenkarte; als er fertig war, fragte er:

„Wollen Sie noch etwas ändern, verehrter Minister?“

„Sehr wenig, mein lieber Freund. Vielleicht sind Ihre Angaben über die Marokkofrage etwas zu positiv. Behandeln Sie die Sache so, als ob die Expedition stattfinden würde; aber andererseits lassen Sie deutlich durchblicken, das nichts Derartiges geschehen wird, und daß Sie selbstverständlich nicht daran glauben. Geben Sie dem Publikum zu verstehen — wir denken nicht daran, uns in dieses Abenteuer einzulassen.“

„Sehr gut, ich habe es verstanden und werde es den Lesern auch verständlich machen. Meine Frau bat mich noch, Sie zu fragen, ob der General Belloncle nach Oran geschickt würde. Nach dem, was Sie mir eben erklärt haben, nehme ich wohl an, daß es nicht der Fall ist.“

Der Staatsmann erwiderte:

„Nein.“

Dann sprach man über die bevorstehende Eröffnung der Kammer. Laroche-Mathieu begann nun zu reden; er wollte die Wirkung der Phrasen ausprobieren, die er sich vorbereitet hatte, um sie in wenigen Stunden vor seinen Kollegen auszustreuen. Er schwang dabei die rechte Hand, in der er bald die Gabel, bald das Messer, bald ein Stückchen Brot hielt. Er wandte sich dabei an die unsichtbare Versammlung und entlud seine süßlich-fließende Beredsamkeit des hübschen wohlfrisierten Mannes. Sein winziger hochgedrehter Schnurrbart endete mit zwei Spitzen, und sein Haar, das in der Mitte gescheitelt und reichlich mit Brillantine eingefettet war, umgab seine Schläfen so, daß er wie ein Provinzgeck aussah. Trotz seiner Jugend war er etwas zu dick, etwas aufgeschwemmt und die Weste spannte sich über seinem Bäuchlein. Der Privatsekretär aß und trank ruhig weiter, denn er war offenbar an solche Redeergüsse gewöhnt. Du Roy jedoch, dem der Neid auf den errungenen Erfolg am Herzen nagte, dachte dabei: „Du altes Kamel, was für Dummköpfe sind doch diese Politiker!“

Sein eigener Wert kam ihm im Vergleich zu der geschwätzigen Wichtigtuerei des Ministers um so mehr zum Bewußtsein, und er sagte sich: „Wenn ich nur 100000 Francs bar hätte, um mich in meiner schönen Heimat als Deputierten aufstellen zu lassen! O Gott! Wie würde ich meine wackeren, pfiffigen und schwerfälligen Normannen hereinlegen, und was für ein Staatsmann würde ich werden, im Vergleich zu diesen kurzsichtigen Schwätzern!“

Herr Laroche-Mathieu redete bis zum Kaffee. Dann sah er, daß es spät wurde, er klingelte, ließ sein Coupé vorfahren und reichte dem Journalisten die Hand:

„Alles recht verstanden, mein lieber Freund?“

„Vollkommen, verehrter Minister. Sie können sich auf mich verlassen.“

Du Roy ging langsam auf die Redaktion, um seinen Artikel aufzusetzen, denn er hatte sonst bis vier Uhr nichts zu tun. Um vier sollte er sich in der Rue Constantinople mit Madame de Marelle treffen, mit der er regelmäßig, zweimal wöchentlich, Montags und Freitags, zusammen war.

Doch als er auf die Redaktion kam, überreichte man ihm eine geschlossene Depesche. Sie war von Frau Walter und lautete:

„Ich muß dich unbedingt heute sprechen. Es ist etwas sehr Wichtiges. Erwarte mich um zwei Uhr in der Rue Constantinople. Ich kann dir einen großen Dienst erweisen Deine Freundin bis zum Tode,
Virginie.“

Er schimpfte: „Donnerwetter, dieses klebrige Weib.“ Und in einem Anfall schlechter Laune verließ er sofort die Redaktion; denn er war zu aufgeregt, um weiterzuarbeiten.

Seit sechs Wochen versuchte er vergebens, mit ihr zu brechen. Doch sie klammerte sich mit zäher Anhänglichkeit an ihn.

Gleich nach ihrem Fehltritt hatte sie furchtbare Gewissensbisse gehabt und bei den drei aufeinanderfolgenden Zusammenkünften ihn mit Vorwürfen bitterster Art überschüttet. Ihm wurden diese Szenen langweilig, denn er war dieser überreifen und dramatischen Frau sehr schnell überdrüssig geworden; er zog sich einfach zurück und hoffte, daß dieses Abenteuer auf diese Weise so ohne weiteres ein Ende finden würde. Nun aber hing sie sich an ihn und stürzte sich wie wahnsinnig in diese Liebe, wie man sich in einen Fluß stürzt, mit einem Stein am Halse. Aus Schwäche, Gutmütigkeit und Rücksicht hatte er sich wieder mit ihr eingelassen. Und nun umgab sie ihn mit einer zügellosen ermüdenden Leidenschaft und verfolgte ihn mit ihren Zärtlichkeiten. Sie wollte ihn jeden Tag sehen, bestellte ihn alle Augenblicke durch Telegramme zu flüchtigen Begegnungen an Straßenecken, Warenhäusern, öffentlichen Anlagen. Immer wieder sagte sie ihm dieselben Phrasen, daß sie ihn anbete und vergöttere und verließ ihn alsdann mit dem Schwur, daß sie selig sei, ihn gesehen zu haben.

Sie erwies sich ganz anders, als er je geträumt hätte, und versuchte ihn mit kindlichen Zärtlichkeiten und Liebkosungen zu verführen, die in ihrem Alter lächerlich wirkten. Da sie bis dahin vollständig anständig geblieben war, innerlich keusch, jedem Gefühl verschlossen, und eigentlich nichts von Leidenschaft und sinnlicher Liebe kannte, so schien bei dieser vernünftigen Frau bei ihren vierzig Jahren ein blasser Herbst einem kühlen Sommer zu folgen. Nun entstand bei ihr durch dieses Abenteuer eine Art von zweitem welkem Frühling mit kleinen, verkümmerten Knospen, eine seltsame Nachblüte von Mädchenliebe, eine verspätete glühende und doch naive Leidenschaft mit unerwarteten Gefühlsausbrüchen eines sechzehnjährigen Mädchens, geschwätzigen Liebkosungen und alternden Zärtlichkeiten, die nie jung gewesen waren. Sie schrieb zehn Briefe am Tage, alberne und verrückte Briefe in einem verworrenen, poetischen, lächerlichen Stil mit drastischen Ausdrücken voller Tier- und Vogelnamen.

Sobald sie allein waren, umarmte sie ihn mit schwerfälliger Zärtlichkeit, wie ein großes Kind, verzog die Lippen in komischer Weise und sprang um ihn herum, wobei ihr schwerer und voller Busen unter dem Stoff ihres Kleides hin und her wogte.

Er war geradezu verzweifelt, wenn sie ihn „Mein Mäuschen“, „Mein Hündchen“, „Mein Kätzchen“, „Mein Schätzchen“, „Mein Vögelchen“, „Mein Herzchen“ nannte und, wenn sie sich hingab, immer wieder eine kindisch-schamhafte Komödie spielte, mit ängstlichen Bewegungen, die sie für graziös und verführerisch hielt, mit allerlei Kindereien einer verzogenen Pensionsschülerin.

Sie fragte: „Wem gehört dieses Mündchen?“, und wenn er nicht sofort mit „Mir“ antwortete, dann quälte sie ihn, bis er ganz nervös und blaß wurde. Sie mußte doch fühlen, so schien es ihm, daß zur Liebe etwas Takt, Gewandtheit, Vorsicht und entsprechendes Benehmen gehört, daß sie, die sie sich ihm als Familienmutter und reife Weltdame hingegeben hatte, es mit Würde und einer gewissen Zurückhaltung tun müßte, vielleicht mit Tränen; aber mit den Tränen einer Dido und nicht einer Julietta.

Sie wiederholte ihm immerfort:

„Wie ich dich liebe, mein Kleiner, liebst du mich auch so sehr, mein Kindchen?“

Er konnte es nicht mehr hören, wie sie ihn „mein Kleiner“ oder „mein Kindchen“ nannte, ohne daß er Lust verspürte, sie „meine Alte“ anzureden.

Sie sagte ihm:

„Es war wahnsinnig von mir, dir nachzugeben; aber jetzt bedauere ich es nicht. Es ist so schön, zu lieben.“

Alle diese Worte, die aus ihrem Munde kamen, erregten und ärgerten Georges auf das höchste. Sie flüsterte: „Wie schön ist es, zu lieben“, wie das eine schlechte Schauspielerin auf der Bühne getan hätte. Und dann brachte ihn die Ungeschicklichkeit ihrer Liebkosungen zur Verzweiflung. Der junge, hübsche Mann ließ durch seine Küsse ihre sinnliche Leidenschaft und ihr heißes Blut aufwallen; sie zeigte aber eine solche Ungeschicklichkeit in ihrer zärtlichen und glühenden Umarmung, daß Du Roy darüber am liebsten gelacht hätte und an alte Leute denken mußte, die lesen und schreiben zu lernen versuchen.

Und wenn sie ihn mit ihren Armen umklammerte und ihn leidenschaftlich anblickte, mit den tiefen und schrecklichen Blicken, die manche alternde überreife Frau bei ihrer letzten Liebe hatte, und wenn sie ihn mit ihrem stummen und zitternden Munde beißen und ihn mit ihrem heißen, schweren, müden und doch unersättlichen Körper erdrücken wollte — so benahm sie sich wie ein Schulmädchen und lallte, um graziös und verführerisch zu sein: „Ich liebe dich so innig und heiß. Ich liebe dich so sehr. Sei recht lieb zu deiner kleinen Frau“, und er spürte dann ein unwiderstehliches Verlangen, zu fluchen, seinen Hut zu nehmen, fortzugehen und die Tür hinter sich zuzuschlagen.

In der ersten Zeit waren sie oft in der Rue Constantinople zusammen, doch Du Roy fürchtete ein Zusammentreffen mit Madame de Marelle und er fand jetzt eine Menge Ausreden, um sich diesen Zusammenkünften zu entziehen.

Und nun mußte er fast täglich zu ihr kommen; bald zum Frühstück, bald zum Mittagessen. Sie drückte ihm unter dem Tisch die Hand und sobald sie hinter einer Tür oder einem Vorhang waren, hielt sie ihm die Lippen zum Kusse hin. Doch er fand viel mehr Vergnügen daran, mit Suzanne zu spielen, über deren witzige Einfälle er oft lachen mußte. In ihrem Puppenkörper lebte ein witziger, spöttischer Geist, der stets unverhofft hervorbrach, wie eine Marionette auf dem Jahrmarkt. Sie machte sich über alle Welt in der schärfsten und geistreichsten Weise lustig. Georges reizte sie an, stachelte ihre Ironie auf und sie verstanden sich vortrefflich.

Alle Augenblicke rief sie ihn:

„Hören Sie mal, Bel-Ami! — Kommen Sie mal her, Bel-Ami!“ Er ließ sofort die Mutter im Stich und eilte zu der Tochter. Sie flüsterte ihm irgendeine Bosheit ins Ohr, über die sie dann beide herzlich lachten.

Inzwischen war er der Liebe der Mutter so überdrüssig geworden, daß er bald einen unüberwindlichen Widerwillen gegen sie empfand. Er konnte sie nicht mehr sehen, noch hören, noch an sie denken, ohne wütend zu werden. Er besuchte sie daher nicht mehr und ließ ihre Briefe und ihre Bitten unbeantwortet.

Endlich begriff sie, daß er sie nicht mehr liebte und begann darunter furchtbar zu leiden. Doch sie ließ nicht von ihm ab, spürte ihm nach, verfolgte ihn, lauerte auf ihn in einer Droschke mit heruntergezogenen Vorhängen am Eingang der Redaktion; vor seiner Haustür und in den Straßen, wo sie ihm zu begegnen hoffte.

Er hatte Lust, sie zu mißhandeln, zu beschimpfen, sie zu verprügeln und ihr einfach ins Gesicht zu schleudern: „Ich habe genug, ich bin Ihrer satt!“

Aber im Hinblick auf die Vie Française mußte er auf sie doch einige Rücksichten nehmen und so versuchte er durch Kälte und durch etwas gemilderte Härte und manchmal sogar durch heftige Worte ihr beizubringen, daß man endlich alledem ein Ende bereiten müßte.

Sie erfand alle möglichen Listen und Vorwände, um sich mit ihm in der Rue Constantinople zu treffen, und er lebte unaufhörlich in der Furcht, daß die beiden Frauen eines Tages an der Tür aufeinanderstoßen würden.

Seine Neigung zu Madame de Marelle war aber im Gegenteil im Laufe des Sommers noch stärker geworden. Er nannte sie „Mein Bübchen“, und sie gefiel ihm ganz entschieden. Sie hatten sehr viel Ähnliches in ihrem inneren Wesen und paßten sehr gut zueinander. Sie waren beide im Grunde Abenteurer, sie waren Nomaden des großen städtischen Lebens, die, ohne es zu ahnen, den Zigeunern der Landstraße so sehr ähnelten.

Sie hatten einen herrlichen Liebessommer verlebt, wie ein junges, verliebtes Studentenpaar, das Hochzeit machte. Sie fuhren zum Frühstück nach Argenteuil, nach Bougival, nach Maisons und Poissy heraus und blieben stundenlang im Boot, um an den Ufern entlang Blumen zu pflücken. Sie liebte sehr gebackene Seinefische, Kaninchen und Fischfrikassee, sie schwärmte für die Lauben in den kleinen Kneipen und für das Geschrei der Ruderer. Es machte ihm Spaß, mit ihr an einem heiteren Sommertage auf dem Verdeck eines Vorortzuges hinauszufahren und mit heiterem Lachen und Scherzen die häßlichen Felder um Paris zu durchqueren, auf denen die scheußlichen Villen der Spießbürger wie Pilze aus der Erde schießen.

Und als er wieder zurück mußte, um bei Frau Walter zu essen, da haßte er die alte zähe Geliebte und dachte an die junge, die er eben verlassen hatte und die auf den schönen grünen Flußufern seine Begierde gestillt und seine Leidenschaft befriedigt hatte.

Er fühlte sich nun endlich von der Frau seines Chefs etwas befreit, denn er hatte, als er ihr Telegramm erhielt, in dem sie ihn zu einem Rendezvous um zwei Uhr in die Rue Constantinople bestellte, ihr ziemlich unumwunden und mit brutalen Ausdrücken seinen Entschluß klargelegt, mit ihr zu brechen.

Er las es im Gehen noch einmal durch: „Ich muß Dich unbedingt sprechen. Es ist etwas sehr Wichtiges. Erwarte mich um zwei Uhr in der Rue Constantinople. Ich kann Dir einen großen Dienst erweisen. Deine Freundin bis zum Tode. — Virginie."

Er dachte: „Was will sie noch von mir, die alte Gans? Ich wette, sie hat mir gar nichts mitzuteilen. Sie wird mir nur noch einmal wiederholen, daß sie mich über alles liebt. Na, wir werden ja sehen. Sie spricht von einer sehr wichtigen Sache, von einem großen Dienst, es kann vielleicht doch wahr sein. Und Clotilde kommt um vier. Ich muß die erste spätestens um drei los werden. O Gott! Daß sie sich nur nicht begegnen! Oh, diese Weiber!"

Und er überlegte sich, daß seine Frau die einzige war, die ihm immer seine Ruhe gönnte. Sie lebte an seiner Seite und schien ihn auch sehr gern zu haben, wenigstens in den Stunden, die zur Liebe bestimmt waren; denn sie duldete nicht, daß die Tagesordnung gestört wurde.

Er ging mit langsamen Schritten seiner Junggesellenwohnung zu und versetzte sich innerlich immer mehr gegen die Frau seines Chefs in Wut: „Ah, ich werde sie schon richtig zu empfangen verstehen, wenn sie mir nichts mitzuteilen hat. Das Wort Cambronnes soll neben dem meinen akademisch klingen. Ich werde ihr erklären, daß ich darauf verzichte, je wieder ihr Haus zu betreten."

Er trat ein, um auf Frau Walter zu warten. Sie kam fast unmittelbar darauf, und als sie ihn erblickte, rief sie:

„Ach, du hast meine Depesche erhalten. Welch ein Glück!"

Er machte ein böses Gesicht:

„Jawohl, ich fand sie auf der Redaktion in dem Augenblick, als ich zur Kammer gehen wollte. Was willst du noch von mir?"

Sie hatte ihren Schleier aufgesteckt, um ihn zu küssen und näherte sich ihm scheu und unterwürfig, wie eine verprügelte Hündin:

„Warum bist du so grausam gegen mich? Wie hart sprichst du mit mir! Was habe ich dir getan?... Du kannst dir gar nicht vorstellen, wie ich darunter leide!“

Er brummte:

„Fängst du schon wieder an?“

Sie stand jetzt ganz dicht bei ihm und wartete auf ein Lächeln von ihm, auf eine Bewegung, um sich ihm an den Hals zu werfen.

„Du solltest mich gar nicht verführen,“ murmelte sie, „um mich so zu behandeln. Du solltest mich unbescholten und glücklich lassen, so wie ich früher war. Entsinnst du dich, was du mir in der Kirche sagtest und wie du mich mit Gewalt in dieses Haus geführt hast? Und nun, wie sprichst du zu mir! Wie empfängst du mich! O mein Gott, mein Gott! Wie du mir weh tust!“

Er stampfte wütend mit den Füßen:

„Ah, nun genug! Ich kann dich keine Minute sehen, ohne diese ewige Litanei mit anzuhören. Das klingt ja so, als ob ich dich mit zwölf Jahren verführt hätte und du unschuldig wärest wie ein Engel. Nein, Liebste! Stellen wir mal die Tatsachen fest. Es war keine Verführung von Minderjährigen. Du hast dich mir hingegeben in vollständig verstandesreifem Alter. Ich bin dir dafür sehr dankbar, aber ich fühle mich gar nicht verpflichtet, bis zum Tode an deinen Rock gebunden zu sein. Du hast einen Mann, ich eine Frau. Wir sind beide nicht frei. Wir sind einer Laune gefolgt, ohne uns gegenseitig gut zu kennen und nun ist es aus.“

„Oh, wie du grausam bist,“ sagte sie, „wie bist du roh, wie bist du infam! Nein! Ich war kein junges Mädchen mehr, doch ich habe nie geliebt, nie ...“

Er schnitt ihr das Wort ab:

„Du hast es mir schon zwanzigmal wiederholt. Ich weiß es. Doch du hattest zwei Kinder... Ich habe dir also nicht die Unschuld geraubt.“

Mit einem Ruck fuhr sie zurück:

„O Georges, wie unwürdig!“

Sie preßte ihre beiden Hände gegen die Brust und begann zu weinen und zu schluchzen. Als er die Tränen fließen sah, ergriff er seinen Hut, der auf der Ecke des Kamins lag:

„Ach, du willst weinen! Dann guten Abend. Du hast mich also nur für dieses Theater herbestellt?“

Sie tat einen Schritt vorwärts, um ihm den Weg abzuschneiden. Sie zog schnell ein Taschentuch heraus und wischte sich mit heftiger Bewegung die Tränen ab. Sie spannte ihren Willen an und sprach mit festerer Stimme, unterbrochen von kurzem, schmerzlichem Aufschluchzen:

„Nein, ich kam, um dir... um dir eine Neuigkeit mitzuteilen ... eine politische Neuigkeit ... um dir die Möglichkeit zu geben, 50000 Francs schnell zu verdienen ... vielleicht sogar mehr."

Er fragte plötzlich besänftigt:

„Wieso? Was willst du damit sagen?"

„Ich habe gestern abend zufällig einer Unterredung zwischen Laroche-Mathieu und meinem Mann beigewohnt. Übrigens schienen sie sich vor mir nicht besonders geniert zu haben. Doch Walter empfahl dem Minister, dich nicht einzuweihen, da du womöglich alles veröffentlichen würdest."

Du Roy legte seinen Hut auf einen Stuhl und wartete jetzt sehr gespannt.

„Also worum handelt es sich?"

„Sie wollen sich Marokkos bemächtigen!"

„Ach was, ich habe mit Laroche gefrühstückt und er hat mir die Pläne der Regierung auseinandergesetzt."

„Nein, mein Liebling, es ist Schwindel, sie haben dich betrogen, weil sie fürchten, daß man ihre Pläne durchschaut."

„Setz dich", sagte Georges.

Und er setzte sich selbst in einen Lehnstuhl. Sie aber zog ein niedriges Taburett heran und ließ sich zwischen den Beinen des jungen Mannes nieder. Sie fuhr mit schmeichelnder Stimme fort:

„Da ich stets an dich denke, gebe ich auf alles, was man um mich herum flüstert, acht."

Dann begann sie ihm langsam zu erklären, wie sie gemerkt hatte, daß seit einiger Zeit ohne sein Mitwissen etwas vorbereitet würde und daß man sich seiner bedienen wollte, obwohl man seine Beteiligung am Geschäft fürchtete und ihn nicht verdienen lassen wollte.

Sie sprach:

„Weißt du, wenn man liebt, wird man hinterlistig." Kurz, gestern hatte sie alles begriffen. Es handelte sich um ein richtiges Geschäft, das im stillen vorbereitet wurde. Sie lächelte und freute sich über ihre Schlauheit und Gewandtheit. Sie wurde aufgeregt, sie sprach als Gattin eines Finanziers, die an Börsencoups gewöhnt war, an das Schwanken der Worte, an den jähen Wechsel zwischen Hausse und Baisse, der binnen zwei Stunden Börsenspekulation Tausende von kleinen Bürgern ruiniert und ihrer letzten, in Fonds angelegten Ersparnisse beraubt, die von geachteten Finanzleuten und Politikern garantiert sind.

Sie wiederholte:

„Oh, es ist etwas Großartiges, was sie da im Schilde führen. Es ist etwas sehr Großes. Übrigens hat Walter das alles eingeleitet; er versteht das. Es ist ein Bombengeschäft."

Er wurde ungeduldig über die lange Vorrede:

„Los, weiter! Sag schnell!"

„Also höre zu. Die Tangerexpedition war zwischen ihnen beschlossen, schon seit dem Tage, wo Laroche das Portefeuille des Auswärtigen übernommen hatte; nach und nach haben sie die marokkanischen Anleihen aufgekauft, die auf 65 bis 64 gefallen waren. Sie haben es sehr geschickt aufgekauft, durch Vermittlung unverdächtiger und kleiner Agenten, die auf der Börse nicht weiter aufgefallen waren. Sie haben selbst die Rothschilds getäuscht, die sich über die Nachfrage nach Marokkanern sehr wunderten. Aber man nannte ihnen die Namen der Zwischenhändler, alles unbedeutende, zweitklassige, meist gescheiterte Firmen. Das hat die Großbank beruhigt. Und nun wird man die Expedition unternehmen, und sobald wir da unten Fuß gefaßt haben, garantiert der französische Staat die Schulden. Unsere Freunde nehmen dann einen Gewinn von fünfzig bis sechzig Millionen Francs mit. Du begreifst nun, warum man vor aller Welt die geringste Indiskretion fürchtet."

Sie lehnte ihren Kopf gegen seine Weste und legte die Arme auf seine Knie; sie schmiegte sich an ihn, denn sie wußte, jetzt hatte sie sein Interesse geweckt. Für eine Liebkosung, für ein Lächeln, war sie nun bereit, alles zu tun, alles zu begehen.

„Bist du auch ganz sicher?" fragte er.

„Oh, ich weiß es ganz genau", erwiderte sie zuversichtlich.

Er erklärte darauf:

„Es ist wirklich großartig. Was aber diesen Lump Laroche angeht, den will ich am Kragen nehmen. Oh, dieser Gauner! Er soll sich in acht nehmen ... er soll sich in acht nehmen! ... Er soll mir nur mit seinem Ministergetue zwischen die Finger kommen!"

Dann dachte er nach und murmelte:

„Man müßte davon auch etwas profitieren."

„Du kannst noch die Anleihe kaufen," sagte sie, „sie steht nur auf 72."

„Ich habe aber kein Geld flüssig", erwiderte er.

Sie sah flehend zu ihm auf:

„Ich habe schon daran gedacht, mein Kätzchen; wenn du zu mir sehr nett wärest, wenn du mich ein bißchen lieb hättest, dann würdest du mir gestatten, es dir zu leihen.“

Er antwortete schroff und heftig:

„Nein, ausgeschlossen!“

„Hör mich an,“ bat sie mit flehender Stimme, „es gibt eine Möglichkeit, es zu tun, ohne Geld zu leihen. Ich wollte von dieser Anleihe für 10000 Francs kaufen, um mir eine kleine Reserve anzulegen; nun werde ich für 20000 Francs kaufen. Du beteiligst dich daran zur Hälfte. Du verstehst doch, ich werde es ja nicht an Walter gleich zurückzahlen. Du brauchst zunächst gar nicht zu bezahlen. Sollte es gelingen, so gewinnst du 70000 Francs; gelingt es nicht, so bleibst du mir eben 10000 Francs schuldig, die du mir zurückzahlen wirst, wann es dir paßt.“

Er wiederholte:

„Nein, nein, solche Kombinationen mache ich nicht mit.“

Nun begann sie, ihre Gründe auseinanderzusetzen und versuchte, ihn mit Vernunft zu überreden. Sie bewies ihm, daß er tatsächlich 10000 Francs auf sein Wort riskierte, daß folglich sie ihm gar nichts lieh, daß doch die Bank Walter das Geld vorstreckte.

Außerdem wies sie darauf hin, daß er doch in der Vie Francaise den ganzen politischen Feldzug geführt hatte, der das Geschäft überhaupt erst ermöglichte und daß er doch nicht so naiv wäre, keinen Vorteil daraus zu ziehen.

Er zauderte. Sie fuhr fort:

„Überlege es dir doch. Es ist doch Walter, der dir die 10000 Francs vorstreckt, und du hast ihm Dienste erwiesen, die bedeutend wertvoller sind als das.“

„Also gut, meinetwegen,“ sagte er, „wir machen mit dir die Sache halb und halb. Sollten wir verlieren, so zahle ich dir 10000 Francs zurück.“

Sie war so glücklich, daß sie sich erhob, seinen Kopf mit beiden Händen ergriff und ihn gierig zu küssen begann.

Zunächst wehrte er sich nicht. Als sie aber stürmischer wurde, ihn umklammerte und mit ihren Liebkosungen verzehrte, fiel ihm dann ein, daß die andere bald kommen mußte und daß, wenn er nachgeben, er Zeit verlieren würde, und es wäre ihm doch lieber, seine Leidenschaft für die Jüngere aufzusparen, als sie in den Armen der Alten zu lassen.

Er wies sie sanft zurück.

„Sei doch vernünftig“, sagte er.

Sie blickte ihn verzweifelt an:

„O Georges, darf ich dir nicht einmal einen Kuß geben?“

„Heute nicht,“ erwiderte er, „ich habe etwas Kopfschmerzen und es bekommt mir nicht.“

Darauf ließ sie sich fügsam zwischen seinen Knien nieder und fragte:

„Willst du morgen zu mir zum Essen kommen? Du würdest mir eine große Freude machen!“

Er zögerte, wagte aber nicht, abzulehnen.

„Ja, sehr gern!“

„Ich danke dir, mein Liebling.“

Mit regelmäßiger sanfter Bewegung rieb sie langsam ihre Wange an seiner Brust und eins ihrer langen schwarzen Haare blieb dabei an seiner Weste hängen. Sie merkte es und ein toller, halbverrückter, abergläubischer Gedanke ging ihr durch den Kopf, ein Gedanke, wie er oft der einzige Grund weiblichen Handelns ist. Sie begann, dieses Haar langsam um einen seiner Knöpfe zu wickeln. Dann wickelte sie ein anderes Haar um den nächsten Knopf und so weiter, bis an jedem Knopf ein Haar hing.

Sollte er nun aufstehen, so würde er sie alle herausreißen. Er würde ihr weh tun. Welches Glück! Er würde, ohne es zu wissen, etwas von ihr herumtragen, eine kleine Locke ihres Haares, um die er niemals gebeten hatte. Es würde ein Band sein, mit dem sie sich an ihm festhalten würde, ein geheimes, unsichtbares Band, ein Talisman, den er bei sich tragen müßte, ohne es zu wollen. Er würde an sie denken, von ihr träumen und vielleicht sie tags darauf etwas mehr lieben.

Plötzlich sagte er:

„Ich muß dich gleich verlassen, weil man mich zum Schluß der Sitzung in der Kammer erwartet. Ich darf in keinem Falle fehlen.“

Sie seufzte:

„Ach, schon!“

Und setzte dann hinzu :

„Geh; aber morgen, mein Liebling, kommst du bestimmt zum Essen.“

Dann riß sie sich rasch von ihm los. Sie fühlte auf ihrem Kopf einen kurzen heftigen Schmerz, als habe man sie mit Nadeln gestochen. Ihr Herz klopfte, sie war glücklich, durch ihn gelitten zu haben.

„Adieu“, sagte sie.

Er nahm sie mit einem mitleidigen Lächeln in die Arme und küßte sie kühl auf ihre Augen. Doch diese Berührung hatte sie erregt und betört und sie flüsterte nochmals: „Schon?“ und ihr bettelnder Blick deutete auf das Schlafzimmer, dessen Tür offen stand.

Er rückte von ihr weg und sagte in eiligem Ton:

„Ich muß gleich laufen, sonst komme ich zu spät.“

Sie hielt ihm ihre Lippen zum Kusse hin; er berührte sie kaum, reichte ihr ihren Sonnenschirm, den sie zu. vergessen schien, und sagte:

„Schnell, schnell, wir müssen uns beeilen, es ist schon drei Uhr vorüber!“

Sie ging vor ihm hinaus und wiederholte:

„Morgen um sieben!“

„Morgen um sieben“, antwortete er.

Sie trennten sich; er bog nach rechts ein, sie nach links.

Du Roy ging bis zum äußeren Boulevard, dann ging er langsam den Boulevard Malesherbes entlang. Als er an einer Kuchenbäckerei vorbeikam, sah er in einer Glasschale im Schaufenster kandierte Kastanien. Er dachte: „Ich werde ein Pfund für Clotilde mitnehmen.“ Er kaufte sich ein Päckchen voll von diesen Früchten, die sie wahnsinnig liebte.

Um vier war er wieder zurück und wartete auf seine junge Geliebte.

Sie verspätete sich etwas, denn ihr Mann war auf acht Tage nach Paria gekommen. Sie fragte:

„Kannst du morgen zum Diner kommen? Er würde sich sehr freuen, dich wiederzusehen.“

„Nein, ich esse beim Chef. Wir haben eine Menge verschiedener politischer und finanzieller Angelegenheiten zu besprechen.“

Sie nahm ihren Hut ab und begann ihre Bluse auszuziehen, die ihr zu eng war.

Er zeigte ihr das Päckchen auf dem Kamin:

„Ich habe für dich kandierte Kastanien mitgebracht.“

Sie klatschte in die Hände:

„Wie reizend ! Wie lieb bist du!“

Sie nahm sie, kostete eine und erklärte:

„Sie sind wundervoll. Ich fühle, ich werde nicht eine übriglassen.“

Dann blickte sie Georges mit einer sinnlichen Heiterkeit an und setzte hinzu:

„Du verwöhnst mich!“

Sie aß langsam die Kastanien und blickte dabei immer in die Tüte hinein, um zu sehen, ob noch etwas übrig sei.

Sie sagte:

„Komm, setz dich da in den Lehnstuhl, ich will hier zu deinen Füßen meine Bonbons knabbern. Es wird so bequem sein.“

Er lächelte und setzte sich hin. Sie ließ sich zwischen seinen gespreizten Schenkeln nieder, wie Frau Walter vorhin. Sie hob den Kopf zu ihm empor und sprach mit vollem Munde:

„Du weißt es noch nicht, mein Liebling, ich habe von dir geträumt. Ich träumte, wir machten beide eine lange Reise auf einem Kamel. Es hatte zwei Höcker, wir saßen jeder rittlings auf einem Höcker und wir ritten durch die Wüste. Wir hatten Butterbrote und eine Flasche Wein mit und wir frühstückten auf den beiden Höckern. Mich langweilte das, weil wir etwas anderes nicht tun konnten, wir saßen zu weit voneinander entfernt. Ich wollte runter...“

„Ich will auch runter“, erwiderte er.

Er lachte, amüsierte sich über die Geschichten, ließ sie Unsinn reden, alle möglichen Kindereien und zärtliche Albernheiten schwatzen. Dieses alles fand er entzückend im Munde Madame de Marelles, während dasselbe im Munde Frau Walters ihn zur Verzweiflung gebracht hätte.

Clotilde nannte ihn auch: „Mein Liebling“, „mein Kleiner“, „mein Kätzchen“. Diese Worte schienen ihm süß und liebkosend zu sein. Wenn sie aber die andere vorhin gebrauchte, wurde er nervös und wütend. Denn Liebesworte, die stets dieselben sind, nehmen bekanntlich den Geschmack der Lippen an, die sie aussprechen.

Aber trotzdem ihn diese Tollheiten erheiterten, dachte er immerfort an die 70000 Francs, die er gewinnen sollte, und plötzlich unterbrach er das Geschwätz seiner Freundin, indem er ihr mit dem Finger zwei leichte Klapse auf den Kopf gab.

„Hör mal zu, mein Schatz, ich will dir einen Auftrag für deinen Mann geben. Sage ihm von mir, er solle sich morgen für 10000 Francs Marokkoanleihen kaufen. Sie steht auf 72; und ich kann ihn versichern, daß er binnen drei Monaten 60- bis 80000 Francs verdienen wird. Er soll darüber aber absolutes Stillschweigen bewahren. Sag ihm von mir, daß die Tangerexpedition schon beschlossen ist und daß der französische Staat die marokkanische Anleihe garantieren wird. Sag den anderen aber kein Wort. Es ist nämlich ein Staatsgeheimnis, das ich dir anvertraue.“

Sie hörte ernst zu, dann sagte sie leise:

„Ich danke dir, ich werde es meinem Manne heute abend bestellen. Du kannst dich auf ihn verlassen, er wird nicht darüber schwatzen. Er ist ein sehr zuverlässiger Mensch. Du kannst ruhig sein."

Inzwischen hatte sie alle Kastanien aufgegessen, zerknüllte die Tüte und warf sie in den Kamin. Dann sagte sie:

„Komm, wir wollen zu Bett."

Und ohne aufzustehen, begann sie Georges Weste aufzuknöpfen.

Plötzlich hielt sie inne und zog mit zwei Fingern ein langes Haar aus seinem Knopfloch heraus. Sie lachte:

„Halt! Du hast ein Haar von Madeleine mitgebracht, du bist aber ein treuer Ehegatte."

Dann wurde sie wieder ernst und prüfte lange auf der Hand den kaum sichtbaren Faden, den sie gefunden hatte.

„Es ist nicht von Madeleine, es ist schwarz."

Er lächelte.

„Dann stammt es sicher von dem Stubenmädchen."

Doch sie untersuchte die Weste mit dem scharfen Blick eines Polizisten und sie fand ein zweites Haar, das um einen Knopf gewickelt war, dann ein drittes; sie wurde bleich und rief zitternd aus:

„Oh, du hast mit einer Frau geschlafen, die dir ihre Haare um deine Knöpfe befestigt hat."

Er war erstaunt und stammelte:

„Aber nein, du bist verrückt!"

Auf einmal fiel es ihm ein, er begriff es; nun wurde er verlegen, dann leugnete er lachend, denn er war im Grunde gar nicht böse, daß sie es ahnte, daß er Glück bei anderen Frauen hatte.

Sie suchte immer weiter und fand Haare, die sie mit einer schnellen Bewegung abwickelte und dann auf den Teppich warf.

Mit ihrem feinen, schlauen Fraueninstinkt hatte sie die Wahrheit erraten, und sie stammelte rasend vor Wut und mit Tränen in den Augen:

„Sie liebt dich, die da ..., sie wollte, du solltest etwas von ihr herumtragen... Oh! Du bist treulos!"

Aber dann stieß sie einen Schrei aus, einen gellenden nervösen Freudenschrei:

„Oh! ... Oh! es ist eine Alte ... da ist ein weißes Haar ... Ach, du nimmst dir jetzt alte Weiber? ... Du läßt dich dafür bezahlen? Zahlen sie viel? Ha! Du bist auf alte Weiber scharf! ... Dann brauchst du mich nicht mehr ... Behalte dir die andere!“

Sie stand auf und griff nach ihrer Bluse, die auf einem Stuhl herumlag, und zog sie hastig an.

Er wollte sie zurückhalten; er fühlte sich beschämt und stammelte:

„Aber nein ... Clo ... du bist dumm ... ich weiß nicht, woher es kommt ... höre mal ... bleibe doch hier ... komm ... geh nicht fort!“

Sie wiederholte:

„Behalte dein altes Weib ... behalte sie ... laß dir aus ihren Haaren einen Ring machen ... aus den weißen Haaren ... du hast genug davon da ...“

Mit jähen und schroffen Bewegungen hatte sie sich schnell angezogen, den Hut aufgesetzt und ihren Schleier umgebunden. Er wollte sie festhalten; mit einem heftigen Schwung gab sie ihm eine Ohrfeige, und während er betört dastand, öffnete sie die Tür und eilte davon.

Sobald er allein, ergriff ihn eine rasende Wut gegen die alte Schachtel, die Mama Walter. Oh, jetzt würde er sie fühlen lassen, und zwar gründlich. Er kühlte sich seine rote Wange mit Wasser. Dann ging er auch hinaus und überlegte sich seine Rache. Dieses Mal würde er es ihr nicht verzeihen. Nie im Leben!

Er ging langsam den Boulevard herunter und blieb vor einem Juwelierladen stehen. Er betrachtete im Schaufenster einen Chronometer, den er sich schon lange wünschte. Er kostete 1800 Francs.

Plötzlich begann sein Herz vor Freude zu klopfen und er dachte: „Wenn ich die 70000 Francs verdiene, kann ich es bezahlen.“ Und er begann zu träumen, was er alles mit seinen 70000 Francs tun könnte.

Zunächst würde er sich zum Abgeordneten wählen lassen, dann würde er sich den Chronometer kaufen, er würde an der Börse spielen und dann ... und dann noch ... Er wollte nicht auf die Redaktion gehen, er zog es vor, mit Madeleine die Sache zu besprechen, bevor er Walter wieder sah und seinen Artikel schrieb, und so schlug er den Weg nach Hause ein.

Als er die Rue Drouot erreichte, blieb er plötzlich stehen. Er hatte vergessen, sich nach dem Befinden des Grafen de Vaudrec zu erkundigen; er wohnte in der Chaussee d Autin. Er kehrte langsam um und dachte in glücklicher Träumerei an tausend angenehme und schöne Sachen, an den kommenden Reichtum, an den Trottel Laroche und an die alte Hexe, die Frau Direktor. Übrigens machte ihm Clotildes Zorn weiter keine Sorge, denn er wußte wohl, daß sie ihm bald verzeihen würde.

Im Hause, wo Graf de Vaudrec wohnte, fragte er den Portier:

„Wie geht es dem Grafen? Ich hörte, daß er die letzten Tage krank war?"

„Dem Herrn Grafen geht es sehr schlecht, mein Herr", bekam er zur Antwort. „Man glaubt, daß er die Nacht nicht überleben wird. Die Gicht ist ihm bis ans Herz gestiegen."

Du Roy war so betroffen, daß er nicht wußte, was er anfangen sollte! Vaudrec am Sterben! Wirre Gedanken schossen ihm durch den Kopf, die er sich selbst nicht zu gestehen wagte.

Er murmelte:

„Danke ... ich werde wiederkommen."

Aber er verstand gar nicht, was er sagte. Dann nahm er eine Droschke und fuhr nach Hause.

Seine Frau war da. Er stürzte in ihr Zimmer und sagte:

„Weißt du das nicht, Vaudrec liegt im Sterben!"

Sie hob ihre Augen vom Brief, den sie gelesen hatte und stammelte:

„Was sagst du? ... Du sagst? ... Du sagst? ..."

„Ich sage, daß der Vaudrec stirbt. Die Gicht ist ihm bis ans Herz gestiegen."

Dann fügte er hinzu:

„Was denkst du zu tun?"

Sie stand auf, leichenblaß, vor Erregung; über ihre Wangen lief ein nervöses Zittern. Dann fing sie an zu schluchzen und barg ihr Gesicht in die Hände. Sie stand da, weinend, das Herz zerrissen vor Verzweiflung.

„Ich ... ich gehe", sagte sie endlich. „Kümmere dich nicht um mich ... ich weiß nicht, wann ich zurück sein werde ... warte nicht auf mich ..."

„Gut," sagte er, „gehe!"

Sie drückten sich die Hände, und sie ging so schnell, daß sie vergaß, ihre Handschuhe mitzunehmen.

Nach dem Essen setzte sich Georges hin und schrieb einen Artikel. Er schrieb ihn genau so, wie der Minister es haben wollte, und deutete an, daß die Expedition nach Marokko nicht stattfinden würde. Dann brachte er das Manuskript auf die Redaktion, plauderte da mit seinem Chef und mit leichtem, freudigem Herzen ging er fort. Weswegen ihm so zumute war, konnte er nicht ergründen. Seine Frau war noch nicht zurück. Er legte sich zu Bett und schlief ein.

Es war gegen Mitternacht, als Madeleine zurückkam. Georges wachte plötzlich auf und setzte sich im Bett auf.

„Nun?“ fragte er.

Er hatte sie noch nie so bleich und so erregt gesehen.

„Er ist tot“, flüsterte sie.

„Ah! Und ... er hat dir nichts gesagt?“

„Nein, nichts. Als ich kam, hatte er das Bewußtsein verloren.“

Georges dachte nach. Tausend Fragen gingen ihm durch den Kopf, die er nicht zu stellen wagte.

„Leg dich hin“, sagte er.

Sie zog sich aus und legte sich neben ihn.

Er fragte:

„War jemand von den Verwandten da?“

„Nur ein Neffe.“

„So. Hat er ihn oft gesehen?“

„Niemals. Sie haben sich seit zehn Jahren nicht gesehen.“

„Hatte er noch andere Verwandte?“

„Nein, ich glaube nicht.“

„Dann ... dieser Neffe wird wohl alles erben?“

„Ich weiß es nicht!“

„War er reich, der Vaudrec?“

„Ja, sehr reich.“

„Weißt du, was er ungefähr besessen hat?“

„Nein, nicht genau. Vielleicht eine oder zwei Millionen.“

Er sagte nichts mehr. Sie löschte das Licht aus. Sie lagen wach, in Gedanken versunken nebeneinander. Er konnte nicht mehr schlafen. Die versprochenen 70000 Francs von Frau Walter kamen ihm unbedeutend vor. Plötzlich war es ihm, als ob Madeleine weinte. Um sich zu vergewissern, fragte er:

„Schläfst du?“

„Nein“, antwortete sie mit einer weichen, zitternden Stimme.

„Ich hab vergessen, dir zu sagen,“ fuhr er weiter fort, „daß dein Minister uns reingelegt hat.“

„Wieso denn?“

Und er erzählte ihr ausführlich die Geschichte, die zwischen Laroche und Walter vorbereitet worden ist.

Als er zu Ende war, fragte sie:

„Woher weißt du denn das?“

„Du wirst mir wohl gestatten, dir dieses zu verschweigen“, antwortete er. „Du hast deine Quellen, denen ich nicht nachforsche, ich die meinigen, und möchte auch darüber keine Rechenschaft ablegen. Ich verantworte jedenfalls die Richtigkeit meiner Nachricht.“

„Ja,“ sagte sie, „es kann schon stimmen. Ich vermutete, daß sie etwas ohne uns vorbereiteten.“

Georges, der nicht einschlafen konnte, näherte sich seiner Frau und küßte ihr leise das Ohr. Sie wies ihn lebhaft ab:

„Bitte, laß mich in Frieden“, sagte sie. „Ja, ich bin heute wirklich nicht zu Kindereien aufgelegt!“

Er antwortete nichts, drehte sich zur Wand, schloß die Augen und schlief allmählich ein.

VI.

Die Kirche war ganz mit Schwarz bezogen, und ein großes Wappenschild über dem Portal mit einer Krone darüber verkündete den Passanten, daß hier ein Edelmann beigesetzt wird.

Die Trauerfeier war zu Ende und die Gäste gingen langsam vor dem Sarge am Neffen des Grafen vorbei; er drückte ihnen die Hände und erwiderte ihre Grüße. Als Georges Du Roy und seine Frau die Kirche verlassen hatten, gingen sie langsam, schweigend nach Hause.

„Es ist wirklich merkwürdig“, sagte Georges, ohne sich zu seiner Frau zu wenden.

„Was denn, mein Freund?“ fragte Madeleine.

„Daß Vaudrec uns nichts vererbt hat!“

Sie errötete plötzlich, als breitete sich ein rosa Schleier vom Hals bis zum Gesicht, und sagte:

„Warum sollte er uns was hinterlassen? Es lag doch kein Grund vor.“

Nach kurzem Schweigen fuhr sie fort:

„Vielleicht hat er ein Testament hinterlassen, das bei seinem Notar liegt. Wir können es ja noch nicht wissen."

Er überlegte und sagte:

„Ja, das ist möglich, weil wir doch seine besten Freunde waren, wir beide. Zweimal in der Woche war er bei uns zu Tisch und kam zu jeder Stunde. Er war bei uns wie zu Hause. Er liebte dich wie ein Vater und er hatte keine Familie, keine Kinder, keine Geschwister, nur einen Neffen, einen entfernten Neffen. Ja, es muß ein Testament da sein. Ich verlange nichts Großes von ihm, nur eine Kleinigkeit, etwas, was uns beweisen wird, daß er uns liebte und an uns gedacht hatte und die Neigung zu schätzen wußte, die wir für ihn hatten. Er schuldet uns einen Beweis seiner Freundschaft."

Sie sagte mit einer nachdenklichen gleichgültigen Miene: „Ja, es ist sehr gut möglich, daß ein Testament vorhanden ist."

Als sie nach Hause kamen, reichte der Diener Madeleine einen Brief. Sie öffnete ihn, und überreichte ihn ihrem Mann:

„Herr Lamaneur
Notar 17, rue des Vosges

Gnädige Frau!
Ich bitte Sie ergebenst, in einer wichtigen Angelegenheit mich am Dienstag, Mittwoch oder Donnerstag von zwei bis vier in meinem Bureau aufsuchen zu wollen.
Ich verbleibe usw.
Lamaneur."

Georges errötete und sagte:

„Das wird es sein. Es ist merkwürdig, daß er dich auffordert und nicht mich, der eigentlich der gesetzliche Familienvorstand ist."

Sie antwortete zuerst nichts und sagte dann nach kurzem Besinnen:

„Wollen wir gleich beide hingehen."

„Ja, ich bin bereit."

Sobald sie gefrühstückt hatten, machten sie sich auf den Weg.

Als sie in das Bureau des Herrn Lamaneur kamen, erhob sich der Bureauvorsteher mit einer auffallenden Dienstfertigkeit und führte sie zu seinem Chef.

Der Notar war ein kleiner, vollkommen runder Mann. Sein Kopf glich einer Kugel, die auf einer anderen größeren Kugel aufgesetzt war, diese zweite Kugel wurde von zwei Beinen getragen, die ihrerseits so klein und kurz waren, daß sie auch wie zwei runde Kugeln aussahen.

Er begrüßte sie, bat Platz zu nehmen; dann wandte er sich an Madeleine:

„Madame, ich habe Sie hergebeten, um Sie von dem Inhalt des Testaments des Grafen Vaudrec in Kenntnis zu setzen, das Sie betrifft."

Georges konnte sich nicht enthalten und flüsterte:

„So hab ich s mir auch gedacht."

Der Notar setzte hinzu:

„Ich will Ihnen gleich das Testament vorlesen, es ist übrigens ganz kurz." Er nahm aus einer Mappe, die vor ihm lag, einen Bogen heraus und las: „Ich, Endesunterzeichneter, Paul-Emile-Cyprien-Gontran Comte de Vaudrec, gesund an Körper und Seele, bestimme hiermit meinen letzten Willen. Da der Tod uns in jedem Augenblicke treffen kann, so will ich in Voraussetzung seines Eintrittes, mein Testament niederschreiben, das bei dem Notar Lamaneur hinterlegt wird.

Da ich keine direkten Erben habe, hinterlasse ich mein gesamtes Vermögen, bestehend aus Wertpapieren in Höhe von ca. 600000 Francs und aus Immobilien in Höhe von ca. 500000 Francs, Madame Claire-Madeleine Du Roy als ihr unbelastetes freies Eigentum. Ich bitte sie, diese Gabe eines toten Freundes als Beweis einer aufrichtigen, tiefen und ergebenen Zuneigung entgegenzunehmen."

Der Notar fuhr fort:

„Das ist alles. Dieses Schriftstück ist vom August letzten Jahres datiert und ist an Stelle eines gleichlautenden Dokumentes getreten, das vor zwei Jahren auf den Namen von Claire-Madeleine Forestier ausgestellt war. Auch dieses erste Dokument befindet sich in meinem Besitz, und im Falle einer Anfechtung von seiten der Verwandten könnte man damit beweisen, daß der Graf de Vaudrec seinen Willen nicht geändert hatte."

Madeleine wurde blaß und blickte hinunter auf ihre Füße. Georges drehte nervös seinen Schnurrbart zwischen den Fingern. Nach einer kurzen Pause fuhr der Notar fort:

„Selbstverständlich, mein Herr, kann Madame diese Hinterlassenschaft nur mit Ihrer Zustimmung annehmen."

Du Roy stand auf und sagte in trocknem Tone:

„Ich bitte um Bedenkzeit."

Der Notar lächelte, und sagte mit liebenswürdiger Stimme:

„Ich begreife die Bedenken, die Sie zaudern lassen. Ich habe noch hinzuzufügen, daß der Neffe des Grafen Vaudrec, als er heute früh von dem letzten Willen seines Onkels Kenntnis nahm, sich bereit erklärte, denselben anzuerkennen, falls man ihm die Summe von hunderttausend Francs auszahlte. Nach meiner Ansicht ist das Testament unanfechtbar, aber ein Prozeß würde Aufsehen erregen, was Sie wahrscheinlich vermeiden wollen. Die Welt urteilt bekanntlich oft sehr boshaft. Jedenfalls würde ich Sie bitten, mich noch vor Sonnabend von Ihrem definitiven Entschluß über alle Punkte in Kenntnis zu setzen."

Georges verbeugte sich:

„Gut, Herr Lamaneur."

Dann verabschiedete er sich feierlich, ließ seine Frau, die gar nichts mehr sagte, vorangehen und verließ das Bureau in so steifer und gemessener Weise, daß der Notar nicht mehr lächelte.

Sobald sie nach Hause gekommen waren, schloß Du Roy heftig die Tür hinter sich und warf seinen Hut aufs Bett.

„Du bist Vaudrecs Geliebte gewesen?"

Madeleine hatte ihren Schleier abgelegt und drehte sich schroff um:

„Ich, oh!"

„Ja, du. Man hinterläßt nicht einer Frau sein ganzes Vermögen ... ohne daß ..."

Sie begann zu zittern und konnte nicht die Nadeln fassen, mit denen ihr durchsichtiger Schleier ans Haar befestigt war.

Sie dachte einen Augenblick nach und stammelte mit erregter Stimme:

„Hör mal ... du bist verrückt ... du bist ... du bist ... und du selbst ... du hast ja vorher — auch gehofft ... er würde dir auch etwas vermachen."

Georges stand vor ihr und beobachtete sie, wie ein Untersuchungsrichter, der die geringsten Schwächen des Angeklagten zu entdecken sucht. Er erwiderte, indem er jedes Wort betonte:

„Ja ... mir hätte er was hinterlassen können, mir, deinem Gatten ... mir, seinem Freunde ... verstehst du ... Dir doch nicht ... dir, seiner Freundin ... dir, meiner Gattin ... Der Unterschied ist sehr wesentlich und sogar ausschlaggebend vom Standpunkt der öffentlichen Meinung ... in den Augen der Gesellschaft ..."

Madeleine blickte ihm gleichfalls scharf in die durchsichtigen Augen, tief und sonderbar, als wollte sie in die unbekannten Tiefen seines Wesens eindringen, die man nur selten in flüchtigen Augenblicken erfassen kann, in den Augenblicken der Achtlosigkeit, der Vergeßlichkeit des Sichgehenlassens, die dann wie halbgeöffnete Türen sind, die in die geheimnisvollen Abgründe der Seele führen.

Sie versetzte langsam:

„Mir scheint doch ... daß, wenn ... daß man eine Erbschaft in dieser Höhe von ihm zu deinen Gunsten mindestens ebenso auffallend gefunden hätte."

Er fragte heftig:

„Warum?“

„Weil“ ... sagte sie, und nach kurzem Zaudern fuhr sie fort:

„Weil du mein Mann bist ... und ihn erst seit kurzer Zeit kennst, während ich schon sehr lange mit ihm befreundet war ... und weil sein erstes Testament, das noch zu Lebzeiten Forestiers abgefaßt war, doch mir galt.“

Georges ging mit großen Schritten im Zimmer auf und ab und erklärte:

„Du kannst das nicht annehmen.“

„Gut,“ antwortete sie gleichgültig, „also dann brauchen wir erst gar nicht bis Sonnabend zu warten. Wir können diesen Entschluß Herrn Lamaneur sofort mitteilen.“

Er blieb vor ihr stehen und sie sahen sich Auge in Auge. Sie wollten beide bis ins tiefste Geheimnis ihres Herzens eindringen und ihre innersten Gedanken ergründen. Es war ein Seelenkampf zweier Menschen, die Seite an Seite lebten und sich doch nicht kannten, die sich beargwöhnten, ausspürten und belauerten und nie in den tiefen, schlammigen Grund der Seele hineingeschaut hatten.

Plötzlich schleuderte er ihr mit dumpfer Stimme ins Gesicht:

„Gestehe doch, daß du die Geliebte von Vaudrec warst.“

Sie zuckte mit den Achseln.

„Du redest Unsinn. Vaudrec hatte mir allerdings eine sehr große Zuneigung entgegengebracht ... Aber weiter nichts ... niemals.“

Er stampfte mit dem Fuß.

„Du lügst, es kann nicht möglich sein.“

Sie entgegnete ruhig:

„Es ist doch so.“

Er begann wieder auf und ab zu gehen, dann blieb er stehen:

„Erkläre mir dann, warum hinterläßt er sein ganzes Vermögen ausgerechnet dir?“

Sie tat gleichgültig und uninteressiert, als ob sie die Sache gar nichts anginge.

„Es ist sehr einfach. Wie du eben sagtest, hatte er keine Freunde außer uns, oder vielmehr außer mir, da er mich seit meiner Kindheit kennt. Meine Mutter war Gesellschafterin bei seinen Eltern. Er kam sehr oft hierher, und da er keine direkten Erben hatte, hat er an mich gedacht. Daß er mich etwas lieb hatte, ist sehr gut möglich. Aber welche Frau ist auf solche Weise nie geliebt worden. Daß diese stille und geheime Liebe ihn meinen Namen aufs Papier schreiben ließ, als er seine letzte Verfügung getroffen hatte, kann auch sein. Er brachte mir jeden Montag Blumen. Du warst doch darüber gar nicht erstaunt, und dir brachte er keine mit, nicht wahr? Heute vermacht er mir sein Vermögen aus demselben Grund und da er wahrscheinlich sonst niemanden hat, dem er es geben könnte. Es wäre im Gegenteil höchst sonderbar, wenn er es dir hinterlassen hätte. Warum? — Was bist du für ihn?"

Sie sprach so natürlich und so ruhig, daß Georges zu zaudern begann.

Er erwiderte:

„Das ist egal. Wir können die Erbschaft unter solchen Bedingungen unmöglich annehmen. Das würde den schlechtesten Eindruck erwecken. Alle Welt würde daran glauben, das Schlimmste vermuten und sich über mich lustig machen. Meine Kollegen sind sowieso schon neidisch auf mich und lauern auf die Gelegenheit, mich anzugreifen. Ich muß mehr als jeder andere auf meine Ehre und auf meinen Ruf bedacht sein. Ich kann unmöglich zugeben, daß meine Frau eine derartige Erbschaft von einem Mann annimmt, den das Gerücht schon zu ihrem Liebhaber gestempelt hat. Vielleicht hätte sich das Forestier gefallen lassen, ich aber nicht."

Sie murmelte sanft:

„Also gut, mein Freund, wir nehmen es nicht an, daß macht bloß eine Million weniger in unserer Tasche aus, weiter ist ja nichts."

Er ging noch immer auf und ab und begann laut zu denken; er sprach zu seiner Frau, ohne das Wort direkt an sie zu richten.

„Nun ja! eine Million ... um so schlimmer ... Er hat ja eben bei der Abfassung des Testaments nicht begriffen, was für einen Taktfehler und was für einen Verstoß gegen die gesellschaftlichen Konventien er damit begangen hatte. Er hatte nicht gedacht, in welche schiefe und lächerliche Lage er mich bringen würde. Alles kommt im Leben auf die Umstände an... Er hätte mir die Hälfte hinterlassen sollen und alles wäre in bester Ordnung gewesen."

Er setzte sich, schlug die Beine übereinander und zupfte an den Spitzen seines Schnurrbartes, wie er das in den Stunden der Sorge, der Langweile und des schweren Nachdenkens zu tun pflegte.

Madeleine griff nach einer Stickerei, an der sie hin und wieder arbeitete;, suchte die Wollfäden heraus und sagte:

„Ich habe nur stillzuschweigen. Du mußt dir die Sache überlegen."

Lange saß er schweigend da, dann versetzte er zögernd:

„Die Welt wird nie begreifen können, daß Vaudrec dich zu seiner Universalerbin eingesetzt hat und daß ich so etwas geduldet habe. Solch ein Vermögen auf so eine Weise anzunehmen, das würde einem Geständnis gleichbedeutend sein ... Du würdest deinerseits ein verbotenes Verhältnis zugeben und ich eine niederträchtige Schwäche ... verstehst du, wie man unsere Annahme auslegen würde? Man müßte einen Ausweg finden, irgendein geschicktes Mittel, wie man die Sache vertuschen könnte. Man könnte beispielsweise durchblicken lassen, daß er sein Vermögen uns zu gleichen Teilen vermacht hat, die eine Hälfte dem Manne, die andere der Frau."

Sie fragte:

„Ich sehe nicht ein, wie das zu machen wäre, da doch das Testament eine gesetzliche Kraft hat?"

„Oh, das ist ganz einfach," antwortete er, „du könntest mir die Hälfte der Erbschaft als Schenkung zu Lebzeiten übertragen. Wir haben keine Kinder, das geht sehr gut zu machen. Auf diese Weise würden wir dem böswilligen Gerede ein Ende bereiten."

Sie erwiderte etwas ungeduldig:

„Ich sehe nicht ein, wieso man dem böswilligen Gerede entgehen kann, da doch die Urkunde, die Vaudrec unterzeichnet hat, nicht wegzuleugnen ist."

„Wir brauchen sie doch gar nicht vorzuzeigen", rief er zornig aus, „und sie öffentlich an die Wand zu schlagen. Du bist zu dumm. Wir sagen, Graf de Vaudrec hat sein Vermögen uns beiden zu je einer Hälfte hinterlassen ... Weißt du, du kannst doch die Erbschaft ohne meine Zustimmung überhaupt nicht antreten. Ich gebe sie dir nur unter der Bedingung einer Teilung, die mich vor dem Gespött der Welt bewahrt."

Sie sah ihn mit einem durchbohrenden Blick an.

„Wie du willst, ich bin bereit."

Dann stand er auf und ging wieder auf und ab, er schien wieder zu schwanken und vermied jetzt den scharf beobachtenden Blick seiner Frau.

„Nein, in keinem Fall" sagte er. „Vielleicht soll man überhaupt verzichten ... es ist würdiger, korrekter, ehrenhafter ... Übrigens auf diese Weise könnte man uns auch nicht das Geringste nachsagen. Die gewissenhaftesten Leute könnten sich nur davor verbeugen."

Er blieb vor Madeleine stehen.

„Also schön, wenn du willst, gehe ich nochmals zu Lamaneur, ich setze ihm die Sache auseinander und frage ihn um Rat. Ich erkläre ihm mein Bedenken und teile ihm mit, daß wir uns zu einer Teilung entschlossen haben, um die Leute nicht über uns klatschen zu lassen. Von dem Augenblick an, wo ich die Hälfte der Erbschaft annehme, ist es ja selbstverständlich, daß niemand das Recht hat, über die Sache zu lächeln. Das würde mit anderen Worten heißen: Meine Frau nimmt die Erbschaft an, da ich, ihr Gatte, sie auch annehme, und als solcher habe ich zu bestimmen, was sie tun kann, ohne sich zu kompromittieren. Sonst hätte es ja einen Skandal gegeben."

„Wie du willst“, murmelte Madeleine einfach.

Er redete weiter:

„Ja, bei dieser Teilung der Erbschaft in zwei Hälften liegt die Sache sonnenklar. Wir beerben einen Freund, der keinen Unterschied zwischen uns machte, keinen von uns bevorzugte und nicht den Schein erwecken wollte, als meinte er: Ich gebe nach meinem Tode einem von beiden den Vorzug, wie ich ihn zu meinen Lebzeiten vorgezogen habe. Er liebte mehr die Frau, wohlverstanden, aber wenn er jetzt sein Vermögen beiden Gatten zu gleichen Teilen hinterläßt, so wollte er damit ausdrücklich bestimmen, daß die Bevorzugung rein platonisch war. Sei überzeugt, daß, wenn er nachgedacht hätte, er geradeso gehandelt hätte. Er hatte sich die Sache nicht überlegt und die Folgen nicht vorausgesehen. Du sagtest vorhin ganz richtig, er brachte dir jede Woche Blumen mit und dir galt auch sein letztes Andenken, ohne daß er sich überlegte ...“

Sie unterbrach ihn etwas gereizt und ungeduldig:

„Schon gut. Ich hab es begriffen. Du kannst dir die Erklärungen ersparen. Geh gleich zum Notar.“

Er wurde rot und stotterte:

„Du hast recht, ich gehe.“

Er nahm seinen Hut und sagte beim Weggehen:

„Ich werde versuchen, den Neffen mit fünfzigtausend Francs abzufinden, nicht wahr?“

„Nein,“ antwortete sie stolz, „gib ihm die hunderttausend Francs, die er verlangt. Nimm sie von meinem Teil, wenn du willst.“

Plötzlich schämte er sich und sagte:

„Nein, wir werden uns das teilen. Wenn jeder von uns fünfzigtausend Francs gibt, dann bleibt uns doch eine runde Million.“

Dann fügte er hinzu:

„Auf Wiedersehen, meine kleine Made.“

Er ging zum Notar, erklärte und setzte ihm seine Absichten auseinander, die, wie er behauptete, von seiner Frau ausgingen.

Am folgenden Tag unterzeichneten sie eine Schenkung zu Lebzeiten von fünfhunderttausend Francs, die Madeleine Du Roy ihrem Gatten abtrat. Dann, als sie das Bureau verlassen hatten, schlug Georges Du Roy vor, bei dem schönen Wetter einen Spaziergang zu machen. Er war sehr liebenswürdig und aufmerksam gegen seine Frau. Er sah außerordentlich vergnügt aus und lachte, während sie nachdenklich und etwas ernst blieb.

Es war ein kühler Herbsttag. Die vorübergehende Menge schien es eilig zu haben und die Passanten schritten hastig dahin. Du Roy führte seine Frau vor den Laden, in dessen Schaufenster er den Chronometer bewundert hatte.

„Willst du, daß ich dir eine Schmucksache kaufe?“ fragte er. Sie murmelte gleichgültig:

„Wie du willst.“

Sie traten in den Juwelierladen herein. Er fragte:

„Was willst du, ein Kollier, ein Armband oder ein Paar Ohrringe?“

Beim Anblicken der Schmuckstücke und Juwelen konnte sie ihre absichtlich angenommene kühle Haltung nicht mehr bewahren und ihre Augen liefen funkelnd und neugierig über all die Kostbarkeiten in den Glaskästen.

Und plötzlich rief sie vom Verlangen ergriffen:

„Sieh, da liegt ein schönes Armband!“

Es war eine eigenartig geformte Kette. Jedes einzelne Glied trug einen anderen Stein.

Georges fragte:

„Was kostet dieses Armband?“

„3000 Francs“, erwiderte der Juwelier.

„Wenn Sie es mir für zwei fünf lassen, so ist das Geschäft gemacht.“

Der Verkäufer zögerte; dann versetzte er:

„Nein, mein Herr, das ist unmöglich.

Du Roy fuhr fort:

„Also dann geben Sie mir den Chronometer für 1500 Francs dazu; das macht zusammen 4000, die ich Ihnen in bar bezahle. Einverstanden? Wenn Sie nicht wollen, gehe ich woanders hin.“

Der Juwelier war verdutzt und sagte schließlich zu.

„Also gut, mein Herr.“

Der Journalist gab seine Adresse und fügte hinzu:

„Auf den Chronometer lassen Sie meine Initialen G. R. C. in verschlungenen Buchstaben eingravieren, und darüber setzen Sie die Baronskrone.“

Madeleine lächelte überrascht. Und als sie hinausgingen, schmiegte sie sich mit einer gewissen Zärtlichkeit an seinen Arm. Sie fand ihn wirklich schlau, gewandt und stark. Jetzt, wo er ein Vermögen hatte, mußte er auch einen Titel haben. Das war recht und billig.

Der Juwelier verbeugte sich.

„Sie können sich darauf verlassen, es wird Donnerstag fertig sein, Herr Baron."

Sie gingen am Vaudeville vorbei. Dort wurde ein neues Stück aufgeführt.

„Wenn du willst, gehen wir heute ins Theater, ich werde sehen, ob wir eine Loge bekommen?"

Sie fanden eine Loge und nahmen sie. Er sagte weiter:

„Wie wäre es, wenn wir heute im Restaurant äßen?"

„Oh, bitte, das möchte ich sehr."

Er war glücklich wie ein König, und zerbrach sich den Kopf, was sie sonst noch unternehmen könnte".

„Wenn wir Madame de Marelle bäten, heute mit uns den Abend zu verbringen. Ihr Mann ist hier, wie ich hörte, und ich würde mich sehr freuen, ihn begrüßen zu können."

Sie gingen hin. Georges, der sich vor einem Zusammentreffen mit seiner Geliebten fürchtete, war es ganz recht, daß seine Frau dabei war, um jede Auseinandersetzung unmöglich zu machen.

Doch Clotilde schien sich überhaupt auf gar nichts mehr zu entsinnen und zwang sogar ihren Mann, der Einladung zu folgen.

Das Diner war lustig und der Abend entzückend. Georges und Madeleine kamen spät nach Hause zurück. Das Gas brannte nicht mehr. Um die Stufen zu beleuchten, zündete der Journalist von Zeit zu Zeit Wachsstreichhölzer an. Als sie den ersten Stock erreicht hatten, beleuchtete die Flamme, die plötzlich durch die Reibung entstand, ihre beiden Gesichter, inmitten der Dunkelheit des Treppenhauses. Sie sahen wie zwei Gespenster aus, die auftauchten und sofort wieder bereit waren, in der Finsternis zu verschwinden.

Du Roy erhob seine Hand, um ihre Spiegelbilder heller zu beleuchten und sagte lächelnd und triumphierend:

„Da gehen die beiden Millionäre!"

VII.

Seit zwei Monaten war die Eroberung Marokkos vollzogen. Frankreichs Herrschaft dehnte sich von Tanger, das es besetzt hatte, über die ganze afrikanische Mittelmeerküste bis nach Tripolis, und es hatte die Schulden der annektierten Gebiete anerkannt und garantiert.

Man erzählte, daß zwei Minister dabei gegen zwanzig Millionen verdient hätten und man nannte ganz laut den Namen Laroche-Mathieus.

Was Vater Walter anging, so wußte ganz Paris, daß er ein doppelt vorteilhaftes Geschäft gemacht hatte. Er hatte sich dreißig bis vierzig Millionen an der Anleihe in die Tasche gesteckt und etwa 8 bis 10 Millionen an den Kupfer- und Erzbergwerken verdient, indem er unermeßliche Ländereien noch vor der Eroberung für ein Spottgeld gekauft und gleich nach der französischen Okkupation an Kolonialgesellschaften wieder verkauft hatte.

Er war binnen weniger Tage zu einem der Herrscher der Welt geworden, einer jener allmächtigen Finanzmänner, die mächtiger sind als die Könige, vor denen sich die Köpfe verbeugen, vor denen die Zungen stammelnd reden, und vor denen alles zutage tritt, was an Gemeinheit, Feigheit und Niedertracht im tiefen Menschenherzen überhaupt verborgen ist.

Er war nicht mehr der Jude Walter, Direktor einer zweifelhaften kleinen Bank, der Herausgeber einer verdächtigen Zeitung, ein Abgeordneter, der sich mit schmutzigen Börsenmanövern abgab. Jetzt war er Herr Walter, der reiche Israelit. Das wollte er vor aller Welt zeigen.

Er erfuhr, daß der Prinz von Carlsbourg, der Besitzer des schönsten Schlosses im Faubourg-Saint-Honoré, mit einem Garten nach den Champs-Elysées, sich in Geldverlegenheit befand. Er schlug ihm vor, in vierundzwanzig Stunden dieses Grundstück nebst Gebäude abzukaufen, wobei er auch die gesamten Möbel übernehmen würde, ohne daß auch nur ein Sessel von seinem Platz gerührt werden dürfte. Er bot drei Millionen an. Der Prinz ließ sich durch die hohe Summe verleiten und nahm das Angebot an.

Am nächsten Tage zog Herr Walter in sein neues Palais ein.

Er hatte dann noch einen anderen Einfall; der Einfall eines Eroberers, der Paris einnehmen will nach der Art eines Bonapartes.

Die ganze Stadt ging damals zum Kunstgelehrten Jacques Lenoble, um ein Gemälde des ungarischen Malers Karl Markowitsch, „Jesus auf dem Meere schreitend“, zu besichtigen.

Die Kunstkritiker waren begeistert und erklärten dieses Bild für das großartigste und herrlichste Meisterwerk des Jahrhunderts.

Walter kaufte es für 500000 Francs und ließ es abholen; so schnitt er von heute auf morgen den Strom der Neugierde des Publikums und der Kunstliebhaber ab und zwang ganz Paris, von ihm zu sprechen, ihn zu beneiden, zu tadeln oder zu loben.

Dann ließ er durch die Zeitungen verkünden, er würde bekannte Mitglieder der Pariser Gesellschaft einladen, um das Meisterwerk des ausländischen Künstlers zu bewundern, damit man nicht sagen könne, er habe das Kunstwerk hinter Schloß und Riegel gesetzt.

Sein Haus sollte offen stehen, und jeder, der wollte, konnte kommen. Es genügte, an der Tür die Einladungskarte vorzuzeigen. Sie lautete so:

„Herr und Frau Walter beehren sich, Sie zum 30. Dezember, zwischen neun Uhr und Mitternacht, zur Besichtigung des Gemäldes von Karl Markowitsch, Jesus auf dem Wasser schreitend, bei elektrischer Beleuchtung, ergebenst einzuladen."

Als Postskriptum stand dahinter in ganz kleinen Buchstaben: „Nach Mitternacht wird getanzt."

Diejenigen, die bleiben wollten, konnten also bleiben, und aus diesen Gästen wollten sich Walters ihren Bekanntenkreis für die Zukunft auswählen.

Die anderen würden das Kunstwerk, das Haus und seine Eigentümer mit hochfeiner, gleichgültiger oder neidischer und unverschämter Neugierde betrachten und dann wieder gehen, wie sie gekommen waren. Und Papa Walter wußte ganz genau, daß sie später doch wiederkommen würden, genau so, wie sie mit seinen israelitischen Stammesgenossen verkehrten, die auch so wie er es zu Reichtum gebracht hatten.

Zunächst mußten alle gescheiterten Würdenträger und bekannte vornehme Namen, die in den Zeitungen genannt wurden, sein Haus besuchen; sie würden kommen, um das Gesicht des Mannes zu sehen, der binnen sechs Wochen fünfzig Millionen verdient hatte, sie würden ferner kommen, um diejenigen, die dort auch verkehrten, zu sehen und aufzuzählen, sie würden schließlich kommen, weil er so viel guten Geschmack und Gewandtheit gezeigt hatte, sie zur Bewunderung eines religiös-christlichen Gemäldes einzuladen — er, der doch ein Sohn Israels war. Er schien ihnen allen sagen zu wollen: „Sehen Sie, ich habe 500000 Francs für das Meisterwerk religiöser Kunst von Markowitsch, Jesus auf dem Meere schreitend, gezahlt. Und dieses Meisterwerk bleibt jetzt bei mir, vor meinen Augen, im Hause des Juden Walter." In den vornehmen Gesellschaftskreisen, in den Kreisen der Herzoginnen und des Jockeiklubs, hatte man über diese Einladungen, die doch zu gar nichts verpflichteten, hin und her geredet. Man würde hingehen, wie man bei Herrn Petit die Aquarelle besichtigte. Walters besaßen ein Meisterwerk, und nun öffneten sie für einen Abend die Türen ihres Hauses, damit alle Welt es bewundern könnte. Besser und einfacher könnte es doch gar nicht sein.

Die Vie Française brachte seit vierzehn Tagen jeden Morgen eine Notiz über diese Soiree vom 30. Dezember und gab sich alle Mühe, die Neugierde des Publikums möglichst zu steigern.

Du Roy raste innerlich gegen den Triumph seines Herrn Direktors. Er hatte sich mit seinen 500000 Francs für unermeßlich reich gehalten, die er seiner Frau abgepreßt hatte, und nun kam er sich so arm, so bettelarm im Vergleich zu dem Millionenregen vor, der ringsumher niedergefallen war, ohne daß er davon etwas hatte auffangen können. Seine grimmige Wut und sein Neid nahmen täglich zu: er haßte alle Welt, die Walters., zu denen er jetzt überhaupt nicht mehr hinging, seine Frau, die sich von Laroche beschwatzen ließ und ihm abgeraten hatte, die marokkanische Anleihe zu kaufen, und vor allen Dingen grollte er gegen den Minister, der ihn hereingelegt und ausgenutzt hatte und noch zweimal die Woche bei ihm zu Tisch speiste. Georges diente ihm als Sekretär, als Agent, als eine lebende Feder, und wenn er nach seinem Diktat schrieb, empfand er oft eine wahnsinnige Lust, diesen triumphierenden, wichtigtuenden Gecken zu erdrosseln. Als Minister hatte Laroche einen sehr bescheidenen Erfolg, und um seine Stellung zu behalten, versuchte er, nicht durchblicken zu lassen, daß er nun ein steinreicher Mann geworden war. Doch Du Roy spürte dieses Gold an dem hochmütigen Tone des emporgekommenen Rechtsanwalts, an seinem frechen Auftreten, an seinen selbstsicheren Behauptungen und seinem unbeschreiblichen Selbstvertrauen. Laroche regierte jetzt im Hause Du Roys, wo er die Stelle des Grafen de Vaudrec eingenommen hatte sowie seine Besuchstage; und er sprach mit den Dienstboten, als ob er der zweite Hausherr wäre.

Georges duldete ihn zähneknirschend, wie ein Hund, der beißen will, es aber nicht wagt. Er war jetzt öfters hart und rücksichtslos gegen Madeleine, die mit den Achseln zuckte und ihn als ein unartiges Kind behandelte.

Übrigens wunderte sie sich über seine andauernde schlechte Laune und sagte oft: „Ich verstehe dich nicht. Du mußt dich stets über etwas beklagen, dabei hast du eine geradezu großartige Stellung." Er drehte ihr den Rücken zu und erwiderte gar nichts.

Er hatte zunächst erklärt, er ginge nicht zum Fest beim Chef; er denke nicht daran, mit diesem schmutzigen Juden zu verkehren.

Seit zwei Monaten schrieb ihm Frau Walter täglich Briefe und bat ihn, zu ihr zu kommen oder ihr ein Rendezvous zu bestimmen, wo es ihm paßte, um ihm, wie sie sagte, die 70000 Francs auszuhändigen, die sie für ihn gewonnen hatte.

Er antwortete überhaupt nicht und warf alle diese verzweifelten Briefe ins Feuer. Nicht etwa weil er auf seinen Gewinnanteil verzichtet hätte, sondern er wollte sie verrückt machen, sie auf die Knie zwingen, und sie spüren lassen, wie verächtlich er sie behandele. Sie war zu reich! Er wollte sich stolz zeigen!

Noch am Tage der Ausstellung des Bildes wollte Madeleine ihm vorstellen, wie unrecht er täte, nicht hinzugehen, aber er sagte bloß:

„Ach laß mich in Ruhe! Ich will zu Hause bleiben."

Dann, nach dem Abendessen, erklärte er plötzlich:

„Es wird wohl trotzdem besser sein, wenn wir uns dieser langweiligen Pflicht unterziehen. Ziehe dich schnell an."

Sie war darauf gefaßt.

„Ich bin in einer Viertelstunde fertig", sagte sie.

Er kleidete sich brummend an, und noch in der Droschke fuhr er fort, seiner Galle freien Lauf zu lassen.

Die Hofeinfahrt zum Palais Carlsbourg war durch vier Bogenlampen, die wie vier kleine bläuliche Monde aussahen, von allen vier Ecken hell beleuchtet. Ein prachtvoller Teppich lag auf den Stufen der hohen Freitreppe und auf jeder Stufe stand, unbeweglich wie eine Bildsäule, ein Diener in Livree.

Du Roy brummte: „Diese Protzerei!“ Er zuckte die Achseln, verzehrt von Neid und Eifersucht.

„Schweig doch und mach es ihnen nach“, sagte seine Frau leise.

Sie traten ein und ließen sich ihre schweren Abendmäntel von den Dienern abnehmen, die auf sie zutraten. Es waren dort auch mehrere Damen, die mit ihren Männern gekommen waren; sie legten ebenfalls ihre Pelze ab. Man hörte ringsumher flüstern: „Wie herrlich, wie wunderschön.“

Die gewaltige Vorhalle war mit Gobelins behängt, welche den Liebesmythus des Mars und der Venus darstellten. Rechts und links stiegen die beiden Teile der prunkhaften, monumentalen Treppe empor, die im ersten Stock zusammenliefen. Das eiserne Geländer war ein Meisterwerk der Schmiedekunst; seine alte verblaßte Vergoldung warf einen zarten und sanften Schimmer auf die roten marmornen Treppenstufen.

Am Eingange zu den Salons standen zwei kleine Mädchen, die eine in Rosa, die andere in Blau gekleidet und überreichten den Damen Blumensträuße. Alle fanden das entzückend.

In den Sälen befanden sich schon eine ganze Menge Besucher.

Die meisten Frauen waren in Straßentoilette erschienen, um damit zu betonen, daß sie hierher nur so gekommen waren wie zu jeder anderen privaten Kunstausstellung. Diejenigen, die zum Ball bleiben wollten, trugen Gesellschaftstoiletten.

Frau Walter hielt sich, umgeben von Freundinnen, im zweiten Säle auf und begrüßte die Gäste. Viele, die sie überhaupt nicht kannten, gingen herum wie in einem Museum, ohne sich um die Gastgeber zu kümmern.

Als sie Du Roy erblickte, wurde sie leichenblaß und machte eine unwillkürliche Bewegung, als wollte sie ihm entgegengehen. Dann blieb sie unbeweglich stehen und wartete. Er begrüßte sie höflich, während Madeleine sie mit zärtlichen Schmeicheleien überschüttete. Georges ließ seine Frau neben der Frau Direktor stehen und mischte sich unter die Menge, um sich boshafte Bemerkungen anzuhören, die hier sicherlich nicht fehlen dürften.

Fünf Salons folgten einer auf den anderen, sie waren mit kostbaren Stoffen tapeziert, mit alten italienischen Stickereien oder orientalischen Teppichen in allen Farben und

Stilarten geschmückt; darüber hingen an den Wänden Gemälde alter berühmter Meister. Vor allem bewunderte man einen kleinen Salon im Stil Louis XVI., eine Art von Boudoir, das ganz mit hellblauer Seide mit ausgestickten Rosensträußen tapeziert war. Die Möbel aus vergoldetem Holz waren mit dem gleichen Stoff bezogen; die ganze Einrichtung war von einer wunderbaren Feinheit.

Georges erkannte in der Menge die Pariser Berühmtheiten, die Herzogin de Terracine, den Grafen und die Gräfin Ravenel, den General Prinz d Andremont, die bildschöne Marquise des Dunes, und dann alle die Herren und Damen, die man gewöhnlich bei Premieren sieht.

Plötzlich faßte ihn jemand am Arm und eine junge und frohe Stimme flüsterte ihm ins Ohr:

„Ah, da sind Sie endlich, böser Bel-Ami. Warum lassen Sie sich denn gar nicht mehr sehen?“

Es war Suzanne Walter, die ihn mit ihren feinen Emailleaugen unter den krausen, blonden Locken ihres Haares ansah.

Er war entzückt, sie wieder zu sehen und drückte ihr offenherzig die Hand. Dann entschuldigte er sich.

„Ich konnte nicht. Ich habe so viel zu tun; seit zwei Monaten bin ich gar nicht ausgegangen.“

„Das ist gar nicht nett,“ sagte sie ernsthaft, „sogar sehr, sehr häßlich, Sie haben uns viel Kummer bereitet, Mama und mir, denn wir lieben Sie beide sehr. Ich kann Sie überhaupt nicht mehr entbehren. Ich langweile mich zu Tode, wenn Sie nicht da sind. Sie sehen, ich sage Ihnen das ganz offen, damit Sie nicht mehr das Recht haben, so von der Oberfläche zu verschwinden. Geben Sie mir Ihren Arm, ich will Ihnen selbst Jesus auf dem Meere schreitend zeigen. Das Bild hängt drüben hinter dem Wintergarten. Papa hat extra diesen Platz gewählt, damit man durch alle Räume gehen muß. Es ist direkt erstaunlich, wie Papa mit diesem Hause renommiert.“

Sie gingen langsam durch die Menge. Man drehte sich um und blickte diesem schönen jungen Mann und dieser entzückenden Puppe nach.

Ein bekannter Maler meinte:

„Dieses Paar ist tatsächlich sehr hübsch und reizend.“

Georges dachte:

„Wenn ich wirklich stark wäre, müßte ich die heiraten. Es wäre doch möglich. Warum habe ich nie daran gedacht? Wie konnte ich nur die andere nehmen? Wie töricht! Man handelt immer zu schnell und denkt nie genügend nach.“

Und der Neid, der bittere Neid, fiel tropfenweise in sein Herz wie Galle, die ihm alle seine Freude verdarb und sein ganzes Leben verhaßt machte.

Suzanne sagte:

„Oh, kommen Sie recht oft, Bel-Ami, wir können jetzt, wo Papa nun so reich ist, Streiche und Dummheiten unternehmen und uns wie toll amüsieren."

Er folgte noch immer seinem Gedankengang und antwortete :

„Oh, Sie werden jetzt bald heiraten; Sie werden einen schönen, vielleicht etwas ruinierten Prinzen heiraten, und wir werden uns nicht mehr sehen."

Sie rief offenherzig aus :

„O nein, noch nicht. Ich will jemanden, der mir gefällt, den ich sehr gern hätte, den ich sogar lieb hätte. Geld habe ich für beide genug."

Er lächelte ironisch und hochmütig und begann die Namen der Vorübergebenden zu nennen, alles sehr vornehme Leute, die ihre verrosteten Adelsschilder an Töchter reicher Finanzleute so gern verkauft hatten, die nun mit ihren Frauen oder auch ohne sie lebten, jedenfalls frei, unverschämt und doch bekannt und geachtet.

Er fuhr fort:

„Es vergehen keine sechs Monate und Sie haben auf diesen Köder angebissen. Sie werden Marquise, Herzogin oder Fürstin, und Sie werden dann auf mich von oben herabblicken, mein liebes Fräulein."

Entrüstet schlug sie ihm mit dem Fächer auf den Arm und schwor, sie würde nur aus Liebe heiraten.

Er grinste:

„Wir werden es sehen. Ich glaube, Sie sind zu reich."

Sie sagte:

„Sie doch auch. Sie haben doch eine Erbschaft angetreten."

Er stieß mitleidig ein „Oh" aus.

„Sprechen wir nicht davon, kaum 20000 im Jahr. Das ist nicht viel heutzutage."

„Aber Ihre Frau hat auch geerbt?"

„Ja, es war eine Million für uns beide. 40000 Francs Einkommen. Wir können uns damit nicht mal eine Equipage leisten."

Sie gelangten in den letzten Saal, vor ihnen tat sich ein großer Wintergarten auf, mit hochragenden, tropischen Bäumen und einer Menge seltener Blumen. Über dieses dunkle Grün glitt das Licht in silbernen Wogen und man atmete die laue Frische der feuchten Erde und die verschiedensten Wohlgerüche ein. Man hatte dabei ein seltsames, gesundes, aber angenehmes und bezauberndes Empfinden der künstlichen, reizvollen und entnervten Natur. Man schritt auf Teppichen, die weich wie das Moos waren, zwischen dichten Beeten mit Gebüschen und Blattpflanzen. Plötzlich erblickte Du Roy zur Linken unter einer weiten Wölbung von Palmen ein riesiges Marmorbassin, so groß, daß man darin baden konnte. Am Rande standen vier weiße Delfter Porzellanschwäne, aus deren halbgeöffneten Schnäbeln das Wasser in das Becken floß. Der Boden des Bassins war mit Goldsand bestreut, und man sah im Wasser ein paar große rote Fische schwimmen, seltsame chinesische Ungetüme mit hervorstehenden Augen, mit blau geränderten Schuppen, eine Art Mandarine der Fluten; sie schwammen über den goldenen Grund und sahen wie seltsame lebende Stickereien aus.

Der Journalist blieb stehen; sein Herz klopfte. Er dachte:

„Das ist ein Luxus! In solchen Häusern lohnt es zu leben. Anderen ist das gelungen, warum sollte ich es nicht so weit bringen können."

Er sann über die Möglichkeit und über die Mittel nach, fand aber keine und ärgerte sich über seine Ohnmacht.

Seine Begleiterin sprach nicht mehr und blickte nachdenklich vor sich hin. Er betrachtete sie von der Seite und dachte noch einmal: „Es genügt doch, einfach diese lebende Puppe zu heiraten." Doch Suzanne schien plötzlich aufzuwachen.

„Passen Sie auf", sagte sie.

Sie stieß Georges durch eine Gruppe von Menschen, die ihnen im Wege standen und führte ihn plötzlich nach rechts.

Mitten in einem Gebüsch von seltsamen Pflanzen, deren zitternde Blätter gespreizten Händen mit langen, dünnen Fingern glichen, sah man einen Mann, der unbeweglich auf dem Meere stand.

Der Eindruck war überwältigend. Die Ränder des Bildes waren durch das bewegliche Grün verdeckt und so erschien es wie eine dunkle Öffnung, durch die man in der phantastischen märchenhaften Ferne eine ergreifende Gestalt sah.

Man mußte das Gemälde sehr genau betrachten, um es zu verstehen. Der Rahmen durchschnitt gerade die Mitte des Kahnes, in dem die Apostel saßen. Sie waren nur schwach durch die schrägen Strahlen einer Laterne beleuchtet. Einer von ihnen, der am Rande des Kahnes saß, ließ das helle Licht auf Jesus fallen. Christus näherte sich und trat auf eine Woge; man sah, wie sie sich überschlug und ergeben und zärtlich glättete vor dem göttlichen Fuß, der sie niedertrat. Rings um den Gottessohn war alles dunkel. Nur die Sterne glänzten am Himmel.

Die Gesichter der Apostel waren unbestimmt beleuchtet durch ein Licht, das der eine in der Hand trug und auf den Heiland zeigte. Sie schienen vor Staunen erstarrt zu sein.

Das war wirklich das mächtige, unverhoffte Kunstwerk eines Meisters, eine jener Schöpfungen, die uns im Innersten ergreifen und uns jahrelang davon träumen lassen.

Die Menschen, die dieses Werk betrachteten, blieben zunächst stumm und unbeweglich stehen, dann gingen sie nachdenklich weiter und sprachen nachher nur vom Bild und der wundervollen Malerei.

Du Roy besah es sich eine Weile und erklärte:

„Es muß doch hübsch sein, sich solche Kostbarkeiten leisten zu können."

Aber die Menge drängte sich um ihn und stieß ihn, um sehen zu können. — Er ging weiter, ohne die Hand Suzannes, die auf seinem Arm ruhte und die er leicht an sich preßte, loszulassen.

Sie sagte:

„Nehmen Sie ein Glas Champagner, kommen Sie ans Büfett, wir werden dort sicher Papa treffen."

Und sie schritten langsam durch alle Räume. Die Menge schwoll mehr und mehr an. Diese elegante, unbekümmerte, lärmende Menge, wie sie bei allen öffentlichen Festlichkeiten zu sehen ist.

Plötzlich glaubte Du Roy zu hören, wie eine Stimme sagte:

„Das ist Laroche und Madame Du Roy."

Diese Worte streiften leise sein Ohr wie ein weit entferntes Geräusch. Woher kamen sie?

Er sah sich nach allen Seiten um und erblickte in der Tat seine Frau, die am Arm des Ministers vorbeiging. Sie plauderten ganz leise mit vertraulichem Lächeln und sahen sich in die Augen.

Er glaubte zu bemerken, daß man bei ihrem Anblick sich etwas zuflüsterte, er empfand das brutale und törichte Verlangen, auf die beiden loszustürzen und sie mit Fäusten niederzuschlagen.

Sie machte ihn lächerlich; er dachte an Forestier. Vielleicht sagt man schon: „Dieser betrogene Ehemann Du Roy." Wer war sie denn eigentlich? Eine kleine Frau dunkler Herkunft, ziemlich geschickt emporgekommen, aber mit kleinen Mitteln und ohne besondere Begabung. Man besuchte ihn, weil man ihn und seinen Einfluß fürchtete, weil er stark war, aber man sprach sicher ungeniert über diese Journalistenehe. Mit dieser Frau könnte er es nie weit bringen, die sein Haus stets verdächtig erscheinen ließ, sie kompromittierte sich selbst und ihn, und man sah an ihrem Auftreten und Benehmen, daß sie eine Intrigantin war. Sie war jetzt ein Gewicht, das er am Fuße schleppte. Ach, wenn er geahnt hätte, wenn er es im voraus gewußt hätte! Dann würde er ein etwas kühneres und größeres Spiel gespielt haben! Oh, was er für eine schöne Partie gewinnen könnte, wenn er auf Suzanne gesetzt hätte! Wie konnte er so blind sein und dieses alles nicht gesehen haben?

Sie kamen jetzt in den Speisesaal. Es war eine riesige Halle mit Marmorwänden. An den Wänden hingen alte Gobelins.

Walter erblickte seinen Redakteur und stürzte auf ihn zu, um ihm die Hände zu drücken. Er war berauscht vor Freude:

„Haben Sie gesehen? ... Sag mal, Suzanne, hast du ihm gezeigt? Welch eine Menge von Menschen, nicht wahr, Bel-Ami? Haben Sie den Prinz de Guerche gesehen? Er hat hier eben ein Glas Punsch getrunken."

Dann wandte er sich zum Senator Rissolin, der seine stumpfsinnig aussehende Frau mit sich schleppte; sie war aufgeputzt wie eine Jahrmarktspuppe.

Ein Herr grüßte Suzanne, ein hochgewachsener, schlanker, junger Mann mit blondem Backenbart, etwas kahlköpfig und mit weltmännischen Manieren, wie man sie sofort erkennen kann. Georges hörte seinen Namen nennen: Marquis de Cazolles; und er fühlte plötzlich, wie er auf diesen Mann eifersüchtig wurde. Seit wann kannte sie ihn? Wahrscheinlich, seitdem sie so reich war? Er vermutete einen Nebenbuhler.

Da faßte ihn jemand am Arm. Es war Norbert de Varenne. Der alte Dichter wanderte mit seinem fettigen Haar in seinem alten Frack durch die großen Räume umher, mit einem gleichgültigen und müden Gesichtsausdruck.

„Das heißt sich amüsieren", sagte er. „Nachher wird getanzt, dann geht man zu Bett, und die kleinen Mädchen werden zufrieden sein. Trinken Sie etwas Champagner, er ist ausgezeichnet."

Er ließ sich ein Glas einschenken und trank Du Roy zu, der auch eins genommen hatte:

„Ich trinke auf den Endsieg des Geistes über die Millionen."

Dann setzte er mit sanfter Stimme hinzu:

„Nicht etwa, daß ich sie den anderen nicht gönne; ich möchte sie selbst nicht einmal besitzen. Ich protestiere aus Prinzip."

Georges hörte ihm nicht mehr zu. Er suchte Suzanne, die eben mit dem Marquis de Cazolles verschwunden war; er ließ Norbert de Varenne plötzlich allein stehen und machte sich an die Verfolgung des jungen Mädchens. Eine dichte Menge, die das Büfett umlagerte, hielt ihn auf. Als er sich durchgedrängt hatte, stieß er auf das Ehepaar de Marelle.

Er traf sich regelmäßig mit der Frau, aber den Mann hatte er seit längerer Zeit nicht gesehen. Er streckte ihm beide Hände entgegen und sagte:

„Ich muß Ihnen vielmals danken, mein Lieber, für den Ratschlag, den Sie mir durch Clotilde geben ließen. Ich habe durch die Marokkoanleihe gegen 100000 Francs verdient. Das verdanke ich Ihnen. Sie sind wirklich ein bezaubernder Freund."

Die Männer, die herumstanden, drehten sich um und blickten der hübschen, eleganten Brünette nach.

„Als Gegenleistung", erwiderte Du Roy, „müssen Sie mir Ihre Frau abtreten, oder vielmehr, ich biete ihr den Arm an. Eheleute muß man immer trennen."

Herr de Marelle verbeugte sich:

„Sehr gut. Sollte ich Sie aus den Augen verlieren, so treffen wir uns hier nach einer Stunde."

„Abgemacht."

Die beiden jungen Leute mischten sich unter die Menge, und der Ehemann folgte ihnen.

„Die Walters haben doch Glück," wiederholte Clotilde, „aber es gehört auch Tüchtigkeit und Geschäftssinn dazu."

Georges antwortete: „Ach was, energische und starke Menschen erreichen immer ihr Ziel, so oder so."

„Jede der beiden Töchter", fuhr sie fort, „bekommt ihre 20 oder 30 Millionen Mitgift. Und Suzanne ist außerdem auch hübsch ..."

Er sagte nichts. Es ärgerte ihn, seine eigenen Gedanken von einem anderen aussprechen zu hören.

Sie hatte das Gemälde noch nicht gesehen. Er schlug ihr vor, sie dort hinzuführen. Sie fanden Vergnügen daran, Bosheiten über die Leute zu sagen und sich über unbekannte Gesichter lustig zu machen. Saint-Potin kam an ihnen vorüber; sein Frack war dicht mit Orden besteckt, was sie sehr belustigte. Ihm folgte ein früherer Botschafter mit einer kleineren Ordensschnalle.

Du Roy erklärte:

„Was für eine buntgemischte Gesellschaft."

Boisrenard, der ihm die Hand schüttelte, hatte auch sein Knopfloch mit dem grüngelben Bändchen geschmückt, das er auch an dem Duelltage getragen hatte. Die Vicomtesse de Percemur, ungeheuer auffallend gekleidet, unterhielt sich mit einem Herzog in dem kleinen Louis-XVI-Boudoir.

„Ein galantes tête-à-tête", sagte Georges leise; als er durch den Wintergarten ging, sah er seine Frau mit Laroche-Mathieu hinter einem Palmenbusch halb versteckt sitzen. Sie schienen zu sagen: „Wir haben uns hier ein Rendezvous gegeben, ein öffentliches Rendezvous. Und pfeifen auf die Meinung der Gesellschaft."

Madame de Marelle fand den „Jesus" von Markowitsch überraschend schön, und sie ging wieder zurück. Den Ehemann hatten sie verloren.

„Und Laurine," fragte er, „ist sie mir immer noch böse?"

„Ja, immer noch. Sie will dich nicht mehr sehen und geht fort, wenn man von dir redet."

Er antwortete nicht. Aber diese plötzliche Feindseligkeit des kleinen Mädchens bedrückte ihn und stimmte ihn traurig.

An einer Tür begegneten sie Suzanne; sie rief Georges zu:

„Ah, da sind Sie ja, Bel-Ami! Sie müssen jetzt allein bleiben, ich entführe Ihnen die schöne Clotilde, um ihr mein Zimmer zu zeigen."

Und die zwei Damen gingen raschen Schrittes weiter. Sie glitten durch das dichte Menschengewühl und verschwanden in der Menge. Gleich darauf rief eine Stimme leise:

„Georges."

Es war Frau Walter. Sie fuhr mit leiser Stimme fort:

„Oh! Wie grausam sind Sie! Warum quälen Sie mich so ohne Grund? Ich habe Suzette gebeten, Ihre Begleiterin zu entführen, damit ich Ihnen ein Wort sagen kann. Hören Sie mich an, ich muß ... ich muß Sie heute abend sprechen ... oder ... oder ... Sie wissen gar nicht, was ich tun werde. Gehen Sie in den Wintergarten, links finden Sie eine Tür, und durch diese gelangen Sie in den Garten. Gehen Sie geradeaus, die Allee entlang, am Ende befindet sich eine Laube. Erwarten Sie mich da in zehn Minuten. Wenn Sie das nicht wollen, so schwöre ich Ihnen: ich mache hier sofort einen Skandal!"

Er antwortete hochmütig:

„Meinetwegen. Ich werde in zehn Minuten an dem verabredeten Ort sein."

Dann trennten sie sich, doch Jacques Rival hielt ihn auf, so daß er beinahe zu spät gekommen wäre. Er nahm ihn beim Arm und erzählte ihm sehr aufgeregt eine Menge Geschichten. Er kam offenbar vom Büfett. Endlich ließ ihn Du Roy mit Herrn de Marelle, den er wieder getroffen hatte, stehen, und verschwand. Er mußte noch aufpassen, daß er nicht von seiner Frau und Laroche gesehen würde. Dieses gelang ihm, denn die beiden schienen sehr animiert zu sein, und endlich war er im Garten.

Die kalte Luft durchschauerte ihn wie ein eiskaltes Bad.

„O Gott," dachte er, „ich werde mich hier noch erkälten."

Er legte sich sein Taschentuch wie eine Krawatte um den Hals und ging langsamen Schrittes die Allee entlang. Er sah schlecht nach der hellen Beleuchtung der Säle und konnte in der Dunkelheit kaum den Weg finden.

Rechts und links unterschied er allmählich das kahle Gebüsch, dessen Zweige von der Kälte zu zittern schienen. Ein grauer Lichtschimmer fiel aus den Fenstern des Schlosses auf den entlaubten Garten. Er sah vor sich, mitten auf dem Wege, etwas Weißes; Frau Walter stand da mit nacktem Halse und nackten Armen und stammelte mit bebender Stimme:

„Ach, da bist du endlich! Was willst du eigentlich? Willst du mich umbringen?"

Er erwiderte ruhig:

„Ich bitte dich, ohne Szenen, oder ich gehe sofort weg."

Sie fiel ihm um den Hals und ihre Lippen berührten beinahe die seinen.

„Was habe ich dir denn getan, daß du dich mir gegenüber wie ein Ehrloser benimmst? Sag , was habe ich dir getan?"

Er versuchte sie zurückzustoßen:

„Das letztemal, als wir zusammen waren, hast du deine Haare an meinen Knöpfen befestigt, es hat deshalb beinahe einen Bruch zwischen meiner Frau und mir gegeben."

Sie war überrascht, dann schüttelte sie verneinend mit dem Kopf.

„Oh! Deine Frau macht sich nichts daraus, es war eine deiner Geliebten, die dir eine Szene gemacht hat."

„Ich habe keine Geliebten."

„Schweig! — Warum kommst du mich nicht mehr besuchen? Warum willst du nicht wenigstens einmal mit mir in der Woche essen? Es ist so entsetzlich, was ich darunter leide. Ich liebe dich; kann an nichts anderes denken, als an dich. Ich kann überhaupt nicht mehr sehen, ohne dich vor meinen Augen zu haben, ich wage kein Wort mehr auszusprechen, aus Furcht, ich könnte deinen Namen laut sagen. Du kannst das gar nicht begreifen! Ich habe das Gefühl, als hieltest du mich in deinen Krallen gefangen, als hätte man mich in einen Sack hineingenäht. Ich kann es dir gar nicht erklären. Der bohrende Gedanke an dich, der mich nie verläßt, würgt mich an der Kehle. Er zerreißt mir innen etwas, unter meiner Brust, er zerschlägt und lahmt mir die Beine, daß ich kaum gehen kann. Ich bleibe stumpfsinnig wie ein Tier den ganzen Tag auf dem Sessel liegen und denke an dich."

Er sah sie erstaunt an. Es war nicht das dicke, halbverrückte Schulmädchen von vorhin, es war eine Frau, die kopflos und verzweifelt zu allem fähig war. Ein unbestimmter Plan entwickelte sich inzwischen in seinem Hirn. Er antwortete:

„Meine Verehrteste, die Liebe währt nicht ewig. Man umarmt sich und geht dann auseinander. Wenn es aber so lange dauert wie zwischen uns, dann wird sie zu einer schrecklichen Last. Und das will ich nicht. Das ist die Wahrheit. Doch, wenn du imstande bist, vernünftig zu sein und mich als Freund zu behandeln und zu empfangen, dann will ich gern wiederkommen. Fühlst du dich stark genug dazu?“

Sie legte ihre beiden nackten Arme auf Georges Frack und flüsterte:

„Ich bin zu allem fähig, wenn ich dich nur sehen darf.“

„Dann also abgemacht,“ sagte er, „wir sind gute Freunde und weiter nichts.“

Sie stammelte:

„Gut, abgemacht.“

Dann hielt sie ihm ihre Lippen hin.

„Noch einen Kuß ... den letzten.“

Er wies sie sanft zurück.

„Nein, wir müssen bei unserem Abkommen bleiben.“

Sie wandte sich ab und trocknete ihre Tränen. Dann zog sie aus dem Ausschnitt ihres Kleides ein Päckchen Papier, das mit einem rosa Seidenbändchen verschnürt war und reichte es Du Roy.

„Hier. Das ist dein Anteil am Verdienst an dem Marokkogeschäft. Ich war so glücklich, daß ich es für dich gewonnen hatte. Nimm es doch.

Er wollte es ablehnen.

„Nein, ich kann dieses Geld nicht annehmen.“

Sie protestierte:

„Ah, jetzt willst du das auch nicht mehr tun! Es ist dein Geld, es gehört nur dir. Wenn du es nicht nimmst, werfe ich es in irgendeinen Abfluß. Du wirst mir das nicht: antun, nicht wahr, Georges?“

Er nahm das kleine Paket und ließ es in seine Tasche verschwinden.

„Wir müssen zurück,“ sagte er, „du holst dir sonst noch eine Lungenentzündung,“

„Um so besser!“ murmelte sie. „Wenn ich nur sterben könnte!“

Sie ergriff seine Hand und küßte sie leidenschaftlich, rasend und verzweifelt. Dann stürzte sie ins Haus zurück.

Er folgte ihr langsam und nachdenklich. Dann trat er stolz und lächelnd in den Wintergarten ein.

Seine Frau und Laroche waren nicht mehr da. Sehr viel Gäste waren schon fort. Offenbar wollten die meisten nicht zum Ball bleiben. Er sah Suzanne, die Arm in Arm mit ihrer Schwester ging. Sie traten an ihn heran und baten ihn alle beide, die erste Quadrille mit dem Grafen de Latour-Yvelin zu tanzen. Er war überrascht.

„Wer ist denn das nun wieder?"

„Es ist ein neuer Freund meiner Schwester", sagte Suzanne hinterlistig.

Rose wurde rot und murmelte:

„Du bist boshaft, Suzette, dieser Herr ist genau so mein Freund wie der deine."

Die andere lächelte:

„Das wissen wir schon."

Rose wurde wütend, wandte ihnen den Rücken und ging fort. Du Roy nahm vertraulich das junge Mädchen, das neben ihm stand, am Arm und sagte mit zärtlicher Stimme:

„Hören Sie, meine liebe Kleine, halten Sie mich wirklich für Ihren Freund?"

„Aber gewiß, Bel-Ami."

„Haben Sie Vertrauen zu mir."

„Unbedingt."

„Entsinnen Sie sich dessen, was ich Ihnen vorhin gesagt habe?"

„Aber, was denn?"

„Über Ihre Heirat oder vielmehr über den Mann, den Sie heiraten werden."

„Ja."

„Nun, wollen Sie mir etwas versprechen?"

„Ja, was denn?"

„Mich jedesmal um Rat zu fragen, wenn jemand um Ihre Hand anhält, und niemandem Ihr Wort zu geben, ehe Sie mich gesprochen haben."

„Ja, das will ich tun."

„Und das bleibt unter uns. Kein Wort davon weder zu Ihrem Vater noch zu Ihrer Mutter."

„Kein Wort."

„Sie schwören es?"

„Ich schwöre."

Rival erschien aufgeregt und sprach mit wichtiger Miene:

„Gnädiges Fräulein, Ihr Papa sucht Sie für den Ball.“

Sie sagte:

„Kommen Sie mit, Bel-Ami.“

Aber er weigerte sich, fest entschlossen, sofort nach Hause zu gehen. Er wollte allein sein, um denken zu können. Zuviel neue Dinge gingen ihm durch den Kopf und er suchte nach seiner Frau. Nach kurzer Zeit erblickte er sie, sie stand am Büfett und trank Schokolade mit zwei unbekannten Herren. Sie stellte ihren Mann vor, ohne die Namen der beiden zu nennen.

Nach ein paar Augenblicken fragte er:

„Gehen wir?“

„Wie du willst.“

Sie nahm ihn beim Arm und sie schritten durch die Säle, die schon ziemlich leer waren.

Sie fragte:

„Wo ist Frau Walter? Ich möchte mich von ihr verabschieden.“

„Lieber nicht. Sie wird darauf bestehen, daß wir zum Ball bleiben und ich habe genug.“

„Das ist wahr, du hast recht.“

Während sie nach Hause fuhren, saßen sie schweigend nebeneinander, doch sobald sie in ihrem Zimmer waren, sagte Madeleine lächelnd, noch bevor sie ihren Schleier abgelegt hatte:

„Du weißt es noch nicht; ich habe eine Überraschung für dich.“

Er brummte launisch:

„Was denn?“

„Rate mal.“

„Nein, das ist mir zu anstrengend.“

„Also, übermorgen ist der 1. Januar.“

„Ja.“

„Der Tag der Neujahrsgeschenke.“

„Ja.“

„Hier hast du deins, das Laroche mir vorhin übergeben hat.“

Sie reichte ihm eine kleine schwarze Schachtel, die wie ein Schmucketui aussah.

Er öffnete sie gleichgültig und erblickte darin das Kreuz der Ehrenlegion.

Er wurde blaß, dann lächelte er und erklärte:

„Ich hätte zehn Millionen vorgezogen. Das hier wird ihn nicht viel gekostet haben."

Sie hatte gedacht, er würde sich freuen. Seine Kälte ärgerte sie.

„Du bist wirklich unglaublich! Du bist jetzt mit nichts mehr zufrieden."

Er antwortete ruhig:

„Dieser Mann bezahlt nur seine Schulden. Tatsächlich schuldet er mir viel mehr."

Sie war erstaunt über den Ton seiner Worte und sagte:

„In deinem Alter ist das doch sehr hübsch."

„Das eine hängt vom andern ab", erwiderte er. „Ich könnte jetzt viel mehr besitzen."

Er nahm das Kästchen, stellte es offen auf den Kamin hin und betrachtete einige Augenblicke das Kreuz, das darin blitzte, schloß es wieder, und ging dann achselzuckend zu Bett.

Der Officiel vom 1. Januar verkündete tatsächlich die Ernennung des Schriftstellers Herrn Prosper-Georges Du Roy zum Ritter der Ehrenlegion „wegen außergewöhnlicher Verdienste". Der Name war in zwei Worten geschrieben und das machte Georges mehr Freude als der Orden selbst.

Eine Stunde später, nachdem er diese Nachricht gelesen hatte, erhielt er einen Brief von der Frau Direktor, worin sie ihn bat, denselben Abend noch zum Essen zu kommen, um die Auszeichnung zu feiern. Er zögerte eine Weile, dann warf er den in zweideutigen Ausdrücken geschriebenen Brief ins Feuer und sagte zu Madeleine:

„Wir wollen heute bei Walters essen."

Sie war überrascht.

„Wieso? Ich dachte, du wolltest ihr Haus nicht mehr betreten."

Er sagte leise:

„Ich habe es mir anders überlegt."

Als sie erschienen, saß Frau Walter allein in dem kleinen Louis-XVI-Boudoir, das für den intimeren Verkehr bestimmt war. Sie war in Schwarz gekleidet und hatte ihr Haar gepudert, was ihr sehr gut stand. Von weitem sah sie alt, von nahe jung aus, und wenn man sie genau betrachtete, so wirkte sie wie ein schönes Bild.

„Sind Sie in Trauer?" fragte Madeleine.

Sie antwortete schwermütig:

„Ja und nein. Ich habe niemanden von meinen Angehörigen verloren. Aber ich bin bereits in dem Alter, wo man um sein Leben trauert. Ich habe das Kleid heute angezogen, um es einzuweihen. Fortan werde ich die Trauer in meinem Herzen tragen."

Du Roy dachte:

„Wie lange wird sie wohl bei dem Entschluß bleiben?"

Das Diner verlief etwas langweilig. Nur Suzanne schwatzte unaufhörlich. Rose schien verstimmt zu sein. Man beglückwünschte den Journalisten.

Abends spazierte man durch die Säle und den Wintergarten und unterhielt sich. Du Roy ging mit der Frau Direktor als letzter; sie hielt ihn am Arm zurück.

„Hören Sie," sagte sie mit dumpfer Stimme, „ich will nie mehr mit Ihnen darüber reden, niemals. Aber kommen Sie mich besuchen. Sehen Sie, ich duze Sie gar nicht mehr. Es ist mir ganz unmöglich, ohne Sie zu leben, ich kann es nicht! Sie können sich gar nicht vorstellen, was für eine Qual das ist. Ich fühle Sie, ich habe Sie vor meinen Augen, in meinem Herzen, in meinem Fleisch und in meiner Seele, den ganzen Tag und die ganze Nacht hindurch. Mir ist es, als hätten Sie mich ein Gift trinken lassen, das mich nun innerlich verzehrt. Ich halte es nicht mehr aus. Nein, ich kann nicht mehr. Ich will für Sie nur eine alte Frau sein. Ich trage weiße Haare, um es Ihnen zu zeigen, aber kommen Sie zu mir. Kommen Sie von Zeit zu Zeit als Freund des Hauses."

Sie ergriff seine Hand, preßte sie krampfhaft und drückte ihre Nägel in sein Fleisch.

Er antwortete ruhig:

„Schön. Es ist unnütz, darüber wieder Worte zu verlieren. Sie sehen doch, ich bin heute gleich auf Ihren Brief gekommen."

Walter ging mit den beiden jungen Mädchen und Madeleine voran und wartete auf Du Roy vor dem Bilde „Jesus über die Fluten schreitend".

„Stellen Sie sich vor," sagte er lachend, „ich habe gestern meine Frau hier auf den Knien vor diesem Gemälde vorgefunden, wie in einer Kapelle. Sie betete. Wie ich gelacht habe!"

Madame Walter erwiderte mit fester Stimme, die jedoch einer gewissen zitternden Erregung nicht entbehrte:

„Dieser Christus wird meine Seele retten. Er gibt mir Mut und Kraft jedesmal, wenn ich ihn ansehe."

Sie blieb vor dem auf dem Meere schreitenden Gott stehen und sagte leise:

„Wie schön ist es, wie diese Männer sich vor ihm fürchten und wie sie ihn lieben. Sehen Sie seine Augen, seinen Kopf, sehen Sie, wie schlicht und doch überirdisch er ist!"

Suzanne rief:

„Aber er hat doch Ähnlichkeit mit Ihnen, Bel-Ami, ich bin sicher, er ist Ihnen ähnlich! Wenn Sie so einen Doppelbart hätten oder wenn er rasiert wäre, dann würdet ihr beide ganz gleich aussehen. Oh, ist das auffällig."

Sie wollte, daß er sich neben das Bild stellte, und alle erkannten tatsächlich, daß beide Gesichter miteinander Ähnlichkeit hatten.

Alles war überrascht. Walter fand die Sache sehr seltsam. Madeleine meinte lächelnd, daß Jesus männlicher aussehe.

Frau Walter rührte sich nicht, unbeweglich und mit starrem Blick betrachtete sie das Gesicht ihres Geliebten neben dem des Heilands. Sie war fast so weiß geworden wie ihr weißes Haar.

VIII.

In der zweiten Hälfte des Winters ging das Ehepaar Du Roy oft zu den Walters. Georges selbst war sehr häufig dort zu Tisch, während Madeleine erklärte, müde zu sein, und es vorzog, zu Hause zu bleiben. Sein fester Tag war Freitag, und die Frau Direktor lud an diesem Tage nie jemand anders ein. Er gehörte dem Bel-Ami, ihm allein. Nach dem Essen spielte man Karten, fütterte die chinesischen Fische, kurz man lebte und amüsierte sich im Familienkreise. Es gelang Frau Walter mehrere Male hinter einer Tür oder hinter einem dichten Gebüsch im Wintergarten oder in einer dunklen Ecke den jungen Mann stürmisch zu umarmen. Sie preßte ihn mit aller Kraft an ihre Brust und flüsterte ihm hastig ins Ohr: „Ich liebe dich!... Ich liebe dich!... Ich liebe dich zum Sterben!" Doch er wies sie jedesmal kalt zurück und erwiderte ihr kurz und trocken:

„Wenn Sie wieder damit anfangen, komme ich nie wieder hierher."

Gegen Ende März sprach man plötzlich von der bevorstehenden Heirat der beiden Schwestern. Rose sollte sich mit dem Grafen Latour-Yvelin und Suzanne mit dem Marquis de Cazolles vermählen. Beide Herren waren Hausfreunde geworden; man behandelte sie mit einer besonderen Gunst und Rücksicht und erwies ihnen merkliche Vorrechte. Georges und Suzanne verkehrten ganz frei und mit einer brüderlichen Vertrautheit miteinander; sie plauderten stundenlang zusammen, machten sich über alle Welt lustig und schienen sehr gut zueinander zu stehen.

Er sprach nicht mehr über eine etwaige Heirat des jungen Mädchens, noch über die einzelnen Bewerber, die in Frage kämen.

Eines Tages hatte der Direktor Du Roy zum Frühstück mitgebracht, Frau Walter mußte gleich nach dem Essen fort, um mit einem Lieferanten etwas zu besprechen, und Georges sagte zu Suzanne:

„Kommen Sie, wollen wir die Fische füttern?"

Jeder nahm sich vom Tisch ein großes Stück Brot und sie gingen in den Wintergarten.

Rings um das riesige Becken lagen Kissen auf dem Fußboden, so daß man bequem niederknien, und die schwimmenden Tiere aus der Nähe beobachten konnte. Die jungen Leute nahmen sich jeder eins und legten sich nebeneinander, dann beugten sie sich über das Wasser und begannen Brotkügelchen hineinzuwerfen, die sie zwischen den Fingern drehten. Als die Fische das merkten, drängten sie sich sofort heran, sie zuckten mit den Schwänzen und schlugen mit den Flossen das Wasser, rollten ihre großen hervorstehenden Augen, drehten sich herum und tauchten dann unter, um die versinkenden Kügelchen zu haschen, dann stiegen sie gleich wieder zur Oberfläche empor, um noch mehr Futter zu fordern.

Der Ausdruck ihrer Mäuler war irgendwie seltsam und komisch; ihre Bewegungen waren schroff und hastig, und sie sahen wie kleine märchenhafte Ungetüme aus. Vom Goldsandgrunde hoben sie sich feuerrot ab, sie schossen wie Flammen durch das durchsichtige Wasser oder standen still und zeigten dabei die blauen Säume ihrer Schuppen. Georges und Suzanne sahen ihre umgekehrten Gesichter im Wasser und lächelten ihren Spiegelbildern zu.

Plötzlich sagte er ganz leise:

„Das ist nicht nett von Ihnen, Suzanne, daß Sie Geheimnisse vor mir haben."

„Wieso?" fragte sie.

„Entsinnen Sie sich nicht mehr, was Sie mir an dem Fest hier an dieser Stelle versprochen haben?"

„Nein, nicht."

„Sie wollten mich jedesmal um Rat fragen, wenn jemand um Ihre Hand bittet."

„Nun, und?"

„Man hat doch um Sie angehalten."

„Wer denn?"

„Sie müßten das doch besser wissen."

„Nein, ich schwöre es Ihnen."

„Doch, Sie wissen s bestimmt. Dieser lange Geck, der Marquis de Cazolles."

„Er ist erstens kein Geck."

„Möglich, aber er ist dumm, durch das Spielen ruiniert und verbraucht durch Heiratsanträge und Ausschweifungen. Das wäre wirklich eine schöne Partie für Sie, die Sie ein hübsches, frisches und kluges Mädchen sind!"

Sie fragte lächelnd:

„Was haben Sie denn gegen ihn?“

„Ich? Nichts.“

„Aber doch. Er ist gar nicht so, wie Sie ihn schildern.“

„Ich bitte Sie, doch, er ist ein Idiot und Intrigant.“

Sie drehte sich etwas zur Seite und sah nicht mehr ins Wasser:

„Was haben Sie denn?“

Da sprach er, als hätte man ihm ein Geheimnis aus dem Innern seiner Seele herausgerissen.

„Ich ... Ich ... Ich habe ... Ich bin eifersüchtig auf ihn.“

Sie war etwas überrascht.

„Sie?“

„Jawohl, ich!“

„So! Und weshalb, wenn ich fragen darf?“

„Weil ich in Sie verliebt bin, und Sie wissen das sehr gut, Sie böses Mädchen!“

„Sie sind verrückt, Bel-Ami“, sagte sie streng.

Er fuhr fort:

„Ich weiß es wohl, daß. ich verrückt bin. Sollte ich Ihnen so etwas gestehen, ich, ein verheirateter Mann? Ich bin mehr als verrückt, ich tue unrecht, ich bin beinahe ehrlos. Mir bleibt keine Hoffnung und ich verliere den Verstand, wenn ich daran denke. Und wenn ich höre, daß Sie heiraten werden, überfällt mich eine Wut, so daß ich imstande bin, jemanden umzubringen. Sie müssen mir das verzeihen, Suzanne, bitte!“

Er schwieg, und die Fische, die kein Futter mehr bekamen, standen unbeweglich in einer Reihe wie englische Soldaten und blickten die gesenkten Gesichter der beiden Menschen an, die sich nicht mehr um sie kümmerten.

Das junge Mädchen flüsterte halb traurig, halb lustig:

„Es ist so schade, daß Sie verheiratet sind. Aber was wollen Sie denn tun? Man kann dem nicht abhelfen. Es ist erledigt.“

Er wandte sich plötzlich zu ihr um und sagte ihr ganz nahe ins Gesicht:

„Und wenn ich frei wäre, würden Sie mich dann heiraten?“

Sie antwortete und ihre Stimme klang dabei ganz aufrichtig :

„Ja, Bel-Ami, ich würde Sie heiraten, denn Sie gefallen mir mehr als alle anderen.“

Er stand auf und stammelte:

„Ich danke Ihnen ... danke ... ich flehe Sie an, geben Sie niemandem Ihr Jawort. Warten Sie eine Weile. Ich bitte Sie darum. Wollen Sie mir das versprechen?"

Sie murmelte verlegen, ohne zu begreifen, was er wollte:

„Ich verspreche es Ihnen."

Du Roy warf ein großes Stück Brot, das er noch in seinen Händen hielt, ins Wasser und eilte hinaus, ohne sich zu verabschieden, als hätte er den Kopf verloren.

Alle Fische stürzten sich gierig auf den Brotklumpen, der herumschwamm, ohne von den Fingern geknetet zu sein, und sie zerrten daran mit ihren gefräßigen Mäulern. Sie schleppten es an die andere Seite des Bassins, sprangen und wirbelten um ihn herum und bildeten eine Art lebendiger Blume, die kopfüber ins Wasser gefallen war.

Suzanne stand unruhig und erstaunt auf und ging langsam zurück. Der Journalist war fort.

Er ging in voller Ruhe nach Hause und fragte Madeleine, die gerade einen Brief schrieb :

„Willst du Freitags bei Walter essen? Ich gehe jedenfalls hin."

Sie überlegte:

„Nein, ich fühle mich nicht ganz wohl. Ich bleibe lieber zu Hause."

„Tue, wie du willst, niemand zwingt dich."

Dann nahm er seinen Hut und ging sofort wieder weg.

Seit langem spürte er ihr nach, überwachte und beobachtete sie, so daß er genau wußte, mit wem sie verkehrte und was sie trieb. Die Stunde, auf die er wartete, war endlich gekommen. Der Ton, mit dem sie „Ich bleibe lieber zu Hause" antwortete, hatte ihn nicht getäuscht.

Die folgenden Tage benahm er sich sehr nett und liebenswürdig ihr gegenüber. Er schien sogar heiter zu sein, was er jetzt im allgemeinen nicht mehr war, so daß sie einmal zu ihm sagte:

„Siehst du, jetzt wirst du wieder nett und lieb."

Am Freitag zog er sich frühzeitig an, um, wie er behauptete, noch ein paar Besorgungen zu erledigen, noch bevor er zum Chef ging. Dann verließ er um 6 Uhr seine Wohnung, gab seiner Frau einen Kuß und suchte sich eine Droschke auf der Place Notre Dame de Lorette.

Er sagte dem Kutscher:

„Fahren Sie nach der Rue Fontaine und halten Sie gegenüber der Nummer 17. Sie bleiben da stehen, bis ich Ihnen zurufe, weiterzufahren. Dann bringen Sie mich nach dem Restaurant Coq-Faisan, rue Lafayette." Der Wagen setzte sich langsam trabend in Bewegung und Du Roy zog die Vorhänge herunter. Sobald er gegenüber seiner Wohnung angelangt war, ließ er keinen Blick mehr von seiner Haustür. Nachdem er zehn Minuten gewartet hatte, sah er, wie Madeleine das Haus verließ und in der Richtung nach den äußeren Boulevards ging. Sobald er sie aus dem Auge verloren hatte, steckte er seinen Kopf durch die Fenster und rief: „Weiterfahren!"

Die Droschke fuhr weiter und setzte ihn vor dem Coq-Faisan ab, einem in jener Stadtgegend bekannten bürgerlichen Restaurant. Georges betrat den großen Speisesaal und aß in aller Ruhe und sah dabei von Zeit zu Zeit auf seine Uhr. Er trank seinen Kaffee aus, nahm zwei Glas Kognak, rauchte langsam eine gute Zigarre und verließ halb acht das Lokal; er hielt eine vorbeifahrende leere Droschke an und ließ sich nach der Rue La Rochefoucauld fahren.

Ohne den Concierge was zu fragen, stieg er in dem angegebenen Hause drei Treppen hinauf; ein Dienstmädchen öffnete ihm die Tür und er fragte:

„Ist Herr Guibert de Lorme zu Hause?"

„Jawohl, mein Herr."

Er wurde in einen Salon geführt, wo er eine kurze Zeit wartete, dann erschien ein hochgewachsener Herr mit Ordensband in militärischer Haltung und mit grauen Haaren, obwohl er noch ziemlich jung war.

Georges begrüßte ihn dann und sagte:

„Wie ich vorausgesehen habe, Herr Polizeikommissar, ist meine Frau mit ihrem Geliebten in einer möblierten Wohnung, die sie sich in der Rue des Martyrs gemietet haben."

Der Beamte verbeugte sich.

„Ich stehe Ihnen zur Verfügung, mein Herr."

Georges fuhr fort:

„Wir haben bis neun Uhr Zeit, nicht wahr? Nach dieser Zeit dürfen Sie nicht mehr in eine private Wohnung eindringen, um einen Ehebruch festzustellen."

„Nein, mein Herr, bis 7 Uhr im Winter, bis 9 Uhr im Sommer; heute ist der 5. April, also geht das noch bis 9 Uhr."

„Also gut, Herr Kommissar, ich habe einen Wagen untenstehen, wir können die Beamten, die Sie begleiten werden, abholen, und darin warten wir eine Weile vor der Tür. Je später wir kommen, desto mehr Aussicht haben wir, sie in flagranti zu erwischen."

„Wie Sie wünschen, mein Herr."

Der Kommissar ging hinaus und kam wieder zurück. Er hatte einen Überrock an, der seinen dreifarbenen breiten Gurt verdeckte. Er trat beiseite, um Du Roy den Vortritt zu lassen, doch der Journalist, dessen Gedanken ganz woanders schweiften, weigerte sich, zuerst hinauszugehen und wiederholte:

„Nach Ihnen ... nach Ihnen, bitte."

Der Beamte versetzte:

„Gehen Sie doch vor, mein Herr, ich bin doch hier zu Hause."

Du Roy machte eine Verbeugung und überschritt sofort die Schwelle. Sie fuhren zuerst nach der Polizeiwache und nahmen drei Schutzleute in Zivil mit, die auf sie warteten, denn Georges hatte im Laufe des Tages angegeben, daß das Abfassen des Pärchens am selben Abend stattfinden würde. Einer der Schutzleute setzte sich auf den Bock neben den Kutscher. Die zwei anderen stiegen in die Droschke, die nach der Rue des Martyrs fuhr.

Du Roy sagte:

„Ich habe den Plan der Wohnung. Sie liegt im zweiten Stock. Wir kommen zuerst in ein kleines Vorzimmer, dann in das Speisezimmer und dann in das Schlafzimmer. Alle drei Zimmer liegen der Reihe nach, eins nach dem anderen. Es gibt keinen zweiten Ausgang, der die Flucht ermöglichte. In der Nähe wohnt ein Schlosser; er hält sich bereit für den Fall, daß Sie ihn kommen lassen." Als sie vor das betreffende Haus kamen, war es erst ein viertel nach acht; sie warteten schweigend auf der Straße noch etwa zwanzig Minuten. Doch als Georges feststellte, daß es schon dreiviertel neun Uhr schlug, sagte er:

„Jetzt los, gehen wir."

Sie stiegen die Treppe hinauf, ohne sich beim Portier zu melden, der sie auch gar nicht bemerkt hatte. Einer von den Beamten blieb auf der Straße, um den Eingang zu überwachen.

Die vier Männer blieben im Flur des zweiten Stockwerks stehen. Georges preßte zunächst sein Ohr gegen die Tür, dann hielt er seine Augen an das Schlüsselloch. Er hörte nichts und sah auch nichts. Er klingelte.

Der Kommissar sagte zu seinen Leuten:

„Ihr bleibt hier draußen und wartet, bis ich euch rufe."

Sie warteten. Nach zwei, drei Minuten zog Georges von neuem mehrere Male an der Klingel. Sie hörten im Inneren der Wohnung ein Geräusch. Dann näherte sich ein leiser, kaum hörbarer Schritt. Jemand kam heran, offenbar, um hinauszuspähen. Der Journalist klopfte nun heftig mit seinem gekrümmten Finger gegen die hölzerne Täfelung der Tür.

Eine Stimme, eine verstellte Frauenstimme, fragte:

„Wer ist da?"

Der Polizeioffizier rief:

„Öffnen Sie im Namen des Gesetzes."

Die Stimme wiederholte:

„Wer sind Sie?"

„Ich bin der Polizeikommissar, öffnen Sie oder ich lasse die Tür erbrechen."

„Was wollen Sie?" fragte die Stimme wieder.

Du Roy rief:

„Ich bin es. Es ist zwecklos, uns entrinnen zu wollen."

Die leichten Barfußschritte huschten fort; nach ein paar Sekunden kamen sie wieder.

Georges sagte:

„Wenn Sie nicht öffnen wollen, erbrechen wir die Tür."

Er drückte die Türklinke aus Messing nieder und stemmte mit seiner Schulter gegen die Tür. Da keine Antwort erfolgte, stieß er so heftig und gewaltsam dagegen, daß das alte Schloß dieser möblierten Wohnung nicht standhielt und nachgab. Die Schrauben flogen aus dem Holz, und der junge Mann wäre beinahe auf Madeleine gefallen, die nur mit Hemd und Unterrock bekleidet, mit nackten Beinen und zerzaustem, aufgelöstem Haar im Vorraum mit einer Kerze in der Hand stand.

„Da ist sie, wir haben sie."

Und er stürzte in die Wohnung hinein. Der Kommissar nahm seinen Hut ab und folgte ihm. Die junge Frau schritt verwirrt und erschrocken hinter ihnen her und beleuchtete ihnen den Weg.

Sie gingen durch das Speisezimmer, der Tisch war noch nicht abgedeckt und die Reste der Mahlzeit standen darauf; leere Champagnerflaschen, eine offene Gänseleberpastete, Hühnerknochen und zur Hälfte aufgegessene Brotstücke. Auf dem Anrichtetisch standen zwei Teller mit leeren Austernschalen.

Im Schlafzimmer war alles durcheinander geworfen, als wenn ein Kampf stattgefunden hätte. Ein Damenkleid lag über einer Stuhllehne. Ein paar männliche Unterhosen hingen auf dem Arm eines Lehnstuhls, ein Bein rechts, eins links. Vier Stiefel, zwei große und zwei kleine, lagert auf der Seite neben dem Bett herum. Es war ein Schlafzimmer einer möblierten Wohnung mit ganz gewöhnlichen Möbeln; ein widriger und fader Geruch eines Hotelzimmers schwebte in der Luft, ein Geruch, der aus den Gardinen, aus den Matratzen, aus den Wänden und aus den Polstermöbeln zu dringen schien; ein Menschendunst aller derer, die in dieser öffentlichen Schlafstelle geschlafen oder gewohnt hatten, sei es nur einen Tag oder ein halbes Jahr, und die von ihrem eigenen Geruch etwas zurückgelassen hatten; und diese Ausdünstungen erzeugten, gemischt mit denen ihrer Vorgänger, letzten Endes einen undefinierbaren süßlichen und unausstehlichen Gestank, der in allen solchen Schlupfwinkeln derselbe ist.

Ein Teller mit Kuchen, eine Flasche Chartreuse und zwei noch halbvolle Gläschen standen auf dem Kamin. Eine bronzene Standuhr war mit einem Herrenhut verdeckt.

Der Kommissar drehte sich schnell um und sah Madeleine scharf in die Augen:

„Sie sind Madame Claire Madeleine Du Roy, die legitime Gattin des hier anwesenden Schriftstellers Herrn Prosper Georges Du Roy."

Sie sprach mit erstickter Stimme:

„Jawohl."

„Was treiben Sie hier?"

Sie antwortete nicht.

Der Beamte fuhr fort:

„Was treiben Sie hier? Ich finde Sie außerhalb Ihres Hauses, fast entkleidet, in einer möblierten Wohnung. Warum sind Sie hergekommen?"

Er wartete einige Augenblicke. Sie schwieg noch immer.

Dann fuhr er fort:

„Wenn Sie es mir nicht sagen wollen, Madame, werde ich gezwungen sein, es festzustellen."

Man sah im Bett die Gestalt eines menschlichen Körpers, die sich unter der Bettdecke verborgen hielt. Der Kommissar trat heran und rief:

„Mein Herr."

Der Mann im Bett rührte sich nicht. Er schien den Anwesenden den Rücken zu drehen, den Kopf unterm Kissen vergraben. Der Offizier berührte die Decke, wo die Schulter zu sein schien, und wiederholte:

„Mein Herr, ich bitte Sie, mich nicht zu zwingen, zu Tätlichkeiten überzugehen."

Doch der eingehüllte Körper blieb genau so unbeweglich, als wenn er tot wäre.

Du Roy trat hastig ans Bett, zog die Decke zurück und riß das Kopfkissen fort; das totenblasse Gesicht Laroche-Mathieus wurde sichtbar.

Er neigte sich über ihn und sagte mit zusammengepreßten Zähnen, zitternd vor Begierde, ihn an der Kehle zu packen und zu erdrosseln:

„Haben Sie wenigstens den Mut, Ihre Gemeinheit einzugestehen."

Der Beamte fragte noch einmal:

„Wer sind Sie?"

Der Liebhaber schien den Kopf verloren zu haben und gab keine Antwort.

Der Kommissar fuhr fort:

„Ich bin der Polizeikommissar und fordere Sie auf, Ihren Namen zu nennen!"

Georges schrie zitternd vor tierischer Wut:

„So antworten Sie doch, Sie Memme, oder ich nenne Ihren Namen."

Der Liegende stammelte:

„Herr Kommissar, Sie dürfen mich nicht beschimpfen lassen von diesem Kerl. Habe ich mit Ihnen zu tun? Soll ich Ihnen oder ihm antworten?"

Er schien keinen Speichel mehr im Munde zu haben.

Der Offizier antwortete:

„Mir, mein Herr, mir allein. Ich frage Sie, wer sind Sie?"

Der andere schwieg. Er hielt die Bettdecke fest gegen seinen Hals gedrückt und rollte seine verstörten Augen. Sein hochgedrehter kleiner Schnurrbart schien ganz schwarz im Vergleich zu seinem bleichen Gesicht.

Der Kommissar fuhr fort:

„Sie wollen nicht antworten, dann bin ich gezwungen, Sie zu verhaften. Jedenfalls stehen Sie auf. Ich werde Sie befragen, wenn Sie angezogen sind."

Der Körper bewegte sich im Bett und der Kopf murmelte:

„Ich kann doch nicht vor Ihnen."

Der Beamte fragte:

„Wieso?"

Der andere stammelte:

„Weil ... Weil ich ... weil ich ganz nackt bin."

Du Roy grinste, hob ein Hemd auf, das auf der Diele herumlag, warf es auf das Bett und schrie:

„Los … stehen Sie auf … Sie haben sich vor meiner Frau ausgezogen, Sie können sich dann vor mir anziehen."

Dann drehte er ihm den Rücken und ging zum Kamin.

Madeleine hatte ihre Kaltblütigkeit wiedergewonnen. Sie sah ein, daß nichts mehr zu retten war und war bereit, alles zu wagen. Ihre Augen blitzten höhnisch und übermütig, sie rollte in den Händen ein Stück Papier zusammen, steckte es am Kamin an und zündete wie für einen gesellschaftlichen Empfang die zehn Lichter an, die in den schäbigen Leuchtern auf dem Kamin standen. Sie lehnte sich mit dem Rücken an das Marmorsims, hob einen ihrer nackten Füße und streckte ihn gegen das erlöschende Feuer. Dann nahm sie aus einer rosa Pappschachtel eine Zigarette, zündete sie an und begann zu rauchen. Der Kommissar wartete inzwischen, bis ihr Geliebter aufgestanden war und trat an sie heran.

Sie fragte dreist:

„Üben Sie oft diesen Beruf aus?"

„So selten als möglich", antwortete er ernst.

Sie lächelte ihm ins Gesicht.

„Dann gratuliere ich, sehr sauber ist er nicht."

Sie blickte nicht auf ihren Mann und tat so, als sähe sie ihn gar nicht.

Inzwischen kleidete sich der Herr im Bett an, er hatte schon seine Beinkleider und Schuhe an und näherte sich, während er seine Weste zuknöpfte.

Der Offizier wandte sich zu ihm:

„Jetzt, mein Herr, wollen Sie mir sagen, wer Sie sind?"

Der andere gab keine Antwort.

Der Kommissar erklärte:

„Ich sehe mich gezwungen, Sie zu verhaften."

Darauf rief der Mann heftig:

„Rühren Sie mich nicht an. Ich bin unverletzlich."

Du Roy stürzte sich auf ihn, als wollte er ihn niederschlagen, dann brüllte er ihm ins Gesicht:

„Aber Sie sind auf frischer Tat ertappt worden … Ja! Auf frischer Tat! Ich kann Sie verhaften lassen, wenn ich will … ja, ich kann Sie verhaften lassen."

Dann fuhr er mit bebender Stimme fort:

„Dieser Mann heißt Laroche-Mathieu und ist Minister des Äußeren."

Der Kommis war war verblüfft und prallte zurück:

„Nein, bitte, sagen Sie endlich Ihren Namen."

Schließlich entschloß er sich und sagte mit fester Stimme:

„Diesmal hat dieser elende Kerl ausnahmsweise nicht gelogen. Ich bin tatsächlich der Minister Laroche-Mathieu."

Dann streckte er seine Hand nach Georges Brust, an der ein kleines Bändchen wie ein roter Punkt glänzte, und fuhr fort:

„Und dieser Lump trägt noch auf seinem Kleid das Ehrenkreuz, das ich ihm gegeben habe."

Du Roy wurde leichenblaß. Mit einer heftigen Handbewegung riß er aus seinem Knopfloch das kurze rote Bändchen heraus und warf es in den Kamin.

„So! Das ist eine Auszeichnung wert, die von einem Trottel wie Sie herkommt."

Zähneknirschend standen sie einander gegenüber. Aufs äußerste erregt, mit geballten Fäusten, der eine mager mit langgezogenem Schnurrbart, der andere dick mit hochgedrehtem Schnurrbart.

Der Kommissar trat rasch dazwischen und trennte sie mit seinen Händen.

„Meine Herren, Sie vergessen sich, denken Sie an Ihre Würde."

Die beiden Männer schwiegen und drehten sich den Rücken zu.

Madeleine stand noch immer unbeweglich und rauchte lächelnd die Zigarette weiter.

Der Polizeioffizier versetzte:

„Herr Minister, ich habe Sie mit der Frau Du Roy, hier anwesend, überrascht, Sie waren im Bett, und Madame beinahe nackt. Ihre Kleidungsstücke lagen unordentlich in der ganzen Wohnung herum. Sie sind offensichtlich eines Ehebruchs auf frischer Tat überführt. Die Tatsache werden Sie nicht leugnen können. Haben Sie etwas zu erwidern?"

Laroche-Mathieu murmelte:

„Ich habe nichts zu sagen. Erfüllen Sie Ihre Pflicht."

Der Kommissar wandte sich zu Madeleine.

„Gestehen Sie, meine Dame, daß der Herr Ihr Geliebter ist?"

Sie erwiderte zynisch:

„Ich leugne es nicht, er ist mein Geliebter."

„Das genügt."

Dann machte sich der Beamte einige Notizen über den Zustand der Wohnung. Als er fertig war, war auch der Minister vollständig angezogen und wartete mit dem Überzieher auf dem Arm und den Hut in der Hand.

Er fragte:

„Brauchen Sie mich noch, mein Herr? Was soll ich tun? Kann ich jetzt fortgehen?"

Du Roy wandte sich um und sagte mit dreistem, zynischem Lächeln:

„Warum denn? Wir sind fertig. Sie können sich wieder hinlegen, mein Herr. Wir werden Sie jetzt allein lassen."

Dann legte er einen Finger auf den Arm des Polizeibeamten und sagte:

„Gehen wir, Herr Polizeikommissar. Wir haben hier jetzt nichts mehr zu suchen;"

Der Beamte folgte ihm etwas erstaunt; doch an der Türschwelle blieb Georges stehen, um ihn vorbei zu lassen. Der weigerte sich aus Höflichkeit.

Doch Du Roy bestand darauf:

„Bitte gehen Sie voraus, mein Herr."

„Nach Ihnen", sagte der Kommissar.

Da machte der Journalist eine Verbeugung und versetzte mit ironischer Höflichkeit:

„Jetzt sind Sie an der Reihe, Herr Polizeikommissar, ich bin hier beinahe zu Hause."

Dann zog er leise mit einer diskreten Bewegung die Tür hinter sich zu.

Eine Stunde später erschien Du Roy im Redaktionsbureau der Vie Française.

Herr Walter war noch da, denn er fuhr fort, sorgfältig und gewissenhaft seine Zeitung, die jetzt einen riesigen Aufschwung genommen hatte und seine immer größer werdenden Bankoperationen begünstigte, zu leiten und zu überwachen.

Der Direktor blickte auf und fragte:

„Ah! Da sind Sie. Wo kommen Sie denn jetzt her? Sie sind ein komischer Mensch! Warum sind Sie nicht zum Diner gekommen?"

Der junge Mann, der des Effekts seiner Mitteilung bewußt war, erklärte, indem, er jedes Wort betonte:

„Ich habe eben den Minister des Äußeren gestürzt."

Der andere hielt es für einen Scherz.

„Gestürzt t… wieso?“

„Ich werde das Kabinett umgestalten. Weiter nichts. Es ist höchste Zeit, daß dieses Aas hinausfliegt.“

Der Alte war verblüfft und dachte, daß sein Redakteur beschwipst sei.

Er murmelte:

„Ach was, Sie reden Unsinn.“

„Aber gar nicht. Ich habe eben Laroche-Mathieu mit meiner Frau auf frischer Tat beim Ehebruch ertappt. Der Polizeikommissar hat die Sache zu Protokoll genommen. Der Minister ist futsch.“

Walter war sprachlos, er schob seine Brille über die Stirn und fragte:

„Sie machen sich doch nicht über mich lustig?“

„Nicht die Spur. Ich will die Sache sogar gleich in die Zeitung bringen.“

„Aber was wollen Sie tun?“

„Diesen elenden Schurken und öffentlichen Missetäter stürzen.“

Georges legte seinen Hut auf einen Lehnstuhl und sprach weiter:

„Wehe denen, die sich mir in den Weg stellen. Ich verzeihe nie.“

Vater Walter schien die Sache noch immer nicht ganz zu begreifen.

Er stotterte:

„Und … Ihre Frau?“

„Ich reiche morgen früh die Scheidungsklage ein. Soll sie wieder die Witwe Forestier werden.“

„Wollen Sie sich scheiden?“

„Aber gewiß. Sie hat mich lächerlich gemacht. Doch ich war gezwungen, den Dummen zu spielen, um sie zu erwischen. Nun hab ich sie. Jetzt bin ich Herr der Lage.“

Herr Walter konnte noch immer nicht zu sich kommen; er sah Du Roy mit verstörten Augen an und dachte:

„Donnerwetter, mit dem Jungen soll man sich in acht nehmen.“

Georges fuhr fort:

„Nun bin ich frei. Ich habe ein gewisses Vermögen, und bei den Neuwahlen im Oktober werde ich mich in meiner Heimat, wo ich gut bekannt bin, als Kandidat aufstellen lassen. Mit dieser Frau, die in den Augen aller Welt für eine verdächtige Person galt, konnte ich weder eine gute Stellung noch Achtung gewinnen. Sie hat mich wie einen richtigen Dummkopf betört und bestrickt. Doch seitdem ich ihr Spiel durchschaut, habe ich diese Dirne überwacht."

Er lachte und setzte hinzu:

„Dieser arme Forestier trug Hörner... sie betrog ihn, ohne daß er es ahnte; er blieb immer vertrauensvoll und ruhig. Endlich bin ich die Bürde los, die er mir vererbt hatte. Nun habe ich beide Hände frei, und ich werde es weit bringen."

Er setzte sich rittlings auf einen Stuhl und wiederholte wie in Gedanken:

„Jetzt werde ich es weit bringen."

Vater Walter sah ihn noch immer mit seinen bloßen Augen an; die Brille saß noch immer auf der Stirn, und er sagte sich:

„O ja, dieser Spitzbube wird es weit bringen."

Georges stand auf:

„Ich werde gleich eine Notiz über den Vorfall schreiben, sie muß diskret gehalten werden. Aber wissen Sie, für den Minister wird sie schrecklich sein. Der Mann ist erledigt, ihm wird nicht mehr zu helfen sein. Die Vie Française hat kein Interesse mehr, ihn zu schonen."

Der Alte zögerte einige Augenblicke, dann traf er seine Entscheidung:

„Gut, tun Sie es; um so schlimmer für die, die sich in so unsaubere Geschichten einlassen."

IX.

Drei Monate waren seitdem vergangen. Die Scheidung Du Roys war ausgesprochen. Seine Frau hatte den Namen Forestier wieder angenommen. Da die Walters am 15. Juli nach Trouville fahren wollten, so hatte man verabredet, noch vor der Trennung einen Tag auf dem Lande zu verbringen.

Man wählte einen Donnerstag und brach schon um neun Uhr morgens in einem großen sechssitzigen Reiselandauer, der mit vier Pferden bespannt war, auf. Es sollte in Saint-Germain im Pavillon Henry IV. gefrühstückt werden. Bel-Ami hatte sich ausgemacht, der einzige Mann in der Gesellschaft zu sein, denn er konnte weder die Anwesenheit noch das Gesicht des Marquis de Cazolles ertragen. Doch im letzten Augenblick entschloß man sich, den Grafen de Latour-Yvelin mitzunehmen. Er wurde am Tage vorher benachrichtigt und sollte gleich, nachdem er aufgestanden war, abgeholt werden.

Der Wagen fuhr in raschem Trabe die Avenue des Champs-Elysees hinab und dann durch das Bois de Boulogne.

Es war ein herrliches, nicht zu heißes Sommerwetter. Die Schwalben zogen durch den blauen Himmel in wundervollen Kurven, sie flogen so schnell, daß man sie immer noch zu sehen glaubte, als sie schon vorüber waren, Die drei Damen saßen tief im Vordersitz des Landauers, die Mutter zwischen den beiden Töchtern und im Rücksitz die drei Männer, Walter in der Mitte, rechts und links die beiden Gäste.

Man fuhr über die Seine am Mont-Valérien vorbei und gelangte nach Bougival. Dann ging es am Fluß entlang bis nach Pecq.

Graf de Latour-Yvelin war schon ein reifer Mann mit einem langen, dünnen Doppelbart, dessen Spitzen sich beim leisesten Windhauch bewegten und wie Du Roy oft behauptete, „der Wind schaffe die schönsten Effekte in seinem Bart".

Der Graf sah Rose liebevoll an; sie waren seit einem Monat verlobt. Georges war sehr bleich und blickte oft zu Suzanne hinüber, die auch sehr bleich war. Ihre Augen trafen sich, sie schienen übereinzustimmen, sich gegenseitig zu verstehen und geheime Gedanken auszutauschen, um sich dann gleich wieder zu fliehen. Frau Walter war ruhig und glückselig.

Das Frühstück dauerte lange. Vor der Rückfahrt nach Paris schlug Georges vor, einen Spaziergang auf der Terrasse zu machen.

Man blieb zunächst eine Weile stehen, um die Aussicht zu bewundern. Alle stellten sich in einer Reihe längs der Brüstung, und man war über den weiten ungeheuren Horizont begeistert. Am Fuße eines langen Hügelrückens floß die Seine nach Maison-Lafitte zu, wie eine Riesenschlange, die auf einer großen Wiese lag. Rechts auf dem Kamm der Hügelkette hob sich die Wasserleitung von Marly vom Himmel ab; sie sah wie eine riesige Raupe mit breiten Pfoten aus, und Marly selbst verschwand in dem dichten grünen Laub der Bäume.

Auf der weiten Ebene, die sich vor ihnen ausbreitete, sah man hin und wieder kleinere Dörfer. Die Seen von Vesinet bildeten schöne weiße Flecke in dem spärlichen Grün der kleinen Haine. Links, ganz in der Ferne, ragte über dem Horizont der spitze Turm von Sartrouville.

Walter erklärte:

„Nirgends in der Welt findet man solch ein Panorama. Selbst in der Schweiz gibt es nichts Ähnliches."

Dann begann man langsam auf und ab zu gehen, um den Blick auf die weite Landschaft zu genießen.

Georges und Suzanne blieben etwas zurück. Sobald sie ein paar Schritte von den anderen entfernt waren, sprach er mit gedämpfter, leiser Stimme zu ihr:

„Suzanne, ich liebe Sie über alles, ich liebe Sie zum Wahnsinnigwerden."

Sie flüsterte:

„Ich auch, Bel-Ami."

Er fuhr fort:

„Wenn Sie nicht meine Frau werden, verlasse ich für immer Paris und dieses Land."

„Versuchen Sie doch, Papa um meine Hand zu bitten, vielleicht willigt er ein."

Er machte eine kurze, ungeduldige Bewegung.

„Nein, ich sage es Ihnen zum zehntenmal, es ist zwecklos. Er würde mir nur sein Haus verbieten; er jagt mich aus der Zeitung fort, und wir werden uns nicht einmal sehen können. Das würde das hübsche Ergebnis sein, wenn ich in der üblichen Form um Sie anhalte. Man hat Sie dem Marquis de Cazolles versprochen, und man hofft, daß Sie schließlich doch ja sagen. Man wartet."

„Was soll man da tun?" fragte sie.

Er sah sie von der Seite an und fragte zögernd:

„Lieben Sie mich so heiß, daß Sie für mich eine Torheit begehen könnten?"

„Ja", sagte sie entschlossen.

„Eine große Torheit."

„Ja."

„Eine sehr große Torheit."

„Ja."

„Hätten Sie genügend Mut, Ihrem Vater und Ihrer Mutter zu trotzen?"

„Ja."

„Bestimmt?"

„Ja."

„Also gut. Es gibt ein einziges Mittel, die ganze Sache muß von Ihnen und nicht von mir ausgehen. Sie sind die Lieblingstochter, ein verwöhntes Kind. Sie dürfen alles sagen; man wird auch über eine neue Keckheit Ihrerseits nicht so arg erstaunt sein. Also hören Sie zu. Wenn Sie heute abend nach Hause kommen, suchen Sie Ihre Mama auf, wenn sie ganz allein im Zimmer ist und gestehen ihr, daß Sie mich heiraten wollen. Sie wird in eine große Aufregung geraten und sehr wütend sein ..."

Suzanne unterbrach ihn:

„Oh, Mama wird mit größter Freude einwilligen."

„Nein," sagte er lebhaft, „Sie kennen sie nicht, sie wird noch zorniger und aufgeregter sein als Ihr Vater. Sie werden sehen, wie sie es Ihnen verweigert. Aber Sie halten sich. Sie geben nicht nach. Sie wiederholen immerfort, daß Sie mich heiraten wollen, nur mich allein und niemanden andern. Werden Sie das tun?"

„Ja, ich werde es tun."

„Wenn Sie von Ihrer Mutter kommen, sagen Sie dasselbe Ihrem Vater, aber sehr ruhig und entschlossen."

„Ja, sehr gut; und dann?"

„Und dann ... und dann kommen wir an den schwierigsten Punkt. Wenn Sie entschlossen, richtig entschlossen sind, meine Frau zu werden, meine liebe, liebe, kleine Suzanne ... dann ... dann entführe ich Sie."

Sie fuhr vor Freude auf und begann in die Hände zu klatschen. .

„Oh, welches Glück! Sie werden mich entführen, wann werden Sie mich dann entführen?"

Die ganze Poesie der nächtlichen Entführungen mit Postkutschen, Herbergen und all den wunderbaren Abenteuern, wie sie in den Büchern stehen, fuhr ihr plötzlich wie ein märchenhaftes Traumbild, das sich verwirklichen sollte, durch den Kopf. Sie wiederholte:

„Wann werden Sie mich entführen?"

Er antwortete ganz leise:

„Heute noch ... heute abend... vielleicht in der Nacht."

Sie fragte zitternd:

„Und wohin gehen wir?"

„Das ist mein Geheimnis. Aber überlegen Sie sich genau, was Sie tun. Bedenken Sie, daß nach dieser Flucht Ihnen nichts anderes übrigbleibt, als meine Frau zu werden. Es ist das einzige Mittel, aber es ist ... sehr gefährlich ... für Sie ..."

Sie erklärte:

„Ich bin entschlossen ... Wo werde ich Sie treffen können?"

„Können Sie das Palais ganz allein verlassen?"

„Ja. Ich kann die Seitentür aufschließen."

„Nun gut! Wenn der Portier sich schlafen gelegt hat, erwarte ich Sie auf dem Place de la Concorde. Sie finden mich in einer Droschke, gegenüber dem Marineministerium."

„Ich komme", sagte sie.

„Bestimmt?

„Ganz bestimmt.“

Er nahm ihre Hand und drückte sie.

„Oh, wie ich Sie liebe, wie Sie gut und tapfer sind! Sie wollen also den Marquis de Cazolles nicht heiraten?“

„O nein.“

„War Ihr Vater sehr böse, als Sie nein sagten?“

„Das will ich wohl meinen, er wollte mich in ein Kloster schicken.“

„Sie sehen also, daß wir energisch sein müssen.“

„Ich werde es auch sein.“

Sie sah vor sich die weite Landschaft, den Kopf voll Gedanken über die Entführung. Sie würde noch weiter ziehen ... mit ihm! ... Sie wurde entführt! ... Sie war stolz darauf! Sie dachte nicht an ihren Ruf, an das Infame und Schändliche, was ihr vielleicht bevorstand. Wußte sie etwas davon? Ahnte sie das überhaupt?

Frau Walter wandte sich um und rief:

„Aber komm doch, Kleine! Was machst du da mit Bel-Ami?“

Sie holten die anderen ein. Man sprach über Seebäder, wo man bald sein würde.

Dann fuhren sie über Chatou zurück, um nicht denselben Weg noch einmal machen zu müssen. Georges sagte nichts. Er dachte: „Also, wenn diese Kleine etwas Mut hat, dann würde die Sache endlich klappen.“

Seit drei Monaten spann er um sie das unwiderstehliche Netz der schmeichelnden Zärtlichkeit. Er bezauberte, er verführte und eroberte sie. Er hatte sich von ihr lieben lassen, er strengte sich an, so gut wie er es irgend konnte. Er hatte mit Leichtigkeit ihre Puppenseele gewonnen.

Er hatte zunächst erreicht, daß sie dem Marquis de Cazolles absagte. Nun hatte er erreicht, daß sie mit ihm durchgehen würde, denn es war das einzige Mittel.

Daß Frau Walter niemals zustimmen würde, ihm ihre Tochter zu geben, das begriff er sehr wohl. Sie liebte ihn noch, sie würde ihn immer lieben, und zwar mit einer leidenschaftlichen Wucht. Er hielt sie durch seine berechnete Kälte in den Schranken, aber er fühlte, wie sie von einer gierigen, ohnmächtigen und verzehrenden Leidenschaft gequält wurde. Sie würde nie nachgeben. Sie würde nie zulassen, daß er Suzanne heiratete. Aber sobald er die Kleine in der Ferne versteckt hielt, dann konnte er mit dem Vater unterhandeln, wie eine Macht mit der anderen.

Er dachte über dieses alles nach. Er antwortete mit abgehackten Sätzen auf die Fragen, die man an ihn richtete und auf die er kaum hörte. Als man nach Paris zurückkam, wachte er wieder auf.

Auch Suzanne war in Gedanken. Das Schellengeklingel der vier trabenden Pferde klang ihr im Kopf, und sie träumte von endlosen. Straßen, unter ewigem Mondschein, von finstern Wäldern, Herbergen am Rande der Landstraßen und von Stallknechten, die hastig die Pferde umspannten, denn jeder sollte erraten, daß sie verfolgt würden.

Als der Landauer in den Hof des Palais einfuhr, wollte man Georges zum Diner dabehalten. Er lehnte jedoch dankend ab und ging nach Hause. Nachdem er etwas gegessen hatte, ordnete er seine Papiere, als wenn ihm eine lange Reise bevorstand. Er verbrannte die Briefe, die ihn kompromittieren konnten, die anderen versteckte er und schrieb an einige Freunde.

Von Zeit zu Zeit sah er auf die Standuhr und dachte:

„Jetzt muß es drüben sehr heiß hergehen."

Eine Unruhe und Unsicherheit nagte ihm am Herzen. Wie, wenn ihm die Sache mißlingen würde? ... Was hatte er ja eigentlich zu fürchten? Er hatte sich noch immer aus der Klemme ziehen können. Es war doch ein sehr großes Spiel, das er heute spielte.

Gegen elf Uhr verließ er sein Haus. Er wanderte eine Weile auf und ab. Dann nahm er eine Droschke und ließ den Kutscher an der Place de la Concorde vor den Arkaden des Marineministeriums halten. Hin und wieder zündete er ein Streichholz an, um nach der Uhr zu sehen. Je mehr die Mitternachtsstunde heranrückte, um so fieberhafter und unruhiger wurde seine Ungeduld. Alle Augenblicke steckte er seinen Kopf aus dem Wagenfenster und spähte hinaus.

Eine ferne Turmuhr schlug zwölf, gleich darauf schlug eine andere in der Nähe und dann gleich zwei auf einmal. Als der letzte Schlag verhallt war, dachte er: „Nun ist es aus, es ist mißlungen, sie kommt nicht mehr!" Trotzdem war er entschlossen zu bleiben, bis es Tag wurde. In solchen Fällen muß man Geduld haben.

Er hörte, wie es ein viertel, dann ein halb, dann dreiviertel schlug, und schließlich wiederholten sämtlich Uhren, eine nach der anderen, eins, wie sie zwölf Uhr geschlagen hatten.

Er hatte die Hoffnung schon verloren und zerbrach sich den Kopf darüber, was wohl geschehen sein könnte. Plötzlich blickte ein Frauenkopf durch die Fenster und fragte:

„Sind Sie da, Bel-Ami?"

Er fuhr atemlos empor:

„Sind Sie das, Suzanne?"

„Ja, das bin ich."

Die Türklinke ging nicht sofort auf und er konnte sie nicht rasch umdrehen, inzwischen wiederholte er:

„Ach ... Sie sind es ... da sind Sie, Gott sei Dank ... kommen Sie herein."

Sie stieg ein und sank in seine Arme.

Er rief dem Kutscher zu: „Vorwärts!" Und die Droschke setzte sich in Bewegung. Vor Aufregung konnte sie kein Wort hervorbringen.

Er fragte:

„Nun erzählen Sie, wie ist es bei Ihnen zu Hause hergegangen?"

Beinahe ohnmächtig murmelte sie:

„Oh! Es war furchtbar, besonders mit Mama."

Er war unruhig und zitterte:

„Erzählen Sie? Was hat Ihnen Ihre Mama erzählt, erzählen Sie mir alles."

„Oh, es war entsetzlich. Ich kam in ihr Zimmer und habe ihr die Sache vorgetragen, wie ich sie mir im voraus vorbereitet hatte. Da wurde sie ganz blaß und schrie:

Niemals, nie im Leben!

Ich habe geweint, ich wurde böse, ich habe geschworen, daß ich nur Sie heiraten würde. Ich habe gedacht, sie würde mich schlagen. Sie wurde wie wahnsinnig. Sie erklärte, daß man mich morgen schon ins Kloster schicken würde. Ich habe sie noch nie in einem solchen Zustande gesehen. Da kam Papa, der offenbar gehört hatte, wie sie alle ihre Dummheiten sagte. Er wurde nicht so wütend wie sie, aber er erklärte, Sie seien keine gute Partie für mich. Sie machten mich auch wütend, und da schrie ich noch lauter als sie. Da befahl mir Papa mit einem dramatischen Gesichtsausdruck, der ihm gar nicht stand, hinauszugehen. Das brachte mich zum Entschluß., mit Ihnen zu fliehen. Nun! Hier bin ich. Wo fahren wir hin?"

Er hielt ihre Taille sanft umschlungen; und er hörte mit gespannter Aufmerksamkeit zu, sein Herz klopfte, ein zorniger, neidischer Haß stieg in ihm gegen diese Leute auf. Doch er hielt die Tochter. Nun würden sie sehen.

„Es ist zu spät," antwortete er, „wir können keinen Zug mehr erreichen. Wir fahren mit diesem Wagen nach Sevres und dort übernachten wir, und morgen früh reisen wir nach La Roche Guyon weiter. Es ist ein hübsches Dorf an der Seine, zwischen Montes und Bonnieres."

Sie murmelte:

„Ich habe aber gar keine Sachen mit."

Er lächelte mit sorgloser Miene.

„Ach was, das richten wir drüben irgendwie ein."

Der Wagen rollte durch die Straßen. Georges nahm die Hand des jungen Mädchens und begann sie langsam und rücksichtsvoll zu küssen. Er wußte nicht, was er ihr sagen sollte, denn er war an platonische Zärtlichkeiten nicht gewöhnt. Plötzlich schien es ihm, als wenn sie weinte.

Erschrocken fragte er:

„Was haben Sie, meine liebe Kleine?"

Sie antwortete mit schluchzender Stimme:

„Meine arme Mutter, wenn sie bemerkt hat, daß ich fort bin, wird sie jetzt sicher nicht schlafen können."

Und in der Tat schlief ihre Mutter nicht.

Sobald Suzanne das Zimmer verlassen hatte, stand Frau Walter ihrem Manne gegenüber und fragte ängstlich und niedergeschmettert:

„O Gott! Was soll das nur bedeuten?"

„Das bedeutet," rief Walter wütend, „daß dieser Intrigant ihr den Kopf verdreht hat. Er war es doch, der sie bewegen hat, dem Cazolles abzusagen. Natürlich findet er die Mitgift hübsch!"

Er begann wütend im Zimmer hin und her zu laufen und fuhr fort:

„Du auch, du hast ihn immerfort ins Haus gelockt, du hast ihm geschmeichelt, du hast ihm den Hof gemacht, du fandest nie genug schöne Worte für ihn. Bel-Ami hier, Bel-Ami dort, — so ging es vom frühen Morgen bis zum späten Abend. Nun hast du den Lohn dafür."

„Ich?" stammelte sie totenblaß, „ich lockte ihn ins Haus?"

Er schleuderte ihr ins Gesicht:

„Jawohl, du! Ihr alle seid toll auf ihn, die Marelle, Suzanne und viele andere. Glaubst du, daß ich nicht merkte, wie du keine zwei Tage aushalten konntest, ohne daß er hierherkam?"

Sie richtete sich mit tragischer Miene empor:

„Ich erlaube Ihnen nicht, mit mir so zu reden. Sie vergessen, daß ich nicht wie Sie in einem Laden erzogen bin."

Er stand zuerst starr und verblüfft da, dann stieß er ein wütendes „O Gott!" aus, ging hinaus und warf die Tür hinter sich zu.

Sobald sie allein war, ging sie unwillkürlich zum Spiegel, um zu sehen, ob nicht etwas an ihr verändert wäre, so unglaublich, so ungeheuerlich erschien ihr das Geschehene. Suzanne war in den Bel-Ami verliebt und Bel-Ami wollte Suzanne heiraten! Nein! Sicher irrte sie sich, es konnte nicht wahr sein. Das junge Mädchen hatte sich in den schönen jungen Mann vergafft, es war ganz natürlich; sie hoffte, ihn zum Gatten zu bekommen; sie hatte es sich in den Kopf gesetzt! Aber er? Er konnte doch unmöglich die Hand im Spiel haben! Sie grübelte, verwirrt, wie man überhaupt vor einem bevorstehenden Unglück verwirrt ist. Nein, Bel-Ami konnte nichts von Suzannes Streich wissen.

Sie sann lange über die mögliche Gemeinheit oder Unschuld dieses Mannes nach. Oh! welch ein treuloser Schurke war er, wenn er diesen Streich vorbereitet hat! Was würde dann geschehen? Wie viele Gefahren und wie viele Qualen glaubte sie dann vorauszusehen.

Wenn er nichts wußte, dann konnte alles noch gerettet werden. Man würde mit Suzanne für sechs Monate verreisen und damit wäre alles zu Ende. Wie konnte aber sie ihn dann wiedersehen? Sie liebte ihn noch immer. Diese Leidenschaft hatte sich in sie hineingebohrt wie Pfeilspitzen, die sich nicht wieder herausreißen lassen. Leben ohne ihn war unmöglich. Dann lieber sterben.

Ihre Gedanken schweiften in dieser Angst und Ungewißheit herum. Ein heftiger Schmerz drückte auf ihren Kopf. Ihre Gedanken wurden sorgenvoll, trübe und quälten sie furchtbar. Verzweifelt suchte sie die Sache zu ergrübeln, und die Unwissenheit: machte sie nervös. Sie sah nach der Uhr, es war eins vorbei. Sie sagte sich: „So kann es nicht bleiben, sonst werde ich wahnsinnig. Ich muß mir Gewißheit verschaffen. Ich werde Suzanne wecken und sie ausfragen."

Dann ging; sie ohne Schuhe, um keinen Lärm zu machen, mit der Kerze in der Hand nach dem Zimmer ihrer Tochter. Sie öffnete leise die Tür, trat herein und sah nach dem Bett. Es war nicht angerührt. Zunächst begriff sie nichts und dachte, das Mädchen spräche vielleicht noch mit seinem Vater. Dann aber stieg plötzlich in ihr ein furchtbarer Verdacht auf und sie eilte zu ihrem Gatten. Blaß und keuchend stürzte sie in sein Zimmer. Er lag im Bett und las.

Er war bestürzt.

„Was ist denn? Was ist los?"

Sie stammelte:

„Hast du Suzanne gesehen?"

„Ich? Nein. Wieso?"

„Sie ist ... sie ist ... sie ist durchgegangen. Sie ist nicht in ... in ihrem Zimmer."

Mit einem Satz sprang er auf den Teppich, schlüpfte in seine Pantoffeln und stürzte ohne Unterhosen, im bloßen Hemd, das um ihn herumflatterte, in das Zimmer seiner Tochter. Sobald er es selbst gesehen hatte, hegte er keinen Zweifel mehr. Sie war entflohen.

Er sank in einen Sessel und stellte die Lampe vor sich auf den Boden hin.

Seine Frau kam nach. Sie stammelte;

„Nun? ... Was jetzt? ...“

Er hatte keine Kraft mehr zu antworten. Er war nicht mehr wütend, er seufzte nur:

„Es ist erledigt. Er hat sie. Wir sind verloren.“

Sie begriff ihn nicht.

„Wieso verloren?“

„Nun ja. Jetzt muß er sie heiraten.“

Sie stieß einen Schrei aus wie ein wildes Tier.

„Er! Nein, niemals! Bist du wahnsinnig?“

Er antwortete traurig:

„Es nützt nichts, zu schreien. Er hat sie entführt, er hat sie auch sicher entehrt. Das beste, was wir noch tun können, ist, sie ihm zu geben. Wenn wir uns klug verhalten, wird niemand von diesem Streich etwas erfahren.“

Sie war von einer entsetzlichen Erregung erschüttert und wiederholte:

„Niemals, nie soll er Suzanne bekommen. Ich werde nie meine Zustimmung geben.“

Walter murmelte niedergeschmettert:

„Er hat sie doch schon. Er wird sie so lange irgendwo verborgen halten, bis wir nachgeben. Um einem Skandal zu entgehen, muß man sofort nachgeben.“

Von einer entsetzlichen Seelenqual gepeinigt, wiederholte seine Frau immerfort:

„Nein! Nein! Nie gebe ich meine Einwilligung.“

Er fuhr ungeduldig fort:

„Darüber läßt sich nicht mehr streiten. Es muß sein. Ah! Der Halunke, wie hat er uns hereingelegt ... Aber er ist stark, trotzdem. Wir hätten einen Mann aus einem viel besseren gesellschaftlichen Kreis finden können, aber keinen mit so viel Verstand und so großen Zukunftsaussichten. Er wird Abgeordneter und Minister.“

Madame Walter erklärte mit einer wilden Energie:

„Niemals lasse ich ihn Suzanne heiraten ... verstehst du? ... Niemals.“

Er wurde schließlich böse und begann als praktischer Mann den Bel-Ami in Schutz zu nehmen.

„Schweige doch ... ich sage dir doch, es muß sein ... es muß unbedingt sein. Wer weiß? Vielleicht werden wir es auch gar nicht bedauern. Bei Männern von diesem Schlage weiß man nie, was kommen kann. Du hast ja gesehen, wie er in drei Artikeln den Trottel Laroche-Mathieu gestürzt hat; wie würdig er es getan hat, und dabei war es in seiner Lage als Ehemann so verdammt schwierig und heikel. Wir wollen sehen ... Denn wir sitzen immer noch in der Klemme und können nicht heraus."

Sie hätte am liebsten laut geschrien, sich auf den Boden geworfen, sich die Haare ausgerissen.

„Er bekommt sie nicht", versetzte sie mit verzweifelter Stimme. „Ich ... will ... es ... nicht."

Walter stand auf, nahm seine Lampe und fuhr fort:

„Du bist dumm, wie alle Weiber. Ihr handelt immer nur aus Passion, und wißt nie, euch den Verhältnissen anzupassen ... ihr seid töricht! Ich sage dir, er wird sie heiraten ... es muß so sein."

Mit den Pantoffeln schlurfend, ging er hinaus. Er durchschritt wie ein komisches Gespenst im Nachthemd den breiten Flur des riesigen schlafenden Palastes und begab sich geräuschlos in sein Zimmer.

Von entsetzlichen Schmerzen innerlich zerrissen blieb Frau Walter zurück. Dabei war ihr noch immer nicht alles klar, sie litt nur. Dann sah sie ein, daß; sie unmöglich hier bis zum Tagesanbruch unbeweglich stehen konnte. Sie empfand ein heftiges Verlangen zu entfliehen, fortzulaufen, Hilfe zu suchen, getröstet zu werden.

Sie suchte, wen sie nun herbeirufen könnte. Welchen Mann? Sie wußte keinen. Einen Priester! Ja, einen Priester! Sie würde sich zu seinen Füßen werfen, sie würde alles gestehen, ihm ihre Sünde und Verzweiflung beichten. Er würde sie verstehen, er würde begreifen, daß dieser Ehrlose Suzanne nicht heiraten könnte, und er würde es zu verhindern wissen.

Sie brauchte sofort einen Priester! Wo sollte man ihn jetzt finden? Wohin sollte sie gehen? Und so bleiben konnte sie nicht mehr.

Da trat ihr wie eine Vision die erleuchtete Gestalt des auf dem Meere wandelnden Jesus vor Augen. Sie sah ihn so klar und deutlich, als stünde sie vor dem Bilde. Er rief sie also! Er sagte zu ihr: „Kommet zu mir, kniet vor mir hin. Ich will euch trösten und auch eingeben, was ihr tun sollt."

Sie nahm ihr Licht, verließ das Zimmer und ging hinab in den Wintergarten. Das Jesusbild befand sich ganz am Ende desselben in einem kleinen Räume, der mit einer

Glastür verschlossen war, damit die Feuchtigkeit der Erde die Leinwand des Gemäldes nicht angreifen könnte.

Das Ganze sah aus wie eine kleine Kapelle in einem Wald von seltsamen Bäumen.

Als sie den Wintergarten betrat, den sie nie anders als nur in heller Beleuchtung gesehen hatte, stand sie betroffen da vor seiner dunklen Tiefe. Die schweren Tropenpflanzen verdickten die Luft mit ihrem schwülen Atem. Und da die Türen geschlossen waren, so drang der beklemmende Duft dieses seltsamen Waldes, der von einer Glaskuppel bedeckt und umschlossen war, schwer und berauschend in die Lungen.

Die unglückselige Frau ging langsam vorwärts; sie blickte ängstlich auf die Schatten der phantastisch geformten Pflanzen, auf die das schimmernde Licht der Kerze fiel, und die wie ungeheuer lebende, seltsame Mißgestalten auftauchten.

Plötzlich sah sie Christus. Sie öffnete die Tür, die ihn von ihr trennte, und stürzte auf die Knie.

Zuerst betete sie ganz verstört, stammelte Liebesworte und leidenschaftliche und verzweifelte Beschwörungen, dann wurde sie etwas ruhiger und richtete ihre Augen zu ihm empor, und sie blieb in einer unendlichen Angst erstarrt. Beim flackernden Licht einer einzigen Kerze, die ihn von unten schwach beleuchtete, war die Ähnlichkeit zwischen ihm und Bel-Ami noch auffallender. Es war nicht mehr Gott, sondern ihr Geliebter, der sie ansah. Es waren seine Augen, seine Stirn, sein Gesichtsausdruck, seine kalte und hochmütige Haltung.

Sie stammelte: „Jesus! — Jesus! — Jesus!“

Aber das Wort „Georges“ kam über ihre Lippen. Auf einmal fiel ihr ein, daß Georges vielleicht in dieser Stunde ihre Tochter verführte und in Besitz nahm. Er war allein mit ihr, irgendwo, in irgendeinem Zimmer. Er! Er! Mit Suzanne. Sie wiederholte: „Jesus! ... Jesus!“ Doch sie dachte an sie ... an ihre Tochter und an ihren Geliebten! Sie waren allein in einem Zimmer... es war Nacht. Sie sah die beiden. Sie sah sie so deutlich, so deutlich, wie das Bild, das vor ihr stand. Sie lächelten sich zu, sie küßten sich. Das Zimmer war dunkel, das Bett aufgedeckt. Sie stand auf, um sich zu nähern, um ihre Tochter am Haar zu fassen und sie aus dieser Umarmung herauszureißen. Sie wollte sie an der Kehle packen, erwürgen, ihre eigene Tochter, die sie haßte, ihre Tochter, die sich diesem Manne hingab. Sie faßte sie schon. .. ihre Hände stießen an die Leinewand des Gemäldes. Sie berührte die Füße Christi ... Sie schrie laut auf und sank zu Boden. Die Kerze war umgefallen und erlosch.

Was geschah weiter? Sie träumte lange von seltsamen schrecklichen Dingen. Es war immer Georges und Suzanne, die vor ihre Augen traten, eng aneinander geschmiegt, und der Christus segnete ihre verruchte Liebe.

Sie hatte das Gefühl, sie befinde sich nicht in ihrem Hause. Sie wollte aufstehen, fliehen, doch sie hatte keine Kraft. Eine Starrheit hatte sie befallen, ihre Glieder waren gelähmt, nur die Gedanken blieben ihr noch, wenn auch verwirrt und betört durch gräßliche, phantastische Vorstellungen. Sie war halb betäubt und träumte. Es war ein ungesunder, seltsamer und bisweilen tödlicher Traum, den die einschläfernden tropischen Pflanzen mit ihren wundervollen Formen und schwülem Duft in das Menschengehirn eindringen lassen.

Bei Tagesanbruch fand man Frau Walter bewußtlos und halbtot vor dem Christusbild auf dem Rücken ausgestreckt liegen. Sie war so krank, daß man für ihr Leben fürchtete. Erst am Tage darauf kam sie wieder zu vollem Bewußtsein. Dann begann sie zu weinen.

Das Verschwinden Suzannes wurde der Dienerschaft damit erklärt, daß sie plötzlich ins Kloster zurückgeschickt worden sei. Herr Walter antwortete Du Roy auf seinen langen Brief und sagte ihm die Hand seiner Tochter zu.

Bel-Ami hatte seinen Brief in den Postkasten geworfen, in dem Augenblick, wo er Paris verließ, denn er hatte ihn schon am Abend vor der Entführung geschrieben. In respektvollen Ausdrücken teilte er darin mit, daß er seit langem schon das junge Mädchen liebe, daß jedoch nie eine Verabredung zwischen ihnen beiden bestanden hatte, daß er aber, als sie in voller Freiheit zu ihm gekommen war, um ihm zu sagen: „Ich will Ihre Frau sein“, sich für berechtigt hielt, sie zu behalten und sogar zu verbergen, bis er von den Eltern eine Antwort erhalten würde, deren rechtmäßigen Willen er respektiere, aber für weniger maßgebend halte, als den Willen seiner Verlobten selbst.

Er bat Herrn Walter, ihm postlagernd zu antworten; ein Freund würde ihm den Brief übermitteln.

Als er seinen Zweck erreicht hatte, brachte er Suzanne nach Paris und schickte sie zu ihren Eltern zurück; er selbst hielt sich eine Weile von ihnen fern.

Sie hatten sechs Tage an der Seine in La Roche-Guyon verbracht.

Noch nie hatte sich das junge Mädchen so amüsiert. Sie spielte die Bäuerin. Und da er sie als seine Schwester ausgab, so lebten sie ungeniert und keusch nebeneinander, in einer Art verliebter Kameradschaft. Er hielt es für gescheiter, sie nicht anzurühren. Am Tage nach ihrem Eintreffen kaufte sie sich Bauernwäsche und Kleider. Sie angelte und trug dabei auf dem Kopf einen riesigen Strohhut mit Feldblumen. Sie fand die Gegend bezaubernd. Es gab da einen alten Turm und ein altes Schloß, wo man prächtige Wandteppiche zeigte.

Georges trug eine Bauernbluse, die er sich im Dorfe beim Kaufmann erstanden hatte. Er machte mit Suzanne Ausflüge entweder zu Fuß am Fluß entlang, oder im Boot. Sie küßten sich jeden Augenblick. Suzanne in voller Unschuld, er bereit, seiner Begierde zu unterliegen. Doch er nahm sich zusammen, und als er ihr sagte: „Morgen kehren wir nach Paris zurück, Ihr Vater versichert mir Ihre Hand“, da meinte sie ganz naiv:

„Schon, es hat mir soviel Spaß gemacht, Ihre Frau zu sein!“

X.

Es war dunkel in der kleinen Wohnung auf der Rue Constantinople, denn Georges Du Roy und Clotilde de Marelle hatten sich am Eingang getroffen und waren schnell hineingetreten und sie fragte, ohne ihm Zeit zu lassen, die Vorhänge zurückzuziehen:

„Also du heiratest wirklich Suzanne Walter?“

Er gab es sanft zu und sagte dann:

„Wußtest denn du das gar nicht?“

Sie stand wütend und entrüstet vor ihm.

„Du heiratest Suzanne Walter!“ versetzte sie zornig. „Das geht schon zu weit! Das geht schon zu weit! Seit drei Monaten bist du so scheinbar lieb mit mir, damit ich nichts merken sollte. Alle Welt weiß es, nur ich nicht. Mein Mann hatte es mir gesagt.“

Du Roy grinste, trotzdem war er etwas verlegen. Er legte seinen Hut auf eine Kaminecke und setzte sich in einen Lehnstuhl.

Sie blickte ihm fest ins Gesicht und sagte dann leise mit gereizter Stimme:

„Seitdem du dich von deiner Frau scheiden ließest, bereitest du diesen Streich vor; und für die Zwischenzeit behieltst du mich nett und liebenswürdig als deine Geliebte! Was bist du doch für ein Schurke!“

„Wieso?“ fragte er. „Ich hatte eine Frau, die mich betrog, ich habe sie überrascht. Ich habe die Scheidung durchgesetzt und nun heirate ich eine andere. Was ist denn dabei?“

Sie flüsterte zitternd:

„Oh, wie du raffiniert und gefährlich bist!“

Er begann wieder zu lächeln:

„Natürlich. Die Dummen und die Schwachköpfe fallen immer herein.“

Doch sie ließ von ihren Gedanken nicht ab:

„Ich hätte dich von Anfang an durchschauen müssen. Nein, aber für einen so gemeinen Schurken habe ich dich doch nicht gehalten.“

Er nahm eine würdevolle Miene an:

„Ich bitte dich, auf die Worte zu achten, die du gebrauchst!“

Sie empörte sich gegen seine Dreistigkeit:

„Was? Willst du etwa, daß ich dich mit Handschuhen anfassen soll? Du benimmst dich mir gegenüber, seitdem ich dich kenne, wie ein Lump, und nun verlangst du, daß ich es dir nicht sage? Du betrügst und beutest alle und alles aus; du nimmst dir Geld und Vergnügen überall, wo du es findest, und du willst, daß ich dich als einen ehrlichen Mann behandle?"

Er stand auf und sagte mit bebenden Lippen:

„Schweig, oder ich werfe dich hinaus!"

Sie stammelte:

„Mich hinauswerfen ... mich hinauswerfen ... du willst mich von hier hinauswerfen ... von hier ... du ... du?"

Sie konnte nicht weitersprechen, sie erstickte direkt vor Zorn, und auf einmal schrie sie in einem jähen Wutausbruch hervor:

„Hinauswerfen? Du vergißt, daß ich das hier seit dem ersten Tage bezahlt habe. Ah! Du hast sie ab und zu auf deine Rechnung übernommen. Aber wer hat sie gemietet ... ich war es ... Wer hat sie behalten? ... Ich ... Und du willst mich hinauswerfen? Schweige, du Taugenichts. Glaubst du etwa, ich wüßte nicht, wie du Madeleine die Hälfte ihrer Vaudrecschen Erbschaft gestohlen hast. Glaubst du, daß ich nicht weiß, wie du mit Suzanne geschlafen hast, um sie zu zwingen, dich zu heiraten."

Er packte sie an den Schultern und schüttelte sie:

„Sprich nicht von der. Ich verbiete es dir!"

Sie schrie:

„Du hast doch mit ihr geschlafen, ich weiß es."

Er hätte vieles sich gefallen lassen, doch diese Unwahrheit brachte ihn außer sich. Die Wahrheiten, die sie ihm schreiend ins Gesicht geschleudert hatte, ließen für den Augenblick sein Herz vor Zorn erbeben, aber das, was sie fälschlich über das kleine Mädchen sagte, die seine Frau werden sollte, ließ seine Hand zusammenzucken, in dem wütenden Verlangen, zu schlagen.

Er wiederholte:

„Schweig ... nimm dich in acht ...! Schweige du! ..."

Und er schüttelte sie hin und her wie man einen Baumzweig mit Früchten rüttelte.

Mit verwirrtem Haar und irrem Blick, den Mund weit aufgerissen, heulte sie:

„Du hast mit ihr geschlafen!"

Er ließ sie los und gab ihr solch einen Schlag ins Gesicht, daß sie gegen die Wand taumelte. Doch sie wandte sich gegen ihn, hob die geballten Fäuste und schrie von neuem mit aller Kraft:

„Du hast mit ihr geschlafen!“

Da stürzte er sich über sie, und während sie unter ihm lag“, schlug er auf sie los wie auf einen Mann. Jetzt wurde sie plötzlich still und stöhnte nur unter seinen Schlägen.

Sie rührte sich nicht mehr. Sie hatte ihr Gesicht in der Ecke zwischen Wand und Parkett versteckt und stieß klagende Schreie aus.

Endlich ließ er sie los und richtete sich auf. Dann machte er ein paar Schritte durch das Zimmer, um seine Kaltblütigkeit wiederzugewinnen. Es fiel ihm etwas ein, er ging ins Schlafzimmer, goß kaltes Wasser in das Waschbecken und tauchte seinen Kopf hinein. Nachher wusch er sich die Hände und ging zurück, um zu sehen, was sie nun machte. Währenddessen trocknete er seine Finger sorgfältig mit dem Handtuche ab.

Sie rührte sich nicht. Sie blieb am Boden ausgestreckt liegen und weinte leise.

Er fragte:

„Bist du bald mit deiner Heulerei fertig?

Sie antwortete nicht. Er stand mitten im Zimmer, fühlte sich etwas verlegen und beschämt neben diesem ausgestreckten Körper.

Dann faßte er plötzlich einen Entschluß, nahm den Hut vom Kamin und sagte:

„Guten Abend. Übergib den Schlüssel dem Portier, wenn du fertig bist. Ich kann nicht deiner Laune wegen ewig warten.“

Er ging hinaus, schloß die Tür und suchte den Portier auf.

„Madame ist noch in der Wohnung“, sagte er; „sie wird auch gleich gehen. Sagen Sie dem Hausbesitzer, daß ich zum 1. Oktober kündige. Wir haben den 16. August, es ist also noch vor dem Termin.“

Er entfernte sich schnell, denn er hatte verschiedene dringende Besorgungen zu erledigen und die letzten Einkäufe für die Ausstattung zu machen.

Der Hochzeitstag war auf den 20. Oktober festgesetzt, nach der Wiedereröffnung der Kammern. Die Trauung sollte in der Madeleinekirche stattfinden. Es wurde viel hin und her geredet, ohne daß man die Wahrheit genau wußte. Verschiedene Geschichten liefen umher. Man erzählte von einer Entführung, aber es waren nur vage und unbeweisbare Gerüchte. Nach Angabe der Dienstboten sprach Frau Walter überhaupt nicht mehr mit ihrem zukünftigen Schwiegersohn; sie sollte an dem Abend, wo die Ehe beschlossen war, nachdem sie ihre Tochter um Mitternacht in ein Kloster bringen ließ, vor Zorn einen Schlaganfall bekommen haben.

Man hatte sie halbtot aufgefunden, und es bestand keine Aussicht, daß sie jemals ganz gesund sein würde. Sie sah jetzt aus wie eine alte Frau, ihre Haare wurden grau. Sie war sehr fromm geworden und nahm jeden Sonntag das Abendmahl.

In den ersten Septembertagen meldete die Vie Française, daß der Baron Du Roy de Cantel Chefredakteur geworden sei, während Herr Walter den Titel des Direktors behalte.

Jetzt wurde ein ganzer Stab bekannter Feuilletonisten, politischer Redakteure, Kunst- und Theaterkritiker den bekannten großen Zeitungen durch schweres Geld gewaltsam entrissen und bei der Redaktion als neue Mitarbeiter angestellt.

Die älteren, achtbaren, ernsten Journalisten zuckten nicht mehr mit den Achseln, wenn man von der Vie Française sprach.

Der schnelle und durchgreifende Erfolg hatte die Mißachtung erstickt, die ernste Schriftsteller anfangs gegen dieses Blatt gehegt hatten.

Die Hochzeit des Chefredakteurs war ein sogenanntes großes Pariser Ereignis. Georges Du Roy und Walter hatten seit einiger Zeit die allgemeine Aufmerksamkeit und Neugier auf sich gelenkt. Alle Leute, deren Namen in den Zeitungen erwähnt werden, sollten zur Trauung erscheinen.

Dieses Ereignis fand an einem sonnigen Herbsttage statt. Um acht Uhr morgens beschäftigte sich das gesamte Kirchenpersonal damit, einen breiten roten Teppich über die Stufen der hohen Freitreppe auszubreiten, die von der Rue Royal zur Kirche hinaufführt. Die Passanten waren stehengeblieben, und das Volk von Paris wußte, daß eine sehr feierliche Zeremonie sich hier abspielen würde.

Die Beamten, die zu ihren Bureaus gingen, die kleinen Arbeiterinnen und Kommis gafften, bewunderten die Vorbereitungen und träumten unbestimmt von den reichen Leuten und von dem Reichtum, der dazu gehöre, um so viel Geld für eine Hochzeit ausgeben zu können.

Um 10 Uhr begannen die Neugierigen sich anzusammeln. Sie blieben dort einige Minuten stehen, in der Hoffnung, daß es vielleicht gleich anfangen würde und gingen dann, des Wartens müde, weiter. Um 11 Uhr kam ein Trupp Stadtpolizisten und forderten die Menge auf weiter zu gehen, denn es bildeten sich alle Augenblicke Aufläufe.

Die ersten Gäste erschienen bald, die die besten Plätze einnehmen wollten, von wo man alles übersehen konnte. Sie setzten sich am Rande neben dem großen Mittelschiff, allmählich kamen auch die anderen, Frauen mit rauschenden Seidenkleidern, strenge, ernste Männer, beinahe alle kahlköpfig, von weltmännischem, korrektem Auftreten, die sich hier an diesem Ort noch feierlicher und würdevoller als sonst benahmen.

Allmählich füllte sich die Kirche. Ein heller Sonnenstrahl drang durch das weitgeöffnete Kirchenportal und fiel auf die erste Reihe der eingeladenen Freunde. Am

Chor sah es dunkel aus; der Altar, der mit brennenden Kerzen besteckt war, schien mit einem gelblichen Licht schwach beleuchtet, im Vergleich zu dem grellen Schein, der durch die Öffnung des großen Portals drang.

Man erkannte sich, man begrüßte sich durch Zeichen und man stand in Gruppen herum. Die Literaten, die weniger respektvoll als die vornehme Welt waren, plauderten halblaut. Man betrachtete die Damen. Norbert de Varenne schien einen Freund zu suchen und erblickte Jacques Rival, der in der Mitte der Stuhlreihen stand. Er trat auf ihn zu:

„Da sehen Sie, die Welt gehört den Gerissenen."

Der andere, der gar nicht neidisch war, antwortete:

„Um so besser für ihn, er ist ein gemachter Mann."

Dann sprachen sie über einzelne Bekannte, die ihnen dort auffielen,

Rival fragte:

„Wissen Sie eigentlich, was aus der Frau geworden ist?"

Der Dichter lächelte:

„Ja und nein. Sie lebt ganz zurückgezogen, so hat man mir erzählt, in dem Stadtviertel von Montmartre. Aber ... es ist nämlich ein „aber" dabei ... seit einiger Zeit lese ich in der Feder die politischen Artikel, die denen von Forestier und Du Roy auffallend ähnlich sind. Sie stammen von einem gewissen Jean Le Dol; es ist ein junger Mann, ein hübscher Kerl, intelligent, von demselben Schlage wie unser Freund Georges; und er hat dessen frühere Frau kennengelernt. Daraus schließe ich, daß sie die Anfänger liebte und sie wahrscheinlich ewig lieben wird. Sie ist übrigens reich. Vaudrec und Laroche-Mathieu waren doch nicht umsonst ihre besten Freunde."

Rival erklärte:

„Sie war nicht schlecht, die kleine Madeleine, sehr schlau und sehr klug. Ohne Hülle muß sie reizend sein. Aber sagen Sie doch, wie kommt denn das, daß Du Roy sich nach der Scheidung in der Kirche trauen läßt?"

Norbert de Varenne antwortete:

„Er läßt sich kirchlich trauen, weil er für die Kirche das erstemal überhaupt nicht verheiratet war."

„Wieso?"

„Unser Bel-Ami hatte, als er Madeleine Forestier heiratete, aus Gleichgültigkeit oder aus Sparsamkeit das Standesamt für ausreichend gehalten. Er hat sich den kirchlichen Segen erspart. Was unsere heilige Mutter Kirche als einfaches Konkubinat betrachtet.

Folglich tritt er heute als Junggeselle vor sie und sie stellt ihm allen ihren Pomp zur Verfügung, der den Vater Walter ein schweres Geld kosten wird."

Der Lärm der wachsenden Menge wurde immer lauter, man vernahm Stimmen, die ganz laut sprachen. Man zeigte auf die berühmten Persönlichkeiten, die vor dem Publikum posierten und zufrieden waren, begafft zu werden. Sie waren gewohnt, sich zur Schau zu stellen und hielten sich für unentbehrliche Dekorationen bei allen öffentlichen Feierlichkeiten.

Rival fuhr fort:

„Sagen Sie doch, mein Lieber, Sie gehen doch öfters zum Chef; ist es wahr, daß Frau Walter und Du Roy nie ein Wort mehr miteinander sprechen?"

„Niemals. Sie wollte ihm die Kleine nicht geben. Aber er hatte den Vater scheinbar in der Hand; er drohte mit Enthüllungen über die Leichen, die in Marokko begraben sind. Es war eine furchtbare Drohung. Walter hat an das Beispiel von Laroche-Mathieu gedacht und hat sofort nachgegeben. Doch die Mutter, hartnäckig und eigensinnig wie alle Frauen, hat geschworen, nie ein Wort mit ihrem Schwiegersohn zu reden. Es ist sehr komisch, zu sehen, wenn sie einander gegenüber stehen. Sie sieht wie eine Bildsäule, wie eine Statue der Rache aus, und er ist offenbar verlegen, trotzdem er äußerlich seine Haltung nicht verliert; der Junge versteht sich schon zu beherrschen."

Die Kollegen kamen heran und drückten ihnen die Hände; man hörte abgerissene Sätze aus politischen Gesprächen. Und formlos wie das entfernte Rauschen des Meeres drang mit dem Sonnenlicht das Wogen der Volksmassen, die sich vor der Kirche angesammelt hatten, durch das offene Portal und erfüllte die Wölbungen und übertönte das leise Murmeln des auserwählten Publikums, das auf den Gottesdienst wartete.

Plötzlich klopfte der Schweizer mit der hölzernen Spitze der Hellebarde dreimal auf die steinernen Fliesen. Die ganze Versammlung wandte sich nun mit lautem Kleiderrauschen und Rücken der Stühle dem Eingange zu. Die junge Frau erschien am Arm ihres Vaters in dem hellen Licht am Portal.

Sie sah immer noch wie eine Puppe aus, wie eine prächtige weiße Puppe, deren Haar mit Orangeblüten geschmückt war. Sie blieb einige Augenblicke an der Schwelle stehen und tat dann ihren ersten Schritt in das mittlere Kirchenschiff. In dem Moment verkündete die Orgel mit ihrem mächtigen metallenen Klang den Eintritt der Vermählten.

Sie schritt mit gesenktem Kopf, doch ohne Scheu, etwas aufgeregt, zierlich, reizend wie eine Miniaturbraut. Die Frauen lächelten und murmelten, als sie an ihnen vorüberging. Die Männer flüsterten sich zu: „Entzückend, bezaubernd!" Herr Walter schritt etwas übertrieben würdevoll mit dem Kneifer auf der Nase.

Ihnen folgten vier Brautjungfrauen, alle vier hübsch und in Rosa gekleidet und bildeten den Hof dieser reizenden Königin. Die Brautführer waren auch gut ausgewählt und gingen in einem gleichförmigen Schritt, scheinbar von einem Ballettmeister eingeübt.

Dann erschien Frau Walter am Arm des Vaters ihres anderen Schwiegersohnes, des zweiundsiebzigjährigen Marquis de Latour-Yvelin. Sie ging nicht, sondern sie schleppte sich vorwärts, sie schien bei jedem Schritt in Ohnmacht zu fallen. Man sah, daß sie ihre Beine mit großer Mühe bewegte, daß ihr Herz in ihrer Brust so heftig klopfte, wie ein gefangenes wildes Tier, das entfliehen will.

Sie war mager geworden. Ihre weißen Haare ließen ihr Gesicht noch blasser und eingefallener erscheinen. Sie sah vor sich hin, um niemanden zu sehen und vielleicht auch um nicht über das nachzudenken, was sie so sehr quälte.

Dann erschien Georges Du Roy mit einer unbekannten alten Dame.

Er trug den Kopf hoch und sah gleichfalls mit hartem Blick unter seinen etwas zusammengezogenen Brauen starr vor sich hin. Sein Schnurrbart schien sich über seiner Lippe zu sträuben, Alle fanden ihn sehr schön. Er hatte eine stolze Haltung, eine schlanke Figur und einen geraden Gang. Der Frack saß gut und das rote Bändchen der Ehrenlegion glänzte daran wie ein Blutstropfen.

Dann kamen die Verwandten, Rose mit dem Senator Rissolin. Sie war seit sechs Wochen verheiratet. Der Graf de Latour-Yvelin begleitete die Vicomtesse de Percemur. Endlich kam ein seltsamer bunter Zug von Bundesgenossen und Freunden Du Roys, die er in seiner neuen Familie eingeführt hatte, bekannte Leute aus der Pariser Halbgesellschaft, die sofort zu intimsten Freunden und sogar zu entfernten Verwandten der reichen Emporkömmlinge werden; heruntergekommene, ruinierte und verkrachte Edelleute, die bisweilen noch verheiratet sind, was das Allerschlimmste ist. Es waren: Herr de Belvigne, der Marquis de Banjolin, der Graf und die Gräfin de Revenel, der Herzog de Ramorano, der Fürst Kravalow, der Ritter Valréali, dann noch die Gäste des Walterschen Hauses; der Prinz de Guerche, der Herzog und die Herzogin de Ferracine und die schöne Marquise des Dunes. Einige Verwandte von Frau Walter zeigten in diesem eleganten großstädtischen Zuge ein vornehmes Provinzaussehen.

Und immerfort spielte die Orgel und erfüllte die weiten Hallen mit dem mächtigen melodischen und rhythmischen Gesang ihrer ehernen Kehlen, die alles Menschenglück und -leid zum Himmel emporsandten.

Man schloß die schweren Flügel des Portals, und auf einmal wurde es dunkel, als hätte man der Sonne den Eintritt verriegelt.

Georges kniete im Chor neben seiner Frau vor dem erleuchteten Altar. Der neue Bischof von Tanger mit dem Krummstab in der Hand und der Mitra auf dem Kopf, kam aus der Sakristei, um sie im Namen des Allmächtigen zu vereinigen.

Er stellte die üblichen Fragen, wechselte die Ringe, sprach die Worte, die wie Fesseln binden, und richtete an die Neuvermählten eine christliche Ansprache. Er sprach lange von der Treue in pathetischen Ausdrücken. Es war ein dicker, hochgewachsener Mann, einer jener schönen Prälaten mit einem majestätischen Bäuchlein. Man hörte plötzlich ein heftiges Schluchzen und einige Köpfe drehten sich um. Frau Walter weinte, das Gesicht m die Hände vergraben.

Sie mußte nachgeben. Was konnte sie denn tun? Doch seit dem Tage, da sie ihre Tochter, die zurückgekehrt war, aus ihrem Zimmer gewiesen hatte, und sich geweigert hatte, sie zu umarmen, seit dem Tage, da sie Du Roy, der sie respektvoll begrüßt hatte, mit leiser Stimme sagte: „Sie sind das gemeinste Wesen, das ich je gekannt habe, reden Sie mich nie mehr an, denn ich werde Ihnen doch nicht antworten." — Seit jenem Tag litt sie die furchtbarsten und unerträglichsten Qualen. Sie haßte Suzanne mit scharfem, bitterstem Haß, mit einer verzweifelten Leidenschaft und einer verzehrenden Eifersucht, der seltsamen Eifersucht einer Mutter und zugleich einer Geliebten, einem Gefühl, das sie nicht eingestehen konnte und das wie eine klaffende Wunde brannte.

Und nun wurden sie von einem Bischof getraut, ihre Tochter und ihr Geliebter, in der Kirche in Gegenwart von 2000 Menschen und vor ihren Augen! Sie konnte nichts sagen! Sie konnte es nicht verhindern! Sie konnte nicht laut aufschreien: „Er gehört mir, dieser Mann, er ist mein Geliebter! Dieser Bund, den ihr segnet, ist eine Niedertracht!"

Einige Damen waren gerührt und flüsterten:

„Wie ist die arme Mutter aufgeregt."

Der Bischof sagte:

„Sie gehören zu den Glücklichen der Erde, zu den Reichsten und Angesehensten. Sie, mein Herr, dessen Talent Sie über die anderen erhoben, die Sie schreiben, belehren, beraten und das Volk leiten, Sie haben einen herrlichen Beruf zu erfüllen, ein schönes Beispiel zu geben ..."

Du Roy hörte diesen Worten zu und war von Stolz berauscht. Ein Prälat der römischen Kirche, der so zu ihm sprach. Und er fühlte hinter seinem Rücken die Menge, eine vornehme, erlauchte Menge, die seinetwegen gekommen war. Und es war ihm, als trüge und erhöbe ihn eine geheimnisvolle Kraft.

Er wurde nun einer der Herren dieser Erde. Er, der Sohn zweier armer Bauern aus Canteleu. Und er sah sie plötzlich in ihrer niedrigen Wirtsstube, hoch oben auf dem Bergkamm über dem Tal von Rouen; er sah seinen Vater und seine Mutter, wie sie den Bauern der Umgegend zu trinken gaben.

Er hatte ihnen 5000 Francs geschickt, als er den Grafen de Vaudrec beerbte. Nun würde er ihnen 50000 Francs schicken, sie würden sich ein kleines Landgut kaufen. Sie würden zufrieden und glücklich sein.

Der Bischof hatte seine Ansprache beendet. Ein Priester in goldbestickter Stola stieg die Stufen zum Altar hinauf. Und die Orgel verkündete wieder die Herrlichkeit der Neuvermählten.

Es waren langgezogene, gewaltige, schwellende Klänge wie Meereswogen; sie schallten so mächtig, als müßten sie das Gewölbe hochheben und sprengen, um gegen den blauen Himmel emporzusteigen. Ihre bebenden Klänge erfüllten die ganze Kirche und ließen die Herzen erzittern. Auf einmal wurden sie stiller, und leichte, flüchtige Klänge schwebten in der Luft und berührten das Ohr wie ein leiser Hauch. Es waren graziöse, leichte, sprudelnde Gesänge, die wie Vogelgezwitscher klangen; und wieder schwoll diese anmutige Musik, breitete sich aus, gewaltig, voll und mächtig, wie wenn ein Sandkorn sich in ein ungeheueres Weltall verwandelte.

Dann erhoben sich menschliche Stimmen und glitten über die gebeugten Köpfe der Versammelten dahin. Vauri und Landeck von der Oper sangen. Der Weihrauch verbreitete einen zarten Harzduft und auf dem Altar wurde das Meßopfer vollzogen. Der Gottesmensch stieg auf den Ruf des Priesters auf die Erde hinab, um den Triumph des Barons Georges Du Roy zu segnen.

Bel-Ami kniete mit gesenktem Kopf neben Suzanne. In diesem Augenblick fühlte er sich beinahe gläubig, beinahe fromm, voll Dankbarkeit für die Gottheit, die ihn so begünstigt und so rücksichtsvoll behandelt hatte. Und ohne recht zu wissen, an wen er sein Gebet richtete, dankte er für seinen Erfolg.

Als der Gottesdienst zu Ende war, richtete er sich auf, reichte seiner Gemahlin den Arm und ging mit ihr in die Sakristei. Und nun begannen die endlosen Gratulationen. Georges war wahnsinnig vor Freude und hielt sich für einen König, dem das Volk zujauchzte. Er drückte die Hände, stammelte nichtssagende Worte, grüßte und antwortete auf die Glückwünsche: „Ich danke herzlichst."

Plötzlich erblickte er Madame de Marelle, und die Erinnerung an all die Küsse, die er ihr gegeben und die sie ihm erwidert hatte, die Erinnerungen an alle die Zärtlichkeiten und Liebkosungen, an den Klang ihrer Stimme und an den Reiz ihrer Lippen, — alles das ließ sein Blut heiß durch die Adern rinnen und wieder überfiel ihn ein jähes Verlangen, sie zu besitzen.

Sie war hübsch, elegant, mit ihrer kecken Art und ihren lebhaften Augen. Georges dachte: „Aber sie ist doch eine reizende Geliebte."

Sie näherte sich ihm etwas schüchtern, etwas verlegen und reichte ihm die Hand. Er ergriff sie und behielt sie in der seinen. Da fühlte er den leisen Lockruf der Frauenfinger, den sanften Druck, der verzeiht, und alles wieder gutmacht. Er drückte diese kleine Hand, als wollte er sagen: „Ich liebe dich noch immer, ich bin dein!“

Ihre Augen trafen sich lächelnd, strahlend und voller Liebe. Und sie sagte, leise und graziös:

„Auf Wiedersehen, mein Herr!“

Er antwortete heiter:

„Auf Wiedersehen, gnädige Frau!“

Dann ging sie.

Die anderen drängten heran. Die Menge rollte an ihm vorüber wie ein Strom. Endlich lichtete sie sich und die letzten Gratulanten gingen vorbei.

Georges bot Suzanne wieder den Arm, um durch die Kirche hinauszugehen.

Sie war voll von Menschen, denn jeder ging wieder auf seinen Platz zurück, um sie beide vorbeischreiten zu sehen. Er ging langsam, mit ruhigen Schritten und mit erhobenem Haupt, die Augen fest auf die sonnenbeleuchtete Öffnung des Portals gerichtet. Er fühlte, wie immer wieder ein Schauer über seine Haut lief, der kalte Schauer des unendlichen großen Glücks. Er sah niemanden, er dachte nur an sich.

Als er auf die Schwelle trat, blickte er auf die dicht gedrängte, schwarze, lärmende Menge, die seinetwegen gekommen war. Ihn, Georges Du Roy, betrachtete das Volk von Paris, ihn beneidete es auch.

Dann hob er die Augen und sah dort jenseits der Place de la Concorde die Abgeordnetenkammer. Und es war ihm, als brauchte er nur noch einen Sprung, um vom Tor der Madeleinekirche zum Tor des Palais Bourbon zu gelangen. Er ging langsam zwischen zwei lebendigen Mauern von Zuschauern die Stufen des hohen Kirchenaufganges hinab. Doch er sah nichts, seine Gedanken flogen jetzt zurück und vor seinen Augen, die von der strahlenden Sonne geblendet waren, flatterte das Bild von Madame de Marelle, wie sie vor dem Spiegel ihre frisierten Löckchen an den Schläfen zurecht ordnete, die jedesmal zerzaust waren, wenn sie aus dem Bett sprang.